夜玫瑰

Rose in the dark

周板娘

著

"你好，我叫阮玫，玫瑰的'玫'。"

"你好，我叫陈山野，漫山遍野。"

Hello

他不晓得要用什么词语来形容阮玫身上的香味。

像是插在洋酒瓶里，以酒为养分的玫瑰，绽放时强势霸道，可花瓣被养得娇艳柔软，碾碎后散出的香气时刻都让人微醺迷醉。

偏偏她又不是心如磐石的人，
再给她多一点点，
再多一点点，
她就要投降了。

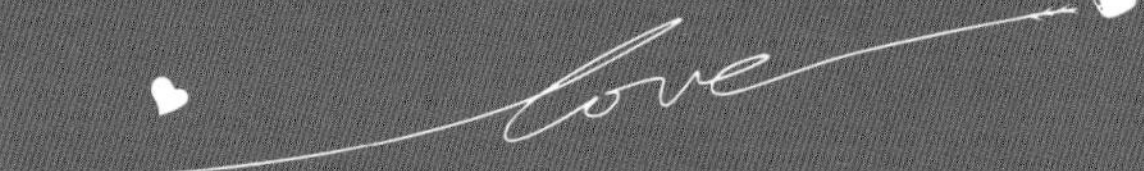

总感觉，这个时刻全世界只剩下他们两人，她却一点也不用害怕，可以安心入梦。

有些情愫就像这漫天纷飞的雨滴，不知不觉地降临在心上，流淌成一条弯弯绕绕的小河，清澈见底。

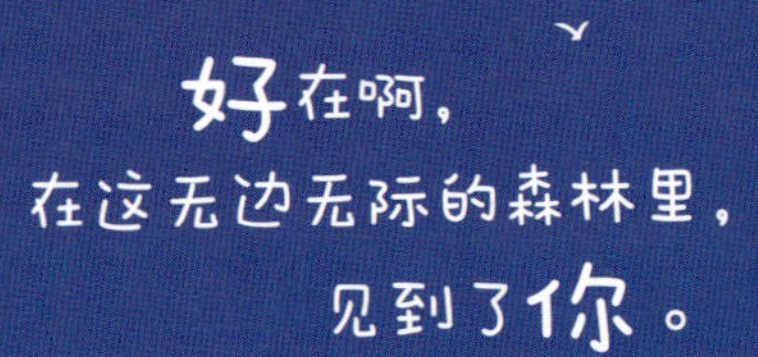
好在啊，
在这无边无际的森林里，
见到了你。

她向他举起双手，开了口才发现声音
里带了哭腔：『陈山野，抱抱。』
在未来的许多年，陈山野一直都能记
住这个瞬间的阮玫。

她们坦荡，炙热，真实，
正如这无处不在的阳光。

Sunshine

不用再多出一份钱请我。到时候我把几个菜谱记下来给你，你们到时候照着做就行，有什么问题可以随时来找我。”

王虎不是第一次被陈山野拒绝，也是意料之中，便不再强求：“好吧。等我媳妇回来，她说要请你喝酒，你到时候一定要来啊。”

“王哥，你忘了我是干哪行的？不能喝酒。”陈山野把饭盒盖好，装进塑料袋里。

“哎哟，对，对，对！你看我这脑子，记不住事。”王虎猛拍了一下脑袋。

这一拍又想起了一件事：“对了，对了，我媳妇下星期回来时，她堂妹也跟着她一块儿来羊城，之后会在我们店里帮忙，到时候介绍你们认识啊。”

他挤眉弄眼地笑道：“说不准到时候你们看对眼了，你今后还得喊我一声‘堂姐夫’呢！”

“我什么情况你还不清楚？怎么跟钟芒一样，瞎介绍个什么劲儿啊？”陈山野皱眉不满道。

“你家那婆……”王虎顿了顿，还是换了个斯文一些的说法，“你媳妇都走了那么久了，我可知道你去年就准备办手续的。你白白等了她这么些年，也算仁至义尽了。啧，早就该这么做了！”

去年刚开店的时候陈山野来帮过几天忙。王虎不小心听到了他跟谁讲电话，大抵是律师吧，他在向对方咨询他这种情况要怎么起诉离婚。

王虎一直愤愤不平，四年前他就认识陈山野了。那时陈山野刚来羊城，在他的隔壁租了个小单间。

这男人也真能忍，对老婆跑了这件事绝口不提，直到一年前钟芒来了羊城找陈山野，他才从钟芒嘴里得知了这件事。

他和媳妇都觉得那女人瞎了眼，可奈何，小县城和大城市，小司机和大老板，确实是天壤之别。

“别耽误人家姑娘，我一天没搞好手续我都……”

陈山野在塑料袋上系结的动作骤然停下，突然意识到自己为什么会被阮玫拉黑。

他想起王虎的微信是拿自己家一对双胞胎姐妹花的照片做的头像。

而他的微信头像用的是陈思扬的照片。

陈山野拎着两份饭回了出租屋，在钟芒的房门上敲了敲，等了一会儿，专门起床吃午饭的钟芒开了门，打着哈欠打招呼："哥……"

钟芒走去厕所，吐字含糊："你先吃啊，我还没刷牙……"

等钟芒洗漱完回屋，看到陈山野正坐在凳子上发愣，饭盒还搁在塑料袋里没有取出来。

"你怎么了？心里有事儿呢？"钟芒拆着袋子，阵阵香气从饭盒里飘了出来，惹得他肚子叫得更欢了。

"钟芒。"

"嗯，怎么了？"

"你之前是不是跟我说过，我的微信头像一看就能看出来我是结过婚的？"

钟芒把饭盒掀开，点头答道："那肯定啊，我之前不是让你把头像换一换，换成自拍也好、风景也好，这样你想要处对象，也方便和人姑娘聊天儿，别一开始就把人吓跑喽。"

钟芒掰开筷子夹了块排骨丢进嘴里。这排骨焖得入味酥烂，只需牙齿轻轻一咬便骨肉分离。

他吐出骨头，接着问有点儿魂不守舍的陈山野："哥，你怎么了？我好久之前跟你说的吧，怎么今天突然又提起了？"

"算了，没事，吃饭吧。"

钟芒不解陈山野的欲言又止，可饥饿让他没再继续追问，满得快要溢出来的美食夺去了他的注意力。

所以他也没留意到，陈山野把竹筷捏得极紧。

这时的陈山野把方向盘握得极紧，几乎用尽了全力。

他看了一眼后视镜，那辆白色飞度已经消失在视线里。

不知在哪个路口，两个人分道扬镳。

"师傅，刚刚的追尾是那位靓女负全责吗？"后排的男乘客操着一口普通话好奇地问道。

陈山野懒得解释太多，隔着口罩回答："对的。"

“我看你们刚刚聊的时间不长啊，那么快就谈完事情啦？”

“我说我车上还有客人，别耽误太多时间，反正问题不大，就私了了。”陈山野在红灯前停下，雨刮器高频地拨开他眼前的迷雾，又很快模糊不清。

男乘客笑出声：“我看不是吧，是不是看那个靓女长得好看，借着私了，趁机加她的微信啊？”

陈山野回想起那个刺眼的红色感叹号，摇头笑而不语。

男乘客还在自顾自地发表推理结果：“她也一定对你有点儿意思啦，见你没有雨伞，还把自己的伞给你。唉，人长得帅就是有好处啊……”

陈山野侧过脸看着放在副驾驶座地垫上的折叠伞。伞面挂着一颗颗水珠，像朵快要在夜间绽放的紫黑色玫瑰。

雨伞是陈山野刚才说完话，阮玫硬塞到他手里的，伞柄带着她的余温，伞下还笼着她的香气。

陈山野不知道要用什么词语来形容阮玫身上的香味。

像是插在洋酒瓶里，以酒为养分的玫瑰，绽放时强势霸道，花瓣却被养得娇艳柔软，碾碎后散出的香气时刻都让人微醺迷醉。

阮玫退出伞外，瞬间被倾盆大雨淋了个通透。

她贴着额角和脸颊的一缕缕发丝是珊瑚色的海藻，浸在水里的眸子是清透小溪里的鹅卵石。陈山野听见她说：“雨伞你先拿着。车子修了多少钱你记得告诉我。”

陈山野后槽牙磨了一下，说出口的话竟带了些委屈：“可是……你把我拉黑了。”

阮玫拉开车门，手举在头顶做着毫无意义的遮挡，撇着嘴说：“我早就把你放出来了……才发现你也把我删了。”

蓝灰色天花板垂着一颗颗圆形的黄色灯泡，似寂静夜空里的繁星。

夏日食欲锐减，酸辣口味的泰式餐厅成了许多饕客的首选，快到七点半，餐厅门口依然坐着一排排等位的客人。

“萨瓦迪卡，请问几个人呢？”前台服务员看着面前被暴雨淋得狼狈不堪的女客人，抽了几张纸巾递给她。

阮玫接过后说了声“谢谢”，拿纸巾按着还在滴水的发梢：“有位子了，是八号桌。”

徐子玲正在把菜品挪位摆好，一抬眼就瞧见了落汤鸡似的阮玫，一头红发像被大雨淋得像泄了气的鸡冠。

她忍不住笑出声：“你这是开着天窗开车？怎么淋成这副模样？”

“别提了……”阮玫边嘟囔边把已经浸湿的纸巾拿开，发现发梢上沾了些白色纸屑，像攀附着些恶心的白色小虫子。

心里更加烦躁了几分。

怎么好像和陈山野重遇之后，她就没怎么顺心过？

阮玫把揪成一团的头发用手指顺开，压下心头的烦躁，看了一眼摆满一桌子的菜，肚子打起了鼓。

她问徐子玲：“你说的那两个朋友还没到吗？”

徐子玲有两个朋友对阮玫店里的线上代理感兴趣，便由她搭线这晚约出来面对面地聊一下。

“刚刚说上电梯了，应该很快到……啊，来了，来了。”徐子玲扬起手在空中挥了挥。

阮玫转过身，见两个短发女人朝这边走了过来，一个穿着粉色裙子，一个穿着藏蓝色裙子。

阮玫微怔，因为穿藏蓝色裙子的那个姑娘她见过。

两个人走到桌子旁和徐子玲打招呼，徐子玲介绍道：“乔娜、晓菲，这位是阿玫。”

阮玫向两个人递了名片，微笑道：“抱歉，我刚刚来的途中被雨淋了一身，样子太狼狈了，你们别介意啊。”

“当然不介意，我们边吃边聊吧？”穿粉色裙子的乔娜笑着从阮玫手里接过名片。

穿蓝色裙子的晓菲接过名片，视线在红发女子和名片中来回看。她有些惊喜地道：“你是……阮玫吗？”

阮玫顿了顿，很快便勾起嘴角：“对的，好久不见，晓菲。”

她只记得姑娘的名字，姓什么给忘了。

“真的是你啊？！”晓菲一脸难以置信，在阮玫脸上左右打量，

“你变了好多！大学的时候不是这个发型呀，我记得是又黑又直的长发，长度差不多及腰？”

阮玫点了点头，不想继续这个话题，热情招呼道：“大家动筷吧，别把菜搁冷了。”

“这也太巧了吧，你们是读同一所大学？”乔娜夹了块表面焦香的炭烧猪颈肉。

“对啊，我们同一个专业，不过不同班。阮玫在我们学校很出名，那时候她和学生会会长谈恋爱，然后毕业典礼上，那个师兄还单膝跪地献花求了婚！在那个时候简直轰动了整个学校！”

晓菲舀了一勺咖喱牛腩，兴奋道：“而且阮玫大学时已经开始做电商，那时候卖的是少女内衣。她好会做生意的，买文胸送底裤，款式好看，质量也很不错，女生宿舍几乎每个人都在她那儿买过，我也买了好多套。”

晓菲太激动了，勺子在半空颠簸了一下，有咖喱汁滴在桌面上，她抽了张纸巾把酱汁抹去，继续好奇地打探老同学的现状：“你和黄鸣彦结婚多久了呀？有小孩儿了吗？现在常住广州是吗？房子买在哪里呀？”

徐子玲心里大喊一声“坏了”，正想出声转移话题，已经听阮玫淡淡地开口：“没有，我和他挺久之前就分手了。”

周边桌子聊天儿的声音吵闹，只有她们这一桌突然安静了下来。

晓菲赶紧终止了这个话题：“不好意思啊，我刚见到老同学太激动了，你别往心里去。”

徐子玲敲了敲杯子，提议道：“哎，我们今晚可是要聊正经事儿的，就不聊这些晦气事儿了。”

阮玫挂上职业微笑，开始和她们讲线上代理的事儿。

饭后，徐子玲抢先买单。阮玫佯怒：“不是说好了今晚我请客吗，怎么你又抢着买单啊？”

“今晚让你想起了破事儿，这顿必须我来。”徐子玲收回被扫完码的手机，继续解释，“真没想到会遇上你的大学同学，我和晓菲不算熟，她是乔娜的朋友。”

“没事啊，这又不是什么不能说的秘密，不就是七年长跑的恋情最终分手了吗？”阮玫挽上徐子玲的小臂往店外走，另外两个人站在商场围栏旁等着她们。

“但你那可不算分手，如果不是因为那个混球……”徐子玲皱眉嘟囔着，手肘被阮玫晃了一下，她才住口。

“我回去就把货物的照片、文案、代理价格，还有流程都一起发给你们。”阮玫对着两人说。

这晚几人谈得很顺利，了解流程之后乔娜就拍板定了下来。她们有正职，就是想在朋友圈里卖些东西，不用压货，不用什么成本，阮玫那儿有已经成型的流程，她们赚点儿零花钱就行了。

“行，合作愉快。”晓菲朝阮玫伸出手。

“合作愉快呀。”阮玫递手握住，脸上挂着笑。

几人在停车场道别分开，车子开上马路时，阮玫发现，雨停了。

本应挂在夜幕里的星月被厚重的云朵遮住了，就像阮玫原本挂在嘴角的笑，现在不见踪影。

车子在红灯前停下。

阮玫开了雨刮器，刮走黏在玻璃上的雾气，车外湿热，每走一段路就会起雾。

看不清面孔的行人匆匆忙忙、来来回回，把斑马线上的水洼踩碎，溅起一朵一朵染了灰尘的污秽水花。

她又一次按亮了手机。微信里有不少未读消息，被放出小黑屋的那人却安安静静。

她鼓起腮帮子像条红尾巴的小金鱼，又拉不下脸主动给他发信息。

半个月前的那天，阮玫一边吃着额外加了烤火山肠的“豪华”便当，一边悻悻地把陈山野取消了拉黑状态。

她想着怎么都该沟通几句，问清楚陈山野是不是真的有家室，是的话大家就到此为止，不要再不清不楚地纠缠下去。

说不定是他家哪位亲戚的儿子呢？说不定是他的小侄子呢？

阮玫咬了口烤肠自我安慰。

当她再点进陈山野的朋友圈，看到的却是一条灰色长线。

被屏蔽了，还是被拉黑了？

阮玫嘴里的烤肠瞬间没了滋味，摔下筷子，往输入框里打字。

她的指尖微颤，在键盘上总按错拼音，输入法关联出来的词语一直不对。她不停地删了重打，气得她心脏像是有刀片来回剐。

发不出去消息让阮玫接下来几天都不在状态，发错货、打错单、报错价，出去送货还追尾了一次，私了赔了点儿钱，本就伤痕累累的车头又添了一道痕迹。

阮玫没有再删陈山野的微信和电话，可搁在那里，也没勇气踏出那一步。

憨木头！臭石头！

阮玫边骂边往店铺走，内街一入夜便安静了下来。扑腾着薄翼的飞虫撞进微弱的昏黄里，围在灯泡旁的湿气里乱窜着想逃跑，却永远抵挡不住光明的诱惑。

阮玫一直低头盯着陈山野的手机号码，鞋子溅了污水也没管，手指在手机屏幕上游移了好一会儿，终于在走到铁门前时按下。

可话筒里传来已关机的播报。

“啊，居然还关机？陈山野，你这个讨厌鬼！”

阮玫气得直跺脚，把屏幕上的“挂断”按钮按得一直响。

她突然听到身后有鞋底踩进水洼的声音，一愣，还没来得及转身，背后就幽幽地传来一句：“我手机没电，关机了。”

阮玫被突如其来的声音吓出一身冷汗，猛地转身，看见穿着黑裤、白衬衫的陈山野走到了她面前。

这两个星期憋在心里的不舒坦，这天傍晚的堵车和暴雨，追尾和剐蹭，雨中的偶遇和雨伞来回推搡，被淋湿的头发上沾着的纸屑，晚餐时被提及的过去，让阮玫把陡然冒起的火气都撒在了陈山野身上。

“你干吗——”阮玫甩了一巴掌到他结实微鼓的胸前，“啪”的一声清脆响亮，“干吗突然出现啦？！吓死人了！”

陈山野像个任由她发泄的沙包站着不动，只是她的巴掌跟挠痒痒似的，把他这两个星期的委屈劲儿挠得烟消云散。

啪——

“不是说不用我负责吗？还来找我干吗？”阮玫怒瞪着陈山野，手掌心被衬衫磨得微微发烫。

“我来还伞。”陈山野食指钩着伞绳，收纳得干净利落的小伞在半空中晃悠。

他垂眸看着姑娘龇牙咧嘴的模样，竟觉得可爱，像只拼命装成大老虎的小猫崽。

啪——

“那你拉黑我这事儿呢？”阮玫努着嘴一脸委屈，仿佛已经忘了明明是自己先拉黑对方的。

“我刚刚就想找你，但手机没电了。早上着急出门忘了带充电宝，朋友车上的数据线又不是我的型号，所以送完那个客人就直接过来这边等你了。”陈山野也不提自己知道被拉黑时的难受，耐心地一一解释道。

暴雨并没有使温度减退，带着水分的热气太磨人。

陈山野也不知道等了多久，额头有汗，脖侧有汗。他将衬衫领口的两颗纽扣解开，肩膀和胸膛被汗水和树叶落下的雨水打湿。

阮玫没再看他的眼睛，那双如黑色旋涡的眼里卷起的暗涌，她不太愿意看懂，于是盯着自己按在他胸前的手背看。

阮玫想来个痛快，那个问题在她心头压了好些天，可刚张开嘴就被一阵刺耳的喇叭声和闪烁的大灯打断。两个人不约而同都往街道另一边看了过去，车头灯的白光刺得二人眼睛都忍不住半眯起来。

内街窄小，只能容一辆车通过，而那车主的素质不怎么样，见路边站着人也没减慢速度。

阮玫赶紧往后退了两步，扶住陈山野的小臂顺势拉着他站到人行道上，背脊轻撞上铁门的雕花黑柱，震落了垂挂在金属上的水滴。

轮胎经过时带起一串水花泼溅在陈山野的裤子上，车子很快驶离，小路再次恢复安静。

两个人又一次靠得极近，他们身上流淌的血液里仿佛偷偷藏了磁铁，无法控制地想要靠近。

阮玫垂着头，目光停留在陈山野的第二颗衬衫纽扣上，扶着他小臂的手往下，半圈住他的手腕，拇指搭在平稳跳动的脉搏上。

她低声问："陈山野，你微信头像的那个小孩儿，是你的孩子吗？"

阮玫指尖下的脉搏并没有飞驰起来，头顶传来陈山野认真的回答："是的。"

"所以，你结婚了？"

她微微颤抖的五指轻熨在他的皮肤上。陈山野垂眸，诚实答道："对。我结过婚，抱歉。"

他的手腕上的手陡然抓紧了一瞬，又很快松开。陈山野的心脏也像被忽然攥紧后松开。

阮玫知道了答案，心头的烦躁并没有散去，反而更浓了，裹得她无法呼吸。

阮玫眉毛紧皱，张嘴吐气，胸脯加速上下起伏，知道自己没立场过问陈山野的私生活，可她拉不住自己被柠檬腌过的话语："所以你这是什么意思？"

陈山野知道自己目前的身份做什么都不妥，只能道歉："对不起。"

阮玫一把抢过他钩在指尖的雨伞，声音里的温度骤降："你跟我说什么对不起？"

阮玫抬手推了一把陈山野，可男人坚如磐石纹丝不动。她抬眸狠狠地瞪他，双手又用力往他胸膛上推："你对不起的是你的家庭，你的老婆，你的儿子……"

陈山野看着阮玫带着情绪的眸子，想起一年前，她也是用这样的眼睛看着他，愤怒、悲伤，还有委屈。

他垂在腿边的手指在裤边动了一下，之后攥成拳，往后退了一步，走下人行道。

阮玫的手在包里胡乱摸索着，气自己那一晚干吗主动搭讪陈山野，又气包包这么小，为什么连把钥匙都找不到？

为什么……为什么她什么事情都办不好？

今晚吃饭时，晓菲问的每一个问题都在她的心脏上扎刀，刀刀致命。

是啊，按照她本来的规划，这个时候她应该已经付了房子的首付，在这个城市有了属于自己的家。

她应该和黄鸣彦领证了，婚纱照也应该拍了，像他们以前商量的那样，去好多个国家度蜜月。

虽然她和黄鸣彦说好了不设喜宴，但还是要请朋友们吃顿饭。她也要在酒店包下一间最高层的套房，和闺密们办一场单身派对……

大学时的女同学人人都羡慕她，说阮玫你就好啦，自己当老板，不用到处找工作，也不用在职场上看别人脸色，还有英俊又多金的男朋友，这种眼里只能看到你的好男人，打着灯笼都找不到，一定要好好珍惜他……

可看看现在的她是什么样子？

身上背着债，没有存款，为了省下租房子的钱一直蜗居在店里，用的、穿的都是以前买的。近半年的淘宝购物记录里只有卫生巾和汽车补漆笔，社交应酬一直在减少，每顿外卖不能超过二十块……

难得想找个靠谱的伴侣，可也弄得乱七八糟！回头要是陈山野的老婆找上门，那她的生活就能达成“狗血大满贯”了。

终于，阮玫摸出了钥匙，却没有抓紧，“当”的一声掉落在湿漉漉的红砖地面上。

她赶紧蹲下去捡，但有人比她更快。

陈山野把钥匙串拾了起来，将几根沾了污水的钥匙在自己的西裤上擦干，再递给阮玫。

阮玫去拿，可钥匙挂牌被陈山野抓在拇指和食指之间，扯了一下，没扯出来。

“你……你放手……”她狠拽了一下。

陈山野不放，反而抓得更牢，连小臂都绷出了一两根青筋。

他黑直的刘海耷拉在额前，两道浓眉中间皱起小山，低声哀求：“阮玫，能不能给我几分钟，听我解释一下？”

第三章 跟我走

高中那会儿，陈山野怎么都没想过后来会和吴璇丽结婚。

白皙清秀、身材高挑、长发飘飘的吴璇丽，可以说是县城一中全部男生的梦中情人。

陈山野因为身高太高外加成绩不好，常年霸着教室的最后一排不放，而吴璇丽也高，就坐他前面一排。

陈山野一早就决定高中毕业后开始工作，不再升学，于是大部分同学都在奋战高考的时候，他就趴在自己桌子上，看吴璇丽被夏风吹起的发丝，听她朗读英文课文时好听的发音。

陈山野不像其他青春期的男生，他没跟吴璇丽告过白，知道吴璇丽憧憬着南方的大城市，憧憬着那些港剧里总会夹着英文单词的粤语。

而陈山野没那么大的志向，能在县城里给爸妈买上一套不用爬楼梯的电梯房，再买一套给自己当婚房，娶个媳妇生个大胖娃娃，安安稳稳地过点儿平淡日子就行。

他的世界和吴璇丽憧憬的世界不同。

吴璇丽如愿以偿地去了羊城读大学，她的 QQ 相册开始出现高耸入云的高楼大厦，奢侈高端的综合体商场，有着璀璨华灯却见不着星星的夜景。

那时的陈山野站在汽修厂车间门口，嘴里呵出成团的白气。他摘下沾满黑色油污的手套，在班级群里给吴璇丽庆生的铺天盖地的祝福语里，夹在其中也发了句“生日快乐”。

他抬头，肉眼可见的星空银河，或许这才是他们这小县城里最值钱的珍宝。

“你们那里可以看到漫天星辰啊？”

阮玫忍不住打断陈山野的叙述，把下午客人翻乱的内衣样板整理好挂回衣杆上。

刚才陈山野一进门就用一句话概括了他的婚姻状况：妻子在小孩儿一岁的时候离开了家，他有四年没见到她了。

陈山野还说这个月他会回一趟老家递交离婚起诉，本来去年就想办了，但种种原因导致他去年没办法回家，这事儿也就耽搁了。

雨水和冷气都驱散不开的灰霾一瞬间淡了一些，阮玫甚至觉得自己的呼吸顺畅了不少。

“嗯，只要天晴，抬头就是星星月亮，光污染没那么大。”

陈山野上次进来阮玫的店里没有太多机会好好参观，这次左看右看，觉得样样东西都很新奇。

玻璃展示柜里摆着许多颜色各异的小玩意儿，墙边射灯照亮墙上悬挂整齐的内衣样板，墨绿色沙发应该是接待区，旁边还有一整排高低组合的原木色货柜，货架上展示着散发不同气味的香水、蜡烛，还有些绣着桃色英文单词的绸面眼罩……

阮玫瞥了他一眼：“你快接着说啊。”

陈山野“哦”了一声，走到沙发前坐下。

他高中毕业后先在亲戚开的汽修厂干活，干了三年后驾龄足够了，便转行去当出租车司机。

因为他父亲也是干这行的。

陈山野起早摸黑地干了一年，原本以为会一直留在大城市的吴璇丽回来了。

他们班像陈山野高中毕业就选择工作的人不少，要么往南到昆明，要么往西到丽江，也有往北去成都、重庆的，平时要组织场同学会并不容易。

许是因为校花吴璇丽回来了，那一年的同学会只要能挪出时间的同学都来了，陈山野自然也去了。

在大城市浸泡过的少女蜕变得洋气自信，无论男的女的都围着她，依然是众星拱月。

只是大伙都不明白她为什么会选择回来。吴璇丽的说法是：想家了，出去久了，觉得家乡也很好。

那一次聚会陈山野的视线无数次在空中和吴璇丽交汇，次数多得连他自己都觉得惊讶。

更令陈山野惊讶的是那一晚吴璇丽主动在微信上找了他。

“等等，接下来是你们谈恋爱的剧情吗？”阮玫再一次打断陈山野，从沙发旁的迷你冰箱里取了瓶啤酒，问陈山野要不要。

“嗯。”陈山野回答阮玫的第一个问题，向她伸出手，“给我一罐。”

陈山野平日因为晚上要开车，已经许久没有喝过酒，但这一晚他没有上班的打算。

“恋爱的剧情我就不听了，你省略一些说吧……就说后面的事情。”阮玫努了努嘴，把冰凉的铁罐递给陈山野。

“啪”一声脆响，陈山野把开了口的这一罐递给阮玫，再拿过她手里没开口的那一罐。

男人的举动太自然了，不带一丝刻意，阮玫眨了眨眼，心脏有个地方变得好软。

故事融进了麦芽酒精的味道，渐渐地变得苦涩。

其实陈山野已经记不太清当时和吴璇丽谈恋爱的过程了，因为一切来得太突然，告白是吴璇丽开的口，她说从高中开始就喜欢他了。

陈山野有些受宠若惊，像遥远不可及的月亮突然掉落到他的面前。

县城小，两个人的父母互相都认识，谈了近半年恋爱便撺掇着二人考虑结婚，也在那时，吴璇丽怀孕了。

孩子的意外来临打乱了陈山野的计划。他把那几年存下的钱拿出一笔给吴家当彩礼，剩下的钱再加上跟父母借的十五万元，在县城里买了套八十平方米的二手房，并重新装修当婚房。

房产证除了他的名字，也写了吴璇丽的名字。

给彩礼时，陈山野在吴家父母跟前跪下递茶，请他们安心地将吴璇丽交给他。

吴璇丽说想低调一些，也帮陈山野省点儿钱，所以两家人没有大摆筵席。陈山野坚持要拍一套婚纱照，两个人便在影楼拍了两组照片。

之后的几个月，陈山野起得越来越早，回得越来越晚。他得多赚点儿钱养媳妇和小孩儿。

他摸着吴璇丽西瓜般大的肚子，说等娃娃一岁左右就把小孩儿交给爸妈带一下。他带她出国去玩玩，去她一直想去的法国或意大利，就当是补上蜜月旅行。

吴璇丽笑着说："哪里来的钱啊？"

陈山野也笑了，说："努力赚就有了啊，可是我英语不行，去到那些地方得靠你带路才行。"

叶子变黄开始落下的时候，陈思扬出生了。

陈山野停了大部分的工作在家陪吴璇丽坐月子，等她出了月子后，陈山野继续拼命工作。

又一年树叶变黄时，陈山野在网上联系了个昆明的旅行社，想问问去法国的旅行团。

客服给他发了旅行团的价格和行程，一直猛夸这个季节法国的梧桐树有多美。陈山野咬着烟笑，难道腾冲的银杏不美吗？

回家后陈山野把旅行团信息拿给吴璇丽看，接着去逗已经开始学走路的儿子。

陈山野后来努力回想着那一天，也没觉得吴璇丽有什么异常。她一样在饭后带着陈思扬去散步，一样在睡前看着他看不懂的原文书。

他累了一天沾上枕头就有了困意，快入睡的时候他仿佛听到吴璇丽趴在婴儿床边对着陈思扬说着什么。

第二天是星期天，陈山野带着儿子回了父母家，这样能让吴璇丽休息一天。

但晚上的晚餐他们没有等到吴璇丽。

她手机关机，微信也不回。陈山野把小孩儿先放在父母家，赶回家时发现家里黑灯瞎火。吴璇丽带走了一些衣服，证件、银行卡和现金也不见了。

餐桌上有一封信，吴璇丽说，这里不适合她，她要离开。

还有对不起，以及让陈山野不用找她，也不用等她。

陈山野回忆的话语戛然而止，没有再继续说下去了。

不是因为他心里难受，只是因为，阮玫的双臂攀上了他的肩膀，红发在眼前摇曳，吻落了下来，堵住了他的话语。

好像有一朵、两朵让啤酒浇灌过的小花盛开。

湿润、微苦，还有淡淡的酸涩……

“还听不听解释？”陈山野在接吻的空隙问她。

除了父母知情，陈山野从未向谁诉说过吴璇丽的事情，只是在家乡那种小地方一点儿芝麻绿豆大的事儿，就会被添油加醋地传开。连钟芒也只知道事情的大概，具体的经过陈山野一直深埋在心里。

如今，他希望阮玫能知晓他的全部过去。

“不想听……你别说话了。”阮玫闭上眼，又吻了上去。

陈山野眼前起了薄薄的雾。

那头红卷的发丝如野玫瑰，肆意又张扬地在夜里燃烧。

他身上染上了阮玫房间里的气味，是雨洗过的青草味道，多年来空落落的心也一点儿一点儿地让洋槐蜂蜜灌满。

之前陈山野觉得阮玫像花，可这一刻他觉得，再美的花儿也比不上她一分。

暖风呼啦呼啦地穿过覆满湿气的发丝，微糙的指腹时不时地触上她的头皮。

阮玫看着镜子里认真为她吹干每一丝头发的男人，胸腔里的小心脏软成一颗熟烂的水蜜桃，被轻轻一掐就能挤出汁。

陈山野的五指带着热风烙在她的心上，就这么压出了几个又软又暖的小坑。

“你自己摸摸看，这样算干了没有？”陈山野把发梢卷在自己的手指上，捻着其中一缕感受着干爽程度。

“可以了！干啦！”吹风机的声音大，阮玫也跟着提高了音量。

陈山野关了吹风机，温柔地轻拍两下她的发顶，说：“完成了。”

阮玫顿了顿，心脏又暖了几分。

空调送着阵阵凉意，火苗在祖母绿的玻璃皿中欢快地跳舞。

陈山野的衬衫来时已经湿透，阮玫从衣柜底部翻出一件洗得领口发白的黑色T恤递给他：“喏，这件你应该能穿，虽然是我高中时候的衣服，但挺大的，是男生加加加大码。”

陈山野把衣服摊开往身上比划，还真可以穿，衣服比他平时的T恤大了一两个码，长度快及胯了。

他套着衣服问：“你怎么会有这么大的衣服？”

“我高中的时候很胖，又不自信，衣服都拼命往大的买。”阮玫自己也套了件宽松的T恤，“后来瘦了下来，衣服不合身了，但还是留了几件以前的衣服时刻警惕自己。你看，正好还能当睡裙穿。”

陈山野倒是没料到阮玫是个念旧的人。

阮玫走出卧室，不一会儿带了双拖鞋进来，放到陈山野脚旁：“我今天送完客人还没拖地，你先穿吧，就是可能有点儿小。”

这男人人高马大，脚也大。阮玫买的是最大码，这一刻看着好像还是有些挤脚。

拖鞋是崭新的，黑色的。陈山野把脚套进去，有些挤，但没关系：“什么时候买的拖鞋？”

上次来的时候还没有。

“前几天去超市时正好打特价，买两双第二双半价，就顺带买了一双。”阮玫拿了条新床笠出来。

“哦。”陈山野接过，熟练地帮她换上。

茶几上两罐啤酒已经变成常温，罐底聚了一圈水渍，阮玫也不知道哪罐是自己喝过的，随便拿起一罐猛灌了几口。

陈山野的手机已经充了大半的电，好笑的是他用的是店里的共享充电宝，还是阮玫帮他扫码。

他拎起桌上另一罐啤酒，边喝边开机，手机刚连上上网络就“叮咚叮咚”不停地进来信息。

钟芒发的信息最多，不停地问陈山野怎么关机了，是不是出了什么事儿。

陈河川也发了条信息，说陈思扬想和他视频，问他是不是在忙。

陈山野看了下时间，已经晚上十点半，陈思扬应该已经睡了。

“我出去打个电话。”陈山野给阮玫做了个手势后往外走。

外面又下起雨，水珠跳在黑色雨棚上，门上的铸铁灯下围绕着三两只飞虫不依不饶地扑着光。院子角落的小树被雨水打落了些许叶子，树干上的灯带阴天里没吃够阳光，这会儿有气无力地散着暗淡的光芒。

像被大雨打蔫了翅膀的萤火虫。

陈山野直接给陈河川回了一个电话，父亲接起电话时声音压得很低：“喂，山野啊。”

“爸，思扬睡了吗？”

“睡了，刚找不到你，他有点儿不高兴，你妈哄了他一会儿才睡着。”

陈山野挠了把后脑勺儿，有些歉意：“下午我手机没电了，等明天早上我跟他视频吧。”

“行，你现在在工作吗？我看下午手机新闻说你那边有黄色暴雨警告，雨下得很大吗？”

“下午的雨是挺大的。”陈山野想起下午大雨里的那场偶遇，忍不住嘴角挂上笑，“现在也在下雨，不过雨势小了很多。我今晚没出去跑活，忙点儿事情。”

“哎，行，下雨了如果你出去开车也要多加小心。”

“知道了，你也快去睡吧。”

“好，挂了。”

接着陈山野给钟芒拨了电话，那边还没接起，身后木门“嘎吱”一声被推开。他回头，看到阮玫从满室七彩流光里走了出来，灯光在她肩膀和发顶镀上了一层柔和的金光。

阮玫见陈山野还举着电话，扬了扬手里的烟盒说了声抱歉：“我以为你已经打完电话了，那我等一下再出来。”

陈山野没让阮玫走，圈住了她的手腕把人带到身边：“没事，你就在这儿吧。”

电话那头的钟芒接起，开口就大喊大叫：“大哥，你终于出现了！你跑哪儿去了？！我差点儿要报警了！”

陈山野把电话移远了一点儿：“吵死了，大晚上的别瞎嚷嚷……我能有什么事啊啊？”

“能有什么事？！”钟芒拉高了音量，“你忘了之前差点儿被人抢劫的事情？！”

话筒里传出的声音实在太大，阮玫听得一清二楚，手里的火苗还没到达衔于唇边的纸烟就已经熄灭，她蹙眉看陈山野。

陈山野顿了顿，拿过阮玫手里的打火机，重新燃起火苗递到她面前，旁，用嘴型无声说了句“我没事”，才接着回答钟芒：“那你是忘了那几个小年轻被谁打得哭爹喊娘？”

阮玫凑前一些在陈山野手边点燃香烟，听到电话那边紧张兮兮地说道：“那是那几个人太弱了，万一对方有武器怎么办？万一他们身上藏把刀什么的……”

“你电视剧看太多了啊，别老瞎想。”陈山野见阮玫眉头中间筑起的小山越来越高，想赶紧结束这个电话，“你找我还有没有别的事情？没事我就挂了啊。”

“哎，等等，没事归没事，但你现在人在哪儿呢？今晚下雨外头的司机好少，系统不停地给我派单呢。”钟芒声音里带着掩不住的喜悦，背景音里有风声、雨声。

阮玫把烟盒在陈山野面前晃了晃，学他刚刚的样子用口型问他要不要来一根。

陈山野点头，对着电话说：“在外头，我今晚不回去了，你自己开我房间的门进去洗衣服就行。”

钟芒一下子就联想到最近陈山野不太寻常，瞬间兴奋：“哥，你是不是去女朋友家了？”

把烟放进男人嘴里的阮玫听到了这一句话，突然起了一丝玩心。

她吐出口腔里的白烟，隔着烟雾看陈山野被灯光染上暖意的黑眸，嘴巴一开一合无声吐出几个无声的字。

虽然没有声音，但陈山野还是知道阮玫说了什么。

一瞬间，他的心脏拼命往下坠，坠到被雨水浸得软烂的泥土里。

耳边的钟芒还兴奋得自顾自地说话。陈山野捏了捏打火机，刚被火焰烧烫的火机这时变得冰冷。

他还被“在普通朋友家”这几个无声的字打得头脑有点儿蒙，思绪像不眠不休的龙舟水一样沉重，

他给自己点燃烟，眼前弥蒙起薄雾，对钟芒说：“没有，就是在一个朋友家，你别瞎讲。”

陈山野告诉自己再等一等，等名正言顺的那一天。

他挂了电话，主动跟阮玫介绍：“刚刚打电话的是我一小兄弟，跟我同一个地方出来的，现在也在干代驾。”

“哦……”阮玫蹲在水泥地上，捏着快烧尽的烟蒂按进烟灰缸里，仰头问陈山野，“干你们这行怎么这么危险啊？你之前还遭过抢劫？”

陈山野蹲到阮玫身旁，把烧长的烟灰抖落进红色的烟灰缸里：“对啊，之前有一晚送客人到市郊一个比较偏僻的地方，大半夜的，小路上没人没车，我正往市区方向走，几个小混混突然跳出来要抢我的电动车和手机。”

许是因为这场雨，阮玫从陈山野的话语里感觉到了些许潮湿。

“然后呢？”阮玫双手搭着膝盖，侧着脸看猩红火星在陈山野嘴角时明时灭。

“嗯？然后我就跟他们干了一场架，当然不能让他们给抢了。”

想起那一晚，陈山野忍不住咧开嘴笑了一下：“那几个小年轻有一个身高还没你高，也不知道哪里来的胆量抢我。”

阮玫暗暗吁了口气，但下一秒被陈山野的话吓得猛地站起身。

“不过我还是被他们划伤了，进医院缝了几针。”陈山野说。

这事陈山野没跟钟芒说过，怕把钟芒那小子吓得一惊一乍，以后都不敢上夜班了。

钟芒说对了，其中一个小流氓真的带了把小军刀，那时陈山野忙着对付另外两个人，一时不备被那人在背上划了一道。

“让我看看。”

阮玫走到陈山野的背后，把他背上的衣服撩起，之前几次她都没仔细看，原来男人蜜色的肌肤上布着好几道新旧伤口。旧伤口只剩淡淡的疤痕，她俯身眯眼看得仔细，问道："那一道刀伤在哪儿呢？"

"在快靠近右肩膀那里。"

那里有一道泛白的旧疤痕，倒是不长。阮玫轻抚着那道疤，声音也像手指那样轻："那时候应该很痛吧？"

"还行，以前在汽修厂时被铁片剐过，那次比较严重。"陈山野含住烟说得轻描淡写，反手指着靠近左肋骨的地方。

阮玫的手指在陈山野背上绕成柔软细腻的沙画，她靠得近，陈山野能感受到扑洒在背上的温暖气息。他吐了口白烟，看烟雾被灯光染黄，再把断线的水珠裹在一片朦胧里。

身后一时没了声音，陈山野笑着打趣："真不痛，我倒觉得你搞的那个图案比较疼。"

"也还好，没有很疼。"阮玫把他的黑色T恤拉回原位。

"这都不痛？看不出你还挺能忍。"

阮玫淡淡一笑："对，我超能忍痛哟。"

虽然阮玫的脸上在笑，但陈山野感觉她并没有很开心。

他转回头，双手往后折在肩膀上，手掌摊开："把手给我。"

阮玫不明所以，但还是把手交到他的手中。

陈山野把阮玫拉到自己背上，双腿一用力，把惊呼了一声的阮玫稳稳当当地背了起来。

他托着阮玫的双腿，手掌正好抚在她腿上那一圈白色蕾丝上。

他把那个问题问出了口："阮玫，你为什么要搞这么一大片图案？"

雨夜潮湿闷热，身后的灯光将二人交叠的影子投进了淅淅沥沥的雨幕里。阮玫双手搭在陈山野的肩膀上，看着面前茕茕孑立的黑影。

"再等等吧，陈山野。"

阮玫把下巴抵在陈山野的头顶，说："以后有机会我再告诉你。"

阮玫在后半夜突然醒了过来。

她侧躺在陈山野火炉般的怀抱里，有滚烫的呼吸扑在她的后脑勺儿。

窗帘上时不时会被闪电照亮，远处似乎还有雷声滚滚，但有人帮她挡住了那些恼人的雷声。

陈山野一只手让阮玫枕在头下方，另一只手贴着她的耳朵，帮她掩去那一声声震耳欲聋的炸雷。

阮玫只能听见，紧贴住耳畔的手腕皮肤下，有如河水奔涌川流不息的脉搏声，一声接着一声，比轰隆的雷声还大，打在她的心上，却捂得她极暖。

当她迷迷糊糊地准备再次入睡时，突然觉得，如若这场雨永远不停歇，那也挺好的。

狭小昏暗的卧室里只有她和陈山野，雨水淋不到他们身上，雷声进不来他们的耳朵，瞬间一股安全感包裹着她的身心。

半梦半醒的阮玫有种错觉，觉得这个时候全世界只剩下他们，她却一点儿也无需害怕，可以安心地在他怀里入梦。

有些情愫就像漫天纷飞的雨滴，不知不觉地降临在心上，流淌成一条弯弯绕绕的小河，清澈见底。

下了大半个月的雨终究还是停了。

——陈山野来羊城的第一年，就见识到了将整座城市浸在水里的回南天和衣服永远晒不干的雨季，他立刻冲到楼下小超市买了个烘干机，衣柜式那种，才让自己有干燥的衣服可以穿。

陈山野将早晨放进烘干机里的衣服从衣架上取下，折好铺平在已经快被填满的行李箱里。

黑色的箱子装满了陈山野买给家里的东西。

他自己的衣物不多，大部分是给陈思扬买的，琳琅满目的玩具和文具，还有给母亲的广式腊肠和鸡仔饼，给父亲的花生酥。

陈河川喜好咸甜香口的小零食，陈山野之前买过一次纯心饼店的招牌花生酥，父亲一下就爱上了入口即化的花生酥糖，可惜母亲沈青不让他吃太多，陈山野只能偶尔偷偷地给他寄一点儿让他解解馋。

花生酥是陈山野昨天专程去买的，老字号饼店离阮玫的店里不过两公里。他在买的时候多要了半斤，扫了辆电动车给阮玫送过去。

下午五点半去店里，阮玫正坐在小木头板凳上忙着打包包裹，地上堆着好些纸箱，打包胶带、美工刀、防震物料、快递单、货单散落一地。

可能刚送走几位实体店客人，小茶几上杯盘凌乱。陈山野怕搞乱她打包的节奏，就帮她收拾桌子，有时递递工具打打下手。

阮玫的店里只有她一个人，线上和实体所有的事情都得自己来。陈山野问过她为什么不多请一个人帮忙，就算是请个兼职的也能帮她分担一些。

阮玫摇着头说，如今没有多余的钱，能自己干就自己干，好省点儿钱还贷款。

陈山野皱着眉问她欠了什么贷款、欠了多少钱，但是被她很快转移话题绕开了。

快递小哥收走包裹后，阮玫拉着他去吃这附近有名的牛杂煲，美其名曰要帮他饯行。

陈山野不紧不慢地跟在阮玫身旁，傍晚的风荡起她束在脑后的火红马尾，晚霞落在她身上烘得她柔软温暖。

他无奈一笑："饯什么行？我就去四天，又不是走了就不回来了。"

只见阮玫转身背着手，一步一步倒退着走，眸子被夕阳倒进了裹着亮片的香甜蜂蜜，铃铛般的笑声随着晚风飘到他的耳边："那可说不准，说不定你一回家感受到家庭的温暖，就不想回来啦。"

"不会的。"陈山野声音不大却十分认真，"阮玫，我会回来的。"

煤气炉里青蓝火焰跳动，烧着架在上方的白瓦煲，瓦煲里浓郁的汤汁不停翻滚，八角花椒多重香辛料混合而成的香气在蒸腾白雾里肆意迸发。青翠的葱段和香菜铺在炖煮得软糯入味的牛杂牛腩上方，渐渐被沸腾冒泡的汤汁卷入汤里浮沉。

店里的老板和大部分食客很熟悉，阮玫一进店就和老板娘亲切熟稔地打起招呼，最后捞了两瓶免费的亚洲汽水。

油面筋浸满了浓香汤汁，入口时一不小心会被挤出来的滚汤烫着嘴。

陈山野看着阮玫往软烂的面筋呼哧呼哧地吹气。她的鼻尖沁出了细小汗珠，嘴唇红透水润，再把面筋小心翼翼地放进嘴里。

可还是被汤汁烫到了舌尖。

不停地用手在嘴边扇风的阮玫特别可爱。

陈山野垂首吃着自己碗里香气四溢的牛腩，这样想着。

买单的时候两个人争了好一会儿，陈山野铁了心不让阮玫付钱，长手牢牢地抓着她的手腕不放，最后老板娘出来“调停”：“靓女啊，难得带个靓仔来吃饭，就让他请你一次啦。”

老板娘说完拿着扫码器往陈山野的二维码一扫，完事。

这是他们第一次面对面坐下来好好吃一顿饭，这是夏夜里常见的烟火气。

陈山野把装得满满的行李箱盖好，走出屋子去敲对面钟芒的门。

“哥……呜哇——”钟芒打着哈欠，睡眼惺忪地看着陈山野放在门口的行李箱，吐字含糊，“你现在要去高铁站了？”

“对，你要带给奶奶的东西呢？”陈山野正想跟着钟芒往屋内走，突然瞧见床上被子鼓起一大团。他立刻停住脚步，往后走了半步退回到走廊。

钟芒打开衣柜弯下腰摸了摸，拿了个东西走回门口，塞到陈山野手里：“我想来想去，还是直接给奶奶红包最实际，这样她老人家爱买啥就买啥。”

陈山野掂了掂手里的红包，鼓鼓囊囊，两三千块钱是有的。

“这次拿这么多？不用留点儿钱给这个月用？”陈山野把红包塞进后裤袋。

前几个月钟芒收入锐减，好不容易存下来的一小笔钱全拿来填这几个月的房租和生活费了，加上平时年轻人总爱乱花钱，所以钟芒存款不多这事儿陈山野心中有数。

陈山野还想着这次回去看奶奶时要代替钟芒包个红包给老人家，没想到钟芒一下就拿了好几千块钱的现金出来。

“不用，我还有钱呢……”钟芒又打了个哈欠，眼角挤出了泪水。

这时床上的被团动了动，一条细长的腿从被子一角伸了出来。陈山野皱眉，看见小方桌上堆满了空啤酒罐和密密麻麻的烤串扦子。

这一顿消夜可算不上便宜，怎么也得抵上钟芒一两个晚上赚的钱。

钟芒没个正经交往的对象，陈山野斥过他几次，但钟芒又不是小娃娃，陈山野没法二十四小时一直管着他。

他冷冷瞥了钟芒一眼："别喝太多酒了，我不在的这几天，你可别偷懒，每天上工下工、流水多少得跟我讲一声。"

"知道了，知道了，你路上小心。"钟芒连忙打着哈哈。

羊城到陈山野老家没有直达高铁，他买的是到宜市的高铁票，十点五十三分开车，傍晚六点半到了宜市再换乘大巴，两个多小时能到县里。

早上九点的地铁已经过了高峰期，陈山野准备换线至高铁南站，刚往换乘阶梯走时，手机铃声响了起来。

来电显示是阮玫。陈山野怔了一下，这家伙一般都睡到中午，这才九点，怎么这么早就起床了？他心里甚至浮起了一丝幻想，这时候打来，难道是想嘱咐他路上小心？

可电话里带着哭腔的声音瞬间让陈山野的心提到了喉咙口，浓眉中间堆起小山，耳畔像有雨水滴答作响。

阮玫在话筒那头哭着说："陈山野，有人搞我！"

阮玫是被吵醒的，院子的铁门被敲得震天响，像铁锤一下下狠狠地凿着她的脑内神经。

这阵势害她一度以为回到了一年多前，被高利贷上门追债、家门口被淋上臭气熏天的污物、走在路上胆战心惊的日子。

不是高利贷，钱她已经还清了，不是高利贷……

阮玫边在心中一遍遍地默念，边快速套上运动文胸和 T 恤往外走。她没有直接走出店门，而是撩起门帘往铁门那里看了一眼。

只一眼就把她看蒙了，铁门外是四五个穿着蓝色制服的男人。

是城管。

她趿着人字拖走下楼梯走过石径，走近一些她发现其中有两位的制鞋服是公安制服，两者袖章不同。

短短几步路阮玫甚至幻想，难道是警方帮她逮着玩失踪的黄鸣彦了？但这个想法很快如阳光下的泡沫快速破裂。

站在最前面的一名城管出示了自己的执法证表明身份并问她："你

是这家店的老板，是吧？”

阮玫没给他们开门，隔着雕花铁柱警戒地点了点头：“我是。”

“有人举报你的店铺存在违规住人现象，开下门，我们要进去检查。”

“Rose Slave”是由民居改建的工作室形式的店铺，但其实一开始的装修设计方向并未安排住人区域，毕竟那时阮玫还有一片屋檐可以遮头。

之后不得已要从原来的公寓搬出，阮玫想省下租房的钱就改了装修方向，保留民居原来的卧室部分，只重新翻新了一下卧室和浴室就搬进店里住了。

她的房东宫欣提醒过她，这样是“三合一”场所，很容易被执法部门盯上，而且这样的店铺需要设置一定的消防设施和逃生通道，不能用煤气和明火。

另外，店铺只可留一人值班留宿。

可笑的是她被人举报的理由是，店铺存在“多人住宿”的情况。

多人，什么时候多人？

阮玫气得发颤，也不知道是被附近的谁看到陈山野在她这儿留宿了。

执法人员在店里查不出有多人居住的痕迹，但反而查出她这里只有一个出口，没有逃生用的消防通道，消防设施也不过关，店里不允许再住人。

阮玫被勒令限期搬走，在没有整改好之前店铺不允许营业，连电都被断了，电箱贴上了惨白的封条。

执法人员没有逗留太久，他们还赶着到下一家，这附近的“三合一”商铺屡见不鲜，平时他们睁只眼闭只眼，但最近上面下令要严查整改，几个部门联合执法，查得比平时要严格很多。

人走楼空，阮玫瘫坐在沙发上，没电没法开空调，屋里不流通的空气闷得她不一会儿就汗如雨下。

虽然不是那些高利贷的流氓上门捣乱，但阮玫还是感受到了那时快失去容身之处的无助。

临时要她找新的住处哪有那么容易，电梯房她没钱租，而这附近就算是楼龄不低的楼梯房也不便宜，押二付一，一下子要交出好大一笔钱。

如果要省钱只能往外围交通不太方便的地方，或者去城中村里找房子。这房子也不是一下就能找到的，交通通勤、租金性价比都是需要考虑的因素。

当年如果不是多得房东帮忙，阮玫根本没法用低价租下这里，周边的店铺租金水涨船高，得亏宫欣一直没跟她多要钱。

阮玫想着想着又忍不住埋怨，到底是什么人举报她啊？

是隔壁的老太太吗，因为她投诉过一次老太太家的狗叫声过分扰民？是巷口小卖部的老板娘吗，因为小卖部的臭老头总是色眯眯地看着她？还是哪个总戴着有色眼镜看她这家店的街坊？

屋顶是不是破了洞？怎么有水滴在她的脸上？那从眼角顺着脸颊滚落的水珠是不是淬了毒？为什么流进嘴角时会那么苦？

她是不是真的如林碧娜说的那样，什么事都没办法做好？

成年人的崩溃只需一瞬，来得猝不及防。

排了一小时队买到的麦当劳特价组合刚走出门就打翻了，饥肠辘辘想泡碗面时发现热水不够烫，泡了好久那面饼还是硬的，半夜突然醒了却无法再次入睡……随便一件微不足道的小事情，都能将压在心里的许许多多难受化成雨水从眼角落下。

什么都想说，却什么都说不出口的时候最难过。

阮玫上一次崩溃时，将眼泪和委屈全数发泄给了一个男人，而这一次崩溃，脑海里闪现的也是那个人。

那个给她捂住耳朵挡雷声的人。

她跑回房间抓起手机，给陈山野打电话。

阮玫哭得像个傻子，苦的眼泪、咸的汗水都汇集在一起，对着电话大喊大叫："陈山野，有人搞我！"

陈山野立刻拉着行李箱往人不多的地方走，压着心悸问："你先别哭，告诉我怎么了？发生什么事情了？"

阮玫把被人举报、店里被强制停电的事情对陈山野倾诉，一句句湿漉漉的委屈带走了眼眶里的水分，泪水渐停。

"到底是谁对我有那么大的意见？我觉得隔壁老太太的嫌疑最大，可能你那天早上离开时被她看到了！我觉得她一直看我这店不顺眼！"阮玫狠捶了一下枕头，愤愤不平的声音传到陈山野的耳边。

陈山野听完倒是松了口气，他生怕阮玫出事儿，连手心都湿了一片。

陈山野安抚烦躁不安的阮玫："我现在过来找你，你收拾几套衣服和日用品，这几天先住酒店好不好？房子可以慢慢儿找。"

他不太愿意阮玫去他住的那地，环境太复杂。他孤家寡人住在那里无所谓，但他不舍得阮玫委屈自己。

"不要，你不要来……"阮玫抹干残余的眼泪，吸着鼻涕走出卧室，听着陈山野安静如水的声音，波涛汹涌的情绪被抚平了一些，"你今天是要回老家的，别过来了。我自己找家连锁酒店住几天就行，反正这些天我也没办法做生意了，就多看一些房子……"

"我可以下个星期再回家。"陈山野打断阮玫，拉着箱子走向站台另一边，广播播放着一分钟后有列车进站。

"不行，陈山野，你回去是要办正经事的……"

阮玫径直走出店外，倚靠在橱窗玻璃上摸出根烟点燃，香烟在五月底浅浅的阳光里摇曳起一抹星火。她能听到陈山野那边有列车到站播报，叮咚叮咚的屏蔽门警报声和吵闹杂乱的脚步声挤满她的耳朵。

陈山野一直没有再开口，等到屏蔽门关起地铁离站，都没有出声。

阮玫将口腔里炙热的烟雾吐进阳光里，想最后跟陈山野说一声"路上小心"。

"陈……"

"阮玫。"

两个人的声音在电波声里碰撞，陈山野的话语说得比她快。

"你收拾一下东西，跟我走。"

南站地铁站出口人来人往。

陈山野站在一根柱子旁按着手机，微信里收到阮玫刚发来的身份证照片。他登录了手机的高铁购票软件，先是把自己的车票退了，再给二人买了下午三点那趟车的车票，这是接下来时间最近、也是当天最后一趟到宜市的车了。

但搭这趟车，得晚上十点多才能到宜市，早过了大巴运营时间。

陈山野在通讯录里翻了一下，找了个号码拨出去。

“野子？什么风把你吹来啦？”一道豪迈爽朗的男声传来。

“杨哥。”杨新伟是他几年前跑黑车的时候认识的同行大哥，陈山野打了声招呼，“你今晚有空跑一趟宜市不？我晚上十点到高铁站。”

“难得你开口，那我肯定去啊！”杨新伟那边正嗦着米线，吐字有些不清。

“行，那我上高铁了就把列车时间发到你微信上。”

“好嘞，你一个人是吧？”

陈山野回想半个多小时之前阮玫的电话，这胆小鬼怕是哭得鼻涕都流出来了。

想到这里，陈山野忍不住勾起嘴角，对杨新伟说：“不是，我跟一个朋友一起回去。”

让阮玫跟他走，陈山野不是一时冲动，如果阮玫拒绝，他也会留下来陪她找到房子再回老家。

放阮玫一个人留在这里，他无法安心。

倒是陈山野提出后，阮玫没考虑多久就答应了。

“反正我一年多没休息过了，就当是说走就走的旅行吧。”阮玫说。

结束通话后，陈山野打开阮玫的微信对话框，放大了那张身份证上的照片。证件照里的阮玫和现在相比样貌有一些变化，一头黑直长发整齐地梳在耳后，粉唇微扬，一对鹿眸里透着点儿怯。

和陈山野这些天见她的模样判若两人。

地铁二号线从江南路可以直达南站，车程二十分钟，加上阮玫收拾行李的时间，怎么也得一个小时。陈山野靠在柱子旁安静地等着，眼睛一直盯着出站处没离开。

阮玫从站台坐着扶手电梯上来时，越过眼前模糊的人影，一眼便看见了双手抱胸站得笔直的陈山野。

只一眼就落进那双卷着黑色旋涡的眸子。

阮玫收拾行李时想过自己是不是太冲动了，虽然她最近和陈山野的见面次数多了不少，但是，一起出游？去的还是陈山野的老家？

这又上升到另一种含义了。

但很快她想，为什么不行呢？

从背起债务开始她就没休息过一天，这一年她累得够呛，身体累，心里累。

以前她要讨好林碧娜，后来讨好黄鸣彦，现在她要讨好自己。

她想找个地方、什么都不管地放空两三天……

阮玫刚扫了二维码出站，陈山野就走到了她面前，还没开口说话，她手里的行李箱已经易主。

“心里还难受吗？”陈山野挑开她眼前遮住大半张脸的红色墨镜，墨镜下是泛红的眼角和微肿的眼睛。

阮玫把墨镜取下挂在衣领口，摇了摇头：“不难受了，就是早上被吵醒又折腾了一会儿，脑袋有点儿蒙……等执法人员贴了封条都走光了，我才反应过来，一时接受不了才……”

“才哭得像个小娃娃？”陈山野幽深的眼里盛满了笑意。

陈山野那笑意满得泄出了眼角，露出一口像弯弯月牙的大白牙。

她皱着鼻子否认：“谁像小娃娃？没有这回事……”

陈山野不再逗她，拉着两个行李箱往高铁站厅走，问道：“还没吃早饭吧？”

阮玫这作息，早饭和午饭一定是连着一起吃的。

“嗯，还没有。”阮玫跟在陈山野身侧走着，手往肚子上摸了摸，“你这么一说，是有点儿饿了。”

“那等会儿在站内找点儿东西吃吧。你的身份证给我，我去取票。”

阮玫从包里取出钱包，抽出身份证递给他。

陈山野找了个太阳照不到的地方让阮玫看着两个行李箱，自己则迈开大长腿往取票机子走，不一会儿就拿着票回来了。

阮玫接过纸票一看，是一等座，票价七百四十六元。

她掏出手机给陈山野的微信转了笔账：“我把车票钱还给你哦。”

陈山野深深地看了阮玫一眼，拉起一黑一红的两个箱子往入站口走：“走，进站吧。”

站内挑高宽阔，候车的乘客比起假期或春运时少了许多。

陈山野问阮玫想吃什么，阮玫看了一眼楼上夹层的餐厅，不是麦当劳就是肯德基，不是真功夫就是72街，还有家星巴克。以往阮玫会选星巴克，喝杯美式配火腿芝士三明治，但她选择了麦当劳。

陈山野把箱子放在桌子旁，问她：“你吃什么？我去给你买。”

“不用，你坐下，我在小程序上点就好。”阮玫把手机递给陈山野，“你看看你吃什么？”

“我不用了，我早上吃了早餐。”

时间不知不觉临近中午，阮玫想着干脆把午饭的份也吃了，所以给陈山野点了份安格斯双层厚牛芝士堡套餐，薯条换成玉米杯，饮料换成低糖绿茶。自己要了个板烧鸡腿堡套餐，再加了份麦乐鸡，陈山野的食量她是见识过的，一份套餐可不够他吃。

“我给你也点了份餐，就当提前吃午饭吧。”

“行，你把取餐码发我，我去拿。”陈山野站起身。

陈山野去等餐的时候，阮玫在朋友圈里发了则店休一周、只接单不发货的通告，回头一看微信，陈山野把她的转账退回了。

陈山野捧着食物回到座位时，只见阮玫鼓着腮帮子闷闷不乐地盯着他。他把餐盘摆到桌子上，笑着问：“你怎么了？”

跟条小金鱼一样。

“你怎么把钱退回来了啊？车票太贵了，不能让你一个人付。”阮玫把两份餐分好，将麦乐鸡推到陈山野面前。

“你过几天租房子要用一笔钱，这些小费用我来付就行。”他把吸管插到两杯饮料中。

阮玫抽出薯条用力地咬断，不满地说道：“你总是这样，我下次不和你一起出来了。”

陈山野一只手拿起汉堡，把油纸拆了：“你请我吃饭了，抵平了。”

阮玫咬了口汉堡，腮帮子一下一下地鼓动着，声音囫囵在嘴里：“一个汉堡才多少钱……你赚钱辛苦，别浪费在我身上……”

两个人相视一眼，阮玫听见陈山野低头嘟囔了一句什么，餐厅人多嘈杂她没听清，便多问了一次：“嗯？你刚说什么？”

“没什么，不是说肚子饿吗？赶紧吃。”

陈山野垂眸啃着汉堡，把那句“钱用在你身上，就不叫浪费”悄悄地掩去。

车站里空间太大冷气并不足，阮玫把挂脖式便携风扇挂在脖子上，小小的扇叶旋转着，带出的阵阵微风吹散她面前的浑浊空气。

早上被猛然截断的睡意此时汹涌袭来，陈山野见阮玫的脑袋像鱼咬了钩似的一点一点的，问她："困了吧？"

"嗯，起太早了……"阮玫打着哈欠伸了个懒腰，眼角都沁出了泪。

陈山野看了下手机上的时间："那你睡一会儿，还要一个多小时才发车。"

阮玫点了点头，从包里摸出蓝牙耳机塞了一个到右耳，拿着另一个时手顿了顿，转了个方向递到陈山野面前："一起听歌吗？"

陈山野点头道："好。"

阮玫低头看着歌单："你平时听什么歌呀？"

"无所谓，你听你喜欢的就好。"

阮玫手指停了一下，淡淡地开口："陈山野，你不用刻意迎合我的喜好的。"

她指了指座位旁小桌子上的白色杯子，纸杯上绿美人鱼标志明显，下方用油性笔写着"陈'M"，认真地说："我可以坐二等座，也不是非要喝咖啡，我是一个非常随和、非常好相处的人。"

陈山野刚才说去洗手间，结果回来的时候给她带了杯美式。她错愕地睁大眼睛看着他，他眼帘半垂，一声不吭地把咖啡杯放到她身边的桌子上。

阮玫想了想，估计是从朋友圈看过她的日常吧。

这男人太实诚了，对她的好全写在脸上。

陈山野越是对她好，她越觉得自己没良心。

偏偏她并不是心如磐石的人，只要再给她多一点儿，再多一点儿，她就要投降了。

本来陈山野听着前半段心微微抽痛了一下，但最后一听阮玫刻意强调的"非常随和"和"非常好相处"，没忍住"扑哧"一下子笑出声。

阮玫还是选了当初那个粤语歌单随机播放，听到笑声，她挑眉飞快地瞪了他一眼："笑什么哦？"

耳机里传来歌声，陈山野依然挂着笑，不回答她的问题。

“奇奇怪怪的……”阮玫嘟囔了一声，稍微侧了侧身，轻靠在陈山野身上，闭上了眼，“我睡了哦，如果我等会儿没醒你记得喊我起来。”

陈山野应了一声，探出左手帮阮玫把脖子上的两个风扇转了个方向，让风别直接对着她的脸吹。

风将阮玫身上的香味带到他的鼻腔内，淡淡的柑橘味道，额头有几根柔软碎毛被风扬起，一直在他的眼角起起伏伏。

发丝没有拂到他身上，却挠到了他的心里。

耳朵里有粤语歌。

是个女歌手，她轻飘飘地在钢琴声里问：狐狸，你今天愉快吗？狐狸，你要的是我吗？

车站这地方总是嘈杂的，每隔一两分钟就有列车信息播报，许多人影在他面前虚晃游移，像一只只迁徙于地面的灰鸟。

陈山野目光往下移，落在那紧抓着包带的纤细十指上。

阮玫这天戴了枚金色的戒指。

一年前的那一天，阮玫让他直接开床头柜拿东西，抽屉里东西凌乱，当陈山野找到的时候，看见了那枚被遗弃在昏暗边角失去光芒的钻戒。

和阮玫重遇的这些天，陈山野没在她手指上看到那枚钻戒出现过。

陈山野收回目光，在阮玫已经长出一节乌黑的发顶落下一个吻，很轻，很轻。

阮玫没想过在这样的环境下还能入梦，她对睡眠环境的要求向来是黑且静。

也许是因为周边环境纷扰和早上突如其来的崩溃，使这个梦跳跃且闪烁，许多片段在脑内成形，又在脑内破碎，碎片就像优雅的白色的小蝴蝶，扑腾着翅膀飞向无边的黑暗。

片段画面的时空是错乱无序的。

一时是她颤抖着双手拿着九十分的试卷递到林碧娜面前。

明明是小学时的事情，挨了戒尺打的却是高中那个胖胖的她，圆润微粗的小腿被抽得通红发烫，第二天上学每走一步都能挤出泪水。

一时是她淋雨踩着单车回家，等红灯的时候瞧见隔着一辆车的车道居然停着林碧娜的车。

她和副驾驶座的阮岚四目相对，她正想向阮岚挥手，却眼睁睁看着姐姐视若无睹地转过头和母亲谈笑风生。

这明明是高一暑假前的某一天，可接着她以肉眼可见的速度变矮变小，流着泪的天空离她越来越远，最后她变回小孩儿模样，踩着一辆小小的红色三轮车。

阮玫开始想挣脱这场荒谬吊诡的梦，可那些看似无辜的蝴蝶盘旋在她身边，数量越来越多，翅膀扑打着她的眼皮，拂过她的脸颊。

她还是被蝴蝶拖进了那个噩梦里，摆满书和试题的书桌，只在角落点着一盏惨白的灯，灯泡吸附着肮脏的灰尘，秒针的脚步声在静谧中显得格外刺耳，手里的笔抖如筛糠，笔芯在凌乱的草稿纸上“吧嗒”一声被折断。

冰凉的蛇攀着她的脖子，缓缓爬过她的胸前，在她耳边吐着信。

蛇居然开口说话了，声音尖锐如针直扎在她的耳膜上。

“答不出来啊？那要接受惩罚了哦。”

不要，不要，她不要被惩罚。

她用力把银色的蛇甩到墙角，“砰”的一声，蛇身的鳞片一块块地散开，变成那些一路缠着她不放的白色小蝴蝶。

攥紧在手里的自动铅笔，藏在床底的香烟，被橡胶跑道磨平了鞋底的运动鞋，篮球场上轰鸣般的呐喊欢呼，黄鸣彦眼里的星星，毕业典礼上的九十九朵红玫瑰，针尖刺进皮肉作着画，被卖掉的订婚钻戒……

越来越多的蝴蝶挤得她的脑袋快要爆炸，她想要抬手去敲打自己的头把它们赶走。这时一只干燥温烫的手掌按住了她的手背，一声一声唤着她的名字。

阮玫……

阮玫，醒了……

那声音如一阵温润却强势的山风，吹散了那群恼人的小蝴蝶。

第四章 借个火

夜玫瑰

一捧冰凉的水直直地泼到脸上，快速驱散开眼角的倦意。

阮玫抬头看向镜子里的自己。

黏成一小撮一小撮的睫毛尾端挂着摇摇欲坠的水珠，下眼睑和鼻尖泛红，嘴唇却失去了些许血色，水滴从下巴坠落到领口上打湿一片，衣服喷溅上深深浅浅的斑点水迹。

束在脑后的马尾刚刚往洗手盆前倾时沾了水，湿漉漉的，略显狼狈，但她顾不上去处理，任由它浸湿自己的上衣。

心悸感慢慢儿地被压了下去，阮玫调整着呼吸频率，抽出张纸巾随意地抹去脸上的残余的水珠，把纸团丢进垃圾桶才走出洗手间。

陈山野在正对着洗手间门口的一小片空地那儿等着她。

身形高大颀长的男人总是引人瞩目一些，高铁站的女厕所门口排着长队，阮玫看着两三个小姑娘脑袋凑在一起窃窃私语，几双眼睛总偷偷地瞟向陈山野。

她调整好心情走到陈山野身前，从他手里接过自己的包和咖啡杯，扯起嘴角笑了笑："走吧，我们去排队检票。"

陈山野没在这个时间点问她有没有事儿。

他知道，阮玫有事儿。

刚才阮玫睡了约一个小时，前面一直睡得挺沉，耳机里的歌一首首地切换，偌大的候车厅被歌声围出一小片安宁，安稳得连他都犯困了。

身旁的姑娘甚至发出了细细的鼾声，可爱极了。

他的坐姿一动不动，生怕细微的动作都会吵醒沉睡的玫瑰。

慢慢儿地，情况变得不大对劲，他的袖子有了明显的濡湿感，一低头便瞧见阮玫额头沁出了细细密密的汗珠，眉毛微蹙，小口微张。

不一会儿那双手将包带拧得死紧，指关节颤抖着凸起泛白，似乎下一秒皮下的骨骼就会穿破那层薄薄的肌肤。

陈山野摘下耳机，轻轻地唤了阮玫几声，但被梦魇包围住的阮玫怎么能听到他的声音？

陈山野快速从她额头下抽出右手臂，改为用胸腔抵着她，手臂绕过她微颤的肩膀取下她耳朵里的耳机，又唤了她一声："阮玫，醒醒。"

阮玫还是没有动静，甚至呜咽了两声。陈山野听到她说了句"不要"，不要什么，后面的没听清了。

她的手倏地松开，又很快再次紧握成拳，陈山野赶紧伸出左手压住她的手背，把她半搂进怀里。

"阮玫，醒了。"他轻揉着掌中微凉的手指，把自己的温度传给她。

陈山野稍微用些力搂住她的肩，恨不得再用力一点儿把她揉进自己的血肉里，嘴唇贴在她已经被冷汗濡湿的发顶一声声地唤着，希望自己的声音能传进她的耳内。

如灰鸟的人影在眼角来回游移，他觉得时间怎么走得那么慢，慢得心脏都快停止跳动了。

其实这段难熬的时间，还不到十秒。

阮玫刚醒来的时候陈山野还没有松开她，等到掌心里的那双手平静下来，他才卸了些力气，扶着她肩膀的手来到她的背脊上，一下一下像哄小孩儿一样地拍着。

"醒了就好了，没事了。"他说。

陈山野还没等到阮玫开口，不远处检票口上方的电子屏幕上显示出他们那趟车准备检票的通知，站内也即时进行了播报。

阮玫坐直，陈山野也顺势收回双手。

“我去洗把脸。”阮玫把脖子上的小风扇取下塞进包里，拿了包纸巾出来，站起身对陈山野笑了笑，转身往大厅中段的洗手间走去。

阮玫的包没拉拉链，陈山野把两个耳机装回耳机盒里，拉紧拉链后把包挂到行李箱拉杆上。

他背起自己的黑色双肩包，拿起小桌子上已经变成常温的咖啡，推着两个行李箱也往洗手间走去。

等了一会儿阮玫出来了，走到他面前时还硬扯出了个微笑。

陈山野在心里暗叹了一声，把手里的单肩包和咖啡杯递给她：“这杯冷了，我重新去给你买一杯？”

“不用，冷了就冷了呗，还能喝的，我带上车喝。”阮玫接过杯子捧在胸前，想从陈山野那要回自己的红色行李箱，“我的箱子很轻，我自己拿就好了。”

陈山野这次没坚持，把箱子还给她。他想阮玫可能需要手里实实在在地握着东西，才有回到现实的感觉。

看着他们那个检票口的长队已经开始慢慢儿地蠕动，两个人也不再多聊，走到队尾跟随着人群缓缓地往前走。

检票过机，下月台，找到车厢，因为还没到开车时间，每个车厢门口都有男人聚集着抽最后一根烟。阮玫喉咙发痒，对陈山野说：“我想抽烟，你要吗？”

在吃麦当劳的时候她查了这班车的经停站，羊城出发后到下一个站大约得两个半小时，她怕自己等会儿起了烟瘾难受。

最主要的还是想用老方法压住那个噩梦，把它压在见不得光的地方，用锁链锁上，别总动不动就跑出来闹腾。

陈山野点头：“我先把行李箱放上车，你在这里等我。”

“好。”阮玫还是把箱子交给了他。

目送陈山野进了车厢，阮玫从包里摸出烟盒和火机。

月台有闷热潮湿的风吹过，阮玫衔住烟背着风打火，那火星在金属里奋力喷溅着可就是不愿意冒出来。

眼前忽然有黑影笼罩，阮玫以为是陈山野出来了，抬头发现是个陌生男人。商务打扮，身上有爱马仕大地香，手里拿着个银色打火机笑着问她需不需要帮忙。

阮玫下意识地往车厢里看，隔着大片的玻璃和刚放好箱子的陈山野对上眼。

陈山野两道浓眉微蹙，一双长臂还高举在半空，很快就迈步往车门方向走。

阮玫回过头对搭讪的男人摇了摇头，食指中指夹着未点燃的烟，轻点着车门方向说："不用了，我等朋友出来跟他借火，谢谢你。"

"男朋友？"商务男倒是有点儿不依不饶。

阮玫想尽快结束对话，"嗯"了一声，侧身绕过男人往陈山野那边走去。

"打火机打不着火，你帮我点啊。"阮玫知道陈山野也抽烟，但可抽可不抽，瘾没她大。

陈山野已经从裤袋掏出打火机，打出摇曳的火苗递到她嘴边，两道眉还拧着。

他挑眼看了一眼十几步外的男人，问阮玫："刚刚那男的跟你说什么了？"

"没，就问要不要帮我打火呗。"阮玫深吸一口，清甜的尼古丁瞬间赶走了喉咙里的痒意。

她接着再猛抽一口，把烟盒递给陈山野。

其实陈山野抽不惯阮玫的烟，小姑娘家家就喜欢水果味或奇奇怪怪味道的爆珠烟，上次在她店里抽的那根是红酒味的，这次的也不知道是什么味道。

陈山野弹了一根在手指上把玩了一下，凑在鼻子前闻了闻，这个倒没什么怪味，就是薄荷味挺浓的。

阮玫"热情"地介绍："这盒是西瓜味道。"

陈山野含住烟嘴，打火机已经举到嘴边了，突然眼角瞥见那商务男还在直勾勾地看着他们。

他顿了顿，把打火机塞回裤袋，大掌绕了个道扣住阮玫滑嫩的后颈。

阮玫一时不备，微扬起下巴，瞪大圆眸不解地看着他。

陈山野嘴里叼着烟，话语有些模糊："借个火。"

烟头和烟头互碰，随着一声吸气，火花在两个人中间燃起。

列车高速行驶，窗外远处或蓝或绿的景色缓慢地匀速往后退，突如其来的一片黑暗瞬间掩去了眼前所见的一切，只剩车窗倒映着朦胧不清的人影。

进山洞了。

阮玫的耳朵立刻难受起来，赶紧张大嘴巴打了个哈欠以缓解气压变化造成的耳膜不适。

“又困了？”身边传来陈山野的声音，在阮玫闷闷的听觉里更显得浑厚低沉。

她摇头道：“不是，是进山洞耳朵不舒服……”

一个哈欠打完收效甚微，耳朵依然像是浸在水里的贝壳。

陈山野见阮玫用尾指堵着耳朵不停地按，便站起身从行李架上取下背囊，在里头摸了包东西放到她面前的小桌板上：“吃这个。”

是包软糖，草莓味的。

“你怎么还随身带小糖果呢？”阮玫也不跟他客气，拆开包装捏起一颗果冻般的糖果丢进嘴里咀嚼起来。

“是钟芒……就上次跟你提起的同乡兄弟给我儿子的。”陈山野解释道。早上钟芒拿完红包后还塞了几包小糖果给他，说是给陈思扬的。他懒得再开一次行李箱，就把糖果装进随身背包里了。

阮玫咀嚼了几下不适有所缓解，问陈山野：“你儿子叫什么名字啊？今年多大了啊？”

阮玫和陈山野自那个雨夜之后就没再聊过这件事情，她没提起，陈山野自然也不会无端地开口，而正好这一刻有了个缺口，阮玫便顺势问了一句。

“他叫陈思扬，五岁了。”

说话的时候陈山野侧头一直看着阮玫，想看她对这件事情有没有反感和排斥。

陈山野知道阮玫不介意他的婚史，所以此时才会坐在他的身边，但孩子是另一个摆在他们面前很现实的问题。

谁都不是圣人，他没办法强求阮玫对陈思扬心无芥蒂。

姑娘嘴里嚼着糖，可能为了缓解不适，咀嚼的动作带了些夸张的意味，肉肉的腮帮子像乳白色的气球一下下地鼓起：“读幼儿园了？”

阮玫的眼神没有一丝躲闪，没有一丝嫌弃，眸子像蝴蝶泉般澄澈晶莹。陈山野暗吁一口气，点头道：“对，中班了。”

“平时都是爷爷奶奶带他的咯？”

“对，早上我爸告诉我，小娃娃今天上学时太兴奋了，走着走着还摔了个跟头。”

“摔跤啦？人没事吧？”阮玫问。

“没事，男孩子总这样，摔倒了再站起来就好。到了幼儿园门口，他还让我爸给他录了个视频发给我。”说着说着，他习惯性地点开了相册——他把家里发来的视频都存在了手机里，但手指在快触到视频文件时停了下来。

反而是阮玫主动提出：“视频，给我看看呗？”

陈山野又暗吁了一口气，点击了文件将视频放大，把手机递给阮玫。

这时列车出了山洞重见阳光，阮玫借着光线看视频。

圆头圆脑的小男孩儿对着镜头打招呼，满脸洋溢着笑意：“爸爸！我去上学啦！我会乖乖地吃饭、乖乖地睡午觉、乖乖地上课，也不会和小豪抢玩具！我会乖乖的，然后明天你送我上学、接我放学好不好？”

阮玫看着看着，一时看看手机，一时看看陈山野，重复了几次。陈山野问她：“怎么了？”

“我看看你和你的小孩儿长得像不像嘛。”

陈山野直接回答：“刚出生的时候像，这两年五官长开了一些，就不太像了。”

刚好短视频结束了，阮玫把手机还给陈山野：“哦……”

那就是像妈妈多一点儿咯……

阮玫不再在这个话题上打转，她往嘴里再丢了颗糖，换了个话题：“这两天你多陪陪家人，不用管我。我就在酒店睡觉，睡醒了就在附近走走。哦，如果你有推荐的饭店就把地址发给我，我自己叫个车过去就行。”

酒店她已经订好了，县城虽小但也有三四家小酒店，她问了陈山野意见，最后挑了一家离他家近的，一百来块钱一晚。

陈山野本来想给阮玫订，但她坚持要自己来，惹得陈山野两条浓眉皱得快要打架了。

“我明早送孩子去上学，然后和律师去法院递交申请，估计得弄到中午，再过来酒店接你去吃饭……”

陈山野把第二天的安排一一告诉阮玫，详细到要去哪家餐馆、要吃什么菜式。

这时微信进来了信息，是陈山野的律师宁川发来的，跟他核实次日要带的资料和见面的时间、地点。他在手机里简单地回复了一下宁川，别过头，目光撞进一双滴溜溜转的黑眸里。

陈山野挑了挑眉：“干吗盯着我看？”

阮玫环顾了一圈周围，他们后排没坐人，前排坐了两个姑娘，边吃着鸭脖子边看综艺节目，左边那列一对中年夫妇睡着了。

见没人留意他们这边，她挪了挪坐姿，蓦地倾身靠近陈山野。

两个人的距离比不久前在月台借火时还要近。

陈山野忍不住也靠近她一点儿，但下一秒，唇间被喂了颗软糖。

阮玫往后退，双眸亮晶晶的，笑得好像只小狐狸：“山野哥哥安排行程辛苦了，请你吃糖呀。”

心脏像被蚂蚁咬了一口，陈山野把软糖卷进嘴里，忍不住凑过去，小心翼翼地碰了下阮玫的唇。

此时列车轰隆隆进了山洞。

两个人的胸腔和血液都被加速的心跳烧得滚烫，偏偏碰触极其温柔，连呼气吐气都变得小心翼翼，多一分都生怕打扰到此时的气氛。

黑暗掩去了光明，那颗软糖在两个人之间来来回回。

咽不得，嚼不得，甜得发慌，随波逐流。

身后方突然传来骨碌骨碌的车轮声和乘务员的叫卖声：“饮料、奶茶、咖啡，有需要的乘客吗？”

被惊扰到的两个人迅速分开。

空气里的温度悄然上升，阮玫凝视着陈山野的黑眸无法动弹，只觉得双颊滚烫。

她想，此时如果有汗珠滑过脸旁，或许会被瞬间蒸发。

乘务员快走到他们身边时列车出山洞了。

陈山野坐直身体，喘了一口气后问阮玫："你要不要喝饮料，还是咖啡？"

车站买的那杯星巴克已经喝完了。

"不用，车上的太贵了……你不是有开水吗？我能喝吗？"阮玫的喉咙像有羽毛轻挠，指着他小桌板上的黑色保温杯问他。

陈山野把杯子递给她："可能还有点儿烫，喝的时候小心点儿。"

阮玫"嗯"了一声，拧开杯盖抿了一口，温度还行，就是列车上的开水总有一股奇怪的味道。

阮玫喝了几口后，盖好杯盖想还给陈山野，才发现杯子上磕磕碰碰的伤痕有好多，杯底边缘的漆掉得厉害。

她指腹摩挲着那些坑洞疤痕，问："这是你工作时带的杯子吗？"

陈山野点头道："对。"

"用了好久了吧？"

陈山野想了想："嗯，我来南方之前就已经在用了，现在总觉得它的保温性能已经不太好了。不过羊城总是那么热，也就只有冬天需要喝些热水。"

阮玫把杯子递给陈山野，感叹了一声："你们这行好辛苦啊，我之前看一个代驾师傅每天记录自己的代驾过程，说过程中如果出了事故，汽车有碰撞剐蹭都算自己的，是吧？"

陈山野摁开杯盖喝了一口温水，继续说道："小事故的话基本都是自己处理，大事故就得看平台良心了，不过我身边的人还没遇到过这种情况，也只是偶尔听同行说起。"

他顿了顿，道："也不是只有我们，每个行业都辛苦。"

阮玫正捏着一颗糖往嘴里放，突然一片温暖的云朵轻落在她的发顶上。

是陈山野的手，总是干燥温暖、带些薄茧，使人安心的手掌。他有些笨拙地在她头顶上来回轻扫了几下，最后还轻轻地拍了拍，伴着一声："你也是，辛苦了。"

男人的轻声呢喃，像带着暖意的山风涌进她的胸腔内，失序跳动的心脏被焐得发烫。这风沿着血液皮肉流淌到四肢百骸，指尖发烫，膝盖发烫，眼皮发烫，耳垂发烫，哪儿都烫得快要冒出蒸汽似的。

阮玫刚刚喝下去的水分似乎被血液的滚烫蒸发成了水汽，迅速在眼眶里聚集成一片海。她飞快地转过头去看窗外的山峦起伏，看波光粼粼的水面被水鸟划出一道水痕。

“我有点儿饿了，你到餐车帮我买包小饼干，好不好？”

她需要支开陈山野，好让她赶走那只顺着风、绕着她的心湖一圈圈盘旋的水鸟。

陈山野带着一袋奥利奥回来时，阮玫已经抹去眼里的水汽。也是够丢人的，几小时前才说自己不难受了，这一刻还因为陈山野一句话就掉泪了。

陈山野也不提刚刚看到了阮玫眼角的泪水，像什么都没发生一样继续聊之前代驾的话题。

“啊，公司不给你们买保险，那你们怎么办啊？”阮玫咬了口饼干。

“我自己买了意外险，一年也就不到四百块钱。”陈山野也拿了一块饼干，距离中午那一顿有点儿久了，连阮玫都饿了，他不可能不饿。

吃完后陈山野继续说：“赔偿金额还行，身故残疾赔五十万元，意外医疗保险十万元，就当花点儿钱买个心安吧。”

阮玫听到“身故残疾”这种字眼心悸了一下：“呸呸呸，大吉大利。别说这些了，换话题，换话题……”

怕吵到其他乘客，两个人聊天儿时的声音轻又低，几乎在对方的耳畔吐息。

列车冲破夕阳驶进夜幕里，吃鸭脖子的女孩儿下车了，中年夫妇下车了，前排空了出来，后排坐了新的乘客。

椅子中间的扶手很早之前就被抬了起来，后来一直没有再放下来。

停站长达六分钟，阮玫赶紧拉着陈山野到月台上抽烟。

这次抽的是陈山野的烟，烟草浓郁的辛辣让阮玫第一口没忍住皱了皱眉，烟雾很快被微凉的夜风吹散，灰烬在指间似细小尘埃簌簌地掉落。

“你租房子的地点有考虑过吗？”陈山野问。

“还是想尽量找在江南路附近的，我在网上看了几个房源，等回去之后约一下中介看看。”

“你预算多少？”

“一千五百元以内吧，只是一个人住，能少一点儿就少一点儿。”

“好，我也帮你问问。”陈山野抽了口烟，那附近的房价没天河的贵，可一千五百元也没办法租太像样的房子。

“抽烟的回车上了！要开车了！”列车员拿着扩音喇叭大声呼喊。

阮玫掐了烟，吐出最后一口烟雾：“走吧。”

陈山野指了指后面的五号车厢：“饿了没有？去餐车买盒饭吧？”

“你不是有带吃的吗？”

陈山野一怔。他背包里确实是带了吃的，但是只有三桶方便面。他解释道：“我那个是……”

阮玫打断了陈山野的话，走到他身后，推着他往车门走：“我不是说了吗？我很平易近人好相处的。”

大高个儿就这么被人推着走，陈山野往前走了几步，嘴角勾起笑。

阮玫吃完最后一口红烧牛肉面时，陈山野的两桶酸菜牛肉面也见底了，两个人不约而同地打了个饱嗝儿，睁大眼睛你看我我看你，接着又同时笑出声。

一弯明月在夜幕中斜嘴笑着，夜空中的星星远远眺望着这两颗被四四方方的窗框住的小尘埃，一直伴着他们去到地上银河的终点。

杨新伟刚挂了电话就见到陈山野向他走来。

大高个儿在人群中显眼得很，可等人走近了杨新伟才看到陈山野的身边跟着一个姑娘，一时以为陈山野找到他家婆娘了？

他没见过陈山野的老婆，只从自家婆娘那听过几次，说吴家那姑娘长得可好看了，就是心眼儿怎么那么坏呢，就这么抛下儿子不管不顾。

杨新伟也不敢随便开口，试探着问陈山野：“哎哟，野子，这位是……”

“我在羊城的朋友，带她过来这边玩两天。”陈山野给两个人做了简单的介绍，拿过阮玫手里的行李箱对她说，“你先上车。”

“我来，我来。”杨新伟急忙跟着陈山野走到车尾，给他打开了后备厢，悄悄地问他，“这是……新弟妹？”

陈山野一两下把箱子码好，摇头时短短的碎刘海在额前微晃，低声说道：“还不是。”

他本来想坐副驾驶座，杨新伟把他往后面赶：“我副驾驶座放着东西呢，你去后面和小姑娘一起坐！”

车子上了高速，阮玫望着窗外朦胧的月色，听陈山野跟杨新伟聊着一些共同朋友的近况。

“野子，你之前不是买了一套二手房在三中附近吗？我记得还是翻新装修过的对吧？”

“对，怎么了？”

“我有一哥们儿想买套房子给家里的弟弟娶老婆用，看你放不放出来卖？你人不在老家，那房子一直闲置着，没人住的房子旧得快呀。”

杨新伟超了辆车，继续说：“我那哥们儿从长胜村出去，现在在绍桐市做点儿小生意，出手还挺阔绰的，如果房况好，价格方面你也可以往上走一点儿。”

阮玫侧过脸去看陈山野。

上次陈山野剖白的那一晚，说过那房子是婚房，重点是本子上写的是他和妻子的名字，是共有财产。

陈山野感觉到视线，回看她，眨了眨眼让她放心，再回复杨新伟：“我考虑一下，具体得等办完手续我才能答复你。”

“行嘞！”杨新伟往后视镜看了一眼，“你们坐了一天车也累了吧，睡一下，到了我喊你们。”

视线在昏暗的车厢里交汇，陈山野用口型问她：“你要睡吗？”

陈山野见阮玫颔首，往她那儿挪了挪屁股，把肩膀送到她身旁，但她没像在高铁上那样直接倚靠过去，而是拿出手机按了一行字。

“让你朋友看到了会不会不太好？”

陈山野挑眉，接过手机也打了一行“他好几年之前就给我介绍过对象”。

阮玫做了个恍然大悟的表情，但还是没有直接靠在陈山野身上，而是斜靠着椅背闭上眼睛休息。

只是再醒来的时候，她还是倒在了某人宽厚的肩膀上。

唉，真是不争气。

陈山野看着她眼神迷蒙还伸手抹了把自己的嘴角，忍不住调侃道：“放心，你没有流口水。”

阮玫软绵绵地瞪了陈山野一眼，把目光移向窗外。

车子已经进了县城，这里没有高耸入云的霓虹大厦，没有凌晨依然热闹喧嚣的声色场所，它安安静静地倚睡在大山旁，也伴着关河一声声翻滚的浪潮入眠。

阮玫回过头想问陈山野快到了吗，却只看到他镀上淡淡金色光晕的后脑勺儿。

这天一直借给她倚靠的肩膀看起来还是那么厚实，可阮玫这时觉得，那结实坚固的外壳上，也崩开了细长如头发丝般的裂痕。

车子在无人的道路上飞驰，暖黄的灯光穿过他头发微小的缝隙，阮玫微微眯起眼，流星在眼前一划而过。

她看了一会儿，收回目光。

车子在酒店门口停下，杨新伟走到车尾帮他们把行李箱拿出来，问陈山野：“你等会儿自己走回家？”

“对，走五分钟就到了。”陈山野往杨新伟的微信里转了钱，“星期四可能还得麻烦你送我们去车站。”

“得嘞，你确定好了告诉我就行。”杨新伟把后备厢关上，笑着对阮玫说，“小阮，我们这地儿小，比不上大城市，没什么好玩的，但有些小店吃的还可以，让野子带你去。”

“好的，今晚真是麻烦你了，你回去时开车小心一点儿。”阮玫给杨新伟鞠了个小躬。

凌晨的大堂只剩一位前台服务员，小姑娘很快就帮阮玫办好了入住手续。

房间的装修有些年代感，但还算干净整洁，圆弧形落地窗外的层层山峦匍匐在浓厚夜色里，老县城建在大山峭壁上，深夜里仅有几簇灯火隐在其中闪烁，峡谷中央流淌着蜿蜒河流，对岸沿着山脚的铁道上正好路过了一辆绿皮火车。

“陈山野，有火车！”阮玫趴在窗边，看火车窗透出的微光往河里丢下一串流光溢彩的钻石项链。

陈山野帮阮玫检查电器和浴室有没有问题，边检查边问：“晚上火车经过时会有点儿吵，你带耳塞了吗？”

“有，眼罩也带了。”阮玫心里暖乎乎的，这才多长时间，自己的睡觉习惯已经让这男人摸透了。

“那就好。”

陈山野检查完房间，走到门口弯腰拿行李箱，交代道：“那你快去洗澡，头发要吹干才好睡。”

他一抬头就见阮玫走到自己面前，下一秒撞进他的怀里。他被撞得往后退了两步，背脊撼动了门板。

百合花模样的手臂在他腰间扎根生长。他松开行李箱拉杆，温热的手掌覆在她纤瘦的背脊上，低声问：“怎么了？”

阮玫的额头在他胸前来回蹭了几下，不抬头也不说话。

她就是，看到陈山野的背影，想抱抱他。

陈山野摩挲着她的后颈：“阮玫，头抬起来。”

阮玫抬头，黑长的睫毛覆盖住她如雾如水的眸，投在卧蚕上的阴影精致乖巧。

说不出口的话不用再说了。

陈山野心里想着是不是下午软糖吃太多了，连嘴唇都变得像糖果般软烂甜蜜，含在嘴里怕化了。

这种事情，一旦开始了就没法停止。

就像香烟，点燃了便得一路烧到底……

“你这里，又是怎么回事？”陈山野拉起阮玫软绵绵搭在他胸膛上的左手臂，指腹在她手臂内侧接近腋下的一小节肌肤上仔细摩挲，力度很轻，像羽毛一样。

陈山野刚刚发现，这块皮肤下方好似藏了个什么物件，形状细长，有凹凸感。

阮玫无力地抬起眼皮，嘟囔：“皮埋哦，避孕的。”

陈山野在这之前没了解过皮埋，对避孕的方法仅知道做安全措施、吃药、上环、结扎。阮玫看他一脸不解，仔细地给他解释：“就在这皮肤下面埋了一个小棒子，火柴一样长吧……”

听着阮玫的解释，陈山野眉毛微微蹙起，小旅馆的床头灯光昏暗，如糜烂桃子，照得她的手臂没了血色，得仔细看，才能看出那里有个细小的创口。

“手术痛吗？”陈山野轻轻吻了吻那处有些凹凸感的皮肤。

“不痛的。”阮玫也不再多解释那手术有多小，找准了陈山野的唇吻了上去。

嘴唇被泡得柔软，心脏也是，两个人本来空空如也的口袋，渐渐地装进了好多好多的真心。

清晨的小山城灌满了茫茫的白雾。

往上看，渐白的天空是狭长的，和脚下的斜坡街道一样，有乌鸦抖着黑羽沙哑地嘶鸣着。

陈山野拉着箱子往上方走，行李箱的四个轱辘在凹凸不平的地面碾过，一直作响，异常突兀的杂音沿着蜷曲且仅能容两台车并排的老街，直直地传递到尽头。

陈山野走了几步，还是把沉甸甸的箱子提了起来，穿过浓雾走向父母家所在的那条小巷。

轮子声音太吵了，陈山野不愿扰人清梦。

巷口米线店门口一位中年胖婶正猫着腰准备拉起卷闸门。陈山野放下行李箱，走到她身后喊了一声：“婶，我来帮你。”

胖婶扭过头，眯着眼睛，看清来人后惊呼：“哎呀，野子啊！你回来啦？！”

“对，回来办点儿事情。”陈山野腰一弯，再起身时卷帘门往上升，金属碰撞声在小巷里回荡。

胖婶绕着陈山野走了一圈，胖胖的手掌往他肩上一拍：“这么久不见，又结实了啊！这次待多久？”

陈山野拍拍手上的灰尘，回答道：“就两天。今天怎么只有您一个人开店？叔呢？”

“哎，他那腿脚一遇到这种天气就疼得不行，我让他在家里歇着，来了也干不了多少活。”胖婶抬头看着黄底红字的店招牌，叹了一声，“如果我儿子他们不回来，这店估计也开不了多久了。”

“阿力不考虑回来帮忙吗？”

胖婶的羊肉米线店在这开了二十几年，她儿子阿力比陈山野小几岁，小时候一群男孩儿总穿着开裆裤满大街跑。

胖婶落寞地摇头，说：“人都去了大城市了，怎么舍得回来这种小地方哦？”

陈山野离开时胖婶还一个劲儿让他这两天空了就去店里吃米线。他点头应承。

他往巷弄里走了一小段，熟门熟路地走到一栋老居民楼前，摸出家里的钥匙开了防盗门。

楼道里浸了雾，阴冷又灰蒙，陈山野凭着身体记忆迈上阶梯，箱轮偶尔会磕上墙壁，继而掉落一地白灰。

那是老房子的白发。

陈山野缓缓关上木门，一回头便看见沈青从房间里走了出来。他放低声音：“妈，我吵醒你了？”

“没有，正好起床了，老人家睡不了那么长时间。”沈青笑着走到儿子面前，仰着头看他，“山野，你回来了。”

“嗯，我回来了。”陈山野也笑。

他冲了个澡换了身衣服，走出浴室时陈河川也醒了，正在厨房炒着炸酱，浓郁的香气飘满屋。

陈山野唤了一声：“爸。”

“嗯，你先去看看扬扬，等会儿就能吃早饭了。”

“行。”陈山野擦着头发往主卧走。

房间窗帘低垂，陈山野就着客厅渗进去的微光走到床边。

父母床边一米宽的过道里加了一张小床，床面和大床齐平，是陈河川买了木材回来敲敲打打做成的。

屋内沁凉，陈思扬一到夏天身上就容易长痱子，父母怕凉但还是会开一夜的冷气，宁愿自己盖厚被子，也不愿孙子难受。

陈山野侧躺到小床边，安静地看着陈思扬小嘴微嘟的睡脸，心里有一块地方簌簌地塌了下去，变得好柔软。

时间还早，陈思扬一般七点半起床。他捏了捏小孩儿的小短手，起身走出卧室。

餐桌上已经摆好了白瓷大碗，水蒸气包裹着馥郁肉香从碗沿缕缕地飘升，软白米线浸在热汤里，盖着喷香四溢的肉末帽子和翠绿葱花，碗边还有沈青自制的酸菜沫沫。

米线泡满了浓香汤汁，夹起时从红油肉末中穿过，带上了几颗绿葱，蹿起的香气钻进鼻腔里，带来一阵直冲脑门的酸意。

一瞬间鼻子和眼眶就酸了。

钟芒总说他的炸酱米线有多好吃，有多让人想起家里的味道。

只有陈山野自己知道，他做的抵不上家里的十分之一。

陈河川在陈山野旁边坐下："等会儿你送完扬扬去幼儿园，就去法院是吗？"

陈山野囫囵道："对。"

沈青捧着一盘包子搁到饭桌上，声音淡淡的："前几天你岳母……赵冰清她给我打电话了，我没接。"

陈山野夹了一个热气腾腾的肉包咬了一口："我回来之前告知过他们，可能是想再和你们谈谈吧。"

两家人从相识、相熟到成为亲家，再到这一刻关系淡如水，都只因一个人的不告而别。陈河川和沈青的性子再怎么老实大度，也无可避免地会产生一些怨怼。

"吴家几年前说要退彩礼，退了彩礼就当这门婚事结束了，你不收。现在你是真要结束了，他们又跑出来了，有什么好谈的？没什么好谈的……按我说，这事儿早在几年前就该完结束了……"沈青一想起这事儿依然没个好心情，掰开包子被肉汁烫了手，疼得把包子丢到碗里。

陈河川给她递了擦手布，叹了口气："唉，都过去这么多年了，该气的前两年都气过了。现在山野好好的，扬扬也好好的，今天法院回来后这件事情就算是告一段落了，以后和吴家各走各路就是，他们又没想着跟你争扬扬，你气什么呀？”

“我这不是，心疼我儿子吗……”

沈青看着陈山野，总觉得他瘦了一些，担心他一个人在异乡没照顾好自己。

陈河川喝了口豆浆，换了个话题：“翻篇了，翻篇了，倒是山野……”

“嗯？”陈山野从面碗里抬起头。

陈山野昨晚在车上吃了两桶面之后就没吃过东西，到这会儿早饿得不行，一口米线一口包子吃得腮帮子鼓起。

“你昨天是和谁一起回来的呢？”

陈河川本来昨晚想等门，但陈山野让他别等了，说他带了个朋友过来，到了县里得先陪着去酒店办入住。

他半夜起身时发现儿子没回来，手机收到信息，说太晚了怕回家吵醒他们，等明早再回。

“嗯……一个朋友。”陈山野直接捧起碗，咕噜几声喝下大半碗汤。

沈青好奇地打探道：“羊城的朋友？男的还是女的啊？”

陈山野没打算瞒他们：“女的，我喜欢的一个姑娘。”

二老互看一眼，陈河川正想开口说些什么，一声稚嫩的童声打破了客厅的静谧：“爸爸！”小男孩儿光着脚跑到陈山野身旁。

他一只手把陈思扬捞到腿上，笑着问：“小懒猪，今天怎么那么早起床呢？”

陈思扬微长的头发乱翘，一双小细腿在空中乱晃：“我梦见圣诞老人给我送礼物了，圣诞老人还说‘你快起床看看你的礼物啊’，然后我就醒了。”

陈山野伸手抚顺那头小乱毛：“那你看到床尾放着的礼物了吗？”

小孩儿睡眼迷蒙，可黑眸里有星芒穿过浓雾，照亮了陈山野。

陈思扬伸手搂住父亲的脖子，趴在他怀里，说：“嗯，我看到了你。”

阳光和风驱散了浓浓的白雾，峡谷中的小县城醒过来了。

闹市老街上人来人往，公车穿梭于老城区与北面六公里处的新城之间，老街旁的早餐店门庭若市，男女老少咬着炸得金黄香脆的油糕，配上一碗清香宜人的稀豆粉，唤醒沉睡了一晚的身体。

陈山野牵着陈思扬的小手走到幼儿园门口时，小男孩儿依然很兴奋："爸爸，你下午要做第一名！"

"什么第一名？"他蹲下，把陈思扬的衬衫领子拉好。

"第一位来接小朋友的家长！"

陈山野一怔，指腹摩挲着白色领尖，认真地点头答应道："行，没问题。"

他目送陈思扬跟随老师走进教学楼，看了下时间，回头往家里走。他和宁川约了九点半在新区广场那里见面。

回到家时，沈青拎着购物小拉车正准备去买菜。

没有陈思扬在家，大人之间聊天儿也不用那么隐晦拘谨。

沈青拉着陈山野直接问："跟你来的那姑娘，知道你的情况吗？你没骗人家吧？"

陈山野核实着自己文件袋里的各种原件和复印件："嗯，她知道，该说的我都说了。"

"那她还愿意跟你在一起？"沈青惊讶，虽然不想这么说，但儿子这条件在婚恋市场确实不吃香。

去年有人来问陈山野的婚姻状况，问离了婚后有没有兴趣和同样离婚带娃的姑娘处处看——连沈青都觉得陈山野之后如果要谈对象主要还得靠相亲。

而且现在的姑娘都是家里的宝贝，谁愿意自家的宝贝闺女来给人当后妈带孩子呢？

"我们现在还没正式在一起，也不知道她未来会不会接受我，但我喜欢她。"

陈山野的回答直接又明白，沈青稍微安下心。

她就怕陈山野一直陷在过去，没办法再走进一段新的感情。

陈山野拉好文件袋，走出客厅对在沙发上偷吃花生酥的陈河川说："爸，车子这两天借我开吧？我明天还得去钟芒村里看奶奶。"

陈河川感受到老婆飞过来的狠戾眼刀，赶紧用手背抹去嘴角的碎屑，道："可以啊，钥匙就在鞋柜上，那车也是你的，说什么借呢？"

国产小车是陈山野跑黑车时买的，有些年份了，陈山野离家时把它留在了家里让二老代步用，陈河川当司机时就很惜车，保养得当的车子如今开起来也没什么大问题。

陈山野先送了沈青到家附近的菜市场。沈青问他"要不要带姑娘回家吃顿饭"，但很快自言自语地否定了——这么快就搞这么大阵仗，怕吓坏了对方。

之后陈山野开往新区广场。

从老城区开往新区需要过河，由于地形关系，新区的主干道是一条双车道马路，直通到底，连交通灯都不多见。

车子在广场前面的红灯前停下。陈山野看了一眼斜前方棕红色外观的小楼。

那套婚房，他去了羊城后再也没有踏进去过。

他在路边接了宁川，车子掉头拐进一条小路便到了县人民法院。

宁川边检查法律文书和证据资料，边提醒他："就像之前说过的，现在咱们的情况法院会用公告送达诉讼文书，而你的妻子下落不明，自发出公告之日起经过六十日，无论被告看到与否，均视为送达。"

"嗯，我知道，之后被告不出庭、不应诉，就会下缺席判决。"

"对！行了，我们走吧。"黝黑的汉子笑了笑，领着陈山野走进法院。

陈山野听着手机里不间断传出的"你拨打的用户已关机"，有些慌了，一出电梯就直接在酒店走廊里小跑起来，鞋底在有些年份的红绒毯上踩出一个个重重的脚印。

门把手上悬挂的"请勿打扰"树脂挂牌还在。陈山野喘了口气，用早上带走的门卡开了门。

窗帘中间敞开了一条小缝，暖暖的日光滑进房间里，拐了几个角，落在了被子上的纤长手臂上，投出一片宁静安好。

床头柜上的手机关机了，他伸手顺着数据线摸过去，原来充电插头松了，一点儿电都没充上。

陈山野重新把插头插进孔里，看床上的人睡得连有人进了房间都没察觉，眉毛皱得要挤出墨汁。

之前已经觉得阮玫警戒心低，可没想到这么低。

但陈山野舍不得破坏这一刻的安宁。

他脱了鞋袜和衣服，洗手洗脸后蹑手蹑脚地钻进被子里，手慢慢儿地探到阮玫身前，轻捂在她温暖的小腹上。

陈山野亲吻着她沐浴在清冷光线下的圆润肩头，闭上眼，轻叹一口气。他觉得自己变得自私了，想占有她，想将她据为己有。

过了一会儿，身前的人儿突然动了动，主动往后挤进他的怀里。

陈山野取下阮玫耳朵里的降噪耳塞，问："醒了？"

刚醒的阮玫似乎忘了自己身处何方，耳郭被男人灼热的呼吸拂过，痒得她微耸起肩膀，呢喃道："嗯……你回来啦？"

陈山野愣了两秒，才闭眼亲吻上她光滑的肩："嗯，回来了。"

肩膀的嫩肉被丁点儿胡楂刮过，惹得阮玫缩了缩肩："陈山野，你有胡子，痒死了……"

陈山野咬了她的肩膀一口："我去刮。"说着就要起身。

男人身上的干燥暖意让她感到很舒服，她拨开眼罩翻过身，声音闷闷的："不用啦，再抱一下……"

陈山野笑出声，这人怎么比小娃娃还娇气呢？

可就在陈山野快低头快吻上她的唇时，三种声音不合时宜地响起。

阮玫的肚子咕噜噜地打鼓，房间门铃叮咚叮咚，手机铃声一直响。

"你肚子饿了，起来，先去吃饭。"陈山野直起身，拍拍阮玫的大腿，再伸过长臂帮她取了充上一些电的手机。

陈山野难免会看到来电显示，"姐姐"两个字异常醒目。

他把手机放到她的手上，翻身下床走去开门。

门外是酒店清洁工，原来是挂在门把手上的牌子滑落掉到了地上，大婶不知道是需要打扫房间还是请勿打扰，就按了门铃。

"我们等会儿去吃饭喽，劳烦您晚点儿再过来打扫吧。"陈山野猜大婶应该是本地人，便用了方言。

"行嘞！"

陈山野走回房间时发现阮玫进了浴室，磨砂玻璃门把她的声音隔开，像闷在玻璃罐子里听不清。

他没走过去，而是直接走到了桌子旁，按了水壶加热。

拉开窗帘时浮尘在阳光里颗粒分明，窗外是青山、蓝天、白云，这天是个好天气。

水壶喷出水蒸气时，浴室里也传来马桶冲水声。陈山野往杯子里倒了半杯热水，再兑了半杯矿泉水。

这时浴室门拉开，阮玫走了出来。

陈山野把水杯递给阮玫："先喝口水。中午想吃什么？"

阮玫接过杯子，却没有回答他的问题。

她看起来有些魂不守舍。

陈山野见阮玫脸侧的几根发丝沾了水贴在了下颌处，便走进浴室取了条干毛巾，再出来时，阮玫已经坐在窗边的藤椅上。

她双腿屈在椅子上，黑绸睡裙垂坠在大腿根部，阳光透过玻璃似碎钻点缀在翻滚的红色波浪之间。

黑与红总是衬得她的肤色白得发光，可陈山野还感觉到了冷。

她望着窗外，但陈山野觉得青山、蓝天、白云都没有入她的眼，阳光那么明媚暖和，却没有一丝能照进她的心里。

头顶被毛巾突然罩住时阮玫不禁颤了一下，陈山野站在她的身边，一双大掌在她发顶搓揉着。她不解："怎么啦？"

"你头发湿了，擦擦。"陈山野手上动作没停，试探地柔声问道，"你还有个姐姐？"

毛巾里的小脑袋点了点："对。"

他继续问："是家里出了事儿吗？"

小脑袋摇了摇："没事儿，我姐要结婚了，让我下个月回家一趟。"

陈山野收了毛巾，半蹲在椅子旁，微仰着头看她，问："你和家里关系不好？"

不怪陈山野这么想，阮玫的情绪外露得太明显，而且和她相处的这段时间里也没见她和家里有过联系，还是因为刚刚的电话，他才知道她有个姐姐。

“嗯，算不上好。”阮玫把事情往轻了说。

“有多不好？”

阮玫侧着头，发梢从胸前晃过，停顿了一会儿才回答：“嗯……就是你姐姐结婚，伴娘没有找你当，只是例行通知你回家走个过场，免得落亲戚朋友话柄的那种不好。”

陈山野感觉心脏抽痛了一下，想安慰几句。阮玫已经回过头看着窗外，一晃而过的眼神里有陈山野少见的憎恶。

像是自言自语，阮玫轻飘飘地说了一句：“不过我也不稀罕当伴娘，一见到那男人我就犯恶心。”

陈山野蹙眉：“男人，什么男人？”

他的问题没有得到回应，却见阮玫右手抠着自己腿上的花瓣，那总能在他背上刮出一道道划痕的指甲，就这么深深地嵌进皮肤里。

使那花瓣，如血一样猩红。

陈山野眉头皱得更紧，蓦地握住她的手腕，一把将她从藤椅上拉起，低声道：“快换衣服，我带你去吃饭。”

阮玫似乎这时才回过神，“哦”了一声，接过陈山野递来的内衣、衣服和裤子，一件件地穿好。

阮玫每穿一件，就给自己控制不住泄露出来的情绪盖上一层。

走出房间时，两个人在走廊遇见了打扫房间的大姊，阮玫听陈山野用方言和大姊说了几句话，大姊笑得很开心。

“你跟大姊说了什么呀？”进电梯时阮玫好奇地问。

“我麻烦她帮我们换个床单，还有房间其他弄乱的地方也请她多担待一些。”

阮玫懂了，抿着唇不说话，脸上发烫。

虽然大姊说的是方言，但有一两个词她还是能猜出意思。

“小两口儿”之类的。

白天的小城有了别样的生机，车子开上过河大桥时，阮玫从副驾驶座的车窗望出去是连绵起伏的重峦叠嶂，最远处的那几座被天空呼吸吐出的云雾晕开成水墨画，深绿的，浅绿的。

在正午阳光下覆盖着金绿色鳞片的湍急河水翻滚拍打着河岸，沿河的房子鳞次栉比，最令阮玫感到震撼的是，那些楼房都仅用一根根细长的水泥柱子做地基，撑起肩膀上四五层水泥背壳伫立在河道边，看着令人心惊胆战。

“我昨天查功课看到你们这前些年有过两次洪灾，水都淹到二楼了。”阮玫从挡风玻璃指着对岸河边的护栏，“还有个视频好像是从那里拍的，我们脚下这河涨起水来，把护栏都淹了。”

“对，那两次洪灾很严重。那时我只能看着新闻着急，但我爸妈住的地方是老城区，受灾情况没那么严重，每天也都有跟我报平安。”一转眼车子就过了桥，陈山野打了方向盘往新区开。

“不过前些天羊城大雨，我住的那地……就是海棠村不也是淹水淹到半个人高吗？这回轮到我爸每天打电话来问我情况怎么样。”

陈山野说起这些事情依然云淡风轻：“无论住在哪儿，住大城市还是小县城，都还是要和老天爷打交道。”

车子后视镜挂了块车挂，大红中国结点缀在上方，红色流苏在半空微晃，黑木牌子上刻着“出入平安”。

“这车是你父亲的？”车里干净整洁，就是内饰过时了一些，车头还摆了尊小弥勒佛摇头晃脑。

“我以前买的，给我爸开了。”

“哎，你怎么不把车开去羊城？做滴滴司机那种，会不会比代驾稳定一些？”

陈山野笑了笑：“你忘了羊城开四停四？外地车没办法做这行。而且不谈付出的体力，只就成本而言，其实代驾的利润更高。”

话题又回到代驾，阮玫突然想起一件事儿：“说起来，一年前……就是我们第一次见面的那次，你算是个野代驾咯？”

那次她时醉时醒，是KK酒吧的老板给她叫的代驾。

“平台外的单我也会接，有一些熟客会提前跟我约时间，KK龙北哥那边很熟了，有需要我都会过去帮忙。”

还好和龙北熟，如果那晚阮玫找了别的代驾……

陈山野皱了皱眉：“你以后要和朋友喝酒，就提前跟我说，无论我在哪里，我都会过去接你的。”

“哦——那陈师傅的一对一私人代驾收费贵吗？我最近手头紧呀，太贵的话我可付不起呢。”阮玫笑得一脸赖皮。

“贵死了，得要你……”陈山野又把尾音含在喉咙里。

可车内空间就那么大，阮玫还是听到了，难以置信道：“啊！陈山野你占我便宜！”

新区的楼房比较新，阮玫东张西望，在等红灯的时候指着斜前方一栋棕红色外观的小楼，问：“你们这里像那样的房子，现在房价多少啊？”

陈山野瞥了一眼：“三千左右吧，我几年前买的时候一千多，不到两千。”

“你那套房子就买在这儿？”阮玫差点儿咬到自己舌头，不会这么巧吧……

“嗯。”

阮玫闭紧嘴巴不再说话，倒是陈山野在踩下油门时开口：“阮玫，我这个情况要等六十天公告送达，之后举证期三十天，再开庭进行判决，判决后还得再等一个周期公告送达判决书……前前后后估计得大半年。这半年，我们可以保持现在这种稀里糊涂的关系……”

陈山野说话时沉稳认真，可最后那一句话就像这河边的浪花一样，狠狠地甩到了阮玫脸上。

“我们的关系才不是稀里糊涂！”阮玫打断陈山野的话，急忙辩解道。她一双手攥成拳头，心脏涌起一阵阵令人难以喘息的酸意。

从重逢后，陈山野做的每件事情都是认真的，他希望两个人能再进一步。

眼看快到目的地，陈山野打了转向灯，继续一字一顿认真地说道：“阮玫，半年后，希望你能给我一个机会。”

“野子，那是你的女朋友啊？”

陈山野顺着老板娘朱姐的目光，看向坐在玻璃窗边的阮玫。她垂头看着手机，将神色隐在滑落到脸颊旁的发丝里。

他收回目光，闷声回答："还不是。"

县城内认识他的人知道他的老婆跑了，而且都以为他已经离婚了。

朱姐挺了挺自己高高鼓起的肚子，拿了颗话梅丢进嘴里："喜欢人家姑娘？"

"嗯。"陈山野也不看菜单了，连点了几个菜，"椒麻乌鸡、泡椒腰花……"最后加了个爆炒腰豆，再交代尽量少点儿辣椒。

"她吃甜的不？今天有冰粉和凉虾哦。"朱姐手中的圆珠笔在本子上龙飞凤舞，记得飞快。

"要凉虾吧，我也好久没吃了。"

"姑娘皮肤真好，水灵水灵的，大城市来的？"朱姐把单子递给服务员，拿了一包没拆封的话梅丢给陈山野，"拿去，姐姐帮你追女孩儿。"

陈山野道了声谢，看着朱姐的肚子："姐，预产期什么时候啊？"

"还有三个月。"

"哦，到时候我可能会回来一趟，生了的话告诉我。"

丰腴、富态的女人懒懒地挥了挥手："行嘞，去陪陪她吧。"

"点了什么好吃的呀？"阮玫抬眸，眨了眨眼，她很饿了。

"就几个小炒。给你，老板娘送的。"陈山野把话梅放到她面前。

"哦，帮我谢谢老板娘哦。"阮玫拆了包装，丢了颗进嘴里。

一道道菜上得飞快，县城地处川滇交界处，菜也中和了两地的特色和口味，没那么辣这点很合阮玫的心意。

两个人有一句没一句地边聊边吃饭，陈山野准备添第三碗米饭的时候，手刚举起，见一旁的小包厢走出一对中年男女。

陈山野放下手，可那对男女还是看到了他，两个人对视一眼聊了两句，便陈山野走来。

微麻、微辣的红腰豆正在嘴里咀嚼成碎粒，阮玫眼角瞄到陈山野挺直了背，顺着他的视线，见着了来人。

矮胖的男人先开口，一口黄牙参差不齐。阮玫默默地在心中皱了皱眉，怕对方是陈山野的亲戚或朋友，就没把情绪流露于面。

"陈山野，是山野吧？"

“嗯。三叔、三婶，好久不见。”陈山野站起身。

后面他们用方言交流，阮玫听不明白便没有上心，却感觉到站在旁边的三婶一直在上下打量她。

感觉并不是太熟稔的亲戚，陈山野甚至没向二人介绍阮玫。

三人聊了一会儿，中年男女道别后走回包厢。

“是你亲戚吗？”阮玫喜欢吃那盘豆子，一颗接着一颗不停歇。

“是吴家的亲戚。”陈山野添了碗米饭，解释道，“就是我前妻的叔婶。”

虽然法院还没判，但陈山野早已将这段关系画上句号。

“哦——”阮玫拉着长音应他，埋头继续啃自己的小豆子。

最后解决小半碗清凉滑糯的凉虾，阮玫揉着肚子打了个小嗝儿：“陈山野，我真吃不下了。”

陈山野也不多话，三两下扒完自己的那碗，再拿过阮玫吃剩的甜品全送进自己嘴里。

阮玫摸出烟盒，见其他桌的客人都在吞云吐雾，问：“这里禁烟吗？”

“小地方没那么多规矩，你抽你的。”

西瓜味的爆珠燃到一半，阮玫正准备应承陈山野吃完饭去附近古镇遛遛，门口步道驶上来了辆本田，正对着他们坐的玻璃窗外面停下。

车上很快下来了两个人，还是一对中年男女。

男的和刚刚那位三叔长得有几分相似，女的脸上一副忧心忡忡的神色。两个人都透过大片的玻璃窗看向饭馆，准确地说，是看向他们这一桌。

金属椅脚在地上划出刺耳的声响，陈山野站起身。阮玫仰头，看他眉头深锁。

果然，在那对男女疾步走到他们桌子旁时，阮玫听见陈山野喊了声：“叔叔、阿姨。”

“一共一百二十八元，给一百二十元就好。”

“好。”阮玫见老板娘大着肚子，刚刚已经把烟掐了。

她从一个用得有些旧的黑钱包里摸出现金递给老板娘，接着偷偷地回过头，看钱包的主人在干吗。

陈山野的意思她懂，借着结账让她远离那个尴尬、窒息的场面，毕竟那对夫妻和她没有关系，她在那儿反而容易让事情变得混乱。

“先在这儿坐坐，等他们走了你再过去吧。”

朱姐给阮玫推了张塑料凳，吴鸣杨和赵冰清她当然也认识。当年陈山野和吴璇丽没摆酒，但也在她店里包了几张桌子宴请亲戚。

阮玫拉过凳子坐下：“谢谢，还有刚刚的话梅。”

“你是羊城人？和野子是怎么认识的啊？”

阮玫摇头：“不是，但从大学开始就住在羊城。和他啊……”

她又偷瞄了他一眼，结果对上陈山野似笑非笑的深眸：“就算是……算是工作中认识的吧……”

陈山野收回视线，拿起让服务员重新换了茶叶的白瓷茶壶，给吴鸣杨和赵冰清面前的杯子满上茶：“叔叔、阿姨，喝茶。是三叔告诉你们我在这儿的？这么着急赶来找我有事儿？”

“也没什么大事儿，想着好些日子没见你，正巧我们也在这附近，就过来了。”吴鸣杨拿起杯子，太烫，又放回桌子上，苦笑道，“想想，咱们上一次见面，你还喊我们‘爸妈’，现在却是叫‘叔叔阿姨’……”

“嗯。”陈山野递了根烟给吴鸣杨，拿打火机想给他点上，吴鸣杨摇了摇手，把纸烟放在杯子旁。

赵冰清扯起嘴角笑了笑：“山野啊，你和小丽有缘无分，这件事情既然已经到了这阶段，也算有个结局，但就是……”

她说着说着吐不出完整的话，于是把话丢给吴鸣杨：“老吴，还是你说吧。”

吴鸣杨终是拿起了烟衔进嘴里。陈山野起身，弓着背帮他点烟。

吴鸣杨猛抽吸了一口，狠狠地吐出白烟：“山野，这件事情是我们吴家对不起你。但扬扬也是我们的外孙，你看能不能和你爸妈沟通一下，让我们也多见见扬扬、陪陪扬扬？”

“亲家现在都不接我的电话了……”赵冰清着急地搭腔，“山野，看在你也曾经喊过我们一声‘爸妈’的分上，帮帮忙，好吗？”

她急得眼眶有点儿红：“我好长一段时间没见到扬扬了……”

阮玫离他们远，听不见他们说话的内容，只见陈山野也点了支烟，烟头在日光下火星璀璨。

他双臂搭在木桌上，额前微垂的黑发遮住了幽深的眼睛，光扑在他背上淌出一圈蜜糖。阮玫一时看不清他的脸，但感受到了昨晚想抱紧他的那一刹那。

“野子那人吧，憨了点儿、傻了点儿，不会说太多甜话，吃了闷亏也不跟人计较，是个可以过日子的人。”朱姐又吃了颗话梅，想给陈山野打个漂亮的助攻。

他憨吗？傻吗？

阮玫噘着嘴。她倒觉得陈山野越来越“坏”了。

以前是她直接主动，如今换成了他，说话从不拐弯抹角，一个个直球甩过来，也不管她能不能接得住……

这个男人有着让人无法抵御的真诚，那股赤诚就像烈日骄阳，足以让那条用油墨划出来的界线越来越模糊，墨水随时都会蒸发在这炎炎夏日里。

陈山野还在听赵冰清的委屈埋怨。他看了一眼吴鸣杨，两鬓隐隐染白的男人一口一口的烟吞吐着，躲避他的视线。他打断了赵冰清的话：“我知道了，我会跟我爸妈商量一下这件事情。”

见陈山野还像以前一样好说话，赵冰清脸上的阴霾一扫而光：“我就说，还是山野懂事！山野啊，你看，你以后还会组建新的家庭……”

她说这句话的时候侧身瞟了一眼收银台边的红发年轻女子，继续说：“如果你有了新家庭，我们也可以帮你带扬扬，扬扬放在我们家养也没问题！”

“哎呀！这个时候你说这些干什么呢？”吴鸣杨猛地敲了下桌子，烟灰雪花般簌簌地掉落在桌上，又被风扇吹得纷飞。

赵冰清喝着茶水，被丈夫这么凶的一句话吓得差点儿呛到：“我也是为山野着想嘛，你看那姑娘，又是染发又是抽烟的，一看就不是个会带小孩儿的，扬扬怎么能交给这样……”

“嘎吱——”

椅子脚再一次在地上擦出刺耳的噪音，陈山野拿起茶壶，壶嘴对着赵冰清手里的杯子。

赵冰清赶紧把杯子放到桌子上，淡淡的茶水带着热烟从壶嘴中淌出，陈山野缓缓地开口：“阿姨，思扬是我的孩子，如果我以后有新的家庭，那也包含了陈思扬在内，这点不用您操心。”

茶水于白盅里八分满，白烟袅袅上升，壶嘴转了个方向，陈山野往吴鸣杨的杯子斟茶：“染发、抽烟和会不会带小孩儿也没有直接关系，以貌取人就不太好了，你说对吧，叔叔？”

吴鸣杨原本就不好看的脸色越发黑沉，赵冰清的眼睛瞪得老圆，“嗯啊”了几声没说出一句完整的话。

平时温厚老实的陈山野，什么时候变得如此会反驳人了？

茶壶和木桌碰撞出声，陈山野站直身体，整个人陷进屋外强烈的阳光里，像干燥结实的木块丢进炙热燃烧的火堆里，噼里啪啦地蹦着猩红火星。

陈山野叹了一声，声音不轻不重却一个字一个字掷地有声："有的人长得也不像是会抛下家庭和儿子一走了之的样子啊。"

赵冰清很快反应过来他在拐着弯说自己的女儿，倏地站起身，"啪"的一声，手掌砸在木桌上，将茶杯里的茶水震荡出涟漪。

"陈山野！你说这话就没意思了吧？！当年如果不是小丽怀孕，我怎么会让她那么快就嫁给你？你也不看看当时自己什么条件？！小丽如果没走，怕是现在都还陪着你在这小地方受窝囊气呢！"

赵冰清这些年也不好过。

邻里街坊表面上对她和和气气的，背地里一直拿她女儿的事情来当茶余饭后的谈资，尖酸刻薄地添油加醋，每次传到她耳朵里总能惹得她一夜无眠。

如果陈山野一开始就肯起诉离婚，那他们家还能拿"和平分手"遮盖住流言。偏偏陈山野一直不肯离婚，还不知从哪里打探出小丽人在南方，也跟着去了那里，一待就是好些年。

流言又添了柴火，说陈山野是"望妻石"，说吴家逮着这么个老实人摁地里死命欺负，真是造孽，话说得要多难听就有多难听。

要不是还没存够那边房子的钱，她早就离开这穷乡僻壤了。

直到去年陈山野总算愿意放下了，可偏偏老陈家对着他们没好脸色，他们想跟陈思扬打好关系都没办法。

积累已久的怨气一瞬间迸发，把空气染得浑浊不堪，黏住了苍蝇的翅膀和脚。

妇人发怒的声音不小且说的不是方言，阮玫刚听见便猛地站起身，还没来得及思考脚已经迈出去了。

朱姐挑挑眉，怎么这傻弟弟还在担心追不追得到人？这两个人不都快成了吗？

陈山野的视线越过赵冰清的脸，看见正向他走来的人皱着一张小脸。皱巴巴的真丑，但也真漂亮。

他对着她轻轻地摇了摇头："你不要过来。"

阮玫站住，皱着眉扬了扬下巴："你一个人可以吗？"

他点头："嗯，我没事。"

吴鸣杨摁灭了烟头，先是对赵冰清低吼道："你坐下！嚷嚷什么？"

他站起身，微仰着头才能瞧见陈山野的眼睛，里面有他极少见的攻击性。他知道赵冰清这种话对一个男人的杀伤力有多大，明里暗里都在埋怨陈山野窝囊、没什么用。

但吴鸣杨始终向着自己闺女："山野啊，你岳母她气起来乱说话，你别往心里去，不过呢，你和小丽之间确实有差距……"

"叔叔，我本事是不大。"陈山野打断他，回头看了一眼停在外头崭新的小车，说，"给你们每个月打的钱，这几年加起来都不够你们买这车的一半吧？"

他没看眼前二人，只垂眸看着自己手里的烟："听说你们在卖房？想搬家了？准备搬到哪儿去啊？"

虽然没看他们，但陈山野能想象出二老的脸色有多精彩。

有些事情他看在曾经喊过他们一声"爸妈"，看在他们接过自己下跪敬的茶的分上，一直睁一只眼闭一只眼。

但跟他争陈思扬？当着他的面说他喜欢的姑娘不好？

那可不行，再老实的猫也有脾气。

指间的香烟烧到了尽头，就像人与人之间的关系也走到了尽头。

陈山野掐了奄奄一息的烟，双手捧起身前的茶杯，麦色十指在白瓷上捏得指甲泛白，似是下一秒茶杯会在他手中分崩离析，化成齑粉消散在风中。

他垂首，对着面前二人欠了欠身，声音低沉："爸、妈，这是我最后一次这么喊你们了。"

再仰首时，陈山野将杯中依然烫喉的热茶一饮而尽。

咣当！

空空如也的瓷杯失了平衡，杯底在桌面微晃了两圈才堪堪停稳。

"也是最后一次给你们敬茶。"陈山野说。

"朱姐说你憨说你傻，真是没说错啊！"

阮玫嘴里含着话梅，一激动牙齿嗑在了梅核上，硌得她腮帮子酸酸的，长长地“咝”了一声。

“怎么了？咬到牙肉了？”陈山野左手扶着方向盘，右手探过去给她轻轻揉着腮帮子肉。

阮玫任由陈山野在自己脸颊上一下下地轻捏着，嘴里依然替他抱不平：“你怎么那么傻？她都没有赡养你的父母，为什么你还一直给她的父母打钱呢？”

“一开始想着他们家女儿不在，自己能帮一点儿就帮一点儿吧。”

“我看他们的生活质量可不低，那车子锃亮锃亮的……都不知道把你的钱花到哪里去了。”

在饭馆里听到陈山野的丈母娘说的那些话，阮玫浑身血液都在沸腾，烫得皮肤眼角都发疼。

再听到他们还理所当然地收下了陈山野的赡养费就更气愤了，不带这样欺负老实人的吧？

“我都没气，你也别放心上。”陈山野顺势将她脸侧的发丝撩到耳后，才收回手，“不过耽误了点儿时间，没办法带你去古镇了，我下午答应了我儿子去接他放学，不好意思。”

去古镇车程近半个小时，一来一回得三四个小时，他怕错过陈思扬放学的时间。

“没事，我回酒店歇歇也行。”阮玫对古镇并没有什么执念，本来就只是想离开羊城散散心，在酒店对着青山绿水放空发呆也行。

“明天我要去钟芒奶奶家，他家在附近一个村里，你陪我一起去？但要早上就出门，你起得来吗？”

“好啊，今晚早点儿睡就行咯，反正你会叫我起床的。”

车子又在那个红灯停下，阮玫回完一个客人的信息，抬头时看了下车窗外。

是陈山野那套房子所在的小区。

她侧过脸看陈山野，见他也注视着小区楼房的某处。

“你想上去看看吗？”

陈山野一时没反应过来：“什么？”

阮玫指着小高层：“你想去看看房子吗？我可以陪你去。”

“你不介意？”

她摇头，从耳垂坠下的倒挂玫瑰和珍珠也跟着摇曳：“走吧。”

小区由三四栋小高层组成，是县城早期盖的带电梯的商品房，电梯上贴了不少小广告，撕了之后还留着难看的白色伤疤，就又被贴了一张。

陈河川的车钥匙上挂着这房子的钥匙，但陈山野太久没开这道门了，钥匙在锁孔外蹭了好几下，才插进锁孔。

屋里的摆设还是保持着他离开时的模样，地板没有太多灰尘，他知道沈青每隔一两个星期就会过来打扫一次。

空调插头都被拔下来了，许久未开也不知道还能不能用。他走到落地窗前，一把推开窗户，迎进了一室山风。

阮玫打量着房子，装修简约但做工一点儿都不粗糙，陈山野说这里好多年没人住，倒也不显旧。

“你这里装修还很新啊，一点儿不像二手房。”

“买的时候翻新过，墙是我买涂料回来自己刷的。”

陈山野食指在墙壁上轻抹了一道。他还能记起那一年因为吴璇丽怀孕，小县城里又没有环保涂料卖，他便特地找人从外地定了涂料回来，刮腻子、打磨、上漆都经他自己的手。

“地板也是，那时候为了省工钱，都是我自己铺的。”

陈山野低头，当时其实他的预算紧张，本来打算铺瓷砖地面就算了，但他想着小孩儿之后总要在地上爬来爬去，木地板没那么寒凉，磕着膝盖骨也没那么痛。

“这套房子花了你那么多心血，还舍得卖吗？”高层的山风有些大，吹乱了她的头发，吹淡了她的声音。

“就像那天杨哥说的那样，房子一旦没人住就容易变老，等离婚判决下来后，看看价格再考虑吧。”陈山野的声音也淡淡的。

陈山野打开主卧的门，房间没有通风，空气里弥漫着一股潮味，窗帘拉得严实，但依然可以看到墙角放着被白布掩去面容的大型相框。

看了几秒，他把门关上。

阮玫在米白色沙发上坐下，没跟着陈山野去主卧。

在车上时她以为自己不介意，但进了屋子才开始心惊胆战。

她害怕见到陈山野的过去，那些和别人点点滴滴的过去。

害怕见到成双成对的情侣用品，害怕看见陈山野穿着笔挺西装的结婚照，害怕自己胸腔里涌起的一阵阵酸意，像把五脏六腑浸泡在陈年老醋中。

好在客厅、餐厅都被收拾得干净彻底，一丝过往生活的影子都没有留下来。

阮玫此时承认，她并没有自己想象的那么无所谓，她有把陈山野放在心上。

沙发凹陷，她像陷在流沙里顺势往陈山野身边靠近了几分。男人的长臂搭在沙发靠背上，弯曲的膝盖打开着，长腿快碰到茶几。

谁都没有出声，客厅里一时只有风从树叶间穿过的声音，哗啦哗啦地响。

“那天晚上我还没说完的那个故事，你还听吗？”陈山野手指卷起一缕红丝，用指腹搓揉着尾端，像捻揉着花瓣上的脆弱经脉一样。

“嗯，你说啊。”阮玫低头玩着自己的指甲。

那一天还没有入冬，却是陈山野觉得最冷的一天。

吴家也不知道吴璇丽去了哪里，三个家庭一夜之间被突如其来的暴雨兜头兜脸淋得狼狈不堪。赵冰清哭着埋怨，说肯定是陈家让她闺女受委屈了她才会离开。

那一次，老实了一辈子的父母被气得脸红脖子粗。

直到后来吴璇丽给吴家打了一次电话，说自己安好，让他们不用找她，并让吴家父母转告陈山野可以单方面起诉离婚。

陈山野要来了那个电话号码，可对面机械冰冷的“您拨打的用户已关机”把他再次拉入无底深渊。

陈思扬那时候还太小，尽管有陈河川和沈青帮忙，陈山野还是没办法完全丢下他跑去找人，只能边工作边托人打探吴璇丽的消息。

想离开也好，想结束也罢，他也想能和吴璇丽谈一次，面对面地谈。

有一段时间陈山野整日整夜地在外面跑活，不能喝酒，就只能靠一包包香烟度过，烟熏进眼里熬出了红血丝，胡子好多天不刮，情况肉眼可见地变得糟糕。

陈山野怀疑过自己。

他动摇过，没几个男人对这种事情不介意。

无论吴璇丽是不是跟流言传的一样，是因为有了别人而走，总之在陈山野看来，自然是自己做得还不够好，或者钱赚得不够多，她才会离开。

直到冬至那一天他提前收工回家，一进门就见陈思扬摇摇晃晃地迈着两条发颤的小短腿向他走来，走得还不稳，扑通一下坐在了地板上。

陈山野赶紧脱了手套想去抱他，被陈河川阻止了。

“好好睁大眼睛看看你儿子，他比你厉害。”陈河川说。

陈山野半跪在地上，慢慢儿地收回半空中的手。

小男孩儿从地上撑起小小的身躯，站起时重心不稳又往后踉跄了两步，两只小手跟企鹅翅膀似的在空中划了两下，等到站稳了再重新向他走来。

学步鞋是沈青买的，每走一步就会“咯吱”响。

时轻时重的一声声脚步声把陈山野这个大老爷们撞得鼻酸脑门胀，牙齿死咬着唇，硬是忍着眼眶中的水雾不要汇聚成团。

可陈思扬的一个拥抱、一个笑脸、一声“爸爸”，让他瞬间溃不成军。

他不再没日没夜地赚钱，烟量减少了，陪家人的时间多了。

春花长满山野的时候，有人传来了信，说在羊城见过吴璇丽。

陈河川看出了陈山野的想法，让他真想去就去，扬扬放家里养着。

“你后来找到她了吗？”不知不觉，阮玫已经半倚进陈山野怀里，长坠耳饰被他的手指有一下没一下地轻轻拨弄着。

“我没有刻意去找，城市那么大，要找一个人哪有那么容易？再说了，也不知道那消息是不是真的。”

“那你还在羊城待了那么长时间？”

“我想亲眼看看，让她，还有那么多人憧憬的世界是什么样子的。”陈山野低哑地说道。

"哦？你看了那么久，现在觉得这个世界怎么样？"

"没怎么样，月亮还是那个月亮。"他嗤笑一声，"还看不到星星，光污染太严重了。"

陈山野稍微用点儿力就把她抱到了腿上。

阮玫的手撑着他结实的胸膛，右手手掌下是如鼓擂的心跳。她掉落进陈山野深不见底的黑眸里，且任由自己沉溺其中，主动放弃了呼救的机会。

在大城市的这几年见到的人情冷暖、人间荒唐，是陈山野过去这么些年都没见过的。只是大城市机会多，只要肯干的话来钱快，他便留了下来，在这通天的水泥森林里日夜行走。

好在啊，在这无边无际的森林里，见到了一朵盛放的玫瑰。

阮玫垂坠于脖颈旁的白珍珠、黑玫瑰在风中摇晃出一曲圆舞曲，夏日暖风温柔地亲吻着他们的脸颊，后山的树海沙沙作响，每一片树叶都在尽情歌唱。

交换着亲吻的两个人不约而同地想起了那一晚在大剧院旁听到的那阵风。

哗啦哗啦，同海浪声一样。

"真的不用我陪你上去？"陈山野拉下手刹，问道。

"不用了，我回酒店洗个澡。你快回家吧，都快要到幼儿园放学时间了？"

"晚上你就在老街逛逛，往人多的地方走，别去一些小巷子里头。"

"知道啦。"

"等思扬睡了，估计九点多我就过来。"

"你不来也行，在家多陪陪你爸妈吧。"

"乖乖等着，我带烤串上来给你吃。"陈山野揉了把她的发顶，"有什么事情第一时间找我。"

"知道啦。"阮玫冲她笑笑。

房间收拾得干净整洁，床单也是新换上的，连条皱褶都没有。

天热，阮玫简单地淋了下身子，虽然挂了店休通知，但还是有不少客人陆续地找上她。她一边回应着客人一边做几个简单的瘦腿普拉提，一趟忙完后看了下时间，已是傍晚了。

山峦被落日余晖浸成明暗相间的橘黄，蜿蜒流淌着的河水是漂亮的粉橘色，家家户户点亮了灯，照亮了一条条归家的路。

阮玫换了身衣服下楼，老街被闪烁的霓虹灯装点，狭窄细长的街道两旁商铺、饭馆繁华热闹，身边的车辆和行人川流不息，每个角落里都藏着人间星辉。

她走走看看，地面还蒸腾着暑气，是樱桃气泡酒倒泻在身上，干了之后依然黏糊糊地贴着皮肤的感觉。

晚餐她随意进了一家羊肉米线店，老板是位胖大婶，嗓门大得她塞着耳机都能听清。

砂锅煨着大骨熬制的高汤浓香扑鼻，端上来时还像沸腾温泉般鼓着大大小小的气泡，根根分明的米线浸满了鲜美的汤汁，盖上好几片肥瘦相间的软嫩羊羔子肉，清香解腻的鱼香菜在角落堆出一小座翠绿小山。

阮玫吃不了辣，让胖婶不额外加油辣子，可一小锅米线下肚也热得冒汗。胖婶见她不像本地人又是一个人，提醒她在外注意安全。

来自陌生人的好意烘得阮玫心里一暖，忍不住想起陈山野也是这样的，总带着直截了当的温柔。

她跟着耳机里的音乐踩着凹凸不平的石道往下走，月亮和星辰早已攀着山峰爬上夜幕里挂起，牛奶月光淌进了石砖之间开裂的缝隙里。

阮玫实在太饱了，打包了两碗红糖冰粉，沉甸甸的袋子在指尖左右摇晃，像游着许多条透明的小金鱼。

她刚来到马路上想往河边走，耳机里的歌声被闯进来的来电铃声截断，是陈山野打来的。

她接通后把手机塞回裤袋里："喂。"

那边问："吃饭了吗？"

"吃了，吃的羊肉米线。"

"哪一家？"

"我忘了看店名了，老板是个胖胖的大婶，八块钱好大一份，吃都吃不完。”

陈山野站在小阳台，手指轻捻着沈青种的一株薄荷，夏夜温热的晚风裹挟着薄荷的清香拂过脸颊，他一下就想到了巷口的米线店：“胖婶？那你刚刚快走到我家门口了。”

“啊？真的啊？”

“现在呢？走到哪儿了？”

“往河边走呢，你吃完饭了？”

路边有不少老人家带着小孩儿摇着蒲扇纳凉，阮玫低着头和一双双滴溜溜的大眼珠子对上眼。她故意对着他们做鬼脸，小娃娃们却回给她清澈干净的笑容，可爱极了。

“嗯，刚吃完。”有人在身后喊他，他转过头，陈思扬举着小汽车要他陪玩。

阮玫也听到了那声呼唤，对他说：“你去忙吧，晚点儿见。”

“好，晚点儿见。”陈山野心里头暖烘烘的，嘴角不自觉地扬起。

陈山野挂断电话后走到陈思扬身旁，直接盘腿坐在地上和他玩起小汽车。沈青一直留意着儿子的表情，见陈山野脸上挂着真心实意的笑容，高高悬在半空的心终于落了下来。

她快步走去餐桌边，把下午专门买的桃子挑出几个个头最大、样子最好看的，小心地放进袋子里，拿去放在茶几上，交代道：“你等会儿要去见那姑娘吧？今年的桃子上市了，你带几个让她尝尝，她要是喜欢我再去买，你们回羊城时带上。”

陈山野朝母亲笑笑：“好，谢谢妈。”

他陪儿子玩了一会儿，回头发现母亲还安静地看着自己，问：“妈，怎么了？有事情跟我说？”

沈青叹了口气，眉眼带笑，道：“好难得看见你笑得这么开心，妈也开心。”

陈山野挠了挠眉角，语气不解：“我的开心有那么明显吗？”

“对啊，不信你问问你儿子。”沈青低头，问正推着小汽车的孙子，“扬扬觉不觉得爸爸这次回家有什么不一样的地方呀？”

陈思扬学父亲挠了挠粗黑的眉毛，想了想，像突然想到了什么，蓦地睁圆眼，大声回答：“爸爸总是对着手机笑！”

陈山野感觉自己的双颊发烫，不自在地清了清喉咙，用力薅了两下儿子的圆脑袋，咕哝道：“就你机灵……”

哪里的山路九曲十八弯？

处处的山路都九曲十八弯。

尽管出了县城的道路已经铺了沥青不颠簸，陈山野也尽量在过弯时减速缓冲，可那羊肠一般的弯道还是让阮玫吃了些苦头。

“这两年去村里的路算好走了，之前都是沙石路，进村那儿还是土路。”为了转移阮玫的注意力，陈山野努力说了不少话。

包括他和钟芒的事。

陈山野的奶奶和钟芒的奶奶是同乡邻居，两个人从小一起长大，感情极好，还以姐妹相称。

之后陈奶奶嫁人离开了村子，钟奶奶则留在村里，面朝着那几亩田地背对着天，就这么过了一辈子。

钟奶奶早年丧夫，独自拉扯儿子长大娶了媳妇，钟芒出生，村里的经济振兴起来，一切似乎都在往好的方向发展。

可钟芒五岁那年，一场泥石流吞噬了钟芒的父母，钟奶奶一夜白头。

“之后就是奶奶拉扯钟芒长大？”多亏了昨天朱姐给的那包话梅，让阮玫压住翻滚的胃酸。

“对，就剩他们相依为命。”

钟芒比陈山野小四岁，在村里读完小学和中学，别人还在读书的年纪他就出来干活了，可年龄太小一开始只能在镇上打点儿散工。

陈奶奶还在世的时候就一直尽力帮扶钟家，只是陈家也不是什么大富大贵之家，能尽的力杯水车薪。

陈山野家里亲戚少，他一直把钟芒当亲弟弟看待。

钟芒成年之后陈山野让他去考驾驶证，带着他先在汽修厂干，等驾龄够了再去应聘司机，再之后拉他到羊城一起干。

这样子的家庭和成长环境，钟芒小时候难免走些歪路，对陈山野来说，如今只要钟芒不偷摸拐骗、没沾些不良癖好，就已经算对钟家逝去的父母有所交代了。

车子过了弯弯绕绕的小路，中间一段路宽敞了一些，视野变得开阔，阮玫干脆降下了车窗透气。

天空压着厚重阴沉的云，灰冷忧郁的颜料层层涂抹成梵高的油画，而蒙着白雾的连绵山峦苍翠欲滴，却是狼毫蘸墨大笔挥洒的山水国画。

卷进车厢里的风带着湿润云雾，还有山林里树叶上露珠的味道。

陈山野嗅了嗅，喃喃道："晚点儿要下雨了。"

轮胎碾过沙石，路面变得崎岖不平。

阮玫昨晚睡得晚，早上又起得早，在车辆摇摇晃晃中开始打盹，很快睡了过去，陈山野关了车窗重新开起空调，让车速降得更慢一些。

除了偶尔从对面车道相向而来的三四辆车，逶迤的山路上只有阮玫跟陈山野。

陈山野左手的拇指与食指指腹相抵，轻轻搓揉了几个来回。他的浓眉上方与远处的天空一样，压下了重重的乌云。

昨晚等阮玫睡着后，他悄悄地抚过阮玫腿上的玫瑰花瓣。

平时有鲜红颜料遮盖着，光凭肉眼看不出来隐藏于玫瑰花瓣下的秘密，直到中午阮玫接完姐姐的电话，在藤椅上抠着那一片片血红，陈山野才留意到异常。

果然，每一片花瓣下的皮肤都有疤痕增生的情况。

这一切，是为了掩盖疤痕。

陈山野侧头，看了一眼阮玫熟睡的侧颜，叹了一声："真是个小可怜，都遇上什么事儿了啊？"

快到村子的时候，天空下起倾盆大雨。

豆大的雨点打得车顶和玻璃发出噼啪脆响，陈山野把车停在村口的水泥空地上，让阮玫再睡一会儿。

阵雨虽大但很快云收雨散，他等雨停才叫醒阮玫。

"我睡了多久了？"阮玫揉着眼睛，看到玻璃上洇开的水迹，问，"刚刚下雨了吗？"

"嗯，雨停了。"陈山野把保温杯递给她，"喝口水，然后我们再走去村里，钟芒家那条小路车子进不去。”

村里主干道都铺了路，钟芒说过他们村这两年搞了养殖场，村民们都参与到肉牛和乌鸡的养殖中，有了政府扶持，不少贫困户得到了改善。

陈山野带了不少礼物，阮玫想帮他拎点儿水果，他让她拎好快拖到地上的阔腿裤好好走路就行。

“啊……早知道今天就不穿这条裤子出来了。”阮玫把米色长裤往上又提起一些，高帮帆布鞋小心翼翼地避开黄土路上深深浅浅的泥水坑。

这趟出门她就带了两条裤子，昨天穿的牛仔裤陈山野给她洗了，晾在了洗手间里，怕是这一条也要弄脏了。

突然一辆摩托车从拐角转了出来，一个毛头小子把车开得东倒西歪，大喊大叫着“快让开”。

陈山野赶紧护着阮玫往旁边退，可摩托车车轮快速碾过泥坑时，黄泥水还是被带起了一大片，溅到途人身上。

别说裤子衣服，连阮玫的下巴都沾上了脏泥。

“快，用我的衣服擦擦。”陈山野双手拿着大袋小袋，只能把胸膛上的布料借给阮玫使用。

看着阮玫吐着舌头，呸出不小心含进嘴里的泥沙，陈山野笑开了花。

阮玫不客气地拉起陈山野的T恤往自己脸上擦，瞪他一眼：“你没有良心，这样还笑得出来！”

陈山野鼻头突然发痒又没手抓，只好垂头在阮玫的发顶蹭了蹭。

跟掉泥坑里互舔毛发的两只野猫似的。

钟奶奶拉开院子木门，看着门口浑身脏兮兮的二人愣了愣：“哎呀，野子，怎么搞成这副模样哦？快、快、快！快进来！”

“刚被泥水溅到了，奶奶，跟您借两条毛巾用用。”

“奶奶，您好啊。”阮玫跟在陈山野身侧走进院子，声音甜软得像刚出炉的吐司面包。陈山野挑眉看她，平时怎么跟他说话没这么娇滴滴？

"哎，你好，你好！小姑娘叫什么名字啊？"从一开始钟奶奶的眼睛就绕着这水灵灵的女娃娃转，一秒都没离开过——陈山野昨天给她打电话说会带个朋友一起来看她，给她兴奋了好一会儿。

"奶奶，我叫阮玫，玫瑰的'玫'。"

"小玫啊？好听，好听。"一头白发的老人饱经风霜的眼角挂上笑意，领着二人往里屋走。

陈山野把礼品放到方桌上，再从裤袋里摸出了个红包，塞给老人："奶奶，钟芒托我给你带钱了。"

"哼，还算那臭小子有点儿良心。"钟奶奶耷拉着嘴角，埋怨钟芒肯定是被大城市吸了魂，连家在哪儿都忘了。

"他也想回来看看您的，但最近代驾的生意好了不少，钟芒就想趁着这个时候多赚些钱。您放心，他说过了，今年过年肯定回来陪您看春晚的。"

钟奶奶接过有些厚度的红包袋，轻叹道："奶奶从来不求他能大富大贵，只希望他别碰那些不该碰的东西，正正经经地过好小日子就行喽。"

"放心吧，奶奶，我一定会看好他的。"陈山野认真地许下承诺。

"那是，有野子你在，奶奶肯定是放一万个心的。"老太太朝阮玫挤眉弄眼，小声地对她说："野子是个好孩子，小玫你也放心。"

阮玫被这可爱的老太太逗乐，"扑哧"笑出声："奶奶，我知道的，他是个乖乖仔。"

陈山野的手绕到阮玫的身后，在她腰窝处轻掐了一下。

如情人之间的亲昵小动作，两个人都没觉得有问题。

仿佛他们之间早就应该这样。

刚被溅上污泥，陈山野的牛仔裤脏了还看不太出来，可阮玫的米色长裤就有些惨不忍睹了，污黄一片像那什么了似的。

"小玫，要不干脆把脏衣服换下来吧？"钟奶奶想了想，往屋里头的房间走。

"不用了。奶奶，我没事，等会儿干了就好了。"阮玫怕麻烦老人家，赶紧拉陈山野的小臂："快跟奶奶说不用麻烦了。"

陈山野还没来得及出声，钟奶奶已经捧着条黑底大红花的裙子走了出来：“来，小玫，你试试看这条能不能穿。”

老年人款式的雪纺裙说不上好看，但怎么都比糊满泥土的衣服好，阮玫不介意，连声跟奶奶道谢。

“你到房间里换吧，哪个房间都行。野子，过来帮我抓只鸡，中午奶奶给你们做好吃的！”钟奶奶拍了拍陈山野的背，“哟，你小子就是长得结实，比钟芒那小皮猴好太多了。”

“不用杀鸡了吧？您随便炒两个青菜就行了。”

“那儿可不行，”钟奶奶回头往里屋瞧了一眼，见姑娘关上房间门了才压低声音说，“你不吃饱，还不让你媳妇儿吃饱？”

“哪儿跟哪儿呢？怎么就成我媳妇儿了？”陈山野无奈地笑笑，但心里觉得这称呼挺不错的。

“你都把人带过来见我了，奶奶就等着喝你喜酒了，这次一定要好好的啊……而且你又给我包了那么大的红包，奶奶请你吃只鸡，你还跟我客气，是不是去了大城市，就嫌弃奶奶家的鸡了？”钟奶奶往他的腰间掐了一把。

“不是，那红包是钟芒给的。”

“你来之前钟芒都给我打电话了，扬扬得意地说给我包了两千八的红包，但我刚刚偷偷数了下你给的红包，整整六千……怎么，红包袋还能自己生出宝宝？”

钟奶奶眯着眼，举起手往他后脑勺儿毛毛躁躁的短发揉了一把：“你这小子啊，从小就这样……”

阮玫换好裙子打量了一眼房间。

这间屋子应该是钟芒的，床边斑驳的墙壁上贴着几张浩南哥、山鸡哥的海报，泛黄得像上个世纪的老电影。

靠门口的木桌覆着块玻璃，压着一家四口的照片，胶塑边起了雾，但四个人的脸上都带着阳光。

她把换下来的脏衣服叠好，走到院子里，听到屋后有鸡叫声，便循声音走了过去。

陈山野已经逮了一只鸡往屋后的厨房走，乌黑油亮的羽毛在半空中飘落。

“你还会杀鸡啊？陈山野，你怎么什么都会啊？”阮玫没到过农村，见到什么都觉得新奇，鸡舍、柴火灶台这些她只在电视综艺节目里见过。

钟奶奶把菜刀递给陈山野，不停地夸赞道：“野子真是什么都会，以前放假他都会来这儿帮我的忙，小小年纪就可以自己烧饭。小玫，你吃过野子烧的菜没有？”

阮玫摇头，仔细想想，她和陈山野真正认识的时间还很短。

“哎呀，我突然腰有点儿疼……”奶奶猛地扶住后腰，上一秒中气十足的小老太太，这一刻仿佛孱弱得举不动铁勺，“野子，要不然，中午这一顿由你来做吧？”

陈山野不拆穿老人略显拙劣的演技，把乌鸡脖子上的毛一撮撮拔下，挑起眼角问阮玫：“我做的饭，你吃吗？”

放血热烫、拔毛开膛、掏出内脏、洗净斩件……陈山野每做一步，阮玫都跟在后头哇哇地叫，就差拿手机录像了。

陈山野把鸡杂先用清水泡起，洗手后拎着阮玫的脖子把她丢出厨房：“好了，好了，你去院子里坐，别在这里瞎晃，等会儿又把衣服弄脏了。”

“真的不用我帮忙吗？”

阮玫站在窗边，看陈山野蹲在地上生火，双肘撑在大腿上，黑色短袖被偾张的肌肉撑得饱满。

火星映在他幽深的黑眸里，慢慢儿燃起的火苗在刚硬的脸庞上烙出温柔的光影。干燥的木柴发出脆响，“啪”的一声，振动着阮玫的心弦。

炙热的温度，隔着空气也能传到她面前。

“不用，鸡圈旁有一小块菜地，你去摘点儿油菜来……”陈山野站起身准备切姜末和其他配料，看了一眼窗外的阮玫，问，“脸怎么这么红？太热了是不是？那别去了，去屋子里歇着。”

阮玫用手背触了下脸颊，烧起的温度让她吓了一跳，怎么只是看陈山野烧火，心率都能一路狂飙。

“没事，我……我去喝口水就好……”

看着阮玫匆匆忙忙跑开，陈山野勾了勾嘴角，开始忙手上的活。

炒锅烧烫，倒入香气四溢的麻油烧热，再把颗粒分明的姜末滑进锅里，热油立刻躁动不安地吐出一个个气泡。

已经焯水撇净血污的乌鸡肉倒进锅里，裹上棕油黄姜，银色铁勺在锅里与黑白相间的鸡肉来回共舞，让肉汁吸入双重香气。

一碗浓醇米酒注入，盐粒似细雪洒落，盖上铁锅盖焖煮一会儿，最后收汁，让一颗颗黑珍珠裹上香甜浓浆，出锅。

鸡肉出锅时，阮玫正捧着一小筐油菜花回到窗边，食欲被香气毫不留情地勾起。她忍不住咽了口口水，眼巴巴地瞧着灶台上那盘鸡肉。

陈山野接过油菜，看了阮玫一眼，用大铁勺子舀起一块鸡肉，举着勺子凑到她嘴边："吹一下再吃，烫。"

"噼啪——"又是一声。

火炉里迸出细碎的火星，阮玫将脸侧的发丝撩至耳后，手指触到耳垂滚烫。

她嘟嘴吹了几下，张口叼住鸡肉，见温度适合就含进嘴里。

嚼了一口，皮脆肉嫩，几种不同的馥郁香气在温度里融化成一股，在舌尖味蕾上迸发出火花。

"好吃吗？"陈山野侧过身子去处理油菜，笑着问。

阮玫突然有点儿不敢看陈山野扬起嘴角自信的模样，脸颊被厨房的热气熏红，小声地应了句："很好吃。"

心跳和柴火上的火星一样，噼里啪啦作响。

阮玫退出厨房，走到院子，摸出手机编辑了条消息发出去。

"包租婆，我惨了。"

蒜蓉炒油菜花、葱花炒蛋、姜爆麻油乌鸡、双椒炒鸡杂，还有极鲜的菌子汤。

"辣椒可能有点儿辣，你别咬到了。"陈山野在红绿椒里挑出一块鸡胗放到阮玫的碗里。

"你给奶奶夹嘛。"阮玫低头扒着白米饭，微辣的鸡杂口感脆爽极好下饭，她有点儿停不下来。

"小玫，野子做的菜好吃吧？"钟奶奶笑嘻嘻地问，眼角的沟壑深长。

阮玫点头应了一声，眼帘撩起，偷瞄背对着门、坐在逆光里的陈山野，细小尘埃在他发顶和肩膀上无所遁形。

她埋头吃着，碗里不断有肉和菜添进来，听着陈山野和钟奶奶聊钟芒的事。

“那钟芒有女朋友了没有啊？”钟奶奶问。

“还没有。”陈山野拨了些辣椒丁到自己碗里。

“唉，这臭小子也不知道是怎么想的，整天身边莺莺燕燕的，就是没个正经女朋友……野子，奶奶也不是非得在活着的时候喝到孙媳妇泡的茶……”

陈山野咳了声：“奶奶，您说什么呢？”

“奶奶都多大岁数了，什么情况我自己最清楚，我啊，就是想等我走了之后，钟芒别孤零零的一个人就行了。”

陈山野扒拉了一口饭：“不会的，奶奶长命百岁。”

两个人离开村子时是一点半，钟奶奶有睡午睡的习惯。

阮玫的膝盖上放着奶奶给的一小袋李子，随着山路颠簸，果子在红塑料袋里滚。

她在手机里订着第二天的动车票：“我们订八点半的还是九点多的那趟？”

“都可以，回到我们那儿几点？”

“前面那趟差不多下午四点，后面的就下午四点半。”

“那早一点儿的吧，回去了可以直接去看房子，不会太晚。”陈山野抬眼，天空又压下重重的云，看来一场雨是躲不过了。

陈山野把求房信息发在朋友圈，有一个熟客是房产中介，手中正好有一套空房，是楼梯楼，地点离阮玫的店铺很近，屋况一般，但配套齐全，拎包就可以直接入住。

就是价格比阮玫的预算高了几百块钱，阮玫决定回羊城了直接去看看房源，让陈山野帮她约一下中介。

阮玫要输入购票信息：“好，你身份证给我一下。”

陈山野自然而然地把钱包交给她：“你自己拿。”

接着车子在一个分岔口拐进另一条小路，陈山野得找个地方停车避过这场阵雨。

“叮咚——”支付宝扣了一千多元，阮玫买了两张一等座，既然陈山野不收她的钱，回程车票就她付吧。

雨很快落了下来，沙石路上一时水汽弥蒙，树叶在疾风骤雨中纷飞。

“下雨了怎么办啊？山路不好走……”阮玫透过雨刮器刮开水幕的玻璃，看着前面变得泥泞积水的路，有些忧心。

“嗯，我们不走，先找个地方停车。”

山路停车不安全，过了这段乡村小路后有一个小湖，陈山野和钟芒小时候经常会去那里游泳，湖旁边有一小角空地可以停车。

小湖藏在一小片矮树林后头，四周不见人烟，湖面被雨水敲打得起了波澜，远处的群山浸在雨水里是一片烟青色，车门和窗户都紧闭着，泥土味和草涩味依然无孔不入地钻进了车厢里。

陈山野没熄车，冷气沁凉，车型太老没有蓝牙，只有CD播放器里唱着陈河川喜欢的邓丽君的歌：“如果没有遇见你，我将会是在哪里……”

“这雨得下到什么时候啊？”

阮玫解开安全带，索性脱了帆布鞋和袜子，两只白嫩的脚丫踩在座椅上。她从袋子里拿了个半青不红的李子咬了口，本来以为还没全熟会很酸，但入口的汁水带着些甜。

“不知道呢，快的话十来分钟吧，慢的话怎么也要半个小时。”陈山野把座椅往后调，长腿稍微打直了一些。

“哦。你吃吗？李子。”咬了一口还滴着汁的果子在半空划过，阮玫把李子递到陈山野嘴边。

陈山野没直接吃，圈住她的手腕轻扯了一下：“坐过来，你喂我。”

阮玫的心脏“扑通扑通”地跳，像做贼似的打量一圈环境，天大地大，而这里只剩他们。

她心一横，攀到驾驶座上。

新鲜果肉皮薄肉脆，陈山野咬碎咽下。

这次的吻是酸甜的。

“吃李子，不是要接吻……”阮玫没好气地嗔道。

陈山野的目光暗了下去，眼眸里似乎也布满重重乌云。

他扣住阮玫的后脑勺儿，在吻住她之前说：“两样都要。”

CD 换了歌，轻柔婉转的歌声被倾盆大雨泡得软烂。

“只有那夜来香，吐露着芬芳。”

雨滴砸在车顶的声响如陨石坠落溅出的碎石，每一声都震荡着耳膜。圆鼓鼓的李子从没绑好口子的塑料袋里颠簸落地，“出入平安”的挂牌下方的流苏散乱地飞舞着，和阮玫红艳艳的发尾一样。

阮玫看着陈山野幽深如海的眼眸。

她有点儿分心，因为觉得陈山野好看得有点儿过头了，眼耳口鼻，哪里都长得极好，视线一撞进他的眼里就无法逃开。

中午阮玫给宫欣发的信息，宫欣问她怎么突然察觉到自己栽了。

阮玫回：“这男人只是蹲在地上烧火，脸上还沾了些炉灰，就这样我都觉得他帅得不行。”

动心的瞬间她已经无从考究，只要看着陈山野，眼睛里都会自动加上闪闪发亮的滤镜。

真是要命。

陈山野喘着气，也回看着她，两个人的眼里都有火苗寂静地燃烧。

雨浇不熄，水扑不灭。

第六章 女朋友

阮玫从快递柜里取出一个包裹。

是前几天在网上买的LED灯管，新房子里原配的灯泡都是白纸般的颜色，照得投到白墙上的影子都寡淡。

她喜欢暖光，熟透的橙子果肉挤出酸甜汁水那般。

那才能让她感觉到家的温度。

半个月前阮玫租了陈山野熟客介绍的那套房子，因为地点实在太令她中意了，预算超出一点儿就超吧，每个月努力多卖几个小玩具就行啦。

房子和店铺只隔三条内街，走过三家咖啡店和一家眼镜店就能到。她可以保持睡到中午的习惯，悠闲地穿着拖鞋下楼，吃碗云吞竹升面或炸两肠配皮蛋粥，再回店里忙活。

她也可以像这一刻这样，傍晚等快递员收走包裹后，闻着咖啡豆烘焙的香气，踩着玫瑰色落日下摇曳舞动的树影慢悠悠地往家里走。

楼梯转着一道道弯走上四楼，一层三户，但有一户是空房子，对门住着一对情侣，没有养总会撕心裂肺吠叫的小动物。

一房一厅一卫一厨，本来陈山野想帮她把店里的床搬到新房子，结果床垫刚抬起，就看到几根床板横梁全有了裂痕，木头还没完全崩开，但也是岌岌可危了。

阮玫不敢置信地睁大眼睛，颤抖着手指控诉陈山野：“你看看！你看看！这让一个本不富裕的家庭雪上加霜了！”

陈山野蹲在地上，轻轻松松地将阮玫装满衣服的编织袋扛到肩上，说等找一天有空了就去家具店挑张床。

阮玫觉得实体店的价格太贵，不如在网上买。

陈山野摇头，说床当然要试睡过才知道合不合适。

店里电闸的封条上个星期解封了，复电后的第一件事当然是把这段时间欠下的订单打包发走。

快递单从热敏打印机里雪片般地吐出，阮玫准备熬上一个通宵，一次性把百来个包裹解决掉。

她忙到两点时院子铁门被敲得“叮叮当当”响，像拉着圣诞老人雪橇的红鼻子驯鹿脖子上的那个金色铃铛。

橘黄路灯的微光洒在男人的发顶，闪耀的反光背心是挂在深蓝天鹅绒上的十字星。

陈山野朝她举起手里的塑料袋扬了扬。她眼尖地看见袋子上印着的餐厅名字，是她两个小时前在微信里哀号着想吃的那家烤生蚝。

从陈山野老家回来后，他们之间的一切似乎都变得理所当然。

陈山野理所当然地陪她看房子，帮她搬家。

理所当然地下班后给她买消夜，帮她打包包裹。

理所当然地送她回家，在她开口说“太晚了，要不留下来过夜吧”的时候跟她一起上楼。

逛家居店试床时陈山野在她身旁躺下，两个人一同陷进柔软的床里，侧过脸相视一笑。销售笑问他们的婚房面积有多大，如果空间足够可以买一米八的大床。最后他们还买了新的枕头和床品，双人的。

阮玫给陈山野发信息，说灯泡到了。

陈山野很快就会回复，说收工后来家里给她换。

这一切理所当然得像六月初始能听到夏蝉鸣泣一样。

阮玫换了身衣服出门，宫欣约了她去亲子餐厅聊天儿吃饭。

她换上亲子餐厅提供的一次性拖鞋，搓揉着手上细细密密的免洗洗手液，一拐进色彩鲜艳的用餐区就见到了宫欣。

宫欣一头乌黑短发整齐及耳，谈及金钱时总有精光闪烁的眼眸此时却是温柔的，凝视着儿童游乐区里的某一处勾起淡淡的笑意。

“包租婆。”阮玫打了声招呼。

“来啦？坐吧，看看喝什么，你直接叫哦。”宫欣把餐牌推到她面前，站起身拿起椅背上挂着的一粉一蓝两个保温水壶，“我拿水给小孩儿喝，你等等我。”

阮玫拉开宫欣对面的椅子坐下，但看着方桌另外两边各摆放着一套儿童餐具，一时有些不解。

她翻了几页菜单，转过头，见宫欣站在游乐区玻璃围栏旁，低头对两个小孩儿笑着说些什么。

阮玫认得宫白羽。

宫欣极少发与小孩儿有关的朋友圈，但带宫白羽来过她店里几次，取订购的商品。小男孩儿长得极好看，比电视里的好多童星还要标致。

但小男孩儿的旁边，扎着麻花辫的小女孩儿她没见过。

宫欣回座时，阮玫好奇地问道：“那个小女孩儿是谁啊？白羽的同学吗？”

宫欣摇头，笑了笑：“就辈分来说，她算是白羽的小姨。”

她把话补充完整：“小鹂是我家六叔的小孩儿，现在住在我家。”

阮玫愣怔。

宫欣与她那没有血缘关系的六叔之间的关系，阮玫也知道一些。

宫欣招手叫来侍应，问阮玫：“怎么样，你和你那位陈师傅发展得如何？确定关系了没有？”

阮玫指着杯苏打饮品跟侍应下单，答道：“还没有……但我们之间的相处和情侣基本差不多了。”

宫欣笑问：“看来这位陈师傅真不错啊。”

阮玫想起有点儿像不管不顾逃离这座城的那几天，此时双颊还会微微发烫，像有夕阳余晖残留在脸上。

她左手托腮，嘴角挂着笑：“真的，陈师傅真好。”

宫欣佯装嫌弃：“啧啧，打住，打住，别还没吃饭就喂我一嘴狗粮。”

服务员送上饮料，树莓像沉落湖底的宝石，折射出的光染红了湖泊。长柄银勺在杯里搅动，阮玫听到宫欣问了一句：“既然动心了，你还在考虑什么？”

冰块碰动着流光玻璃，发出声音。

“包租婆，白羽今年几岁了？”

“刚过完六岁生日，怎么了？”

阮玫喝了一口，一瞬间的冰凉使敏感的后槽牙微微发酸：“陈师傅有个小孩儿，和白羽的年纪差不多。”

已经动了心，那么要考虑的问题就得成倍增长。

两个人的生活习惯有冲突吗？三观合不合？聊天儿能有共同话题吗？家庭关系是否复杂？

宫欣半眯着眼，语气稍微沉了沉：“他结婚了？”

“嗯，但和妻子分开好几年了，目前正在办起诉离婚的手续。”阮玫并没有说太多陈山野的家事。

“你介意他有小孩儿这件事情？”宫欣接着问。

阮玫回过头，视线追随着在过家家区玩耍的两个小孩儿，手指在木桌上像啄木鸟一样一下下地敲打。

“或许将来的某一天，我会像你一样，喜欢陈山野喜欢到爱屋及乌。”她低声叹息，“但问题出在，我还没有做好成为一个‘母亲’的准备。”

母亲。

阮玫曾经努力搜寻过自己的儿时记忆，看能不能找到一两颗宝石，摔得细碎的也没关系，能让她觉得林碧娜曾经喜欢过她，她就满足了。

可惜没有，连一丁点儿都没能找到，自懂事之后她只能在林碧娜的脸上看到冷漠。如果说厌恶和不耐烦还能显得林碧娜对她有些情绪，可不是，那张和自己有几分相似的脸上，常年只见冰冷，像没有一丝裂痕的冰面。

比阮玫大四岁的阮岚向来是聪明的那个孩子。

小时候阮玫还会哭着去问她：“姐姐，为什么妈妈不喜欢我？”

阮岚会安慰阮玫："妈妈喜欢成绩好的乖小孩儿，只要你成绩好、拿到第一名，妈妈就会看到你了。"

阮玫努力过，为了讨好母亲一直扮演着乖小孩儿。确实，在她送上满分试卷的时候，那片冰湖会稍微融化一些，于是她更加努力，想凭一己之力融化冰川。

可当有一次，右上角的分数不再是三位数，她挨了第一顿打。

她的一句"我下次会努力"还含在喉咙中，抬眼已经见林碧娜拿起了书案上的黄木戒尺，一阵冷风袭来。

骨肉发出了一声脆响，手里的试卷像枯叶飘落，几秒后，被木尺抽打的部位泛起红痕，疼感从手腕慢慢儿地传遍了整条手臂，皮肤燃起了火，血液却冰冷无比。

眼泪还来不及酝酿成形，第二、第三下接连着落在她的小臂上。

啪！啪！啪！

是厚重的积雪压得枝丫弯了腰，再摔到黑土地上的沉闷声响。

——你怎么这么没用啊？！

——我已经给过你机会了，你怎么不好好珍惜？！

——笨死了！！

——不许躲，把手举好了！

母亲骂出口的并不是什么污言秽语，可每一个字都是锋利的刀尖，从她搏动着的小小心脏上划过。

似乎有血渗出来淌了满地，微咸的泪水流进嘴角从发疼的喉咙咽下，滴在心脏渗血的伤口上，刺痛得她浑身不停地战栗，激出的阵阵冷汗打湿了单薄的校服。

是一落千丈。

之后阮玫越想努力考好，红艳艳的数字就越难看，课本和试卷上的油墨字成了一条条小虫，在她的脑袋里钻洞啃噬，空洞洞的，什么都装不住。

戒尺落下时她还是会感知到疼痛的，只是到后来她精神上有些麻木了。

阮玫看着母亲黑着脸"训诫"自己，一时觉得，总算在她身上找到了对自己的情绪，终于不再把自己当透明人了。

林碧娜对阮岚是她羡慕渴望的样子，会嘘寒问暖，会殷勤接送，会谈天说地。

是一对正常的母女。

她还是会在被“训诫”之后去寻求姐姐的安慰。阮岚也会用毯子包裹着两个人，安慰她，妈妈在爸爸离开后情绪变得不太稳定，让她多体谅一下妈妈的不容易。

“碧娜家那个小的真的太惨了，你们帮忙多劝劝碧娜吧。”

坐在女厕厕格里的阮玫听见外头有淅淅沥沥洗手的声音、说话声，应该是她的三表姨。

那一天是阮玫外婆的追悼会，老人家是为数不多给过阮玫温暖的人。她在追悼会上哭得快缺氧了，被林碧娜暗掐了一下，让她去厕所洗把脸。

阮玫还是止不住地哭泣，躲在厕格里尽力让自己翻腾汹涌的情绪平静下来，没料到却听到了表姨、舅妈们的窃窃私语。

“怎么劝啊？她离婚后整个人就不大对劲。阮玫的出生正好撞在了枪口上。”

“呵呵，她前夫那么重男轻女，外面的女人给他生了儿子，还不赶紧甩掉她和女儿？”

“碧娜当时也不知道是怎么想的，硬要拼个带把的……还跑去测性别。唉，小孩儿生下来了又把她当成扫把星……造孽，真是造孽……”

妇女说话的声音越来越弱，之后是厚重木门封住了空气，洗手间恢复令人窒息的宁静。

啜泣声早已停下，黑色裙纱被阮玫攥进发抖的掌心里，黑裙上浸着佛香，水龙头没有关严实，漏出来的水珠一滴两滴地敲打在洗手盆里，把她脑内绷紧的神经击得粉碎。

阮玫脑补过很多林碧娜讨厌她的理由，可是她没想过，原来自己的出生就已经是一段孽。

母亲没给阮玫念过童话故事，所以阮玫向来不相信童话。

没有圣诞老人的礼物，灿烂金发的小美人鱼不会爱上陆地上的王子，被吻过的睡美人依然无法醒来，勇敢的弑龙者会死在恶龙吐出的烈焰里，小王子的玫瑰会一日一日地枯萎……

阮玫不会得到母亲的爱。

吃饭时看着宫欣和两个小孩儿的互动，阮玫有些出神，如果自己做“母亲”会是什么样子呢？

其实那天在朱姐的饭馆里，陈山野的丈母娘说的那些话隐约有几个词语传到了她的耳朵里，别说她看上去不像是个会带小孩儿的，实际上生活中她也没怎么和小孩儿相处过。

阮玫会担心，像她这样的人当了母亲，会不会让自己的小孩儿也变得不相信童话。

两个小孩儿一吃完饭又跑去游乐区玩了，宫欣让服务员清理一下桌子，问阮玫：“还要不要点份甜品？”

“不要啦，已经好饱了。”

服务员收走空盘，帮她们换上新的柠檬水，等人走了宫欣才又开口：“其实我也有过迷惘和怀疑，会想，我这种人到底适不适合当母亲。”

“怎么会呢？你把白羽教得很好。”

宫欣摇头笑道：“是白羽把我教得很好。”

阮玫知道，亲子关系其实是相互的，是一面晶莹剔透的镜子。

“那时候我家六叔对我说过一句话，我觉得也挺适合你的……啊，巧了，说曹操曹操就到。”宫欣看见餐厅入口处探头探脑的男人，抬起手对他挥了挥。

阮玫随着宫欣的视线也看向门口，身形颀长的男人趿着拖鞋向她们走来，脖子处摇晃的大金链子很显眼。

宫欣给两个人介绍对方：“宫六生，我常给你提起的阮玫。”

“哈喽。”宫六生颔首打了声招呼，手搭到宫欣的肩头揉了揉。宫欣刚抬头看他，男人已经弯下腰，俯身亲了她一口。

阮玫默默地垂头喝水。

啧啧，这才是明晃晃的狗粮吧……

“我进去陪两个小鬼玩一下，你们继续聊。”宫六生像捏小猫一样揉着宫欣的后颈。

“跟他们说玩半个小时就得回家了，萧琮今晚要辅导他们功课。”

“啧，知道啦。”

宫欣继续刚刚没说完的话：“他跟我说过，我先是宫欣，之后才是白羽的妈妈，才是其他身份。虽然说两个人谈恋爱要考虑的事情很多，但你在陈师傅那里，也应该先是阮玫，之后才是其他身份。”

她喝了口柠檬水：“你先别给自己太大的压力，没有谁一来就能学会当父母，都是一边带着孩子一边学习。我也是，现在还在学习怎么同时带两个性格完全不同的小孩儿。”

“别说你和我，就他……”宫欣扬了扬下巴，指着过家家区的一大两小，“他之前也没准备好当父亲，现在也是一天一天地学习着。”

宫六生被两个小孩儿指挥着当“餐厅的客人”，大高个子窝在一堆色彩缤纷的玩具中，手指捏着塑料小茶杯，掐着嗓子赞叹这木头蛋糕可真好吃啊。

阮玫笑了笑，心里想的是和儿子玩耍时的陈山野是什么样子。

宫欣收回目光，看着阮玫的眼睛说：“但你也别当这事儿是考试，不用非得拿个满分争个第一，无愧于心就好。”

“今晚收工了过来给你换。”

陈山野发出信息后收起手机，从窗口涌进砖墙反射的橘黄余晖浸满小小的客厅，挂钟成了一颗被分针时针剖开半边露出果肉的香橙。

他走到小厨房看了下蒸锅，肥美的鳜鱼再过几分钟就能出锅了，滚烫的白气从锅盖与锅之间的微小缝隙扑腾而出，开水咕噜作响。

陈山野刚开始做饭时已经去敲过钟芒的门，这小子没来开，只听他闷在枕头里嘟哝着“再睡一会儿”，这一刻饭都快做完了，怎么还没过来？不会是又睡过去了吧？他最近常往阮玫那边跑，一没回来这边，这臭小子就开始放飞自我了？

陈山野皱着眉，拉开房门走到阴暗的走廊，天花板带着灰尘的吸顶灯洒落微弱的白光。

他手攥成拳正想往钟芒屋子的门板上捶，忽然，门从里面被拉开，他及时收住力气，才没往还在打哈欠的钟芒脸上打上一拳。

“你最近怎么回事啊？又是等到早上才睡觉？一天比一天起得晚。”陈山野把他拦在走廊上。

钟芒揉着眼睛，喉咙像破风箱一样沙哑：“这也没多晚啊，不刚好能吃饭吗？”

他豆子般大的小眼睛里暗淡无光，血色蜘蛛丝在眼白里横亘着，沉甸甸的眼袋黑且重，整个人就像那条掏空了内脏在锅里蒸的鱼一般。

钟芒正想绕过陈山野，手臂倏地被狠狠拽住。

“啊，疼！哥，干吗呢？！”钟芒尖声大喊。

陈山野那五根钢铁般的手指似是要隔着层皮把他的骨头捏得粉碎。他被拽得生疼，龇着牙用力想抽出手，却被抓得更紧了。

陈山野拉着钟芒没几两肉的小臂，举起抻直了在灯下用光照着。

检查了一只，又抓起另一只手臂，目光如匕首，沿着血管一寸寸地割过。

到这会儿钟芒也知道陈山野误会了，急忙解释：“哥，你想什么呢？我没碰那些东西！”

“那你照过镜子吗？知道自己现在什么样子吗？”

陈山野甩开钟芒的手，举起右手在钟芒惨白的脸颊拍了两下，没用什么力气，但绷直的指节蕴藏着他没有释放出来的怒气。

钟芒竟一时觉得，自己被陈山野狠打了两拳，被拍打的肌肤泛起滚烫的灼烧感，牙齿酸麻得像下一秒就要从牙肉里连根掉落。

“我答应过你和奶奶，不再碰那些东西……”他低着头，没敢看陈山野。

嘎吱——

女主播的房间门悄悄地打开了条缝，陈山野转头看过去，门缝里探出一张浓妆艳抹的脸蛋儿，浓密的假睫毛遮住了女孩儿略带惊慌的眼神。

“进去。”陈山野的声音低得像被厚厚的积雨云压住，对邻居也没了好脾气。

“好……”女孩儿嗫嚅道。

“砰”的一声木门再次关上。

“去洗个澡，洗完再过来吃饭。”陈山野睨了钟芒一眼，努力收回自己冒出尖的火气。

钟芒那开着空调的房间里空气浑浊，连带着他身上的气味也不太好闻。

“知道了……”钟芒转身走回房间，头一直低垂着，像稻田上被乌鸦踩塌了脑袋的稻草人。

陈山野望着再次紧闭的门，低头，天花板咬着的那盏白灯将他的影子照成一座黑漆漆的孤岛，无尽的黑暗拉着他沉溺。

陈山野甩头，叹气，走回自己的屋子。

厨房小窗外折射的夕阳刺眼无比，他半眯着眼拎开锅盖，热气扑面而来熏烫了他的眼角。

他用筷子尖戳进蒸熟的鱼肉里，肉质硬了一点儿。

鱼蒸老了，无力回天。

红椒丝、绿葱丝扑撒在鱼身上，浇上蒸鱼豉油，热油从另一个锅里倾泻而出，浇铸在鱼肉上，香气四溢。

他把清蒸鱼和其他两三个热炒端到餐桌上，正准备去装饭时钟芒进了屋子，头发湿漉漉地耷拉在额头上，衣服也换了一身。

“我来吧。”钟芒先于陈山野走进厨房，盛了两碗饭，连同筷子带了出来。

陈山野接过碗筷：“吃饭。”

“好。”

钟芒垂首扒拉了口白饭，隔着还挂着水汽的刘海偷瞄陈山野，感觉他消了些火气，才敢往那盘鱼肉夹。

“哥，我昨晚……玩游戏玩太晚了。我发誓，今晚肯定早睡，干完活儿回家就立刻上床睡觉。”

陈山野把鱼身上的葱段沾了豉油夹到自己碗里：“今晚你别出去了，你这状态怎么开车？”

“我……我可以的……”钟芒一口白饭卡在喉咙里不上不下，像尖头鱼骨般。

可看到陈山野皱起的眉头，钟芒立即改口：“知道了，我今晚休息。”

陈山野洗完澡出来，钟芒已经回自己的屋子了，洗净的碗筷、盘子、锅具倒扣在洗菜盆里滴着水。

陈山野拎着电动车出门，看着对面紧闭的大门，最终还是举起手敲了敲。

钟芒这次应门很快："怎么了，哥？"

"我今晚不一定会回来，你要洗衣服就自己去我屋子。"

钟芒脸上阴转晴："我知道了。哥，你什么时候带新嫂子回来见个面啊？兄弟几个请你和嫂子吃饭。"

陈山野没跟钟芒详细说过起阮玫的事情，但最近总不回出租屋，钟芒自然察觉到了些什么。

"你管那么多，今晚好好休息，我走了。"

"嗯，你开车小心！"

落日吞噬着黏在蜘蛛网上缓慢蠕动脚步的一只只蚂蚁，陈山野在经过"阿梅发廊"的时候停下车。

这时的发廊还没正式营业，女孩儿们像一条条金鱼躺在粉色的鱼缸里，被炎日晒得蔫头耷脑的，一个个都低头看着手机。

罗蕊正刷着短视频，视线余光看见推开玻璃门的高大男人，一下子从沙发上蹦起来："山野哥！"

"你出来一下，我有话想问问你。"陈山野没进店里，说完这句话就退到了门口的发廊转灯旁。

罗蕊拉直了牛仔短裙，经过吴向真时还挺了挺胸，像斗志昂扬的小公鸡似的。

吴向真嗤笑一声，不跟这小姑娘计较。

罗蕊让自己的声音尽可能娇艳动人："你找我什么事儿啊？"

陈山野也不拐弯抹角，开门见山："罗蕊，你最近晚上经常和钟芒在一起吗？"

"阿芒？"罗蕊顿了几秒，才点头，"有，前天晚上我去他那儿了。"

"那他身上，有没有什么不太……正常的地方？"

"不太正常，指的什么？"罗蕊不解。

陈山野斟酌着字句，问钟芒有没有出现某些精神状态异常的情况，例如一下子亢奋起来，又一下子变得萎靡不振。

“没有……”罗蕊突然想到了什么，“山野哥，你该不会是怀疑阿芒碰那些东西吧？”

罗蕊见陈山野嘴唇抿成一条直线，她的语气也认真起来：“没有，他和我在一起的时候很正常，没有特别亢奋的样子。”

“你确定？”

年轻的女孩儿手背在身后，细跟高跟鞋在地面蹭着。她低头看着自己掉色的脚指甲，觉得像被虫啃得七零八落的花瓣。

“嗯，我确定。”她勾起嘲弄的嘴角，“我见过‘毒虫’是什么样子的，但山野哥，你相信我，钟芒没有，他很正常。”

陈山野瞬间下颌线绷紧，攥紧了拳头：“抱歉，我不应该来问你这些问题。”

他确实着急了，以钟芒和罗蕊的关系，问这些实在不合适。

还让人回忆起这些很不好的事情。

“没事，阿芒人很好的。”罗蕊笑笑，夕阳落在她的脸侧上漾起了珍珠表面般的粉色光泽。

“山野哥你要说比较不同的地方，可能就是钟芒最近挺大方的吧？每次他来找我都会给姐妹们带奶茶，晚上还会带我去吃消夜，或者叫外卖到家里吃，他没亏待过我。”

“好，我知道了。今天实在不好意思，我突然找你说了这么些话。”

罗蕊摇了摇头，说：“我也帮你看着阿芒，如果他真的有碰什么不该碰的东西，我再告诉你。”

“好，谢谢你。”

罗蕊转身准备回店里，陈山野又喊住了她。

“还有事儿吗，哥？”

“钟芒总说要请你来家里吃饭，下次吧，下次等我有空了，一定请你们吃饭。”

罗蕊看着那双映着绚烂晚霞的黑眸，淡淡一笑：“行，谢谢哥。”

没有哪一只蚂蚁生来就想成为蜘蛛的食物，就算是被蛛丝黏住脚，也想要抬头看看那一条条厚云化的巨鲸，在黄金大海里自由畅泳。

天逐渐暗了下来，弯弯的月亮挂在霓虹大厦顶端。

陈山野这天出来得挺早，阮玫打电话跟他汇报自己已经回到停车场时，他已经完成了第二单，而且正巧停在美院附近，离阮玫的店铺不远。

“我现在回店里理一下货，下午离开前正好店里到了箱新货，今晚可以给你试试看啊……”

香草冰激凌融化一般的声音淌进耳朵里，陈山野心里的烦躁总算降下了一些。他这晚眼皮一直跳，总觉得会有事情发生。

他心想，也许是因为天气实在太热了，连呼吸都不太顺畅。

“来的什么货？拿我当小白鼠啊？”陈山野笑问，另一部手机闪了一下，跳进来一个单子。

“你今晚就知道啦。”

“那我今晚……”

陈山野顿住，没有按下接单按键。

因为话筒那边传来一个男人的声音，喊了一声“玫玫”。

“我以后叫你玫玫好吗？”

“你很棒，自信一点儿啊，玫玫。”

“玫玫，以后你就是我唯一的家人。”

“毕业快乐，嫁给我好吗？玫玫。”

“玫玫，我爱你。”

…………

“玫玫。”

蓝牙耳机里陈山野的声音戛然而止。阮玫看着消失了一年多的黄鸣彦就这么明晃晃地出现在自己眼前，一时有些恍惚。

茂密的树冠将月亮掩盖得严实，静止的树叶把天空撕扯得细碎。

路灯含着一口黏稠的黄，男人冠冕堂皇地站在那圈昏黄下，面容变得模糊不清。

就像在褪色的记忆里一样混沌。

奇怪……黄鸣彦以前是长这样的吗？

好像是的。

他细碎的刘海微垂在额前，银色细框眼镜掩着狭长微垂的深眸，穿的还是常见的蓝色条纹衬衫，袖子叠起挽到臂弯，一只手在身侧下垂着，一只手插进烟灰色裤袋里。

又好像不是。

黄鸣彦早已不是那位在运动场陪她跑圈减肥、在赢了校际篮球赛冲到观众席上将她抱起拥吻、身上总洋溢着初春暖阳的少年。

阮玫看不透那镜片下的目光。

也不想懂了。

“阮玫，发生了什么事儿？”

如春天暖潮一般的声音涌进耳朵里，阮玫回过神。

她没回复陈山野，脑子里开始跳出那些在心里演练过许多次的“重逢”场景。

黄鸣彦往她那走了一步，低声唤她：“玫玫……”

阮玫倏地举起手，像交警拦住车子一样，警告道：“等等，你给我站在那里别动。”

她甩了甩右手，行，还能动，没被气得发抖而没了力气。

阮玫两三步跨到许久未见的男人面前，举起右手，往后拉弓，松开，箭飞快地离了弦！

“啪”的一声脆响震得空气有了裂痕，黄鸣彦的脸被打得歪斜，眼镜脱离轨道，挂在鼻尖处像颗摇摇欲坠的行星。

阮玫嘴角扯起一个微笑，笑着骂了句脏话：“黄鸣彦，谁给你脸让你出现在我面前的？”

黄鸣彦深吸了口气，正想扶好眼镜，又一巴掌袭来。

啪！

他额前的刘海不停地摇晃，眼镜又往外掉出了一些。

“还是说，你是来还钱的？”阮玫甩了甩火辣辣的手，摇着头轻呵了一声。

“对不……”

啪！

黄鸣彦被打得往后退了一步，眼镜终于狼狈地坠落，摔进摇晃的树影里。

“别跟我说对不起，你不配。”

阮玫用力过度的右手开始微颤。她攥成拳，微长的指甲嵌进发烫的掌肉里。

她直视黄鸣彦半垂眼帘下的眼睛，努力让自己的声音听起来镇定冷静，不想自己像从空中飘落的晶莹冰花，轻轻一碰就会支离破碎。

她在心里不停地给自己打气，阮玫，你争口气，千万别哭，也别㞞，他不配。

这时耳机里有声音传来。

“别打他了，手疼了吧？也别跟他起冲突，小路上有人吗？站到路灯下，不行就走到隔壁老太太的院子门口，我现在过来。”

自从男人一开口，陈山野就掉头往阮玫的店铺方向骑，耳机里每响起一次巴掌声，他的心脏就被捶上一拳，胸腔里的空气鼓胀到令他有些反胃。

不到五分钟的骑行路程，陈山野觉得好漫长，马路上的车和人都走得好慢，道路被一盏盏路灯拉得细长弯曲。

他对着耳机说话，也像对着空气说话。

他听着耳机里阮玫的粗喘、阮玫的嗤笑、阮玫的故作轻松……眼皮不由得又跳了两下。

陈山野觉得，怎么会离阮玫那么远，远得他无能为力。

树叶声沙沙作响，黄鸣彦没有捡起眼镜。他微垂着头，还是说了声“对不起”。

“所以你来干吗啊？装死怎么不装久一点儿啊？要还钱就快点儿，还了之后马上给我滚。”

阮玫后退了一步，在黄鸣彦面前摊开刺麻的手掌：“利息我就不跟你算了，你自己欠下的五十万元，麻烦结算一下。”

黄鸣彦的左脸颊应该是疼的，但他感受不到，只觉得胸腔比那一处疼上百倍。他清了清喉咙：“那笔高利贷，你后来是怎么还的？”

“呵……怎么还的？”阮玫像是听到了什么可笑至极的笑话，呵呵干笑了几声。

她收回手，双臂抱胸，脸上的笑意浓了几分却毫无温度：“当然是用身体还啊。那些收数佬用的招数无非就是那些，淋红油、淋屎尿，把你欠钱的大头海报贴得到处是，拉你去做你不想做的事情……”

“阮玫！”

陈山野听得太阳穴发疼，出声阻止她再胡编乱造。

见行人交通灯绿灯闪烁，他扭了手把加速冲过斑马线。

黄鸣彦微晃了一下，双手垂在裤腿旁的手指微颤，喉咙哽了团湿漉漉的棉花：“玫玫，对不起，我当时真的弄不到那么多钱……真的……对不起……”

“都说了别跟我说对不起了！但凡当时你有考虑过我，都不会偷拿我的身份证去贷款！现在等我快把钱还完了，你跳出来说两句对不起，就想我原谅你？天底下有这么好的事情吗，黄鸣彦？”

“他们……真的逼你去……”黄鸣彦说不出那个词语，眼睛里灌满了苦酒，“我以为你会跟家里先借……”

阮玫气笑：“呵，我和家里关系怎么样，你心里没数？我饿死也不可能跟家里借钱啊。”

她摊开一只手数给他看：“我这么些年存下的钱，加上卖了车和一些有的没的东西，譬如那个小钻戒……”

黄鸣彦整个人明显又晃了一下。

“剩下的借了二十万，才把你那高利贷的破坑给填了，不然光那利息都够我还的。”

内街入夜静谧，阮玫一直压着怒火说话，但话语被风拂起吹到空中。

她听见楼上有谁拉开了窗户准备看一出好戏，老太太的两只小狗崽开始狂吠，仿佛给她呐喊助威。

阮玫几个小时前还在想着自己不相信童话，但其实她相信过，落魄公主和孤独王子会幸福美好地生活下去。

可是童话的泡沫很早之前就已经爆开，只剩下黏糊可笑的生活。

“黄鸣彦，你到底是不是来还钱的？如果是就赶紧，不是就劳烦你快点儿走开，别在这碍我的眼。”

阮玫的怒气钻进耳机，在陈山野耳朵里燃烧，车轮飞快地割开地面残存的暑气和周围人群模糊的嬉笑。

电动车转进了内街，突然一道白光袭来，直直地闯进他的眼里，像把尖刀刺进瞳孔里准备随时划破他绷紧的神经。

一个穿着黄色马甲的外卖小哥边看手机边骑车，正面对着陈山野冲了过来。

陈山野大脑还来不及思考，身体本能地先行一步，猛地将车头打了个方向，和那辆迎面快速冲来的电动车擦肩而过。

突来的变向和作用力让电动车往路边步行道上撞，急刹也阻止不了脱缰的野兽，陈山野被巨大的惯性甩出，狠狠地摔在红砖地面上。

男人的闷哼声和硬物碰撞声让阮玫从戾气状态回过神来。她压住耳机着急地问道：“陈山野？你那边怎么了？”

黄鸣彦这时候才发现阮玫和别人通着电话，被她扇巴掌都还没皱过的眉头这时微微皱起，牙齿无声地咀嚼着阮玫口中的男性名字。

阮玫问了几声都没得到陈山野的回复，耳机里只能听见忽近忽远、嘈杂纷乱的脚步声，耳朵像灌进了咸湿的海水什么都听不清。

她的心里不知不觉升起的担忧代替了怒气，刹那间脑里一晃而过的，是陈山野父亲车子里那块“出入平安”的挂牌。

阮玫想向月亮祈祷，只要陈山野平安顺遂就好，其他的事情都无所谓了。

“陈山野！你回答我啊！”阮玫急得跺脚，音量比刚刚响亮了不少。

黄鸣彦胸口一窒，阮玫情绪一激动就跺脚的习惯还在，只是发小脾气的对象已经不是他。

一阵窸窸窣窣的声音后，阮玫总算听到了陈山野的声音：“刚刚耳机摔出去了。”

一颗悬空的心落了地，行星安全游回星轨中，狂风里乱舞的风筝被紧紧抓住了线。

“你吓死我了，你是不是撞车了？”阮玫转过身背对黄鸣彦，往旁边走了几步跨出树影。

她仰头看着天空，慢慢儿涌起的潮水淹了弯着嘴角笑的月亮。

“没撞，是我自己摔倒的。”

陈山野拨走嵌进手掌里的沙石，那个差点儿和他撞在一起的美团小哥已经帮他把卧倒的电动车抬起来放好。

他扬了扬手示意自己没事，美团小哥欠身说了几声抱歉，匆匆忙忙地离开了。

陈山野跨腿上车重新启动车子：“我拐进内街了，你再等等我。”

“知道了，陈山野，我没事。”

“嗯，我也没事。”陈山野手把一转，车子驶了出去。

黄鸣彦弯腰捡起眼镜，戴好，对着阮玫的背影开口：“玫玫，那笔钱我会还你的，你给我一点儿时间。”

阮玫把胸腔里的一口闷气长长吁出，没回头：“黄鸣彦，我们之间没有可能了，这点你是知道的吧？麻烦你以后别叫我这个名字了。我的银行卡号没变，你要还钱的话转账给我就好，不用再在我面前出现了，我见到你就恶心。”

“玫玫，我……”黄鸣彦还想再争取一下，这时昏黄街道尽头亮起一盏灯，刺眼的光线令人无法忽视。

阮玫朝那盏灯快走了几步。

随着白色光团越来越近，黄鸣彦认出是上次在这里和阮玫拉扯推搡的男人，只是上次他穿着衬衫、西裤，可这次……

黄鸣彦看着很快来到面前的男人戴着的头盔和印有明显标志的反光背心，镜片反光盖住了他微眯起的狭长双眸。

陈山野长腿踩地停住车，摘下头盔挂到手把上，瞥了一眼阮玫身后的男人，收回视线，低头看着那双晃荡着水珠的眼眸，像小湖旁被月光浸透的小小鹅卵石。

“手很痛吗？”他抬起阮玫垂在身侧微微发抖的右手，捧在手里摊开，指腹上的薄茧在白里透红的手上轻轻划过。

电动车没熄火，白灯还亮着。

借着光，阮玫看清他的麦色手掌上有几处破了皮，还有些许细沙附着在伤口处。她吸了吸鼻子，声音混进了些软糯的哭腔：“你才痛吧？都渗血珠了，骑得那么着急干吗啊……我回去给你搽搽药吧。”

“好。”陈山野嘴角微微勾起，也没松开阮玫的手，问，“你们聊完了吗？”

“好了……”

“好，那我跟他说两句话。”

“好……啊？什么？”阮玫眼睛倏地圆睁，一下子没反应过来，眼眶松了劲儿再也锁不住眼泪，还带着温度的泪滴从脸庞滑下，急忙问，“你要跟他说什么啊？”

陈山野指节微屈，钩走她快滑到下颌的泪水，笑笑没回答。

再次抬头的时候，陈山野眼角的笑意迅速敛去，像暴风雨袭来的傍晚滚滚乌云瞬间吞噬了金光灿烂的夕阳余晖，蓄满雷电的雨云糅进了夏夜闷热的空气里。

面前叫陈山野的男人身高比他高出一些，黄鸣彦不动声色地从上至下扫视过了他一圈。

这男的表情并不凶狠，可黄鸣彦总觉得下一秒陈山野就要给他一拳头，把他打趴在地。

黄鸣彦来的时候已经做好会被阮玫打骂的心理准备，挨几巴掌也是预料中的事情。他们从大学走到社会，经历了那么多，他相信只要阮玫愿意听他道歉，他一定可以慢慢儿地追回她。

他太了解阮玫，她的心太软了。

谁知道半路杀出个程咬金。

面前这男人的表情并不凶狠，可黄鸣彦总觉得下一秒对方就要给他一拳头，全力把他打趴在地。

和面对阮玫时的心态不同，黄鸣彦此时已经咬实了后槽牙，手指微蜷着准备随时握成拳，当看到陈山野举起右手时，他甚至萌生了想抬手挡住脸的念头。

陈山野没有出拳，而是伸出食指，指着这位前男友身后方停靠的塞住大半条街道的黑色小车，问：“那辆车，是你的吗？”

阮玫不明所以，顺着陈山野指的方向看过去，是一辆旧型号的日产轿车。

黄鸣彦咽了口口水，点头承认。

“前几个星期有一个下雨天，你就在这里出现过了是吗？”陈山野的声音低沉微哑，仿佛酝酿着台风暴雨，“还有几次，我也在这附近看到了你的车。”

阮玫猛地抬起头，看着陈山野绷紧的硬朗下颌，问：“下雨天？”

陈山野直视着黄鸣彦，目光深沉，道：“对，就是我在这里等你的那一晚。”

是那辆亮着大灯、按着喇叭朝他们冲过来的车子？！

“黄鸣彦，你一直在跟踪我？”突然一股寒意漫上阮玫的脊椎和后颈，她往旁边躲了一步，下意识地隐进陈山野的影子里。

黄鸣彦没有料到陈山野会留意过他的车，急着想跟阮玫解释：“不是跟踪，玫玫，我之前只是……不敢打扰你。”

陈山野右跨一步挡住黄鸣彦的去向，其实他连腰背都没有绷直，如一把还未拉紧的弯弓，却带着让人喘不过气的强硬气势，闪烁着阴冷光点的箭尖直指着来意不明的阴暗小人。

“既然不想打扰就做得干脆一点儿，有本事就先把钱还了，之后离她远远的，能懂吗？”

光气场就输人一截儿，黄鸣彦只能恶言嘲讽道：“你是谁？区区一个代驾，这里有你说话的地？”

胸腔里的鞭炮噼里啪啦被点燃，血液全涌上大脑，阮玫气得眼眶发红：“黄鸣彦，你别再恶心我了好吗？！他是我的……”

陈山野打断阮玫的话：“我是谁不重要，重要的是，我想你应该不想让警察知道你在这儿。”

陈山野一只手拿出手机按着什么，另一只手往后，拉住了奓毛小猫的手腕，顺势往下，将她温软的手拢进自己的掌心中，紧密贴合不留一丝缝隙。

陈山野勾起嘴笑，眼角眉梢都是放松的。

嗯，这样才够近。

陈山野前两个数字已经输入，左手拇指在“0”上停住，夏夜的风温热灼人，但他的声音里压着一丝凛寒：“或者我现在就报警，说有个诈骗犯跟踪我女朋友，你觉得呢？”

“除了手，还有没有别的地方伤到了？好端端的怎么会摔了啊？”

阮玫举起那双微糙的手掌在灯火下来回翻转，仔细地照着，看细沙清理干净了没有，看还有没有没被发现的小伤口。

房东配的布艺沙发太软太低，坐在上方就像陷入酥皮泡芙中融化的卡仕达奶油里，淌出的甜蜜皱褶将他们包裹在其中。

下午拆箱出来的灯管静置在矮几上，吸顶灯亮着白光。

一个人时显得单薄的影子，叠加了另一个人的影子之后显得浓黑了些，不再那么寡淡孤寂。

陈山野翻过手掌把阮玫的双手握在手心，如厚实的黑土盖住皑皑白雪。他脸上笑意渐浓：“有个外卖小哥骑车看手机，没留意路况，车子冲着我驶来，我避开的时候一不小心就摔了。落地的时候好像撞到了肩膀了，你要帮我看看吗？”

“有没有伤到骨头啊？”阮玫两颊微微发烫，趁机把手抽出，可手背手心似乎已经覆上了陈山野的温度和淡淡的消毒水味道，“快把衣服脱下来，我帮你看看。”

陈山野很快脱下反光背心和T恤，背过身子。

宽厚的右肩上没有伤口，就是红肿了一小片，因为男人肤色的关系倒也不是特别明显。

“没有流血，你等等，我去拿药油给你揉揉。”

“好。”

出租屋的客厅没有装空调，风扇立在地上机械式地摇头——刚搬进来的时候扇叶和铁框上都布满了厚尘，陈山野大扫除的时候将扇叶拆了下来，洗得干干净净。

可室内太闷热，吹出来的风裹挟着黏稠的热气和浓郁的药油味，挤满了空气里的每一个角落。

阮玫用手掌的温度把舒筋活络的药油焐热搓烫，再一点儿一点儿地揉按进小麦色的肌肤里。

“你还欠着多少钱？”陈山野突然开口问。

“那二十万借款吗？分了二十四期，还有差不多半年就能还清。”

“他之前干了什么事情？欠下这么多钱。”想着刚才黄鸣彦离开前眼里一闪而过的不甘，陈山野的心默默地沉下了几分。

阮玫的小臂稍微用了些力，想让药油浸得更深：“先是投资失利，后来借了一大笔钱去澳门想翻身，翻不过来就跑了。你呢？你赌吗？打麻将、斗地主之类的？”

陈山野拼命摇头，阮玫轻笑出声：“陈山野，你真是个好人。”

好人卡？他可不想收……

陈山野轻咳了一声：“所以他偷了你的身份证去借高利贷？”

阮玫的掌心在红肿处时轻时重地揉压，答道：“其实也不算偷，那时候我们算是同居，彼此的证件如果不带出门经常统一收在一个抽屉里，我也不知道他是什么时候拿走的……”

“那就是偷了。”陈山野打断阮玫，语气斩钉截铁。

阮玫呵笑了一声，继续回忆那段鸡飞狗跳的日子：“嗯，他失踪的时候我还报警了，怕高利贷把他绑上石头沉到江底。唉，真是圣母，瞎操心……后来催收的流氓们每隔一两天就来捣乱一次，报警也没有任何帮助，他们总可以换着法子来磨耗你的全部的时间和精力。

“房东整天催促我尽快处理好这件事情，因为那些人泼的秽物影响到了隔壁的邻居和公寓，邻居怨言很大，给物业施加压力让我快点儿搬走，不过就算他们不赶我走，我也没钱继续租那里。

“我问过律师意见，但因为债务挂在我名下，我只能偿还后再通过打官司追讨。反正吧，我的生活和工作同一时间被打乱，根本抽不出精力去找他。”

就像多米诺骨牌一块块坍塌崩坏，阮玫那时候能做的就是及时止损，在高利贷的利息如滚雪球一样越滚越多之前，尽快把黑洞填埋了。

“哎，你还记得我们第一次见面吗？”阮玫突然问。

“记得。”陈山野沉声答。

怎么可能不记得？他经常把回忆翻出来细嚼慢咽。

“那一晚过后我就搬到店里去了，六年的努力打水漂，没存款，负债，原来的车子卖掉了，买了辆二手飞度，因为我需要车子跑批发市场……”

阮玫的声音像起了雾的黑夜里敲打在碎石小径上的鹿蹄声。陈山野没有再打断她，只安静地听她一点儿一点儿地诉说过去。

为了尽快脱离原生家庭，实现经济独立，阮玫从大二就开始创业。她学的是电子商务，自然是从线上网店开始做起。

只不过第一笔启动资金是当时已经有可观收入的黄鸣彦提供的，虽然不是多大的金额，但对那时候的阮玫来说，黄鸣彦递给她的是一架能往上爬的梯子。

羊城各种批发市场遍地开花，尤其服饰类特别多，阮玫一开始接触的是内衣电商，针对的客户群是高校学生，后来慢慢儿地往成熟女性方向发展。

黄鸣彦给阮玫的资金她很快就加倍还清了，毕业后阮玫开始涉猎小玩具行业，并开始延伸到其他产品线，例如国内原创品牌的香氛、首饰等，目前她代理着几个独立工作室的相关产品。

在阮玫心里，情趣并不是那么表面化的东西。她开始想拥有一家实体店，想要有一个能让客人们坐下来自由自在讨论并分享个人故事的私密空间。

只是实体店装修到一半的时候，她多年来为了在这个城市安身而积累起来的数字沙塔一夜之间被巨浪推平，还背上了新的债务。

阮玫把许多身外物都变卖了，只为了保住店铺的装修尾款和部分短期流动资金，钱没了可以再赚，但“Rose Slave”不能没。

这是阮玫孕育了许多年的孩子，就算穷途末路，咬牙卖血都不能让这家店还没开业就胎死腹中。

阮玫再用力搓揉了几下，见药油都快被吸收干，突然想起什么，问：“你认识龙北哥对吧？”

陈山野点头。

“本来我这样负债的情况是很难借到钱的，因为我没有东西能抵押给银行，稍微正规一点儿的借贷公司也很难审批通过，还好我的包租婆带我去找了他。”

陈山野“嗯”了一声。

他知道龙北除了正道上的酒吧和连锁拳馆生意，手里还有少许早年半灰不白摘不干净的生意，借贷公司就是其中之一。

“其实跟他的公司借贷也需要资产抵押，是包租婆做了我的担保人，我才能顺利借到钱，利息还和银行的差不多。”

阮玫对宫欣总是心存感激，原本宫欣是想自己掏钱借她，被她坚决拒绝了。

有一些情谊不应该过度消耗。

“你也知道，我其实挺㞞一人，平常不怎么一个人去酒吧，但有了龙北这层关系我就挑了KK，没想到后来能遇到你……”

阮玫想起这事儿眉眼便带了笑，再回想起，竟觉得有一种命中注定的感觉。

注定了她结束一段结局糟糕的初恋，并遇见了另外一个男人。

陈山野想了想自己的存款，试探道：“阮玫，要不我帮你……”

“不要。”阮玫掐了把他结实的手臂，直接拒绝他的好意，“我自己可以还完的，再努力半年就好啦。”

半年。

套在两个人身上的枷锁，都只剩半年。

陈山野握住她的手指，问：“那我刚才在他面前说那话的意思，你能明白吗？”

阮玫低下头，飘荡的红发好似被房间里的热气闷得无精打采的火红花萼，蔫头耷脑地抵在陈山野温热的背脊上。

她开口：“我明白的，但是我……”

陈山野的背脊微颤了一下，沉声问道：“你对我没有那方面的感觉吗？”

他不傻，知道阮玫不可能对他一点儿感觉没有。

每一次拥抱、每一次靠近，陈山野都能听到她欢欣雀跃的心跳，像在胸腔里藏着一只扑腾着羽翼的小白鸽。

如果彼此之间没有感觉，店铺被封的那天阮玫也不会同意跟他走。

阮玫叹了口气，额头在陈山野的背脊上轻轻地撞了一下，像在无声地抗议他问的是什么笨问题："不是，你知道我是有感觉的。"

陈山野猛地闭上眼，深吐了一口气，药油似乎这时候才起了效果，渗透进他全身血液中四处乱窜，火焰匍匐在血管里肆意燃烧，最后全部涌向心脏，一直积存在火山口里的熔岩开始嘶哑号叫。

陈山野很快转过身抱住阮玫，也不管沙发旁的药油瓶差点儿被他一双长腿踢翻。

他低头轻吻她，春风细雨绵绵，滋润着干涸贫瘠土地上的玫瑰……

许久，陈山野松开她，哑声问："那你在介意什么？你是介意我的职业，还是我的家庭？"

阮玫凝视着陈山野的眼睛，扑闪的睫毛透露了些许心里的不安。

"你的职业怎么了？堂堂正正，不偷不抢，你不要听黄鸣彦或者别人瞎说……"她整个人像只躺在被窝里的猫，耳朵隔着热气腾腾的胸膛听里头熔浆翻滚的声音。

"那就是介意我的家庭？你是介意，陈思扬吗？"陈山野问得有点儿艰难，如果这一刻有谁来问他，陈思扬和阮玫同时掉进海里他要先救谁，他怕是会往那人后脑勺儿狠狠地打上一巴掌。

阮玫顿了顿，没有直接回答陈山野的问题："上次在你老家，我跟你说过我和姐姐的关系不好，对吧？"

"嗯。"

"其实真正跟我关系不好的，是我的妈妈。我从小没感受过什么母爱，也不太懂得如何和小朋友相处，我还没准备好当一个妈妈。"

阮玫的剖白让陈山野暗吁了一口长气，这事换个方向想，那就是阮玫也考虑过他们未来的事情。

阮玫的这番话让他悬在半空的心悄悄归回原位，甚至有一丝欢喜爬上心头。

陈山野骨节分明的手指在她的手臂内侧轻轻地扫过，低声问："就是因为这样，你才去做了皮埋？"

阮玫喃喃道："嗯，我不觉得自己能当好一个母亲。我会害怕，怕自己有了小孩以后会像我母亲对待我那样去对待我的孩子……我会害怕自己变成‘她’。”

屋内真的太热，两个人的额头都有成型的汗珠往下滑，风扇做着无用功，吹来吹去都是黏腻温热的风。

可谁都不愿意离开谁。

所以，这就是她的噩梦。

陈山野叹了口气，把趴在胸口的人再次往上托起，轻吻落在她的额头上：“不会的，你就是你，不会变成你不喜欢的人。”

“你怎么那么肯定啊？连我自己都没自信。”阮玫抬眼问他，一双水润的眸子静静凝视着他。

“因为你是个好姑娘啊。”陈山野笑笑，低头去吻她。

第七章 为食猫

他们一遍又一遍地接吻，尽管阮玫觉得身上的衣服都湿得可以拧出水了，尽管陈山野觉得自己的心脏快要炸掉了。最后他们还是停了下来。

这晚他们似乎都在坚持一种奇怪的仪式感。

“今晚你要在这边过夜吗？”阮玫高举着手机电筒，给站在高凳上换灯管的陈山野照明。

“不了，钟芒最近状态有点儿不对劲，我今晚还是回去看看他，怕他趁我不在的时候乱来。”陈山野把灯管拧紧，跨下椅子去开电闸，再把开关一开，温暖的光线淌满小小的客厅。

“那明天呢？”

陈山野拿着拆下来的灯罩走进厨房准备洗掉里面的灰尘和蚊虫：“这段时间你下班我都会过来送你回家，我担心那人又在你店铺附近徘徊。”

阮玫跟在陈山野身后进了小厨房：“啊？你这样跑来跑去太辛苦了吧？也很耽误你的工作，我自己小心一点儿就好了。”

“我调整一下时间，早一点儿出去跑单，就可以早点儿收工，中午也可以出去跑单。”陈山野撕了张厨房用纸把灯罩里的水渍擦干。

“啊！”黄鸣彦的突然出现让阮玫忘了正事。她跑回客厅从包里拿出钱包，里面夹了张名片。

她抽出来后递给陈山野：“晚上我和包租婆吃饭，她的民宿公司有合作的车队，这段时间人手不够，正在招新的司机，她说如果你或者你身边有同行愿意干可以联系这上面的电话。”

陈山野接过名片，阮玫继续说：“包租婆说这个车队负责她家民宿的接送，经常得跑机场、高铁站，然后有其他活儿的时候也会排班，我也不知道对方的薪资多少，你如果感兴趣就联系对方问问看。”

“行，我知道了。”陈山野把名片放进裤袋，站上椅子把灯罩挂回原位。

换完灯管，陈山野穿回衣服准备离开，扣头盔的时候见阮玫往他胸前伸出拳头。

“嗯？什么？”

“手伸出来啊。”

陈山野把手掌摊开在她的拳头下，两把崭新的钥匙和一张蓝色门禁卡落在他的手心里。

是出租屋的钥匙，搬进来的时候防盗门和木门都新换了新锁芯。

“给我的？”陈山野笑得露出一口洁白的小月牙。

“对啊，你半夜忙完工作，想过来这边就可以直接开门进来，我怕有时睡着了没办法起来给你开门。”阮玫举起手帮他调好头盔的安全带，“你路上小心，不要再骑那么快啦。”

“嗯，知道了，我走了。”陈山野微微侧过脸，低头吻了她一下。

下楼后陈山野骑着车先回店铺绕了一圈，附近的内街也走了一趟，没见到黄鸣彦的车才开出大马路。

他顺着晚风往沿江的酒吧街骑，但他不是为了接单才来这里。

临街的酒吧灯牌霓虹闪烁，他在 KK 门口停好车，推开玻璃木门进入了另一个迷幻的世界。

小舞台上有女歌手浅唱低吟着爵士歌曲，烛火在木桌上跳动，在男男女女或慵懒或失意的脸上投下星星点点的金光，他们心思各异，心照不宣。

陈山野径直往角落里的吧台走，几个调酒师在吧台后摇晃着调酒杯，冰块与玻璃碰撞的声音清脆。他走到圆弧边角位置，取下头盔放在吧台上，对着向他走来的高大男人打了一声招呼：“龙哥。”

龙北拿着布擦拭手指：“嗯，有工作？”

“不是，我找你有事儿。”

龙北眯起眼睛，转过身跟一个调酒师交代了一声，从吧台走出：“到后面说。”

陈山野跟着他穿过走廊走进办公室，龙北倚在红木办公桌旁，拿起烟盒取了根烟抛给陈山野：“什么事儿？”

陈山野摸出打火机先给龙北点上：“阮玫你认识？”

龙北瞥了他一眼，随后点头。

陈山野给自己点上烟，说：“她还欠你多少钱？我帮她还了。”

龙北双手抱胸，一身肌肉把白衬衫和黑马甲撑得紧绷，香烟在手指间轻晃：“你和她什么关系？”

“还不错的朋友关系。”

“她同意你帮她还钱了？”

陈山野咬着烟，笑了笑：“没有，她不同意，但我不想她每个月那么辛苦。”

龙北衔住烟，拿起旁边的计算机按了个数字，递给陈山野。

和他预估的数字差不多，他点点头：“好，我明天去银行给你转账。”

“她这人很犟，建议你和她再商量一下。”龙北放下计算机，视线停留在办公桌上摆放的相框上。

接着，陈山野竟然在这个硬汉的嘴角看到了不明显的笑容，他一时愕然。

只听龙北声音低沉，但说出来的话柔软无比：“我老婆脾气也犟，上次我要给她琴行开分店注资，她怎么都不肯要。”

龙北直起腿向陈山野走去，长臂搭在陈山野的肩膀上：“你还是跟她说一声，不然哥怕你等会儿连家门都进不去。”

陈山野抿紧嘴。

裤袋里还装着刚刚收到的钥匙，那家伙总不会之后偷偷把锁换了不让他进门吧？

两个人回到吧台后面，龙北问：“要喝杯什么吗？”

陈山野拿回自己的头盔：“我不能喝酒。”

龙北指着他身旁的一个空位：“坐着，来杯无酒精的。”

无酒精？那不是给小姑娘喝的吗？

可陈山野推拒不了，只好坐上了高脚凳，看龙北娴熟地摇晃起银色的调酒杯，很快往玻璃杯里倒出一杯颜色看着像威士忌的饮品。

拿起杯子时，陈山野突然想起，自己这一刻坐的位子，就是一年前阮玫坐的。

那一晚，他遇到了那朵火玫瑰。

一年前。

“龙哥，我到酒吧门口了，客人呢？”陈山野取下头盔甩了甩头，江风吹拂过他头顶被压扁的几撮头发，江上的游轮鸣笛声拉走了他的注意力。

他转过头，轮船卧躺在荡漾着一弯弯月牙的水床上，霓虹江景投落斑斓瑰丽的光斑似发光的水母。

这大城市的江景是很美，但他老家穿城而过的小江也不差。

龙北说客人还在店里，陈山野停好车推开玻璃木门，浓稠的蜂蜜从一盏盏壁灯里滴出，和慵懒的音符一起淌满每个角落。

他往吧台走，龙北正在吧台后擦着酒杯，见他来了，扬了扬下巴。

他顺着龙北的目光，看向坐在圆弧边角位置的人。

松石绿色高脚凳上坐着一位姑娘，她上身前倾靠着棕木吧台，黑裙翻滚起波浪，淌上蜂蜜的长腿交叠着在高凳旁轻晃，影影绰绰中有什么在她右腿上飞舞。

酒柜里的蓝萤火在她火红色发顶勾兑出奇异的紫红光芒，垂坠的红发遮住了她的侧脸，陈山野只能瞧见一小片圆润白皙的肩膀在那蜿蜒而下的火焰中露了出来。

龙北在她面前低头说了句什么，她转过头。陈山野一怔，两个人的视线就这么在空中相撞。

她左手撑着脸，微张的嘴唇是粉的，眼皮上跳动着晶莹的荧光蓝，脸颊深处透着迷醉的酡红。

陈山野走近时听见龙北对她说："你自己真的可以？用不用叫宫欣来接你？"

"不用，我……我……我没醉。"姑娘跳下高脚凳，像被风吹得摇晃的玫瑰，脚步踉跄了一下。

醉了啊，说话都大舌头了。陈山野想着。

"你住在哪里？"陈山野问她。

"在……在……"她皱着眉嘟起嘴，努力思考着自己的地址，最后磕磕绊绊地报出一个高档公寓的名字，拿起凳上的链条包往外走。

龙北喊住陈山野，交代道："野子，把人安全送到家里去。"

"好。哥，你放心吧。"

醉猫姑娘意识倒还清晰，领着他往停车的地方走，嘴里哼着什么小调。陈山野听不清，倒是在路灯照映下看到她右腿上飘荡着一片片红色花瓣。

几家酒吧共用着一小片停车场，姑娘来到这儿又忽然没了记忆，喃喃道："哎，我的 MINI Cooper 呢？……"

陈山野环顾四周后，指着不远处的一辆黑色三门小车问道："是那一辆吗？"

"不是，那不是我的车……"她快速摇头，"我的车是大红色的……"

阮玫好似一个泄了气的气球，突然往下蹲，打开包盖把里头的东西——香烟、打火机、手机、纸巾、车钥匙、钱包、公寓车库进出卡……一股脑儿全倒在地上。

可这姿势使她的裙摆往后滑了一些。

让陈山野太阳穴猛地一跳的，是猝不及防跳进他视线里的裙下风光。他那绷紧了许久的自制力像是老化的橡皮筋突然没了力气，抵挡不住那把纯黑的手枪在他脑袋里开了一枪，还有飘落的漫天花瓣迷了他的眼。

陈山野赶紧移开目光。

停车场还有别人，他把电动车放好，弯腰扶住她微凉的小臂拉她站起："你自己先站好了，我帮你捡。"

他蹲下身把地上散落的东西一样样捡回包里，只留车钥匙和车库卡，卡片上印着姑娘刚说的那公寓的照片和名称，车钥匙是本田车标。

他按了下解锁按钮，斜前方的一辆白色飞度闪了闪车灯。

"啊，师傅，我的车车在这里……"姑娘摇摇晃晃地往小车走去。

陈山野一只手拿着她的小包，一只手推着电动车跟上。

陈山野看阮玫坐上副驾驶座，简单地绕车一周检查，把电动车收进后备厢里。

陈山野启动车子，见她还在和安全带"搏斗"，铁片怎么都插不进插口里。

"我来吧。"陈山野伸手帮阮玫扣好安全带，手指不小心擦过她的手背。

"谢谢……谢谢你哦，小哥哥。"

话语里像灌满了令人微醺的啤酒气泡，每一个字都在狭小逼仄的空间里蹦蹦跳跳，软糯含糊的声音像极了躺在门口晒太阳的猫咪，伸着懒腰，微微露出的猫爪在陈山野心上挠了两下。

他收起一些不该有的心思，踩下油门。

上了车的姑娘并不多言，头靠在车门上一直看着窗外，偶尔会继续哼着旋律不明的调子。

临近午夜的马路顺畅无比，很快陈山野开到身处于CBD的高档公寓，刷了车库卡进场。

"你的车有固定车位吗？"陈山野看了眼四周，挺多都是挂了车牌的固定车位。

陈山野等了一会儿都没有收到答复，转头一看——坏了，她像是睡着了。他只好先找了个访客车位把车停好，再唤了她几声，但是姑娘依然没有反应，他只好伸手轻晃了几下她的肩膀："靓女，醒醒，已经到家了。"

对方突然扬起手，在半空中胡乱拍打，把陈山野的手扫开："嗯……

不要，我不要回家……我没有家……”

“你家里有没有其他人？叫人下来接你好不好？”

“人？没有，家里没有人，只有我一个人……”姑娘痴痴笑了几声，很快敛去笑容，声音里浸满了水，“我是个没人要的小可怜……”

陈山野浓眉蹙起，要说她全醉又不至于，至少还懂得回答他的问题，但这个模样，估计她也没办法自己一个人上楼。

总不能把她就这么丢在停车场，他只好在车里等着她清醒一点儿，再离开。

钟芒发来信息，问陈山野要不要收工后和几个同行一起去吃消夜和打牌，他回复说不去了。

因为他也不知道自己什么时候能收工。

这笔订单不是走的平台，没能严格计算“等待时长”来另外收费，摊上了这只小醉猫，陈山野只好自认倒霉了。他刷了好一会儿代驾群，微信聊天儿记录的时间变成了“昨天”，零点了。

陈山野竟然在这个时候收到了陈河川的电话，他赶紧下车接起。

“爸，怎么这么晚？”

陈河川叹了口气：“刚刚扬扬睡着睡着突然哭了起来，我和你妈一看，半个枕头都哭湿了……娃娃像是做噩梦了，一直在喊‘妈妈’。”

陈山野心一沉：“白天是不是又发生什么事情了？”

“今天他去了吴家，回来之后就不太爱笑，今晚你妈给他做了大鸡腿，他吃了没几口就搁下了，也不知道吴家跟他说了什么。”

“行，改天我和岳父聊聊。”

“哎，山野啊……以前我们总想着扬扬需要母亲，也以为吴璇丽可能一两年就会回来，总劝你再等等她，面对面地谈一下彼此的想法再和平分开。可现在想想，觉得你这婚还是得抓紧离了，老这样不清不楚的，对小孩子的成长也不好。”

“嗯，我知道了，我已经在咨询律师了。”

“行，也没什么事情，你去忙吧。”

陈山野挂了电话，突然起了烟瘾。他的烟和打火机都放在了背包里，和电动车一同放在后备厢中。

他走到车尾开了车门，掏出有些干瘪的烟盒，居然只有最后一根了。

午夜的停车场寂静，连打火机上铁轮摩擦火石的细微声音都能听到回响，火星燃起纸烟，陈山野狠狠地抽了一口，再眯着眼吐出白烟。

他正准备关上车门，看到副驾驶座的小醉猫动了动，陈山野以为她酒醒了一些，赶紧开口："靓女，醒了吗？已经到你家的车库了。"

醉猫软软地"哦"了一声："到了啊……"

"对，到了好一会儿了，你自己能上楼吗？"陈山野把电动车和背包从车里拿出来，因为咬着烟，发音有些囫囵。

刚打开折叠车，就听见副驾驶座的门"砰"的一声关起，可车子还没熄火。

"钥匙，钥匙还没拔。"他急忙提醒。

年轻女子没有理他，晃着身子往车尾走，站在他面前，双颊微红，眨着眼睛一副没睡醒的样子。

"钥……"陈山野后面的话哽在喉咙里，牙齿倏地狠咬住烟嘴。

只见醉猫把裙摆撩到腰间，含糊道："小哥哥，嗯……我想尿尿……"

陈山野来羊城没多久之后就开始干代驾。

他见过许多喝醉的客人，醉得直接把兰博基尼吐得一塌糊涂的有，醉得抱着自己一直喊着某个人名字的有，但他每一次都很好地化解了。

而直接在他面前露出贴身衣物的，这只醉猫还是第一个。

烧了不到三分之一的纸烟从嘴角边掉落，火星在昏暗中画出一道火线。

陈山野骂了声脏话，把还没停好的电动车随意靠到墙边，往前跨了一大步，紧紧扣住醉猫的两只手，阻止她继续乱来。

"嘿，醒醒！这里是停车场！"他有些烦躁，心里已经第二次飘过"这家伙胆儿太肥了"的想法。

"停车场不能……嗝儿！尿尿吗……"姑娘不满被人抓住，扭动着腰想要挣脱束缚。

"不行！"陈山野咬着牙低声怒斥。

这醉了的小猫力气倒是不小，两个人纠缠的时候陈山野的手竟被她带着扭动，难免肢体会有碰触。陈山野两道浓眉皱得快打架，他又不是圣人，一股电流直直地往小腹奔去。

他脑门一紧，啧了一声：“你家在几楼？我送你上去！”

“回……回家了就能尿尿吗？”姑娘抬头，眼神迷离，微甜的酒气喷洒在男人绷紧的下颌线。

“可以，可以，回家了就可以！”陈山野移开视线。

姑娘皱着眉埋怨，声音娇得像只轻飘飘的小粉蝶飞进陈山野的耳朵里：“小哥哥，你……你……你力气太大了！痛！”

嗡——

听着这猫挠一般的娇嗔，陈山野控制不住心头有野火熊熊燃起，像个瞧见了美杜莎瞬间被石化的男人，头脑瞬间停止了运转。

他松了手，傻傻地帮她把裙摆拉好抚平，还轻轻地拍了拍，像安抚一个小朋友一样：“抱歉，我不是故意的……”

不对，不对，他这样是占人家便宜！

陈山野猛地摇了摇头，把藏在耳朵里的小粉蝶赶跑，拎起背包和小醉猫走到驾驶座熄火拔钥匙，语气焦躁：“你住几楼几户？快说，我送你上楼。”

“3101……嗯，小哥哥，你把我抓疼了啊……”

一听，陈山野又赶紧松手。

虽然陈山野手劲儿大，可她也未免太细皮嫩肉了，只是抓了这么一小会儿，她的小臂上已经有了一圈淡淡的红痕。

“抱歉……你站好一些，我不碰你了。”陈山野想跟阮玫保持些许距离，但醉猫摇摇晃晃地走了两步，又倒到了他身上，没办法，他只能虚虚地扶住她。

车库进出卡也能用于门禁，陈山野背着自己的背包，把她小包上的链条绕了两圈松松垮垮地坠在自己手心，另一只手圈住她纤细的手臂，拉着她进了电梯。

上了三十一楼，找到阮玫的房号，门口充斥着浓郁刺鼻的天那水气味，使陈山野皱了皱眉。

门锁是电子的，他阻止醉猫直接报出密码，提醒她：“你可以用指纹解锁。”

可她怎么能按稳手指？门锁“滴”了好几次都没能解开，陈山野只好握住她的手背，帮她将食指压紧在指纹读取器上，终于开了门。

陈山野站在玄关把客厅灯打开，看到客厅堆了好些纸箱和编织袋，有一些纸箱还没封口。

“到家了，你赶快去厕所吧。”他不能再往前多走一步，来到这已经是他和客户之间最近的距离了。

“哦——”

陈山野看阮玫往里走，便把链条小包放到鞋柜上，正准备功成身退，抬头一看又是一阵头昏脑涨。

小醉猫摇摇晃晃走到客厅其中一个大纸箱处，猛地撩起裙子准备直接蹲下。陈山野太阳穴狠狠一跳，又骂了句脏话，丢下背包，两三步跑到她身边，拦腰把她扛起来就直接往厕所跑。

非礼勿视，陈山野几乎是闭着眼睛，把她往马桶一放：“好了，好了，这里是厕所了，你可赶紧的吧……”

陈山野被折腾得没了脾气，立刻转身往门外走，等出了门，才仰头长叹了一口气——这都什么事儿啊？

客厅大门还没有关上，陈山野走回玄关，拎起丢在地上的背包想往外走。

才刚踏出门槛，他顿住了脚步。

他似乎听到了哭声，那声音很小，像山洞里有只受伤的小动物窝在稻草堆里舔伤口那么轻。

陈山野站了好一会儿，那哭声在他胸腔里淅淅沥沥下起了雨。

他长吁一口气，最后关上大门的时候骂了自己一句：陈山野，你真是疯了。

他走回厕所门口，啜泣声隔着薄薄的磨砂玻璃门传了出来。

胸腔里的那场雨渐渐涨起了潮水，在他喉咙处翻涌起酸楚。

他敲了敲门：“喂，你还好吗？”

里面没有回答，但抽泣的声音又大了一些，有几声哽咽似是那人儿快要呼吸不过来，连他都感受到了窒息。

他推开一道门缝，姑娘站在洗手台前背对着他，肩膀瑟缩着，红发起伏得像是被鱼群扰乱的深海海藻。

从镜子里陈山野瞧见她好看的小脸低垂着，睫毛颤抖得像被雨淋湿的蝴蝶翅膀，断了线的珍珠从眼角掉落，挂在下巴摇摇欲坠，再因为新的泪珠滚落后不堪重负双双跌入洗手盆里。

陈山野推开门走进去，从毛巾架上取了条毛巾，开了水龙头打湿，又问了一次："你还好吗？"

阮玫止不住啜泣："不好……我非常不好……我就像个……像个傻子……一直是个傻子……"

陈山野拧干毛巾，递给她，但她没接，眼泪一颗接着一颗地往下蹦。

他再叹了口气，举起毛巾轻轻帮她擦走脸上的泪痕："别哭了，洗个热水澡，好好睡上一觉，明天就好了。不过是一个男人，你长得这么好看，之后还能找到更好的男朋友的。"

陈山野以为这姑娘只是借酒消愁的失恋人士之一，他也不太会安慰人，想到什么就直接说出口。

"不会好，不会好的……"阮玫夺过男人手里的毛巾，狠狠往自己脸上擦，上上下下像拿着钢丝球刷碗一般。

毛巾被丢到洗脸盆时，姑娘的眼角和鼻尖都被擦红了，被雨水浸得清澈的黑眸深深地凝视着他。

陈山野脑内响起了警铃声。

两个人的距离近得过分，姑娘几乎快要贴到他身上了。他猛地往后退了一步，连说话都变得结巴："如……如果你没事了，我就走了……"

"你刚刚，是不是说我长得好看？"她往前逼近了一步，双手往背后摸索着什么，目光灼灼。

"对。"陈山野又退了一步。

理智告诉陈山野应该赶紧离开这里，可四肢仿佛已经被那红色海藻缠住，拉着他沉入深深海底……

…………

陈山野晃着手中的空酒杯，冰块敲响了杯壁，将他的思绪拉回到烟雾弥漫的酒吧里。

龙北走了过来：“再来一杯？”

陈山野笑着摇了摇头，说：“不了，我今晚没怎么干活，去接个几单，再回家。”

“你还打算一直干这行？”

“这行能掌控自己的时间，兼职可以，全职也能行……”

龙北睨了他一眼：“你来我拳馆干也可以这样。”

陈山野笑笑：“可我挺喜欢开车的。”

他还不到三岁时陈河川就已经抱着他，让他在出租车上摸方向盘，摸挂挡操纵器。他喜欢汽车，所以毕业后才会去了汽修厂，和一堆铁皮零件打交道。

龙北洗了洗手，回酒柜拿了瓶威士忌，给自己倒了一杯：“但这行不稳定，还是说，你依然没有喜欢上这里，还是准备要回老家？”

冰块在空杯子里缓慢地消融，舞台上换了个男歌手抱着吉他演唱，微哑的声音唱出轻柔的情歌。陈山野看着灯光像蓝尾萤火虫在冰块上停驻，回答龙北：“现在好像，终于找到了一个可以让我留下来的理由。”

龙北抿了口威士忌：“如果要留下来，那要考虑的东西就更多了。”

陈山野从裤袋里掏出这晚阮玫塞给自己的名片，再想想突然出现的黄鸣彦，他是时候要换个稳定一些、收入更多的工作了。

龙北还想说什么，远远看到从门口走进来的人便停住话语，在陈山野的肩膀上重重地拍了一下：“有什么需要帮忙的就来找我，我先忙点儿事情。”

“好，你去忙吧，我也该走了。”陈山野从凳子上下来，拿齐自己的装备准备离开。

“龙哥！哎，野子你也在啊。”来人也是个高壮大汉，陈山野认识，叫曹猛，是龙北拳馆里的拳师，也负责 KK 的安保工作。

陈山野跟二人道别，离开了酒吧。

曹猛跟在龙北身后走进办公室，门刚上了锁就立刻变了脸，颧骨处的刀疤显得狰狞起来：“龙哥！现在那帮小鬼太嚣张了！”

他骂了句脏话：“他们‘卖猪肉’都快卖到 KK 这儿来了！到底还有没有把你放在眼里？！”

龙北嗤笑一声，丢了根烟给他：“我都退出来多久了，他们确实是没必要把我放在眼里。他们这个时候才来搞KK，已经算是给足我们面子了，懂不？”

曹猛没龙北想得通透，肱二头肌把袖子撑得像个黑色气球：“我们都已经不管这些破事情，只想和老婆、孩子平安过下半辈子，这群犊子！非要来我们面前蹦跶！”

他骂骂咧咧地往茶几踹了一脚，差点儿把茶几上的玻璃踹烂：“阿瞎这小子，要是让我见到他一定要把他踹到没儿子送终！”

“呵，阿瞎现在混得风生水起，早就不是当年跟在你身后帮你擦鞋、倒茶的马仔了，你还想随随便便就能见到他？”龙北给自己点了烟，拿起装了妻子照片的相框，用衬衫袖子擦了擦玻璃。

“那现在怎么办？就眼睁睁地看着他的人在我们门口‘卖猪肉’？”

龙北瞪了曹猛一眼：“你那么激动，是亲眼看到他的人在我们门口卖了？”

曹猛顿时像被泼了盆冷水，挠了挠头，声音弱了下来：“那倒没有……我也是从隔壁几家管事的口中打听来的，说是最近城里大部分酒吧和夜店都有人在卖，咱们酒吧街大部分是清吧，可能受众群不太一样……”

龙北猛抽了一口烟，再缓缓地吐出：“那就等他们卖到我们跟前再看怎么办，找人去打听，看阿瞎他们是怎么散货的。”

阮玫躺在客厅沙发上，看着被换好的顶灯，傻乎乎地笑着。

还有半年，等她把钱还完，就可以重新开始存钱了。

在经历了这些事情后，她想及时行乐，想把钱都花在爱好上，想和那人一起去看看这个世界有多大。

陈山野呢？他会一直留在羊城吗？他儿子再大一些就要上小学了，已经没了妈妈，不能再和爸爸分开那么久……

所以，他应该最终还是要回老家的吧……

或者，他想把小朋友接到羊城来呢？

可这边的学区房太贵了，小孩儿读书这件事对外来务工人员是个大难题，而且小孩儿一下子从小城镇来到大城市，也不知道能不能跟得上这边的学习进度。

阮玫的思绪乱飞，甚至打开手机开始查市郊那边的房价。

不行，真的太贵了……

可怖的房价让阮玫终止了乱七八糟的想法，起身准备去洗澡，刚站起身，手机就响了。

看到来电显示，阮玫敛去所有的情绪。

无论是好的，还是坏的。

她接起："喂，姐姐。"

对面传来甜美可人的女声，可阮岚的态度称不上友善，甚至可以称得上冷漠："嗯，你订好月底的机票没有？"

"还没，过两天再订。"

"行吧，我就是告诉你一声，婚礼策划临时加了一个环节，要双方家人发表一段对新人的祝福致辞，你姐夫那边是他爸爸和弟弟做代表发言，我们家只有咱妈和你，你也要准备一段发言稿。"

祝福？

阮玫发出无声的嗤笑，如果阮岚和别的男人结婚，她都可以看在姐妹一场的分上给她送上祝福。

可跟方明君结婚？

呵，没门。

旁边有男人的声音提醒了阮岚几句，阮岚改了个说法："哦，你姐夫提醒我，发言稿婚礼策划那边会准备好，你只要背诵就可以。等出稿了我发给你，你多练习一下，别到时候念起来干巴巴的没什么感情，让亲戚们看笑话。"

自从听到男人的声音，阮玫就控制不住地起了一身鸡皮疙瘩，仿佛有蟒蛇缠绕着她，在她耳边吐着信子。

"答不出来啊？那要接受惩罚哦。"

曾经的噩梦又在脑海里浮现，她必须努力想着陈山野的声音，才能把那毒蛇的窃窃私语赶跑。

阮玫强忍着恶心，答应了阮岚。

阮岚还在自顾自地下达命令："还有，妈让你参加婚礼的时候别穿短裙，穿裤子或者长裙，你懂的，到时候来参加婚礼的有很多是她的同事和朋友……"

阮玫懒得再应付对方，直接挂了电话。

雨季终于过去，被雨水断断续续洗涤了将近一个月的天空每一天都湛蓝如画。

电商的年中大促拉开了帷幕，阮玫也搞了活动，自己一个人忙成了一个小陀螺，恨不得每天住在店里，连几分钟的回家路程都觉得太长。

陈山野第一个不同意，睡觉问题就算了，阮玫一忙起来连吃饭都没时间，大促预热的时候从睡醒到晚上只吃一份快餐，水都没多喝一口，陈山野来到店里看到她嘴唇都起皮了。

接下来大促时间长达一周，陈山野觉得这样下去不行，于是第二天便带着自己做的饭菜来监督阮玫吃饭，中午一顿，傍晚一顿。

轮到阮玫觉得这样不行，陈山野住的地方虽然有公交车直达店铺，但一来一回会花费不少时间。

"要不你干脆这段时间住我家吧？反正我那儿有厨房，你可以天天给我做饭。"

阮玫吐着排骨骨头，说话自带肉和香菇的浓郁香气。

别说她矫情，一顿外卖就能解决的事情还硬要逮着陈山野来她家做饭，要怪只能怪他做饭太好吃，吃上一次可就没法再将就去吃外卖了。

舌头会被养刁。

陈山野正在小仓库里按照货单配货，经过阮玫的临时员工培训，现在他对店里的商品已是如数家珍。

他捧着好几个装了货但还未封口的纸箱走出仓库，大促这个星期以线上订单为主，店铺暂停了实体客人的预约，并不宽敞的空间放满了打包物料，靠近门口的地方已经摞起一小座山丘般的包裹堆。他走到那儿在小矮凳上坐下，准备把一个个商品单独包上防震泡沫棉，再封上胶带，贴上快递单。

见陈山野没回应，阮玫又问了一次，语气里夹着洒落的糖果："怎么样嘛，山野哥哥。”

阮玫顺便用细长的铁筷子夹起一块盐煎鲳鱼。

这鱼煎得刚刚好，鱼皮金黄，鱼肉雪白，外脆里嫩，陈山野特地用了个扁平的玻璃饭盒单独装着，将一整条鱼全给了她。

傍晚的小院子里蒸腾着暑气，余晖透过门口的玻璃洒进来，慢慢儿地，墨绿花砖上的橙黄光芒越来越少，黑灰暗影越来越多。

剪刀划下一片透明气泡膜，陈山野边捆商品，边说：“你家连个电饭锅都没有，更别提柴米油盐，要怎么给你做？”

“等快递员收完货我们就去超市，你需要什么工具就拿，我买单！然后顺便把菜买了呗。”阮玫嬉皮笑脸地说道。

胶带包裹着气泡膜，陈山野瞥了她一眼：“只为了这个星期就买这么多工具？那可太浪费了啊。”

“不浪费的，你之后经常来做饭就好啦。”

阮玫甚至想，陈山野能不能试一试做上次他们一起去吃的那个牛腩煲，这样他们就可以在出租屋里直接打边炉。

“有只‘为食猫’羞羞脸，谁说我要给她做饭啦？”

“为食猫”是粤语，陈山野发音时带着一些口音，听起来和正常的粤语发音相差不少，但阮玫觉得有趣极了，这还是她第一次听陈山野说粤语。

“就是我这只‘为食猫’臭不要脸，你看看你要不要养咯。”她打趣道。

陈山野垂头，笑容挂在嘴角，没回答阮玫这个问题。

可他又催促阮玫快点儿吃饭，吃完了过来一起打包，完事了就去超市买东西。

“所以你决定要去应聘上次说的那个车队司机了吗？”

阮玫从冷藏柜里拿了两排特价酸奶往购物车里放，车内已经装得满满当当，电饭锅、炒锅、汤锅、砧板、刀具、餐具、各种基础调味料、大米……堆得似座小山。

本来阮玫还想买好菜，可陈山野说等第二天再去菜市场买，新鲜一点儿。

“对，多一份工作多一份钱，代驾我还可以兼职着干。”

陈山野走到旁边的冻柜前取了包速冻小云吞和饺子，晚上饿了能给她下煮碗消夜，他问：“还有没有别的东西要买？”

“没啦，买单吧。”

收银台排满长龙，自助结账通道也是，他们有些商品得走人工通道，只好排在长龙的尾巴处。

渐渐地，他们后面也排起新的客人，这时有两个小男孩儿在缓慢蠕动的队伍里钻来钻去，手里拿着还没结账的小水枪玩着射击游戏，好几次在阮玫身旁挤过，嘴里大声喊叫着。

她往队伍后方瞧，也不知道谁是这两个孩子的父母，每个大人都低头看手机。

阮玫穿着宽松T恤和短裤，其中一个孩子看到她腿上的图案，对着另一个小男孩儿大声呼唤：“你瞧，这个阿姨脚上也有一把枪！”

孩子的声音一点儿都不收敛，很快引起了队伍里其他人的注意。

男孩儿们的父母就在阮玫后面隔着两辆购物车，赶紧对着两个祖宗大声叫唤：“你们快回来！”

本来阮玫不以为意，可没过一会儿就听到小男孩儿问：“爸爸，为什么那个阿姨的脚上会画着一把枪啊？还有些花朵。”

“你管那么多干吗！如果你们长大了敢去搞这些，文些老虎啊凤凰啊什么的，看我不把你们的腿打折了……”

“为什么啊？”

“身体发肤受之父母，懂吗？”

“不……懂”

陈山野皱眉，正准备回头看看是谁在指桑骂槐，搭在购物车把手上的手背覆上了一片软绵。

他低头看阮玫。她一双眼眸明亮清澈，对着他眨了眨。

他叹了口气，反手牵住她的手，垂在身侧，手指一根根地扣紧，握实。

结账是阮玫付的钱，因为她如今不用过分纠结每一笔支出会不会影响当月的还款额度，可以自在地花钱了。

遇到黄鸣彦之后的第二天，陈山野来了阮玫的住处，告诉她自己已经先斩后奏地把她剩余的债还了，就连借款合同都从龙北那儿拿了回来。

阮玫气得直接跳到他的身上，咬着他硬到不行的肩肉，尖尖的牙齿在他身上留下一个个米粒般大小的小坑。

陈山野一声不吭地让她咬，等她冷静下来再说这钱不是白给她的，让她每个月还他一些，三千也好，五千也行，如果哪个月生意不好就不用给，生意好就多还一点儿，也就几万块钱的事情，没有时间限制，总归能还完。

虽然还是背着债，但压在阮玫心头上的那把锁，被陈山野给解开了。

尽管如此，阮玫也不愿意占陈山野的便宜，她跑到卧室窗边的书桌旁，找着纸笔想给陈山野写张欠条。

陈山野有些不情愿，闷声嘟囔："写什么欠条啊？我俩搞得这么见外啊……"

阮玫回头瞪他："没把你挠死你都要偷笑了！"

他下了床，偷偷走到阮玫身后，见她好不容易找到张白纸，拿了笔在上方写上"欠条"两个字。

陈山野从后面抱住了她，伸手想去夺她手中的笔："宝贝，咱们不写欠条好不好？"

"不好！"阮玫坚持，紧抓着笔不放，在圆珠笔争夺战中还试图继续写字。

陈山野"啧"了一声，索性直接夺过那张皱巴巴的小字条，撕了个稀巴烂。

他一脸无辜的模样把阮玫气笑了，追着他在小小伊甸园里来回跑。

那张欠条自然作废了，但阮玫最终还是补了一张正式的欠条给他，鲜红色的唇膏在拇指上涂上一抹红，在签名处按上了小小的指纹。

像在什么契约上烙下了自己的名字。

深夜的停车场是毫无生机的巨大洞窟，荒寂的、阴暗的。

偶有车灯幽幽荡过又很快消逝，如冰凉的地狱鬼火一般，连轮胎摩擦地面的声音都好似游魂野鬼的凄厉悲鸣。

黑色的小车隐在洞窟阴影里如同鬼魅，钟芒打开保温杯，里头没装水，轻轻一倒，一小包白色晶粉从杯口滑出。

他虚虚地拢在掌心，反手递给副驾驶座上的男人。

男人掂了掂小袋子，满意地笑了笑。

钟芒不多话，下车从后备厢里拿出自己的电动车，打开后对站在车头的客人说了声："老板，欢迎下次还找我'代驾'。"

钟芒刚骑出停车场就收到了一条支付宝到账消息，五百块钱。

和上线的巨额利润相比，他到手的钱真不算多，但比起每一晚兢兢业业地跑代驾，这收入又高得离谱。

上线的客户群基本都是中产阶级，住高档小区，开不错的车，衣着光鲜亮丽，钟芒试过一趟就让他赚近一千块钱，这样的诱惑，使他不受控地往深渊里走。

很快他又收到了信息，让他去这个区的取货点取货。

上线很警惕，每天都变换着不同的手机号码，他们有自成一格的暗号和黑话，取货点遍布城市的东南西北，每个区都有二至三个落脚点，且经常变换位置，这一次是到一个居民小区的快递柜里取暂存包裹。

钟芒来到指定的快递柜旁，上下左右望了一圈，拉高脸上的黑色口罩，压低头盔，快速扫码开箱。

箱门弹开的声音在寂静的环境里异常响亮，吓得他后背一凉，又转头扫视了一圈。

钟芒总觉得有许多双眼睛在暗处窥探着自己。

草木皆兵。

他俯身，快速把里头放着的一袋方便面取出，大红色包装袋上面的卡通小人儿对着他笑，在惨白的路灯的照射下显得万分诡异，像在灵堂里守着棺材的白脸小鬼。

钟芒摇了摇头不再胡思乱想，骑车离开了小区。

他找了条无人的巷弄，把方便面的包装袋拆开。

里面装着的，除了面饼和调料包，还有一小袋"猪肉"。

最廉价的夹链袋装着细碎的晶体，像从陈山野出租屋那个老式冰箱里刮下来的一小捧冰霜，散出来的寒意从他的掌心侵入皮下血管，再将血液冻结。

方便面只是其中一个掩人耳目的方法，另外还有很多乔装手段，最常见的是烟盒，有时是润喉糖糖盒，有时是一本挖空内芯的诗集……

他送得多，一拿到手便知是多少分量，边想着到客户那儿的路线，边把小袋子装进保温杯里。

剩下的流程就和平日接单一样，到客户指定的地点接人，开车送客户到另一个指定地点，把货物交到客户手里。

没有人会专门留意穿梭在黑夜里的代驾，钟芒为了不引起别人怀疑，中间还会接两三个跑得不远的平台订单。

恰好陈山野越来越多的时间不在海棠村，钟芒也没故意去打探他什么时候会回来，反而会偶尔发发自己的定位给他，让陈山野知道自己有在干活。

很快又是一个五百元进账。

这样来钱实在是太快了，快得让他奔波至天边发白都乐此不疲，快得令他没时间去后悔和愧疚。

钟芒心存侥幸，还给自己设立了一个目标，赚够多少钱就喊停，拿了钱回家给奶奶买房子，买不起商品房就在村子里给奶奶盖一栋新房子。

他奔赴下一个取货点，任由在黑夜里闪烁的霓虹将他的影子拉得变形且扭曲。

钟芒看不清前方景色的马路尽头像饥饿的野兽张开大口，虎视眈眈地等着猎物撞进它的嘴里，再一口咬碎他的脖子。

一墙之隔的空调外机有些吵，嗡嗡声挤满窄小的房间，钟芒揽着罗蕊歇了好一会儿。

“这么多天没见，还以为你有新欢了。”罗蕊嘟着嘴，声音委屈巴巴的。

钟芒从床边摸了烟和打火机，捏了一下她的耳朵，哑声道：“我这几个月都只有找了你，你又不是不知道。”

“那怎么那么多天没找我啦？”

纸烟挂上火星，钟芒抽了一口，拉着罗蕊的手轻轻揉捏起来：“忙啊，忙着赚钱。”

“你最近真的好晚才收工，订单有那么多吗？”

“对啊，天天到处跑，一送完一单货……”他顿了顿，改口，“送完一个客人，就接着来另一单，整晚都没停过。”

钟芒着实有点儿饿了，问身边人：“饿了吗？我们去吃消夜？”

“好啊！”

罗蕊先去冲了下身子，出来后钟芒也去淋了个澡。

听着浴室里淅淅沥沥的水声，罗蕊蹲到地上，偷偷拉开了钟芒平时上班用的背包，翻了一下，里面只有充电宝、湿纸巾和其他一些装备。

没有找到什么特别的东西。她拉回拉链，目光停留在背包旁袋里的保温杯上。杯子沉甸甸的，拿起时里头有水声晃荡，她打开杯盖闻了一下，是柠檬茶，酸涩微甜。

她把东西都放回原位，钟芒的单间一眼就能看完，她之前来了几次也没见有什么吸毒用品，也没有吸完毒后那种难闻的臭味。

啧，突然就想到以前那些恶心事儿了。

罗蕊拿起钟芒的烟盒，点了一根，在钟芒洗完澡之前把烟掐了并收拾好自己的情绪。

两个人换好衣服准备出门，钟芒想起了什么：“哎，等等，差点儿忘了有一样东西要给你。”

闻言，罗蕊欣喜不已，像只小麻雀跟在他身后叽叽喳喳：“还有东西要给我？是什么呀？”

钟芒打开衣柜弯腰摸出一个小盒子，暗红色的绒布首饰盒，在男人瘦长的手指间显得小巧玲珑。

“你之前不是在微信里跟我吐槽，店里有个小姐妹老在你面前显摆什么破链子吗？我给你也买了一条。”

钟芒笑着打开盒子，里面安静地躺着一条细金链子，在不甚明亮的白炽灯下依然能闪烁着星斑，链子上坠着一片小金牌，刻着字母“R”。

罗蕊瞬间视线模糊，连声音都带上了哭腔：“这个会不会很贵啊？你最近在我身上花好多钱！不要再乱花钱了，都是赚的辛苦钱的……”

钟芒拉起她的手："我就乐意给你花钱，我给你戴上？"

罗蕊用力地点头："嗯，你帮我戴！"

精致的金链子绕在腕骨处，小金牌摇晃着，罗蕊挽着钟芒的手臂满心欢喜，一时竟觉得，自己看到了点儿生活的盼头。

阮玫刚出机场便被猛烈的太阳光照得睁不开眼，陈山野跨了一步挡在她面前：“把墨镜拿出来戴上。”

两个人在的士站上了辆出租车，皮肤黝黑的师傅问他们是不是游客，要不要介绍一下H市的旅游景点，用不用拉他们去吃海鲜。

阮玫手撑着车窗，盯着有些脏的车窗出神，没搭理司机。陈山野帮她回答：“不用了，我们随便逛逛就好。”

阮玫从几天前开始就有些烦躁，一边背诵那段婚礼致辞，一边犯恶心，每个字都像一只只苍蝇，吞到胃里吐不出来。

“这婚礼策划是从哪里找来的致辞稿啊？真是肉麻死了。”她边背边吐槽。

“那么难受，不如不去吧？”陈山野把她搂进怀里。

“不行，我要穿得跟花孔雀一样在她们面前昂首挺胸地走过，要让她们知道我现在过得很好。”阮玫挺了挺胸说道。

陈山野笑笑，没有拆穿阮玫的佯装勇敢。

H市是热带海滨城市，笔直的道路两侧种满棕榈树，大片的棕榈叶被温热的海风吹得凌乱。

本来阮玫只打算一个人回来，陈山野找了个理由一起跟了过来，说这段时间机票那么便宜，不来一趟就可惜了。

阮玫同意了，也没拆穿陈山野的真实用意。

他们只打算在H市停留一晚，婚宴结束第二天就立刻回羊城，时间紧迫得像出一趟公差。

订的酒店就是阮岚摆酒设宴的那一家，连交通费都省了下来，只需要傍晚到点了走下楼去宴会厅就行。

进了房间，阮玫没心情看落地窗外的湛蓝大海，火速扑倒在床上准备补觉——来H市的飞机只有早班机，她昨晚只睡了两三个小时就被陈山野拉起来出发去机场，这一刻困得只想窝在床上一直睡下去。

最好睡到天昏地暗，连婚宴都忘了去那就最好不过啦。

陈山野知道阮玫的作息，帮她把落地窗帘拉紧，将刺眼的光线和滚烫的热浪阻挡在外，拿了条毛巾给她擦脸、擦手，把被子扯出来盖在她的身上。

陈山野把行李箱打开，取出阮玫这晚要穿的连衣裙挂起，像朵倒扣在衣柜里的酒红色蔷薇。

接着还有自己的衬衫和西裤。裙子和衬衫在行李箱里被压出了皱褶，陈山野打算等会儿熨烫一下。

他将阮玫的洗漱包、化妆包刚放进浴室，就听到她在卧室喊他，声音轻得好似夜风拂过。

他走到床边，坐下时床垫微微塌陷，见她半张小脸藏在被子里，昏暗中黑白分明的双眼依然装满细碎星芒。

陈山野手指抚顺散在蓬松枕头上的一缕缕红丝，柔声问道："怎么了？"

"你上来陪我一起睡。"

两声轻笑里揉进了太多宠溺，陈山野脱了鞋袜和裤子，正扒拉着上衣时阮玫急忙喊停："只是睡觉啦，不做其他事哦。"

"衣服脏，想什么呢？"他脱下白色T恤，走到另一边掀开被子爬上床。

阮玫往他那蹭啊蹭，像条小毛毛虫，陈山野嫌她挪动得太慢，长臂一伸将她一把揽到胸前："睡吧。"

“聊会儿天好吗？”

“行，你说，我听着。”

阮玫将额头抵在陈山野的胸口，问：“你就不好奇，我和家里的关系为什么那么差吗？”

“好奇啊。”

“那你怎么不问？”

“你说过，有机会的时候会告诉我。”

阮玫想起他们在店铺门口抽烟、陈山野把她背起的那一晚。

“嗯……那我现在告诉你啊。”

阮玫有点儿困，喉咙里像堵了一团被火烤得融化了的棉花糖：“简单来说呢，就是我爸家里重男轻女，我妈生了姐姐之后就和我爸有了矛盾，接着，我爸在外面有了别人，我妈为了挽救一段岌岌可危的婚姻就硬是怀了我，可惜我不争气哟，不是个男的……”

酒店近海，阮玫的话语被海浪声包裹着，就连说到最难受的地方也没太大的情绪起伏，一直平平淡淡地诉说着小时候遇到的事情。

陈山野揽在她肩膀上的手掌一下下地摩挲着，听到她被体罚的时候，手掌稍微收拢，手掌心发烫，眉间也起了皱褶。

“最初我姐姐还会安慰我，我以为她是站在我这边的，可后来……呜啊——”她打了个长长的哈欠，眼泪都从眼角挤了出来，“后来才知道那也是假的，不知道我妈从小给她灌输了什么思想，连她也觉得我是扫把星，都是因为我，她才没了爸爸……呵，真是好好笑哦……”

原本用石头绑着深深沉于湖底不见天日的那些话语，被谁剪断了绳子，本来以为很沉重的话题，其实没什么重量，轻飘飘地浮出了水面，终于见到了阳光。

阮玫觉得挺奇妙的。

这些事情以前她也跟黄鸣彦说过，但那时候的她心态没如今这么平和，戾气也大，黄鸣彦一开始会陪她一起愤怒，后来就时不时劝她说要不要试着和家人和解。

黄鸣彦会希望她能成熟一点儿，毕竟完全脱离家庭的帮助，一个刚毕业的大学生在这个社会上行走会格外困难。

可陈山野不同，他只偶尔轻声应答，没劝她，也没刻意迎合她，温暖干燥的掌心在她背上一下下地轻拍轻抚，像是在说“你的难受我接收到了”。

他就像块大石头，什么都不说，却可以为她遮风挡雨。

“那你腿上的伤疤……”

其实陈山野也有自己的私心，他想知道图案下的秘密，忍不住开了口，才发现，她在他怀里睡着了。

罢了，先好好睡觉，有什么等醒了再说吧。

“林教授，恭喜你啊！”

“啊，黄校长，您来啦！”穿着一身暗红色旗袍的林碧娜迈着小步迎向来宾，旗袍上花团锦簇，金丝、银丝勾绘着每一片姹紫嫣红上的细腻纹理，成套翡翠点缀于脖间、耳垂、腕骨，翠色浓艳，似青鸟身上最美的那根翎羽。

“明君、阮岚，恭喜你们有情人终成眷属！祝你们早生贵子啊！”

一身笔挺西装的方明君，弯腰握上黄校长的手：“谢谢您来啊，黄校长。”

“你可要好好对阮岚啊，人可是咱们林教授的掌上明珠！”

被白纱紧裹着的阮岚笑容甜美，也跟着向黄校长道谢：“黄伯伯，您放心，明君对我很好的。”

几个人拍完照后，林碧娜亲自领着黄校长往主桌走，大腹便便的男人笑问：“林教授当年有没有想过，自己的得意门生这么多年后会成为自己的女婿呀？现在明君也是咱们学校的青年骨干，前途可以说是一片光明。”

“真没承想，是两个小的情投意合，只要他们过得幸福，我们长辈就高兴。”人逢喜事，林碧娜脸上一直荡漾着骄傲和自豪，微凸的颧骨泛着红光。

“哎，你家小女儿呢？”

林碧娜顿住了脚步，但很快就跟上黄校长：“她晚点儿就到。”

阮玫其实已经到了，一抹酒红色衬得她肌肤胜新雪，郁金香花瓣般的裙摆扬起波浪，胸口一字领上方是洁白无瑕的沙滩，锁骨则是白沙堆砌而成的城堡，小巧精致的红宝石项链藏在细沙中央。

阮岚隔老远便看到了白得发光的妹妹，以及被她挽着臂弯的那个高大男人，脸上的笑意微微收起了几分。

方明君也是一怔，他有好些年没见过阮玫了。

阮玫这几年回家的次数越来越少，再加上她有意躲着他，所以他只能偶尔从阮岚的口中听到她的些许消息。

当年肉嘟嘟的丑小鸭，原来早已蜕变成头顶皇冠的天鹅。

他的视线不动声色地在那抹酒红色上游移，像条出了洞的毒蛇吐着信子跃跃欲试。可下一秒，方明君感到一丝冷意。

像是被埋伏在洞口的野狼用尖爪狠狠地踩住了喉咙，发不了声，只能艰难地吐出嘶嘶的呼吸声。

他微微移开视线，嘴角还挂着待客时的微笑，和阮玫身边的男人在喜庆温馨的空气中，视线相撞。

阮岚红唇带笑，口型几乎不变的情况下在阮玫耳边说："不是让你别把腿上的图案露出来吗？"

"啊？有这件事情？抱歉，最近我记性不好，给忘了。"阮玫虚拥着姐姐，也在她耳边轻诉。

不知情的人，可能还以为这相拥的姐妹花感情很好。

"等会儿妈又要生气了。"阮岚无名指上的璀璨钻戒在红裙上若有似无地刮过。

"她老人家都气了这么多年了，也不差这么一会儿吧？"

阮玫站直，抬手帮她将白婚纱上有些移位的皱褶蕾丝领口调整好："看来，姐姐这段时间，日子过得挺滋润？"

阮岚笑容一僵，她最近的身材确实有些发福。

她瞥了一眼阮玫身后浓眉大眼的男人，轻呵一声："怎么带了男朋友回来也不提前说一声？"

阮玫笑笑："说不说有差别吗？我就是来走个过场。"

姐妹二人脸上洋溢着笑容，嘴里说的话却是针锋相对，音量很小，也只有站在她们身旁的两个男人能听清。

听到阮玫每一句里都像玫瑰带着刺，陈山野也稍微安下心。

就怕这个用外表武装自己的小尿包受人欺负，还好是他想多了。

“好了，你们两姐妹别一见面就吵架。”方明君调停，对阮玫笑道：“阮玫，好久不见。”

但阮玫一个眼神都没给他。

没得到回应，男人俊朗的脸上似乎有了裂痕。

结果解围的是婚礼摄影师：“来，宾客和新郎、新娘拍个照！”

阮玫站到阮岚身边，陈山野贴着她站，摄影师嘴里喊着“笑一笑”，俊男美女的组合看着就赏心悦目，他连拍了好几张。

谁又能知道，这照片里头笑容满面的每一个人，他们心里想的是什么呢？

“阮玫，你跟我过来一下。”

阮玫侧头，见是林碧娜，圈着翡翠手镯的双手轻叠在小腹前，雍容华贵。

她抬头，见陈山野低头看她。

“要我陪你去吗？”

“不用了，你在这里等等我，我和她说几句就回来。”

“好。”

阮玫跟着林碧娜离开，陈山野看着她们的背影，走到人群外找了根大理石柱倚靠着。他比许多宾客都高，越过人头能看到穿着华丽结婚礼服的一对新人。

那时阮玫说过一句：“不过我也不稀罕当伴娘，一见到那个男人我就犯恶心”。

原本陈山野怀疑的是阮玫的父亲，可早上在房间里听她对父亲的语气不咸不淡，那么怀疑对象就只剩她姐夫了。

刚刚这新郎官看阮玫的眼神，可一点儿都谈不上令人舒服。

陈山野眯着眼，紧盯着脸上堆满笑容的男人不放。

真是伪善。

厚重的大门将走廊光线虚虚阻挡在外，这是一个这晚没被预约的小宴会厅，只亮着几盏微弱的壁灯，短绒地毯吸纳着两个人的脚步声。

“你是怎么想的？明知道我最不喜欢你搞这些，阮岚没跟你说我的要求？”林碧娜直接进入主题，面对别人时的笑容满面的面具早已不见，这天不停地迎客使她的声音有些沙哑。

“你不喜欢的岂止我的这些？”

阮玫低头玩着指甲：“我做什么你都不喜欢，干脆别让我回来，反正亲戚们也都知道我们家的事情，让人说说闲话怎么了，又都不会少一块肉……”

阮玫察觉到母亲的怒火被点燃，抬眸直视她，红唇勾起：“别在这里动手，我已经不是那个乖乖站着任由你发泄打骂的小女孩儿了哦。”

“反了你！这是对母亲的态度吗？！”

阮玫冷静地看着被惹怒的女人，心想：母亲如果没染黑头发，头上有多少白发丝了呢？

阮玫一步一步地朝林碧娜走去，红色羊皮鞋轻踩在地毯上没有留下任何声音：“我说的是认真的，如果你在这里动手，我会反抗的……”

林碧娜其实从很久之前就已经觉得自己压制不住阮玫了。她年轻、张狂、耀眼、夺目，她再也不像一个懦弱的洋娃娃可以由人控制。

以前是她视阮玫为透明，如今是阮玫眼中再也没有她。

干涩的喉咙如火烧，她咽着口水想缓解，却无济于事。

她确实老了，每长一根白发、每生一条皱纹，都能让她一夜失眠。

阮玫每往前走一步，她就往后退一步。

晶莹剔透的水晶吊灯倒映出底下对峙的两个人，阮玫不慌不忙的声音在空荡荡的宴会厅里盘旋：“今天来的宾客有不少是你们学校的领导，是吧？咱们如果谁脸上挂了彩，都不好看……”

“阮玫，你敢？！”年迈的母狮子只能发出破锣声般的嘶吼，以为能震慑住小狮子前进的脚步。

阮玫快走两步，一下子逼到林碧娜身前，微微垂眸看着和自己有几分相似的眼睛，冷声说道：“你敢，我就敢。”

她食指钩起林碧娜脖间的翡翠链子，沉甸甸的翠绿坠子在指间掂了掂，不由得冷笑："这么好看的链子，要是等会儿被我扯断了，那就太难看啦。"

"你……你！"林碧娜呼吸急促，表情管理再次失控，咆哮里带着些许歇斯底里，"你还当我是你母亲吗？！"

她高高扬起手，却未能如愿落下，阮玫像是已经预测到她要如何动手，本能地抬手紧紧地抓住她的手腕。

阮玫心里暗叹了一声，林碧娜这些年其实一直在原地踏步，瞧，连打耳光的动作都一成不变。

"松开！反了……阮玫，你真的反了……"

林碧娜气得满脸涌起猪肝红，瘦削的脸颊显得颧骨格外狰狞。她扯着手想挣脱阮玫的牵制，翡翠镯子在高举着的手腕上闪着冷光，脚下的黑影在昏暗中如张牙舞爪的鬼魅。

"妈妈。"阮玫这晚第一次喊她。

阮玫原本以为自己会情绪激动，会歇斯底里，会大吼大叫。

但没有，她只是很平淡地说出一个很早之前就应该说出口的事实。

"自从方明君猥亵我，我向你求助，而你不相信我的那一天开始，我的心就已经死了，你知道吗？"

陈山野站在宴会厅大门外。

他终是放不下心，随着阮玫离开的方向找了过来。

门缝没有关紧，宴会厅里混沌昏暗，只能看见两个模糊的身影在烛火一般的壁灯下摇晃。

猥亵。

他的心脏往下沉，仿佛怎么都落不到底。

太难受了，快停下，他对着自己的心脏说。

这倒是让他突然想起了读小学时发生的一件事情。

那是四年级的夏天，班里有个胸部已经稍微发育起来的女生。她的家人似乎没有性别意识，只让她穿着薄薄的背心和几近半透的校服衬衫，班上总会有那么几个调皮的男生开她的玩笑。

陈山野经常是第一个到教室的，那个女生是第二个。他到了教室就趴在桌上补觉，一直到早读时间才醒，也没怎么和那个女生聊过天。

只是有一天，陈山野正准备趴在桌子上睡觉，看到那个女生匆匆忙忙地从教室前门走了进来，双手交叉在胸前，将两条红色的书包带子拉得极紧，神色有些慌张。

鲜红的领巾飘在胸前松松垮垮的。

他难得开口，问她怎么了，是不是不舒服。

女生在自己的座位上坐下，摇头说没事，可坐在最后排的陈山野看着她的背弯了下去，像只鸵鸟，把自己紧紧地埋了起来。

后来这种情况又发生了几次。有一天女生走到他的桌子旁，像是想要对他说点儿什么，眼睛里仿佛涌着泪，可最终陈山野没有等到她开口。

直到有一天放学，女生的母亲陪她来到了学校，陈山野才知道发生了什么事。

一个自称是家长的男人屡次在校门口尾随女生进学校，清晨的学校空荡无人，就在贴着“好好学习天天向上”的楼梯转角，女生被中年男人伸手探进领口。

“第一次他……问我……这么凉的天怎么穿那么少，快让他摸摸看凉不凉……”

“第二次，我……我忘了他说什么……就直接摸了……”

“这里可是……学校啊……”

那天陈山野窝在办公室角落里补考数学，安静地听着女生低声叙述被猥亵的过程——那个时候他还不懂得猥亵这么复杂的词语，但“非礼”之类的词语，他在电视上看过。

他看着试卷上晃出了重影的算式，到最后，一道题都没做出来。

后来没能抓到那个男人。

许是那人听到了风声，之后没再在校门口出现过，加上女生太害怕一直没敢看那人的脸，也描绘不出他的样貌，这件事情仿佛成了女生的一面之词，学校不了了之，渐渐地也没人再提这件事儿。

再后来，女生没来上学了，听说是搬去邻市亲戚家里，在城里读书了。

此时，陈山野回想起在迎宾区一身白色西装的男人，拳头紧紧地攥起，手背上青筋猛地暴突，里头的熔浆快要喷涌而出。

小宴会厅里的对峙还在继续。

陈山野听见阮玫的母亲怒斥，叫她不要诽谤自己的姐夫。

“明君是我带过最乖、最努力、最有本事的学生，他是不可能做这种事情的！你老是给他安这种罪名，到底有什么居心？”

她的手已经被阮玫松开，可不知道为什么，她不敢再举起手，只能愤愤不平地搓揉着被阮玫抓疼的手腕。

阮玫也觉得心力交瘁。

太荒谬了，怎么会有一个母亲宁愿相信一个外人，也不愿意相信自己的亲生女儿呢？可这种事情偏偏就发生在自己身上，阮玫无力改变母亲根深蒂固的想法。

这一年年的折腾，阮玫实在累了，已经不想再浪费时间在她已经觉得不重要的事情上。

她对这个家庭失去了所有的感情和耐心，一心只想离开这儿，所以她努力丰满自己的羽翼，努力让自己有与她抗衡的自信和能力。

“随便你怎么想，随便你信不信，我无所谓了。”阮玫耸了耸肩，往旁边走了几步，背对着林碧娜说，“你快回去吧，等会儿可能还有其他贵宾来，你得忙着招待他们吧？”

林碧娜脸色难看，但这天是阮岚的大喜日子，她确实不能离开太久。

她还想对阮玫说些什么，话到嘴边又说不出来，只好咬咬牙甩手离开，末了气不过，还是回头骂了句：“要是当时没生你出来就好了！”

她怒气冲冲地拉开沉重的木门，在阴暗的地方待久了，见到走廊上的灯火通明竟有些不适应，眼前白光乍现。

她揉了揉眼，一时也忘了自己这晚化了眼妆。

等白光慢慢儿地退去时，林碧娜看到门边靠着一个男人。

是陪阮玫来婚宴的那个男人！

她快速地打量他。

男人很高，他懒懒地倚在墙上依然比她高出一个头，眼睛没看她，只低头看着手上的手机。

一想到刚刚她被阮玫压制住的模样可能被他瞧见了，她又添了几分怒气，“哼”了一声从他面前走过。

刚走出几步，突然之间，林碧娜觉得如芒在背，以为男人在瞪她。她猛地回头，可是没有，男人还是保持着刚刚的姿势没动，这才匆匆加速离开。

妇人疾步离开的背影越来越小，陈山野直起身，推开半掩的木门走进宴会厅。

他一眼就看到那个小可怜在垂着头玩指甲。

门被推开，光线涌进，阮玫也看向门口，来人逆着光看不清样貌，但她知道是陈山野。

看看，这宽肩窄腰的身材多养眼啊。

她向他举起双手，开口才发现声音里带着哭腔：“陈山野，抱抱。”

在未来的许多年，陈山野一直能记住这个瞬间的阮玫。

她是个易碎的玻璃娃娃，一次又一次被人摔得稀烂，而她一次又一次把自己的玻璃碎片收集起来，再一片片地黏好。

远远看着似乎依然晶莹剔透，走近一看，布满裂痕。

她做了多少努力，才能独自从这样的泥潭里爬出来。

一颗埋在泥土深处的种子，要用多少年月，才能长成一株艳丽夺目的野蔷薇。

而陈山野这一刻所能做的，似乎就是在阮玫需要的时候，给她一个拥抱。

陈山野关上木门，走到阮玫面前一把将她抱了起来，无奈地叹了一声：“别哭。”

“可……还是会难受啊……”阮玫的嘴唇已经开始打架，牙齿磕磕碰碰，竭力忍着直冲脑门的酸意。

陈山野轻轻扣住她的后颈，将她压到自己肩上，哑声道：“好吧，那就趴在我身上哭。”

阮玫又一次在陈山野面前哭得像个孩子，边哭还边埋怨：“我平时没那么眼浅的，怎么每次一见到你，我就哭个不停……”

陈山野轻拍她的背，沉沉地笑：“像个小娃娃，哭得比陈思扬还多。”

“陈山野，你再抱紧一点儿……”

“嗯，好。”陈山野收紧臂弯，想把化成水的人儿揉进怀里。

最后阮玫哭得泛红的小鼻尖一抽一抽的，她看着陈山野肩膀处被她糊满眼泪的衬衫半透，有些不好意思：“弄……弄脏了……”

“没事。”

陈山野抱着阮玫走到一张圆桌旁，因为没有设宴，上面没有铺桌布。他将娇气鬼扶到桌上坐着，然后从口袋里摸出包纸巾递给她：“擤一下鼻涕，小脏猫。”

阮玫轻飘飘地挠了下他的胸膛，接过纸巾擦干脸上的泪痕，还有下眼睑处哭花了的眼妆。

陈山野知道她需要什么，又从裤袋里摸出烟盒和打火机，问她：“来一根？”

阮玫点了点头，粉唇微启。陈山野意会，拿了一根放到她唇间。

“不过这里能吸烟吗？”她衔着烟，刚哭完鼻音很重，话语揉成团含在嘴里。

“管他的。”陈山野嗤笑，走到旁边的餐具台找了个烟灰缸出来。

陈山野先给自己点了一根，再扣着阮玫的后颈，渡火给他。

他爱死了火星在咫尺之间燃起的模样，香烟在接吻，烟雾在交缠，他们可以拥有同一种气味，亲密无间。

阮玫左手止不住微微发抖，刚刚她是用这只手挡住林碧娜的巴掌，所以她用右手夹住烟，问：“刚才你都听到啦？”

“没听到全部，一部分吧。”他抽了张新的纸巾，将纸巾折成小块，“闭上眼。”

她下眼睑还沾着一些黑黑闪闪的小污点，自己擦很难擦干净。

阮玫乖乖地闭上眼睛：“从哪里开始偷听到的呀？”

陈山野借着微弱的灯光，小心翼翼地将她眼下的脏污擦去，没回答她的问题。

阮玫心中明了：“听到方明君猥亵我了吗？”

在脸上擦拭的手顿了顿，阮玫知道，陈山野听到了。

“什么时候的事情？”陈山野问，换了另外一个边角去擦另一边。

“高二的时候，那时候读书怎么读都读不进去，太想考好反而一直退步，方明君读大四，是我妈妈的学生……”

那时候阮玫怎么学都不对劲，一座大山压得她喘不过气，林碧娜找来方明君给她当家教。

方明君在家教方面有丰富的经验，所以很快阮玫的成绩有了小幅度提升。

“过了一段时间，我发现他总会借机碰我这里或者那里……”阮玫垂眸，嘴里吐出的白烟模糊了视线。

从一开始的帮她“按摩释压”，到后面的“答不出题要惩罚”，都给她的精神又压了一座巨山。

冰冷的蛇从小腹软肉爬上，绕过发育良好的胸部，一圈又一圈，缠住了她的脖子，在她身后嘶嘶地吐信，带着极度危险的信号。

“他可能觉得我好控制吧，也没想到我会有勇气去找我妈提起这件事情。但是，我妈可能被他下蛊了……”一声冷嘲冲破薄薄的烟雾，“她觉得是我无心学习、不想补习，才弄了这么一出戏。”

“天知道，我那时候岂止不想学习，我简直都不想……”

她没能说完，因为剩下的话被陈山野悉数吞下。

温热柔软的舌头卷着一口浓烟渡到她的口中，烟熏得她口腔里直直燃起了火。

她“呜”了一声，把还在燃烧的香烟架在烟灰缸上，掉落的灰烬铺在白瓷上，渺小得如同在水晶灯下接吻的他们。

陈山野反复吻着她擦了口红的唇，不知道那唇膏是什么味道，他不管，他要让阮玫重新染上他的味道。

火苗往喉咙曼延，灼热了整个胸腔。

“婚宴几点开始？”陈山野低头啄吻她的耳郭，舌尖划过那由高峰和峡谷组成的耳骨，轻轻扯咬耳垂上那颗白色珍珠耳钉。

“管他的……”阮玫用脸颊蹭他的手掌，“陈山野，谢谢你。”

“谢什么？没什么好谢的。”

“有的，好多好多事情，都要谢谢你。”

曾经香烟是她的药，如今陈山野是她的药。

阮玫往前倾身，把额头抵在他的胸膛上，听着那强悍有力的心跳声，将自己的心跳，调整成和他一样的频率。

蓬松璀璨的婚纱像云从弥漫着白烟的花海中轻轻飘过，阮玫安静地看着长舞台上新娘挽着母亲的臂弯，向道路尽头的新郎走去。

她的右手被陈山野牵着，贴在黑色西裤上，有源源不断的力量和温度从那儿注入，支撑着她的腰背挺得笔直，像只骄傲的小孔雀。

主桌入座的是双方父母和学校领导，阮玫本来也该坐在那一桌，但别说她自己不乐意，阮岚也没将她安排在那桌。

阮玫没料到，她背了许久的那段吞苍蝇一般的致辞不用说了，婚礼还没开始之前，一个婚庆公司的工作人员来通知她已经修改了流程。

工作人员八面玲珑，说的是怕婚礼流程延时，所以致辞这个环节减少了一些，她和方明君的弟弟都不需要上台了。

是因为刚刚她和林碧娜、阮岚都起了争执，让她们觉得她会在婚礼上捣乱，所以跟婚策提出了要求？

阮玫松了口气，乐得轻松。

婚礼按照流程有条不紊地进行着，阮玫经历了刚刚情绪跌宕起伏的一个小时，这会儿肚子早就饿了。

她夹了夹陈山野的指骨，对着摆在每个人面前的巧克力喜糖扬了扬下巴，金箔一般的糖纸在迷幻的射灯下闪着虚假的金光。

大屏幕上正播放着新人相识、相爱的甜蜜过程，注了糖精的婚礼视频用的歌曲有些吵，陈山野凑近阮玫耳边，问："你吃？"

他怕她觉得恶心。

"没办法，我饿了，也不知道要多久才能上菜。"阮玫耸了耸肩不以为然。

陈山野松开她的手，拿了颗巧克力拆开糖纸，递到她嘴边。

阮玫嚼了两口，很快吞下。陈山野担心她低血糖，又拆了一颗给她。

"会胖……"阮玫在桌子下掐了掐陈山野硬邦邦的腿肉。

"我喜欢你胖一点儿，你小肚子上的肉好可爱。"陈山野说得认真诚恳。

阮玫脸颊滚烫，嘟囔：“都怪你，你做菜做得这么好吃是想怎样？害我最近增加了碳水摄入量。”

陈山野笑笑，拿着巧克力的手在她的嘴巴处抬了抬。

阮玫瞟他一眼，还是张口咬住。

“阮玫啊，你一个人在外地，过得还好吗？”突然开口说话的是坐在阮玫隔壁的三表姨——就是在外婆的追悼会上，在洗手间第一位帮她说话的三表姨。

阮玫赶紧把巧克力吞下，点头道：“我很好的，谢谢表姨关心。”

“那就好……这些年表姨，还有你其他几个姨、舅妈，私底下吃饭经常会提起你……”说到这，表姨凑近她身边，压低了声音说，“所谓私底下嘛，就是没叫上你母亲的聚会。”

阮玫眼睛睁大，一时微怔，家里的亲戚她向来没有刻意保持联系，偶尔过年被林碧娜逼着回家也只是循例跟亲戚们拜个年就完事，没想到三表姨会主动和她说起这些事情。

“你们家的事情，因为你母亲的性格我们也没办法插手，但表姨想让你知道，大家还是关心你的，如果一个人在外头受了什么委屈、难受了、需要帮助了，可以找我，也可以找其他的亲戚。”

三表姨的声音被掩盖在司仪激情冗长的发言里，但阮玫依然能听得清楚：“这些话，其实前几年我们就想找机会跟你说，但你不常回来，我们又没有你现在的联系方式，想着这次阮岚的婚礼，你一定会在场，怎么都要跟你说点儿话……”

后面表姨说的话，阮玫没能听进去，耳朵像涌进了水，什么都听不清。

她抬眸看向圆桌另一边的大表姨。大表姨似是知道她们在聊什么，对她笑了笑。

她发现陈山野又牵住了她的右手，藏在白色桌布之下，接着，一根手指在她微微沁出湿意的掌心上画了个圆圈，再将手指包起握成拳，将那个圆圈牢牢包在手心里。

——知道吗？你不是只剩下一个人。

陈山野在心里想着：至少你现在有了我。

方明君咬着烟，脖子上的黑色领结箍得他透不过气来。他想扯下来，想着自己只剩不到十分钟的独处时间，解下来等会儿还得重新系上，最终还是作罢。

方明君打发了化妆师和婚礼策划师才换来的独处时间，得抓紧时间解决其他的事情。

他回复了几条微信，可无论他怎么安抚，对方都发过来哭哭啼啼的表情包。

小女生就是麻烦！当时就不应该相信她说什么“方老师你结婚也没关系，我只要能在你身旁待着就好”。

放屁！

如今可好，给自己绑了颗定时炸弹在身上。

方明君噼里啪啦地敲打键盘，给对方承诺了等过两天有空了就去找她，那边才消停下来。

方明君把聊天儿记录删光，切换回自己常用的微信号。他看了下时间，在隔壁大化妆间里的阮岚应该快换好敬酒礼服了。他掐了烟，把手机放回裤袋，对着镜子调整好领结。

化妆间门板传来敲击声，方明君以为是婚礼策划师来提醒他可以回宴会厅了，刚打开门锁，门还没拉开到一半，门板就被一股巨大的力量狠狠地推开！

“砰！”

门板直接撞上了方明君的鼻梁，他瞬间眼冒金星，鼻子酸麻，眼泪直接飙了出来！

他往后踉跄了几步，撞倒了椅子，最后腰背狠狠地撞到了墙上，才停了下来。

他完全搞不清楚状况，背弯得像钟楼上丑陋的怪人，左眼疼得没睁开过，右眼在一片蒙眬中努力去看站在他面前的黑影，嘴里的哀号夹杂着一句句脏话：“你……你有病吧？！”

反锁了门，陈山野往佝偻着背的男人走去，见方明君已经换了一套黑色西装。

呵，穿得倒是人模狗样。

陈山野走到他面前，撑住膝盖，弯下背，眼睛穿过黑色的碎刘海，和方明君涣散的视线对上。

方明君晃了晃脑袋，终于将涣散的视线收拢，一直捂在鼻子处的手指在鼻尖抹到了湿意。他低头一看，鲜血沾满了手指。

鼻血往下洇落，一滴、两滴，方明君用手背去抹，用手掌去堵，慌乱中终于看清了面前男人的面孔。

“你……你是阮玫的……你要干吗？！”

方明君震怒，也惊慌，男人眼里的攻击性过分明显。他没控制住，滴上了血迹的皮鞋慌慌张张地往后踩了一步。

“是哪只手摸的？”

陈山野的声音平平淡淡，似是在问这天天气怎么样。

方明君心中有事儿，一下子就明白了他是什么意思，但他又不是傻子，怎么会在这个时候坦白自己做过的事情？

男人身上释放出一种“只要让我知道你是哪只手摸的阮玫，你那只手就别想要了”的信号。

危险，令人战栗。

他忍不住瞄向男人手里。

没有，他没带刀子什么的，这时方明君高悬的心才稍微落下了一些。

“你……是不是误会什么了？”方明君的鼻血一直往下坠到地板上，他不敢站直，一站直那红血就会溅得衬衫到处都是。

“哦？那你说说看我误会了什么？”

“阮玫她一直对我有些误会，可能在你面前也说了些话，但我真的没有做过她说的那些事情……”

方明君不清楚阮玫在他面前将事情说成怎么样子，他以免多说多错，绞尽脑汁说一些模棱两可的话。

“先不说有没有误会，我问你另外一件事情。”

陈山野慢慢儿地直起身，走到旁边的化妆台上抽了两张纸巾，走回来递给方明君。

对方突然改变的态度让方明君有些愣神，接过纸巾时还差点儿说了声“谢谢”。他慌乱地擦拭着鼻血，慢慢儿地，纸巾被鲜血染成鲜红的玫瑰，他警惕地问：“什么事情？”

陈山野的衬衫袖子挽到手肘处，露出的小麦色精壮小臂上盘曲虬结着一条条青筋，仿佛血液里有熔浆来回咆哮奔涌。

“你做那什么‘惩罚’的时候，是在打雷的下雨天吗？”

这夜月色极美，一轮皎洁的白月是天边和海上的小白船，微咸的海风推得海面上粼粼波光。

阮玫指间的火星忽明忽灭，这晚她的烟瘾明显剧增，逮了个空当赶紧走出来平台抽根烟。

海风在棕榈叶中间吟唱着湿腻的歌曲，发丝贴在脸颊上她也不去理睬。她看着手机里新增的几个手机号码，有些感慨。是三表姨给的手机号码，还有其他几位亲戚的号码，都输进通讯录里。

她早不是那个极度需要别人伸出援手的少女，不会因为三表姨的突然示好就改变一直以来的想法，别人释放出的善意她会接收，但不一定会全盘接受。

可三表姨的善意，或许来得太晚了一些，但总比没来好。

这天的爆珠是葡萄味道的，像喝了口浸着青提的薄荷气泡水。

她深深地抽了一口，含了烟在口腔里，张开嘴想吐个烟圈，可惜风太大，烟圈刚从嘴里冒出就被海风吹散了。

她把剩下的烟掐灭在室外烟灰缸中，正想打个电话问陈山野怎么去洗手间去了那么久，一转身就见推开了露台玻璃门的陈山野。

“你怎么去那么久啊？以为你掉进马桶啦。”阮玫扬起微笑，朝他走了几步。

走近了才发现陈山野的衬衫上有细碎密集的污点。她眯着眼定睛一看，是喷溅上的血迹。

“你怎么了？怎么会有血？”阮玫顿时着急起来，眉头皱起。

“没事，不是我的血。”陈山野回答了一声，牵起她的手腕，转身就往灯光辉煌的室内走去。

阮玫被拉着猛地走出好几步，陈山野的步伐太大、太急。她抬起头，只能看见他的后脑勺儿，还有绷紧的下颌线，像被雕刻刀狠狠凿过一般。

“陈山野，你怎么啦？”

她察觉到陈山野心情的转变，可饶是这样的陈山野，也只是会虚拢着她的手腕，好像怕多用一分力气就会把她捏碎。

陈山野沉默不语，拉着她往电梯方向走，只是在听见她急促的脚步声后，稍微放慢了速度。

却把她的手腕钳得更紧了。

两个人转过走廊拐角，不是冤家不聚头，不远处走来换好礼服的阮岚和方明君，后面跟着两三个工作人员。

“你怎么那么不小心？走着走着还能撞到门上了？”阮岚新换了一套红色长裙礼服，裙摆有点儿长，得稍微提起来一些。

不久之前她刚补好妆，有婚庆公司的工作人员跑进来跟她说方明君流鼻血了。她赶紧提着裙子跑到隔壁化妆间，看到了方明君嘴和下巴鲜血淋漓的模样，溅得白色衬衫上开满红花，还有一地飞溅的血滴差点儿没把她吓死。

“刚刚喝了点儿酒，加上着急去找你，一时没注意……”方明君低头笑道。

方明君也看见了阮玫和那男人，他猛地移开视线，背部禁不住发颤，刚被男人膝盖狠顶过的肋骨这时疼得让他背脊一直冒冷汗，才换了不久的新衬衫瞬间湿透。

满脑子都是刚才发生在化妆间里的事情。

…………

“打雷？”

方明君听到这个问题后，竟下意识地在记忆里搜索给阮玫补习的那些日子是不是雨天，可事情已经过去了那么久了，他怎么记得住那么详细的细节？

H 市每年都要经历好多场台风和暴雨，打雷不是经常有的事情吗？

“怎么？记不起来了？”陈山野踏前一步。

方明君赶紧往后退，说话结巴：“我……我不知道你说的打雷……

打雷是什么意思！”

“不知道打雷是吧……”陈山野继续往前走，狭长的黑眸里闪过一丝阴鸷，声音低沉缓慢，“所以，你知道‘惩罚’是什么意思了？”

被套话了。

“惩罚”这个词语对方明君而言，太熟悉了，他经常用。

方明君拼命地往后退，但已经到墙边了。

野狼将毒蛇逼到了绝境。

他乱了呼吸，鼻子里的血液随着急促的呼气，星星点点喷在纸巾上：“不……不对，你说的什么我都不知……啊——”

方明君的话还没说完，已经被高大的男人拉住手臂往前扯，脖子也被极大的拉力扣住，下一秒，腹部遭了一记膝击！

仿佛被陨石击穿了肚子，五脏六腑被巨大的冲击力全撞成一团，快要化成一摊血水！

他顾不上捂住鼻子了，手里的纸团落到地上，鼻道里的血液溅出，一阵酸意猛地涌上喉咙，口水狼狈喷出。

“给你的新婚礼物，祝你和妻子白头偕老。”

陈山野松开方明君，看他沿着白墙慢慢儿地滑到地上，倚着墙壁捂住腹部不停发颤。

方明君体内火烧火燎地疼，汗水从额头渗出滑落，五官缩成一团，狠狠地瞪着陈山野：“你这样做，就不怕我去告你？”

“嗯，你尽管去。”陈山野蹲下，手肘抵在膝盖上，“但方老师，你就不怕自己的事情曝光？”

方明君心里一惊，刚才他收到了一条语音，想着身旁没人就直接点开听了，小女生娇滴滴地哭着喊他的名字。

难道被这男人在门口偷听了？！

陈山野见他脸色大变，便料到这衣冠禽兽背地里肯定又干了什么事。他什么都没听见，只是觉得受害者铁定不止阮玫一个人。

“这样吧，方老师，我再问你一件事情，只要你好好回答，我就让你等会儿还能出去敬酒……”

方明君啐了口泛酸的口水，每说一句话都仿佛有尖刃划过他的声带：“如果我不回答呢？”

陈山野笑了声，一口整齐的牙齿白得反光：“那你今晚就别想能洞房了。”

方明君胸口剧烈地起伏，他的眼眶气得通红，也顾不上那不停渗出的鼻血。

过了一会儿，他愤愤开口：“你问吧。”

陈山野敛去笑容，半闭起眼，问：“阮玫腿上的伤，跟你有关吗？”

…………

两组人在长直明亮的走廊里错身经过。

阮岚不想搭理阮玫，方明君不敢面对陈山野，阮玫只关心陈山野的情绪，而陈山野，满脑子想的都是方明君的回答。

陈山野把人拉进电梯，松开她的手：“刷卡。”

房卡在阮玫身上，她摸出黑色卡片刷了电梯读卡器，嘟着嘴问：“你怎么啦？像吃了火药……”

陈山野按下房间楼层，依然一声不吭。

“谁惹你生气了？山野哥哥——”阮玫晃着他的小臂撒娇，才发现不知道什么时候陈山野的衬衫袖子挽起了。

酒店电梯富丽堂皇，光洁如镜面的电梯门映出陈山野抿紧的嘴角和眼里渗出的心疼。

刷卡进门，白色厚重的木门刚关上，阮玫还没来得及脱下脚上的高跟鞋，已经被陈山野一把抱起，瞬间失重让她赶紧搂住男人的脖子。

陈山野把她抱到床尾让她坐着。

服务员来开过夜床，白天被他们睡乱了的床铺这一刻整洁蓬松。

房间没开主灯，落地窗帘敞开着，月光在海面上如海鸟般跳跃，也飞进了房间里，停驻在红色高跟鞋旁边。

阮玫抬头，看陈山野好看的脸蒙在阴影里。他慢慢儿地蹲下，月光一点儿一点儿地攀上他笔挺英气的鼻梁，淌进他浓墨一般的黑眸。

陈山野在她面前单膝跪地，阮玫正想开口时，右脚踝被他温热的手指轻握住。

陈山野沿着她腿上一片一片的花瓣轻抚而过，数清楚了数量：“一共十二个……”

“嗯？”

陈山野的声音喑哑低沉：“阮玫，我再问你一次，痛不痛？”

阮玫垂眸，手指穿过陈山野乌黑微翘的短发，柔声回答：“腿吗？不痛呀。”

陈山野摇头，微凉的月光在他的眼角淌出一片星芒掉落：“你拿笔戳自己的时候，痛不痛？”

“那时候我压力太大了……啊——好痒！”

阮玫的声音黏糊糊的，一只手往后陷进蓬松如羽毛的被子里，另一只手在陈山野发顶轻揉，像是想要安抚男人有些激动的情绪，白皙手指与黑翘短发纠缠着。

陈山野还是保持着单膝跪地的姿势，指腹轻抚她腿上的嫣红花瓣，哑声道：“继续说。”

“其实真的没什么事，就是那时候压力大，我妈的、我姐的、学校的、那臭男人的……我偷偷学会抽烟，再后来，我发现疼痛能让我集中一些注意力……”

蓝色或黑色的圆珠笔，在皮肤上碾磨，戳破薄薄的皮肤，往更深的地方钻，鲜红的血珠渗出，从小腿往下洇落，在床单上绽放出一朵、两朵血色彼岸花。

她那时候太年轻，对这样的家庭失去了希望，想逃离，可身上的羽翼单薄无力，脚踝被铐上了血脉亲情的铁索脚镣，怎么都飞不出这狭窄昏暗的房间。

发泄，如果不发泄她真的会坏掉。

阮玫知道陈山野心里不舒服，伸手去抚平他眉毛间的山川：“陈山野，我没事了。那点儿伤疤，都长成玫瑰了，对吗？”

陈山野站起身，抬起她的下巴，有些凶狠地吻了下去。

他心里依然不舒坦，他知道阮玫坚强，他知道阮玫已经度过了最黑暗的日子，但他就是不舒坦！

他咬住她的鼻尖，难得地发了狠话：“以后要发泄可以打我、咬我，但不准再伤害你自己，知道了吗？”

阮玫搂着他的脖子，咯咯地笑着，像只小黄鹂：“哎哟，我力气很大的，把你打坏了怎么办？”

陈山野眼角滚烫发酸，一颗心也烧得发烫：真诚说道：“我皮糙肉厚，不怕你打。”

阮玫突然就鼻子酸了。

不对，其实从陈山野半跪在她面前，问她痛不痛的时候开始，她就已经要哭了，本以为干枯了的泪腺，在遇到陈山野之后又从泉眼里涌出了清泉。

她吸着发酸的鼻子，故意喊他：“小哥哥，你抱抱我。”

陈山野吻她，说：“好。”

不知为何，解衬衫扣子时陈山野的手指一直在发抖。他嫌太慢，直接扯烂了纽扣，纽扣落到地毯上无声无息。

到这晚，他们才是真正的坦诚相见，像安静摊开在月光下的一本书，山风温柔地吹，将满载着秘密的那一页翻了过去。

他们像恩爱多年的情侣一样拥抱和亲吻，又像第一次见面那样做着自我介绍，陈山野亲吻她泛红的眼角，笑道：“你好，我叫陈山野，漫山遍野。”

豆大的泪珠断了线般从眼角滑落，阮玫攀着他的后颈，也笑着说：“你好，我叫阮玫，玫瑰的‘玫’。”

可能是因为有了可以依靠的胸膛，阮玫越想越委屈，泪水潺潺：“陈山野，我那时候……那时候很痛的……”

“嗯，我知道。”

“很痛很痛……”

“乖啊，都过去了。”陈山野伏下身吻她。

这一晚他们是疯狂的，像是想要弥补什么遗憾，像是想要填补什么空缺，有人不停地给予，有人不停地索要。

像是想要把这一晚无穷无尽地延续下去。

月亮挂在天空上对着地上的人笑，海浪悄悄将床上相依相偎的两个人包裹，海风安静了下来，棕榈树叶低声嬉笑。

世间万物都不再重要，只有容纳在眼里的那个人最重要。

今夜月色极美，不是吗？

嘀——

陈山野提着两袋还散着热气的烤串，长脚往后钩，把门板关上。

房间里依然没有开主灯，窗帘依然敞开着，月光依然明亮皎洁。

他往落地窗外的露台走，阮玫身上裹着白色浴袍，奶油般的一对小腿在白色躺椅上斜倚着。

眼中是泛着一弯弯波光的幽深海面，阮玫食指中指间夹着未点燃的纸烟，还带着湿意的发梢被海风微微吹起，又回落垂坠到胸前。

陈山野关上玻璃门，把两袋烤串放到躺椅边："怎么不点烟？"

阮玫看了一眼手里的烟，拿起烟盒把它塞了回去，摇了摇头对他说："突然就不想抽了。"

这晚两个人中途离席，这一刻饿得不行，阮玫在手机上找了一家最近、最快的烤串店，疯狂地点了一堆。

阮玫盘起腿，给烤串们挪位置，一盒盒防水牛皮纸盒在躺椅上打开，辛香料的气味喷香扑鼻，她一只手拿牛肉串一只手拿虾尾，吃得嘴唇擦了蜜糖一样泛起光泽。

陈山野给两个人开了啤酒，见她两手都拿着东西，直接把铁罐举到她嘴边："喝一口，别噎到了。"

冰凉的啤酒入口，阮玫全身心都得到了满足，打了个酒嗝儿还喟叹出声："陈山野，我好幸福哦。"

"怎么个幸福法？"陈山野笑笑，也拿起一串牛肉吃起来。

"有烤串、有啤酒、有陈山野。"

直白的情话让陈山野感觉耳朵发烫，他看向阮玫，一双杏眸被月光浇淋得水汪汪的，好看得很。

深夜里的大海翻动起水花，一颗两颗星辰跌落在海面，天边被月光染成银色的云团是鲸群在夜幕中翻腾游动，似乎还能听得见白鲸愉悦的叫声。

海风渐渐大了一些，阮玫吃饱喝足，陈山野让她先回房间。

陈山野把吃剩的烤串解决了，将扦子和空啤酒罐收拾好，拉开门走回房间。

他看见阮玫盘腿坐在单人沙发上，脚边放着一颗颗从地毯上拾起的纽扣，一只手拿着他的衬衫，一只手捻着银针。

落地灯流淌出暖黄光晕，落在认真将纽扣钉回衣襟上的女人的脸侧上，将她耳朵上的小绒毛都照得清晰。

陈山野靠坐在沙发把手上，抚着阮玫的发顶："哪里来的针线包？"

"你去大堂等外卖的时候，我让客服送上来的。"阮玫做内衣生意，经常需要处理一些商品上的小瑕疵，针线活很拿手，很快已经缝好第一颗纽扣。

她把衣服上的血迹找出来，举在陈山野面前："你还没告诉我怎么会有血呢？"

"是姓方的那个男人的鼻血。"

阮玫长长地"哦"了一声，仿佛已经猜到了。她收回手，继续缝第二颗扣子，问："手疼不疼啊？"

"我用膝盖，不疼。"

"嗯，那就好。今晚就别处理血迹了，回羊城后我帮你送去洗。"

陈山野轻揉着她小巧的耳垂，低声回答："好，都听你的。"

第九章 窝囊废

“那等你要的那个气味的香水膏到了，我给你送过去。”

阮玫推开店门，一股热浪从门外涌入，七月半的暑热瞬间在外露的肌肤上覆上一层湿黏。

“没事，这么热的天你别专门跑一趟，到货了你告诉我，我自己过来拿就好，或者寄给我也行。”女客人走到店外，抬头看那流火一般的艳阳，拿出小阳伞撑开，“你进去吧，外头热。”

“行，你走树荫底下啊，小心别中暑了。”阮玫将客人送到铁门处，燥热的夏风将树干上聒噪的蝉鸣声，绵绵不绝地吹进她的耳朵里。

阮玫关上铁门时，下意识地往道路两旁看，从地上蒸腾而起的暑气微微扭曲了些许远处的画面。她眯起眼，手挡在额上遮住刺眼的阳光，摇曳斑驳的树影在她的手背上洒下细碎金斑。

左右都没见到那辆可疑的小车，她把铁门上了锁，回到充满冷气的店里。一冷一热交替使她打了个喷嚏，这一声似是打扰了树上的蝉继续燃烧它的生命，鸣叫声停了几秒，又再次此起彼伏地叫嚣不停。

阮玫从冰箱里取出玻璃饭盒，里面放着陈山野早上出门前就切好的西瓜，一块一块的鲜红，肉眼能见的黑籽都被挑了去。

陈山野几乎每天都在她那边过夜，算是半同居了吗？

算的。

狭窄的出租屋里越来越多男士用品，洗脸台上的剃须刀，像小船一般的拖鞋，卧室窗外晾衣架挂着的深灰色内裤，洗衣机轰隆隆转着两人缠绕在一块的T恤，有些粗犷的笔迹写着“里头有冰西瓜”的粉色便笺纸贴在冰箱门上。

陈山野这个月开始在车队上班。

如果早上排了班，他就会在出门前提前做好阮玫的午餐，阮玫起床后放微波炉里转一下，就能吃上一口热乎的饭菜。

傍晚下班陈山野会先去附近的菜市场买菜，然后来接阮玫收铺。

两个人踩着发烫的树影，蝉鸣声将一长一短的黑色影子织进夏日一点儿一点儿下沉的金色夕阳里。

但陈山野还租着海棠村的屋子，合同剩两个月到期，他想着钟芒的单间没有洗衣机不方便，这两个月让他继续用着自己屋里的洗衣机，等到期了，看钟芒要不要续租他的屋子。

如果租金超过钟芒的预算，陈山野也可以帮他垫付一些差价。

牙签轻松地戳进冰沙一般的瓜肉里，放进嘴里之前，阮玫将左手手掌摊开在下巴处，因为尖齿咬碎冰镇西瓜时，会有淡红黏腻的汁液从嘴里炸出香甜水珠。

阮玫边吃着西瓜，边把刚才客人试闻过的香水膏样品收回货架上。

她给陈山野发了条信息，问他这晚能不能做酸菜牛肉。天气太热了，她想吃点儿酸酸辣辣的东西，胃口会好一点儿。

过了一会儿便收到了回复：“好，我下班了去买牛肉。西瓜吃了吗？”

她回：“吃了，好甜！”

“那是要继续买西瓜，还是荔枝？”

荔枝是阮玫前两天馋着想吃的。

“听你的，我都行！”

“好，我去忙，晚点儿见。”

阮玫又丢了块西瓜进嘴里，冰凉沁入心肺。

下一个客人预约的时间是一个小时后，阮玫准备去打包这天要发货的单子。

这时，微信进来了个语音电话。

阮玫有很长一段时间没来过医院了，平时发烧感冒这种小病，她吃个药就完事了，上一回来医院，估计得追溯到做皮埋的时候了。

她在护士站咨询了妇产科住院部的楼层是二楼后，就直接走楼梯上去。

刚出楼梯间，就看到坐在走廊长凳上低着头不知道在看什么的徐子玲。黑色铂金包被随意地丢弃在金属椅子上，干练的短发整齐地束在耳后，修长的双腿优雅地交叠在一起，脚上的高跟鞋鞋底一片暗红。

像踩了一摊黏腻的血迹。

阮玫走到她面前，弯腰，眉毛紧蹙："怎么这么大的事情都不告诉我？"

徐子玲抬起头，脸上淡淡的妆容仍然保持完好。她勾了勾唇："我也是今天才知道。"

"之前完全没感觉？"阮玫知道徐子玲经常月经不调，两三个月不来都是常事情，但怀孕早期不都多多少少有些反应吗？

徐子玲拍了拍身边的座位示意她坐下，扯起一个笑容："没有，什么嗜睡、孕吐、想吃酸？什么都没有。我今天来找医生，也是想看看我'姨妈'怎么又离家出走了……"

"认真点儿，别开玩笑。"阮玫坐到她身旁，轻拍了一下她撑在膝盖上的手背，有些冰凉。

"呵，结果一个尿常规出来，才知道我当妈妈了。"

徐子玲坐直身子，折腾了一个上午身上的衬衫有了皱痕。她挽住阮玫的手臂，侧头靠在她的肩膀上："借我靠靠呗。"

空旷的走廊里有孕妇或产妇在家人的陪同下来回踱步散心，每个人脸上洋溢的笑容快要在阳光里暖和得融化了。

可搭在自己小臂上的双手，却冷得如在寒冬的湖水里泡了许久。

阮玫另一只手搭上她的手背，想传些温度给她，斟酌了一会儿，她才细声问："是你之前提过的……那个男人的？"

徐子玲这几年跟一个男人分分合合许多次，对方具体是谁，徐子玲没主动提起，阮玫自然不会刻意去打探她的隐私，但阮玫知道徐子玲有好多个夜晚借酒消愁，都是因为这个男人。

徐子玲看着斜对面靠在窗边抱着婴儿的妈妈，没什么情绪地“嗯”了一声。

“没打算告诉他吗？”

徐子玲笑笑：“没必要，我们已经说好不会再复合了。”

阮玫沉默了下来。

两个人安静地坐了一会儿，徐子玲忽地站起身，声音显得很轻松：“走吧，去看看我的病房！朋友好不容易给我挪出了一间单人病房，环境还行。”

阮玫也站起来跟上，问：“决定好了明天就做手术吗？”

徐子玲已经没法做人流，只能做引产手术。

“嗯，不想再拖了，正好我这两天有空，过两天我得去外地出一趟差。要不是朋友介绍的那位医生太忙，我都想麻烦她今天就帮我把手术给做了。”

高跟鞋的声音急促且坚定，一声声在走廊里来回撞击，像锤子般敲打着阮玫的耳朵，她忍不住皱眉头：“等等，你这手术刚做完得好好休息吧？有些人讲究一点儿的还得坐月子……”

“我哪有那宝贵时间？光是离开公司两三天，就已经是极限了。”

这家妇幼医院的妇产科名声在外，常年病房紧张，像徐子玲这样一空降就拿了单人病房的，阮玫也不知道她打了多少张人情牌。

单人病房面积不大，但粉色调装修很是讨人喜欢，炙热的阳光将床尾的粉条纹病号服熨得整齐，窗外依然是刺耳吵闹的蝉鸣。

阮玫走过去将窗帘拉上，问：“我去你家给你拿些衣服和日用品，你看看还需要买些什么，发到微信上给我，我等会儿出去给你买来。”

“你身上有带烟吗？我的早上都抽完了。”徐子玲问。

阮玫叹了一声：“你这还怀着孕呢，别抽了吧。”

一回头，她看见徐子玲捧着那件灼烫的病号服，手指捻着不算柔软的布料细细地摩挲。

向来自信潇洒、做事雷厉风行的女人，此时声音里像蝉翼微颤：“求你，给我一根吧，最后一根。”

窗帘遮掩住鬼鬼祟祟的二人，晒得滚烫的玻璃窗户被拉至全开，此时无风，槐树茂密的叶子了无生气地耷拉着，日光钻进树叶缝隙间像藏着许多只忽明忽暗的萤火虫。

徐子玲向来抽不惯阮玫的爆珠烟，只抽浓烈直接的男士烟，家里还备着雪茄，过分甜蜜的烟味会让她觉得失去了香烟的意义。

但这天无所谓了。

“你知道吗？这个病房之前长期住的是个保胎的女人，刚怀孕不久就出血了，她不肯放弃，硬是在床上躺了半年，吃喝拉撒都在这张床上。”

徐子玲抽了烟，情绪似乎恢复了一些：“但还是保不住孩子，做了手术后又躺了大半个月，今早才出的院，大家都争着要单人病房，结果让我给抢了。”

阮玫只给了她烟，自己没抽，笑骂她：“你才来半天，就知道这么多八卦？”

“我抽烟的时候听到几个陪护说的，说得那叫一个绘声绘色啊，还说那女人出院也没个家人来陪，一直是保姆陪着她。”

徐子玲吸了口烟，见差不多了，捏爆了珠子，才继续说：“你说，老天为什么那么爱开玩笑？别人那么想要孩子，偏偏不让人顺心……”

“你真的不考虑……”

阮玫刚开了口，就被徐子玲打断：“不考虑，职场对女性太不友好了，就像之前说过的，我下面可全是豺狼虎豹啊。呵，一个个就等着咬住我的喉咙呢。”

徐子玲花了多少年、付出了多少血泪才爬到如今的位置，阮玫清楚。

她也知道徐子玲舍不得、放不下。

就像让阮玫为了什么而舍弃“Rose Slave”，她也做不到。

嘈杂尖锐的蝉鸣声，炽烈燥热的阳光，空气里消毒水和香烟的味道，毫无动静的槐树叶子，额间沁出的颗颗汗珠，徐子玲话语里的无奈凄凉，都让阮玫心口涌起一阵又一阵的憋屈烦闷。

一支烟终是燃到了尽头，徐子玲在纸杯里掐灭烟头苟延残喘的火星，自嘲地笑道："阮玫，你说我活了三十几年，现在活成这副样子，窝囊不窝囊？"

陈山野打电话来的时候，阮玫正在徐子玲家里收拾东西。

"喂，阮玫，你跑哪儿去啦？"陈山野把手机夹在肩脖处，拉起T恤领口往耳后侧抹了把汗。

这一片小区多老树，蝉鸣声像天边紫红色的云海，无穷无尽地翻涌着，傍晚的暑气将人锁进密不透风的宝特瓶里，连正常呼吸都变成奢侈的事情。

他刚从菜市场回来，手指上挂着沉甸甸的塑料袋，鲜切牛肉片渗出的血水和红彤彤的天空一样。

来到店门口才发现铁门紧锁，他有钥匙，但没直接开门，而是站在门口给阮玫打电话。

"哎哟，我忘了跟你说了。"

阮玫懊恼地用手里的衣架轻敲了一下自己的脑门儿，简单地将事情经过告诉陈山野。

她也用肩脖夹住手机，把折好的衣服放进行李箱里："我这几天可能会在那儿陪着她，虽然我还没跟她说，也不知道她肯不肯让我留下来。"

"那等你决定，要是留的话我等会儿来给你送换洗衣服。"知道阮玫人没事，陈山野才放心，抬腿往出租屋走去。

"抱歉啊，今晚没能和你一起吃饭，你买牛肉了吗？"

"买了，放冰箱就行，等你回来再给你做。"

放好衣服，阮玫走向徐子玲的书房，徐子玲说什么都可以不帮她拿，但笔记本电脑必须拿。

"好，那我继续帮她收拾东西了。"阮玫正准备道别，一抬眸就被书房窗外的景色夺去了呼吸。

远处那座线条流畅的高塔，沉沉地陷进了一片浓稠得推不动的血海里，她甚至在一呼一吸之间，都能闻到铁锈般的血腥气味。

心脏没来由地猛跳了几下。

她缓了缓心悸，问：“你今晚要出去代驾吗？”

“嗯，没什么事情做的话就去跑几个单子。”

“那你开车要小心一点儿。”

“好，我知道。你也是，开车慢一点儿，晚饭别忘了吃。”

阮玫把窗帘拉上，不再看窗外那骇人的血红。她倚着办公桌，撒娇道：“陈山野，你亲亲我。”

陈山野脚步一顿，耳朵被残阳晒得滚烫，连脖子都红了。

他左右看了一眼，黄昏的居民小区每一个角落都藏着烟熏火燎的烟火气，摇着扇子的街坊拎着大袋小袋从他身边经过，袋子里还传出阵阵烧鹅的香味。

“啊——陈山野，你亲亲我嘛……”

电话那边娇气鬼的声音软成一坨小娃娃吃的米糊，陈山野把手机拿开了一些，用手腕把鼻子下的细汗擦去，才凑到话筒边。

“啾”的一声，一米八几的汉子站在夕阳里，对着空气轻嘬了一口。

那声音盖过了令人烦躁了一整天的蝉鸣声。

阮玫当天晚上留在了医院，陈山野给她送了换洗衣物，两个人在医院的大门外温存了一小会儿才分开。

阮玫回到病房时，下午做了各种检查的徐子玲此时戴着耳机，对着电脑和下属开着视讯会议，他们说的事情阮玫听不明白。她拿着衣服进洗手间冲了个澡，出来后会议还在进行。

病房里有张小床，阮玫就在那儿将就，直到小护士不知第几次查房严厉要求徐子玲休息，不然第二天怎么没有体力，徐子玲才结束了通话。

“睡吧。”徐子玲洗漱完上了病床，卸去女强人妆容的她柔软了不少，眼神中少了咄咄逼人的精明，一身粉红色病号服倒是给她添了几分少女气。

病房关了灯，不遮光的窗帘筛着洁白月光，碎银一般掉落了几颗在地上，窗外轰炸了一整天的蝉鸣终于也偃旗息鼓。

“玲姐，你睡了吗？”

阮玫仰躺着看着天花板上摇晃的斑驳的树影，被子、枕头都是医院提供的，浓浓清苦的消毒水味钻进鼻腔里。

“没呢，你说。”

徐子玲在开会的时候，阮玫就查了引产的过程，说是手术，但其实基本上和顺产的过程差不多了。

这是一个独自承受身体和精神上双倍痛苦与悲伤、感受曾经拥有过的东西一点儿一点儿逝去的过程。

阮玫有许多话想说，可喉咙像生了锈的水龙头挤不出一滴水。

最后只说出一句：“你一点儿都不窝囊……”

陈山野离开医院后接到了陈河川的电话，说陈思扬白天在幼儿园和其他小朋友起了冲突，放学时老师找了沈青谈话。

“起了什么冲突？”陈山野猛地急刹，在一棵树下停下。

陈河川看了一眼在客厅地上默默玩着小汽车的小男孩儿，压低声音道：“幼儿园今天教了首儿歌，和母亲有关的，扬扬去问老师能不能把里面的‘妈妈’改成‘爸爸’，老师知道我们家的情况就同意了，但他唱的时候和其他小朋友不同，就被其他孩子嘲笑了。”

陈山野喉头一哽：“爸，你把电话给扬扬吧，我跟他说两句。”

“好。”陈河川转头对着陈思扬唤了一声，“扬扬，爸爸的电话，快过来和爸爸说两句。”

没承想，以往总抻长脖子盼着爸爸来电的小男孩儿，这次竟拒绝了接听，拿着小汽车跑进了卧室里。

“哎，扬扬！去哪儿呢？哎，这孩子……”陈河川拿起手机，无奈道，“他情绪不太好，你妈去劝他了。晚点儿如果他心情好一点儿了，我再给你打电话。”

“行，那晚点儿再说。”

陈山野挂了电话，在原地停了许久。

他想着陈河川最后说的那段话。

“老师说，这个年龄阶段的留守儿童心理会比较敏感，扬扬特别懂事，但家长还是要多关注他的心理状态，怕他会渐渐变成表面坚强乐观，但心理脆弱敏感……父母的陪伴还是很重要的……”

身边是匆匆而过的大大小小的虚影泡沫，远处的综合体商场的外墙巨幕正循环播放着某个楼盘的宣传广告，夜空被满城霓虹照得亮如白昼。

陈山野抬头，星星没有，月亮时而从云里冒出来，又时而躲回云里，像是受不住地上的无尽喧闹。

他长叹了一声，开始晚上的工作。

连接了几个单后，很快到了十点高峰期，陈山野第二天早上车队有排班，打算干到十一点就开始往回走。

刚完结一单，陈山野还在平台上结束行程，这时代驾群里出现了呼救信号，鲜红如血的“SOS”表情包在屏幕上旋转着。

代驾师傅要面临形形色色喝醉酒的客人，有不少司机被起酒疯的乘客无缘无故地殴打，而作为“服务型行业”，他们的“职业道德”其中一项便是骂不能回嘴、打不能还手。

代驾司机现在是平台外包给其他公司去招揽，司机并非正式员工，自身权益得不到任何保障，他们为了自保和方便沟通便建了群，群里可以分享代驾心得和好听单的地点，还可以求救。

一旦遇上无理蛮横的乘客对自己造成威胁，司机可以往群里发呼救信号，并附上定位，这样如果同行正好在附近，可以立刻前往定位的位置支援。

陈山野看清发求救信号的人，心倏地往下沉。

是钟芒。

定位的位置有些偏，但离他这刻所在的位置不算太远，陈山野第一时间启动电动车。他给钟芒打了电话，但钟芒没接。

陈山野手把一扭加快了速度，他给钟芒发了语音，说自己很快就到。

那里是一个新建的楼盘，楼盘入住率不高，一栋栋高楼黑灯瞎火，周边有不少路还在施工，旁边是正在施工的楼盘，沙石地面坑坑洼洼沙尘飞舞，有好几段路灯都不亮。

地上不见星光，连野兽都不愿出没。

电动车前的白灯照亮着前方一小片区域，陈山野在一盏失去光芒的路灯下找到了钟芒。

他的电动车折叠着没有打开，像个蜷缩抱紧自己的婴儿。钟芒背靠着灯柱，仰着头不知道在看什么，身上的牛仔裤和衣服沾上了黄土和白灰，狼狈不堪。

陈山野在他面前停下，钟芒看向光源，过亮的白灯刺得他眼睛发酸。他别过视线，没看下车向他走来的陈山野。

“哪儿受伤了？腿脚有没有受伤？能不能起身？”

陈山野蹲在他身边检查他的伤势，钟芒脸上有明显的巴掌红印，嘴角无血，但他不知道钟芒身上有没有其他地方遭到了袭击。

钟芒摇头，声音嘶哑得像破了洞的风箱：“他就扇了我几个巴掌，踢了我一脚，开车跑了。”

“你和那人起争执了？”

陈山野见钟芒的声音哑得不行，伸手捞过被丢在泥土地里一样沾了不少灰的背包，抽出侧面口袋的保温杯，却发现杯子很轻，里面没有装水。

钟芒顿了顿，赶紧从陈山野手里夺过杯子：“没起争执，这附近的路我不熟，导航给指了这条小路，我开进来才发现是烂路，那人被颠了几下不舒服，就骂我乱开车……我水喝完了，你身上有水吗，哥？”

“有，你等会儿。”陈山野不疑有他，回自己车上拿了水杯，折回来打开盖子才给钟芒。

他难受得胸口不停起伏，看到钟芒大腿上的灰白鞋印，太阳穴像被插了根银针不停搅动，疼得他眼角不停地抽跳着。

等钟芒喝了几口水，陈山野从地上站起身，弯腰想把瘫坐在地上的男人拉起来：“走，哥带你去医院验伤，然后我们报警。”

可手刚碰到他的小臂，就被猛地甩开。

钟芒双臂揽住膝盖，脸埋在臂间，陈山野的水杯被他松松地握在手里晃悠。

“不去了，去了也没用，我也没什么伤，告不进那人的……那人开大奔的，手表金灿灿的，老有钱了……”

钟芒走歪路的那段日子有几个狐朋狗友因为参与围殴进去蹲了，

他倒是对这方面的量刑标准有些了解。

那几个巴掌是没在皮肉上造成什么伤害，却把钟芒的意志重重地打沉了。他像条被海浪推上岸的孤独的鱼，躺在沙滩上慢慢儿地失去挣扎的能力。

钟芒没了生气的模样让陈山野窒息，他一时之间竟感到无力。

可他没有放弃，依然想去拉钟芒："开大奔戴金表怎么了？就可以随便打人吗？站起来，有我在，你别怯。"

钟芒再次甩开他的手，把脸深深地埋在手臂里："哥，就当我是个窝囊废吧，你别管我了。"

钟芒不知道为什么会在这个时候想起小时候的事情。

暑假时，陈山野经常来他家待上一两个月，下午太阳沉下去之前，村里一群小毛孩经常踩着快要散架的单车，去小树林后面的小湖里游泳解暑。

可有一次他没热身就下了水，没多久脚就抽筋了。

湖水灌入口鼻，头顶很快被水漫过，他想开口喊救命都没办法，从手在湖面胡乱划动搅起浪花，渐渐地变成只能在水底划出带着晶莹水泡的无声轨迹。

忽然一个黑影在他眼前出现，陈山野不知道什么时候已经游到他身边，高瘦的少年鼓着一口气把他整个人从水里托举起来。

能重新见到阳光的感觉真好。

被陈山野拖着往岸边游的钟芒是这样想的。

本来钟芒这晚是不想做"搬运工"的，他想好好地跑一下代驾订单，可偏偏来了个这样的客人。

脚踏实地地赚钱，怎么那么难啊？

裤袋里装着的手机时不时地振动一下，这部手机只有上线会联系他。每一声信息声，都将他拉回那个见不到阳光的湖底。

突然身旁的地面沙石簌簌声滚动，钟芒感觉到有人在他身边坐下。

是陈山野，陪他坐在这肮脏硌屁股的沙石地里，陪他坐在这没有一丝光芒的黑暗中。

"你最近是不是最近太累了？是的话休息一段时间吧，回家看看奶奶，好不好？”

陈山野伸手帮他掸掉裤子大腿处的灰鞋印。

钟芒没出声，而陈山野就这么陪着他坐着，直到钟芒口袋里的那手机又振了一下。

钟芒重重地吐出一口浊气，从臂弯里抬起头，对陈山野笑了笑："没事，哥，我还能行。”

陈山野吁了口气。他先站起身，也不拍屁股上的灰土，向钟芒递出手：“走，回家洗个澡、吃个串，今晚哥请你吃消夜。”

钟芒看着那只宽大厚实的手掌，上面布满了小茧子和小伤痕，他哥真的经历了很多事情。

他把手递给陈山野。

——哥，你还能再拉我一把吗？还来得及吗？

钟芒心里想着，但没有说出口。

两个人收拾好东西，掉头往光亮的大马路方向骑，两台电动车并排着在坑坑洼洼中颠簸，是两艘漂泊在黑海上的孤舟，向被蒙在浓雾里的岸边灯塔前行。

道路尽头的灯光越来越明亮，更显得在黑暗中骑行的人多么孤寂。

陈山野开口：“今晚就先休息吧，咱们直接回家？”

钟芒摇头：“我再去跑几单吧，刚刚被这事儿耽误了一些时间，今天还没达到目标。”

“你自己一个人真的可以吗？”

“嗯，我再跑一下就回去。哥，你今晚不去嫂子那儿了吗？”

“你嫂子今晚有事，我今晚陪你回去。”

“行啊，我们两兄弟很久没一起喝酒啦！”

听到钟芒的声音里恢复了些许生气，陈山野总算安心了一点儿。

两个人在马路旁分开，钟芒说有个熟客让他去附近的酒吧接他，拍了拍身上的灰就走了。陈山野没立刻离开，他想抽根烟。

他总觉得有什么地方不大对劲，却说不出来哪里有违和感，总感觉眼前蒙了层烟雾怎么都看不清。

他起了烟瘾，在路边槐树下停了车准备从背包里拿烟盒。

"咔嚓——"一声脆响从鞋底传来。

陈山野抬起脚，是一枚空蝉壳，棕黄如小小的半透明琥珀，停在红色路砖上，被他一脚踩得稀碎。

阮玫很早就爬了起来，因为徐子玲很早就被安排了进产房注射利凡诺。

徐子玲被护士送回来的时候，阮玫没问她扎针的经过。她昨晚在网上看到的引产日记，每一篇都记录得十分详细。

阮玫去医院食堂给她买了早餐回来，后面还有很漫长的过程，得吃饱了才能有力气。

两个人边吃边聊着些有的没的，徐子玲这时胃口还行，粥和肉包子都吃完了。

于熊明因为外出没办法来看徐子玲，只能跟她视频。

年轻男孩儿一看见徐子玲穿着病服的模样眼泪立刻哗哗地流下来，徐子玲笑骂他真没用。

于熊明昨晚在电话里劝徐子玲再考虑一下，说如果她工作忙没时间带娃，他可以帮她照顾小孩儿。

后来似乎觉得自己说的话天真如书中童话，只好对那不好好做避孕措施的男人骂骂咧咧。

于熊明哭着骂："那人渣谁啊？你告诉我，我带着剪刀去找他！"

徐子玲笑着转移话题说等她术后满血复活，他们再一起去酒吧痛饮三千杯。

上班时间一到，电脑一打开徐子玲又开起了多方视频会议，为此她还专门换了身衣服上了淡妆。

回到那个精明能干女强人角色的徐子玲仿佛早上没进过产房，也没被长二十厘米的针扎进体内。

阮玫就在旁边安静地守着她。

当日光慢慢儿地爬至最高处时，有那么一瞬间，阮玫察觉到徐子玲的呼吸停顿了。

像是，她感受到了身体里的某些变化。

琉璃沙漏开始掉落星屑。

当天药效还没起作用，直到第二天再一次临近中午，阮玫准备去食堂买午饭时，坐在床上用着电脑的徐子玲突然抽搐了一下。

阮玫和她四目相对，开始了。

星屑掉落得越来越快，从白色的到鲜红的。

宫缩慢慢儿地频繁起来，阮玫在床边记录宫缩间隔的时间，也紧紧地握住徐子玲的手，一阵阵冷汗从徐子玲的掌心冒出，濡湿了她的手掌。

徐子玲很能忍痛，一开始她连呜咽一声都没有，中间阵痛加剧时她也死咬着牙不让叫声冒出。

连来内检的护士也忍不住劝说了一句，是可以喊出来的。

病房里开始盘旋起令人心疼的叫声，和窗外尖刺般的蝉鸣声融合在一起，一浪接一浪地震撼着阮玫的心脏。

那眼泪在眼眶里晃荡着，好几次快要掉下来时，她赶紧转过头将它们抹去。

终于徐子玲进产房了，产房里不止一人，尖厉的喊叫声此起彼伏，窗外又是血红残阳一片。

阮玫快透不过气来。她看了看时间，小跑出妇产科大门，在公共区域找了个无人的角落一个人待着。

她低着头，无助地抠着起了毛边的指甲，直到身前被黑影笼罩，她才抬起头。

陈山野一见阮玫眼眶里蓄着泪，立刻皱眉问："怎么还哭上了呢？"

阮玫一时没反应过来，吸了吸鼻子："你……怎么过来啦？"

"我给你发微信了，说给你送晚饭，你没回我。"陈山野说这话时倒也没显得委屈，他举起手里沉甸甸的袋子，"酸菜牛肉。"

阮玫七上八下了好几天的心脏，终于轻飘飘地落到原位。

她也不客气，直接捧着不锈钢餐桶掀开盖子，上层是一小碗颗粒分明的白米饭，下层是满满当当的酸菜牛肉。

浓郁的酸汤气味钻进鼻子里，阮玫瞬间舌头自动分泌出口津。

陈山野放了些许辣椒和花椒调味，但装进餐盒的时候都挑干净了，知道她怕辣。酸菜爽脆开胃，牛肉鲜嫩弹牙。她对东西没什么要求，但对蟹柳、午餐肉、粉丝这些无法抵抗，吸满了汤汁的粉丝简直是下饭神器。

陈山野在家里吃过才来的。他跷着腿手托着腮，看腮帮子塞得满满的阮玫，嘴角勾起。

收拾着餐具的陈山野问："所以刚刚哭什么呢？"

阮玫摸着肚子打了个饱嗝儿："我也不知道，就看徐子玲这么辛苦，心里难受。"

在医院陪着的这几天，阮玫也听到了不少故事，像前天哪一床的妈妈顺转剖，像昨晚急诊转过来一个习惯性流产的姑娘……

在这么小小的一层楼里每一天都上演着生死悲欢。

"你不是说，这是她自己的选择吗？"陈山野问。

"是啊，她最终选择了继续在工作上往上走。其实我知道她是难过的，不仅是难过要亲手送走这个小孩儿，更难过的是她被困在这样的生活和工作里，明知这生活混账至极，却还得继续和它共存。"

阮玫脖子后仰，看那被灰蓝色慢慢儿吞噬的橙红，缓缓地说道："她难过，自己看上去已经拥有了许多东西，却连选择另外一种生活的勇气都没有。"

陈山野把收拾好的东西放到旁边的空位上，长臂一伸搭上她的肩，将她揽在自己身侧。

"不仅仅是她，许多人都是这样，不是吗？"

他像是在问阮玫，也像是在问着自己。

沙漏里的星屑终是落光，只剩空荡荡的琉璃瓶子。

白色小船荡在鲜红色的星河里，飘到挂在天空的月亮上，在鲸群中间和荧光小鱼一起徜徉。

阮玫看了一眼在床上输液休息的徐子玲，将病房的大灯熄灭，只留了一盏昏黄的小灯，掩上门。

陈山野没回家，还在公共区域候着。

他正查着长隆的门票和酒店价格，陈思扬要放假了，他之前答应过他，一放暑假就带他在羊城玩几天。

阮玫坐到陈山野的身边，看他手机里花花绿绿的页面，问："在看什么呢？"

他直接把手机递给她，说："过些天等扬扬来羊城了，想带他去玩。你朋友怎么样了？"

"在输液，现在睡着了。"阮玫接过手机，上下滑了几下，"去长隆啊？挺好的，小朋友会很喜欢，他喜欢玩水吗？这个天气也可以去水上世界了。"

"嗯，它出了几个酒店加门票的套票，正好有特价，你帮我选一个。"陈山野将她垂在脸侧的碎发别到耳后，手臂搭在椅背上，有一下没一下地在她后颈上揉捏着。

阮玫睡了几天小病床，把她的脖子睡硬了。

"家庭套票都是两大一小，但你爸爸妈妈不是也来吗？这些套餐好像不太合适……"

"有一个四大一小的。"陈山野凑在她耳边说。

声音轻柔喑哑，像飘了只小虫儿进了耳朵里，阮玫眼睛扑闪，看他："你算上我啦？"

陈山野按摩脖子的动作停了停，垂头"嗯"了一声："不过还是看你的意愿，你觉得太快了，就等以后也行。"

不少待产的孕妇吃完晚饭后在走廊缓缓地来回散步，兴奋地、紧张地互相给彼此打气加油。

还有个二胎妈妈，和她家人坐在另一张长凳上，穿着小学校服的大儿子正轻轻地摸着妈妈的大肚子，兴奋地问着自己是不是明天就能见到妹妹了。

阮玫把手机放到腿上，将在她后颈一下下揉捏的手掌拎到自己身前，指尖在他手心沿着掌纹轻轻地画着。

"时间倒是没什么，就是，我不太会和小孩子相处，有点儿害怕他不喜欢我啊。"

他指的是陈思扬。

陈山野反手包住她的手指，轻捏了一下："就当认识个新朋友？

比你小很多岁的新朋友。”

他牵起她的手，嘴唇在还带着洗手液香味的手背上落下：“我喜欢你，他也会喜欢你的。”

徐子玲挂了一天水，本来还需要留院观察二至三天，但她只多待了半天做后续检查，就办理出院了。

她要直接回公司开个会，第二天还得飞沪城。

阮玫劝不动她，只好给她带了双平底单鞋和西装长裤，叮嘱她这段时间饮食要规律，如果有任何不舒服的地方就要立刻上医院。

尽管脸色有些苍白，但徐子玲仍将仪容整理得一丝不苟。

阮玫想，以后应该再也看不到，那个躺在床上哭湿了半个枕头的徐子玲了。

陈山野来接她们出院。

徐子玲是第一次见阮玫的新男朋友，见他此时像拎着两篮鸡蛋似的将行李箱轻松地拿在手里，对着阮玫比了个“赞”的手势。

徐子玲的大红色奥迪阮玫前两天已经帮她先开回家了，三个人来到地下停车场，阮玫带着他们往自己的小车走去。

陈山野让她们先上车，自己走到车尾放行李箱。

过了看病高峰期的医院停车场有不少空车位，这时斜对面驶进来一辆黑色轿车，停车场昏暗，车灯却亮得刺眼，陈山野下意识地扫了它一眼。

他收回目光，将行李箱挪好位置准备关门，这时，他又朝那辆轿车看了一眼。

他总觉得那辆车里有人在看他。

只是两个车头灯太亮，他看不清里头的景象。

阮玫见陈山野停下动作，问：“怎么了？后备厢放不下吗？”

陈山野关好厢门：“可以放，你上车吧。”

白色飞度驶出车位，转了个弯很快不见踪影。

黑色轿车的司机熄了车灯，对着后排的女人说：“太太，那我在这里等您。”

女人安静了一会儿才回答他：“嗯，我做完复查就下来。”

她下了车，走到车头时望向刚刚白色飞度离开的方向，若有所思。

保姆在旁边唤了她一声，她才回过神，抬脚离开。

时针跑得飞快，蝉鸣响彻了整个七月，空气里每一处都是高温滚烫的，整个城市是被推进火炉里烧至发红的铁块，有时在午后会下一场暴雨，雨水浇在烧烫的铁块上，蒸腾起迷蒙的热浪。

“爸爸！”

小男孩儿张开双臂晃着手，像在空中飘荡了许久的小风筝，终于降落到陈山野的怀里。

陈山野半跪在地，搂着怀里的小火炉，虚晃了许久的心脏被暖流慢慢儿地填满。小孩子的身上带着淡淡的风油精味，估计是哪里被蚊子给咬了包，沈青给他抹了药。

“坐那么久的大火车，累不累？”陈山野揉了把陈思扬被理得短短的头发，像颗小毛桃。

“不累！坐大火车可好玩了！”

陈河川和沈青走到相依偎的两父子俩身旁，陈山野站起身，从他们手里接过行李箱和手提袋：“爸、妈，一路上辛苦了。”

陈河川拍了拍儿子厚实的背：“哪会辛苦？现在高铁方便极了，吃点儿东西，睡一觉，就到了。”

陈山野一只手拉着行李箱，一只手牵着陈思扬往停车场走，原本他打算带家人去坐地铁，阮玫说有老有小还拿着行李，就别去折腾着换地铁线什么的，直接把车钥匙给了他。

陈河川坐副驾驶座，沈青和陈思扬坐后排。

从小在山城里长大的小孩子第一次见着高耸入云的摩天大楼，一直扒着车窗仰望着天。

他觉得，天空的星辰沿着一片片深蓝色玻璃幕墙掉落到地上，成了一颗颗从眼眸里飞速闪过的路灯。

“这车子，是那姑娘的？”陈河川问。

陈山野点了点头：“她说出地铁站还得再走一段路才能到公寓，还是有辆车比较方便。”

沈青从后排探出头："哎，儿子，小阮愿意和我们见面吗？会不会把人姑娘吓坏了，我们这么一大家子的……你别强迫她啊，慢慢儿来，不着急这一时半会儿的。"

"哪能强迫啊？不过她这段时间店里特别忙，这一趟确实抽不出太多时间陪我们，她还让你们别介意呢。"

"哎哟！怎么会呢？让她先忙生意啊，太忙了实在抽不出时间，一起吃顿饭就行。"沈青笑得开心，眼尾的细纹挤成浅浅的沟壑。

陈思扬他们到的时候已经晚上八点，三个人在车上吃了些东西，但陈山野还是决定带他们去吃个晚饭。

去的是阮玫力推的一家粤菜餐厅。

红烧乳鸽皮焦肉嫩，咬开烧得恰好的脆皮，腿肉轻轻一咬就流淌出肉汁；豉油皇鹅肠肥美爽脆，独家的酱汁渗到铺在瓷盘上的土豆丝里，陈思扬一根接着一根地吃着，说"爸爸这个薯条好好吃"；最后的酥皮菠萝包一个差不多有陈思扬的小圆脸蛋儿那么大，小男孩儿捧着面包，一时不知要从哪一块入口好，最后只吃得下半个，剩下半个给了陈山野。

第一晚陈山野订了间公寓式亲子民宿，复式设计，一层小客厅边角还放了个儿童白色小帐篷，顶角垂坠着一面蓝线和红线编制成的捕梦网。

陈思扬对和家里不同的环境感到无比新奇，但劳累了一整天的小孩子终是抵不过困意，洗完澡陈山野刚帮他把头发吹干，他就睡着了。

复式二层有两间卧室，陈山野给父母睡，客厅的沙发是张沙发床，他这晚和陈思扬一起睡在那儿。

熄了灯的公寓昏暗静谧，客厅挑高的窗帘里悄悄漏进来一道细长的光线，陈思扬蜷在他身边。他看着小孩子长直的睫毛挂上了月亮颜色般的糖霜，随着细弱的呼吸声，糖霜一点儿一点儿地洒落在他心上。

小孩儿双手微蜷在身前，陈山野枕着一只手，伸出另一只的食指和拇指，轻轻地捏了捏陈思扬那小豆芽似的手指。

他还记得，陈思扬刚出生的时候，跟刚从地里挖出来的小土豆差不多，黑黑黄黄的，皮肤上还带着些湿润感，咿咿呀呀地哭了几声，又睡了过去。

陈山野心想着：哎妈呀，这娃娃怎么这么黑、这么丑？

忍不住伸出手指拉了拉小土豆的小指头，陈山野笑了笑，心想：这娃娃，和他爹长得真像。

“老陈！快，快，快！我站这里，你给我拍张照！”

沈青站在大片七彩斑斓的满洲窗边，唤着老伴给她拍照。陈河川嘴里碎碎念着些什么，但还是乖乖地摸出手机给她拍了几张照片，半身的、全身的。

南园酒家里处处可见岭南园林风景，青瓦灰砖的亭台楼阁飞檐翘角，小桥卧在潺潺流水之上，碧绿小湖里红白锦鲤在假山下头碰头亲吻彼此，旖旎日光穿透彩色琉璃满洲窗，在花砖地面投下婆娑摇曳的虚幻竹影。

陈山野领着二老穿过一个个在木雕走廊里等位的客人走进大厅，人太多了，他直接将陈思扬抱起。

陈思扬好奇地看着那些在餐桌上一笼笼自己没见过的、或红或白的小点心，又看看那些藏在报纸后头的老爷爷、老奶奶，接着，在爸爸行走的方向尽头，看到一位红色头发的小姐姐。

他感觉到爸爸的脚步明显迈得快了一些，他抬头，看到爸爸在笑。

眼睛弯弯的，像月牙儿。

阮玫刚入座没多久，正拿着餐具在大瓷碗里烫洗，抬眸看到陈山野走了过来，也笑了笑。

“叔叔、阿姨，你们好，我是阮玫。”阮玫把最后洗好的一把黑筷子甩了甩水，放到骨碟上，主动先跟陈山野的父母打招呼。

沈青一时有些紧张，紧捏着包带，说话磕磕绊绊：“你……你好，我是山野他妈妈……”

接着拉了拉陈河川的衣角，介绍道：“这是山野他爸！”

陈思扬看看奶奶，又看看爷爷，抬手弹了一下爸爸的后背。

陈山野低头询问：“怎么了？”

“那我呢？”陈思扬小声地问道，看见红发小姐姐正看着自己，赶紧移开视线。

“嗯？爸爸昨晚和早上不是和你商量过了？”陈山野也压低了声音，父子俩像是在说悄悄话。

陈思扬微微颔首，转过头，黑白分明的眼睛眨了眨，对着漂亮的小姐姐轻声道：“你好，我叫陈思扬……”

阮玫钩起嘴角，弯下腰，直视着脸上带着怯的小男孩儿：“你好啊，思扬。”

这时服务员送来了儿童凳和一壶茶，阮玫指着陈山野身旁的位子：“凳子麻烦你帮我放那儿吧。”

“叔叔、阿姨，你们坐，这是菜单，你们看一下有哪些想吃的，在上头画上钩就行。”

阮玫把纸质菜单和笔推到陈河川面前，对陈山野说：“碗筷、杯子我都烫过了，茶要的是普洱，可以吧？”

把陈思扬放到儿童凳上，陈山野凑到她身边，大掌在她腰处拍了拍：“可以的，他们不挑。你很早就来排队了？”

南园的早茶要等上至少一个小时才能叫上号，阮玫昨晚说她先来拿号，这样昨天坐了一天车的陈爸、陈妈可以多休息多一会儿。

“八点半就来了，今天人真不少，等了一个多小时才排上。”阮玫噘着嘴，把洗好的筷子分别放到大家的面前。

陈山野又凑近了一些，在她耳边说：“辛苦你了，宝贝。”

像被窗外的竹叶子尖挠了挠，阮玫感觉耳朵一阵阵发痒，反手握住他的手捏了一把：“快帮你爸爸妈妈看看点什么好吃的。”

饮早茶，自然少不了虾饺、凤爪、蒸排骨，拉肠、烧卖、萝卜糕。

阮玫拿着笔在菜单上画上干炒牛河，问陈山野：“你们昨晚吃了乳鸽了吗？”

“嗯，吃了。”

“那肉类就叫个烧鹅，好不好？”

“可以，你安排。”

沈青见菜单上画了好多个钩，着急道：“小阮啊，不用叫太多菜了！”

阮玫笑笑：“没事，阿姨，有陈山野在，一定能吃完的。”

她重新浏览了一遍菜单，有些惋惜道：“以前这里有空心煎堆的，很好吃，但现在没了，好可惜哦。”

“煎堆是什么啊？”

开口说话的居然是陈思扬。阮玫怔了一秒，赶紧和他解释：“是一种油炸的小吃，做成一个金色的小球，外面的皮软软的，里头的馅甜甜的，很好吃。”

和小朋友说话，阮玫不自觉地用上了叠字。

“那爸爸你吃过吗？”

“吃过，”陈山野点头，“这几天有机会爸爸给你买。”

阮玫出租屋附近的菜市场有一家传统饼店，每天都会有新鲜现炸的小煎堆卖，阮玫喜好香甜口味，他有的时候会给她买来当零嘴。

点心上得很快，不一会儿小圆桌上便摆满了一个个冒着热气的竹笼。晶莹剔透的粉皮包着一只只水晶虾，招牌虾饺王成了第一个空盘的点心。阮玫见陈思扬喜欢吃，招来服务员再加了一笼。

陈山野拿了块港式酥皮蛋挞放到阮玫的碗里，忍不住低声嘟囔：“净宠着他。”

阮玫左手溜到桌子下往那硬邦邦的大腿上捏了一把，瞥了他一眼，夹了块烧鹅给他。

这人怎么还吃起自己儿子的醋了？

陈河川话不多，饭桌上多是沈青开口，但沈青也不问阮玫过多私人方面的问题，只正常唠着一些家常，后来更变成数陈山野小时候做过的傻事，听得阮玫咯咯直笑。

陈思扬之前没听过爸爸这些事情，听得津津有味，手里的流沙包咬了几口给忘了，结果里头的咸香蛋黄馅流了出来，沾得满手都是。

沈青连忙站起：“哎呀！扬扬，怎么那么不小心？来，奶奶带你去洗手间。”

见陈河川还坐在那乐滋滋地吃着萝卜糕，沈青猛地踢了下他的凳脚。筷子一抖，夹着的萝卜糕跌到碗里，陈河川皱着眉抬头看自家老婆，见沈青挤眉弄眼的，好一会儿才明白过来。

看着三人离席，陈山野放下筷子，手从背后伸到阮玫腰间，捏了捏她腰侧的软肉。

阮玫发痒，赶紧伸手去拨陈山野的手："哎，公众场合呢，注意一点儿啊。"

陈山野把人揽近自己，鼻尖在她垂着几缕碎发的鬓边蹭了蹭，问："今天还没亲你，亲一下？"

陈山野最后订的是四大一小度假区套票，三天两夜，野生动物园园区无限次进入，外加大马戏和水上乐园的门票。

两个房间，陈山野和阮玫一个房间，陈爸、陈妈一个房间，至于陈思扬，沈青劝他和自己一起睡，把晚上的时间留给两个年轻人。

三点办理入住后一行人先去了一趟野生动物园。

游览小火车哐啷哐啷，从亚洲莽原到猛兽地带，从卧在地上露出流氓大佬般眼神的袋鼠到双腿站立的憨憨棕熊，还有孟加拉虎、白虎、白犀牛、大羚羊……陈思扬坐在爸爸的大腿上，黑亮的眸子睁得又圆又大，小脑袋左摇右晃，连眨眼睛都舍不得。

车头解说的导游语速有点儿快，陈山野怕陈思扬听不明白，有的时候会加上方言解释几句。

令人意想不到的是，他们乘坐的这辆小火车在长颈鹿区出了故障，火车停在了平缓开阔的草原中央，小火车司机紧急联络后备车辆，一车乘客乖乖地待在火车上等着园区安排另外的火车过来接应。

虽然空气闷热得黏稠，但身处在这样一片安宁平静的环境里，大家连说话声音都小了几分，生怕嗓门太大，会惊扰到动物们的日常生活。

远处是绵延墨绿的矮山，成群的角马在湖畔垂首饮水，温热的风抚过湖面激起阵阵涟漪，斑马甩着尾巴驱赶扰人的蚊虫，长颈鹿三三两两悠闲缓慢地从小火车旁经过。

陈思扬仰着头，看那高得快能抵上天的黄色脑袋，小嘴巴张得圆圆的，就像他昨晚吃酥皮菠萝包一样。

这是意外偷来的十分钟，却收获了满满的惊喜，装进左心房的口袋里，将成为浩瀚宇宙里闪烁发光的回忆。

包括之后第一次观看精彩震撼的大马戏，第一次见到毛茸茸的熊猫，第一次看 4D 电影，第一次亲手喂长颈鹿，第一次坐空中缆车，第一次……

对从小在城市中长大的小孩儿来说，这些或许是常见的景色，譬如许多购买年票的家庭只要周末有空都会带小孩儿来度假区玩。

可对在山城里长大的陈思扬来说，这些画面却是划破孤寂夜空的一颗颗流星，在无边无际的银河宇宙里，点亮一整片璀璨绚烂星河。

小孩儿的第一趟旅游接近了尾声，最后一晚，陈山野按照之前的约定，带他去看“小蛮腰”。

高塔身披着霓虹舞衣伫立于晴朗的夜空里，举手投足均是流光溢彩。尽管看过很多次爸爸传过来的视频和照片，可亲眼所见又是另外一种感觉，高塔绚烂夺目的曼妙身姿，深深地刻进了陈思扬大大的眼眸里和小小的心脏里。

夜晚的广场上人影幢幢，喷泉伴随着音乐在夜空里绽开彩色水花，夏夜晚风吹散的每一颗水珠里都藏着故事。

两老一小走在前方拍照留念，陈山野牵着阮玫跟在后方慢悠悠地走着，两个人的影子在地面上时长时短，交缠在一起的手指垂在两人中间，被嵌在地砖里的彩灯染上成熟樱桃般的颜色。

“我下午给你的银行卡转钱了，你收到了吧？”

阮玫的声音有点儿轻，挠得陈山野的眼角痒痒的，像眼睛里掉进了天上的云絮。他答道：“有，收到了。但怎么一给就给了这么多？”

陈山野收到了两万，之前阮玫每个月要还的借款金额也就一万出头，这都相当于她以前两个月的还款了。

“我上个月大促赚得多呀，而且你来帮我干了那么多活，我怎么也要给你发点儿工资。”阮玫笑笑，轻甩着两个人相握的手。

其实是她觉得陈山野这两个月开销有些大，赚的又是辛苦钱，既然自己手头松动了一些，就多还了一点儿。

陈山野这人对自己是能省则省，一个保温杯用得那么旧了都还在用，可花在她身上和家人身上时，眼睛都不带眨的。

像之前他们去买床，陈山野也是净挑质量好的，她嫌贵，陈山野就说等会儿买了便宜的又要把床给摇塌了，得不偿失哦。

这次陈思扬和父母来，住的不是五星级酒店，吃的不是米其林餐厅，却是陈山野在力所能及的范围内给出的最好的安排。

陈山野捏了捏她的指节，表示他懂了。

“山野！来帮我们和扬扬拍张照！”沈青在前头挥着手呼唤。

“阿姨，我帮你们一家四口拍张合照吧。”阮玫提议。

“也行呢！”

陈山野把自己的手机给阮玫：“用我的拍吧。”

“好。”

在塔前拍照的人多，阮玫举着手机等了好一会儿才有个好一点儿的时机，拍了三四张，这时手机屏幕里跳进了一个来电。

是个陌生手机号码。

她举着手机问不远处的陈山野：“有个电话进来了！要接吗？”

陈山野把抱在怀里的陈思扬交给父亲，问：“是谁打来的？”

广场空阔，阮玫的声音有点儿大：“不知道，是陌生来电！”

“你帮我接一下，如果是客人就跟他说我今天休息。”陈山野边说边接过沈青的手机，他们站的这个位置挺好，他想帮他们多拍几张照片。

等陈山野走到她拍照的地方，她才拿着还在振动的手机走到旁边，按了接听：“喂，你好。”

回应她的是一片安静，对面没有出声。

“你好？请问是谁找陈山野？”她又问了一次。

没有，还是没有声音。

像石头掉进了无底深渊。

阮玫把手机从耳边拿开，看着来电显示，眉毛微皱。

陈山野给父母和儿子拍完照片，见阮玫呆呆站在一旁，问她：“怎么了？”

她举着手机摇了摇头：“对面没声音。”

“是不是打错了？还是什么楼盘中介？没声音就挂了吧。”陈山野弯下腰，张开双臂迎接向他跑来的小男孩儿。

“好哦。”

“您好，您拨打的用户正在通话中……”

女人低头看着手机屏幕上已经挂断的电话，一时无声。

卧室里没有开灯，飘窗上垂坠着一帘白纱，将玻璃外不远处霓虹高塔所折射出的光芒掩去了一些，也让那道黑夜彩虹扭曲得光怪陆离起来。

手机屏幕照得她姣好的脸蛋一片惨白。

木门这时被推开一条细缝，卧室如同一张黑纸被人从中间撕开。

“太太，饭菜有点儿凉了，要现在重新帮你加热吗？”保姆在门外小声地问道。

被唤为“太太”的吴璇丽，垂首“嗯”了一声：“不用加热了，我等下出来吃。”

再次回到一团黑雾里，吴璇丽视线下移，看着通话记录上的另一个名字，手指用力按下。

“嘟——嘟——您拨打的……”

她没听完对方手机的关机提示语，直接挂断电话。

水晶吊灯摇落下晶莹光斑，餐桌上放着三菜一汤，饭菜慢慢儿地变成和大理石桌面一样的温度。吴璇丽一个人坐在桌旁，口腔里的咀嚼和墙上时钟的秒针走动的速度一样。

屋子里太安静了，静得连牙齿咬碎骨头的声音都能听清。

一小块骨刺浅浅地卡进了牙肉里，她一疼，狠狠地摔下手里的筷子。

木筷在大理石桌面弹了两下，米白色的饭粒黏在桌上。

和奄奄一息的虫尸似的。

她厌恶这静得像太平间的房子，这里是被冷水浸得湿透的火柴盒，擦不出一丝火花。

她需要制造出一些声响，来打破这片冰冷的静谧。

雪白陶瓷在金边地砖上破碎炸裂，凉掉的清蒸鱼在地上弹了两弹，酱油裹着青葱红椒淌了满地，缺了角的汤碗乱滚，温热的骨头汤沿着瓷砖接缝流向四面八方，也不知会在哪里停下。

散落一地的菜肴和陶瓷成了黏稠恶心的浑浊泥沼和带刺荆棘，再晚一点儿，它们都会安静地躺在黑暗的垃圾桶里。

保姆听到尖锐的破碎声后迅速走出餐厅看了一眼，暗叹了口气，立刻回厨房拿清洁工具。

拿着抹布和簸箕走到吴璇丽身边时，她问了一声：“太太，你没伤到手吧？”

吴璇丽没回应她，留下一句“打扫一下吧”就径直回了房间。

啧，也不看看自己什么身份，在这里摆什么太太架子？

看着雇主关起的卧室门，保姆才蹲到地上挑起一块块碎瓷，她也只能在心里发泄自己的不满。

卧室依然没有开灯，连遮光帘都被拉了起来，这一刻的吴璇丽对窗外的地上银河毫无兴趣。

她对这样的繁华夜景已经审美疲劳了。

她深深地陷进看不到尽头的黑暗里，保姆打扫残渣的声音从门外传进来，一点儿声响都会在昏暗里无限放大。

瓷片丢进簸箕的声音、拖把在地砖上拖过的声音、开门的声音、关门的声音，保姆经过门前的脚步声……

木门被敲了两下，保姆的声音隔在门外像闷在水里让人听不清：“太太，外面我打扫完了，厨房炖锅里有燕窝，你晚点儿吃了再睡。”

吴璇丽没回她，瘫靠在床板上，仰头看着黑漆漆的天花板。纵是眼睛已经适应了黑暗，也无法在灰暗里看到一丝光芒。

很快门外回归寂静，保姆回了自己的房间。

火柴盒缓缓地沉进沼泽里，黏稠的黑暗糊住吴璇丽身体上的每一个关节。她想要动一动手指，都提不起劲。

床头柜上的手机忽然亮起。

她后知后觉地眨了眨眼，伸手快速地抓起手机，睁大的眼睛却在看到来电显示时再次蒙上一层暗淡雾霾。

她把手机丢到床单上不想接听，可对方锲而不舍地一直拨打，振动的嗡嗡声像蜜蜂一样在她耳边胡乱冲撞。

房间时明时暗，将她卡在光明与黑暗之间的夹缝中来回挤压。

吴璇丽终于接起，一整晚的烦躁让她胸口的火焰烧到最高点，口气极冲："喂！"

赵冰清被女儿这一声吼得愣怔，过了几秒才反应过来，声音尖得像仙人掌上的刺："哎哟，吓死我了！你这是干吗呀？说话怎么那么凶！给你打了那么久电话，怎么都不接啊！"

吴璇丽懒得回答母亲的问题，压住火气直接问："快说，找我什么事情？"

赵冰清不满女儿的态度，本来还想再唠叨几句，可想想这时不是吵架的好时候，只好收起自己的刺，软声问："妈就问问你，联系上陈山野没有啊？"

"还没有。"吴璇丽回想起刚才接电话的女人，杨柳般的眉毛微皱。

"哎呀，怎么那么多天了还没联系上？难得扬扬去了你那儿，你更得抓紧机会去见他啊！"

赵冰清急死了，再这么下去，陈思扬真的要离他们远远的了。

他们这两个月都没机会见到陈思扬，亲家带孙子上羊城找陈山野这事儿，还是她辗转好几个人才打听来的。

知道这件事后，赵冰清第一时间通知了吴璇丽，让她找机会见见自己的儿子，看看有没有机会重新培养一下母子感情，好争取些探视权什么的。

"你抓紧一点儿啊……"

赵冰清也不管吴璇丽有没有回应，自顾自地说："对了，你三叔最近学人在搞什么基金什么投资，好像赚了不少，一见人就跟人炫耀这事儿。小丽啊，你说我们家要不要也……"

吴璇丽直接否决："不要，你们搞不来那些东西。我给你们的钱好好地存着，存够了就去买房，别整那些有的没的。"

"这不是看你赚钱辛苦，想帮你分担一些吗？"赵冰清不满道。

吴璇丽感到一阵无力，只要赵冰清别乱花钱，就已经是对她最大的帮助了。

要知道，秦天笙已经有好长一段时间没过来她这儿了，除了银行卡里每个月固定汇入的十万块钱，她好久没有从秦天笙那拿到额外的支票奖励了。

当然，家里人并不知道她的经济来源，还以为她在大城市里有了份收入颇丰的好工作。

吴璇丽知道，秦天笙有其他圈养的“金丝雀”。

是秦家大太太找人警告她别痴心妄想生下秦家孩子的那一天，顺便“好心”告诉她的。

那一天她刚从医院回来，心情还因自己确诊了孕七周而雀跃不已，却在停车场被几个凶神恶煞的壮汉堵在阴暗的角落里。

她还没来得及呼救，鼻子和嘴巴就被堵得紧紧的，眼泪还没来得及流出来，肚子就遭了两记狠踹。

带头的男人一看就不是什么正经人。他转达雇主的原话，要自称太太也好，继续跟在秦先生身边也好，都要认清自己的身份、做好自己的本分，但想借着生孩子这事儿在秦家有个立足之地，这种念头千万别有，再有下次就不是掉胎那么简单了。

顺便还告诉她，她虽是秦天笙养得最久的一只鸟儿，却不是唯一一只。他带着人离开前，留下的最后一句话击碎了吴璇丽的骄傲和自尊。

她的小腹一阵阵隐隐发疼，是一口生锈的破钟被撞出沉闷浑浊的声音，淬着恨的泪水滑到被咬出血的嘴唇上，混着铁锈味往肚子里吞。

她爱秦天笙，从大一开始就爱了，爱了他好多年，才会心甘情愿地放弃一切在他身边做小伏低。

在生命最美好的年纪，她将最鲜艳的花朵摘下来捧到秦天笙面前，中间她一度想要放弃这段混乱纠缠的关系，回老家就这么过完下半辈子，偏偏秦天笙又追到老家来招惹她。

她不愿意就这么服输，不让她生？她偏要生！

吴璇丽咬着牙在病床上躺了快半年保胎，下床是不可能的，连身体稍微坐直一点儿都得担惊受怕好半天。

长期卧床使她的身材慢慢儿地变了样，脾气和皮肤也一点儿一点儿地凋零。她经常一便秘就是四五天，实在没办法只能用开塞露，陪护给她身下塞了便盆器便默默退出病房在门外守着。

极其难闻的气味像炸弹一样在小小的病房里爆开时，吴璇丽仰望着惨白的天花板，咬唇哭得颤抖不已。

可做了许多许多，依然没办法守住那份希望。

吴璇丽挂了母亲的电话，看着陈山野的电话号码出了神。

赵冰清跟她说过前段时间陈山野带了一个女人回老家，就是刚刚接电话的那个吧？

其实得知陈山野有了新对象，吴璇丽才总算松了一口气，对于这个男人她亏欠得太多，多得她没有勇气去面对他。

可在刚刚简短的通话里，吴璇丽听见了一个小男孩儿的声音，喊着“爸爸”。

是她曾经怀胎十月生下来的娃娃。

这一声让她的心脏，在这样毫无生气的玻璃盒子里“扑通扑通”地跳动起来。

也似乎，看到了希望？

“回去了要听爷爷奶奶的话，知道吧？”

陈山野半蹲在地上，给陈思扬拉好红色小书包的带子。

书包是阮玫送给陈思扬的礼物，闪电麦昆的，书包里头还装了一些小零食，奇趣蛋和小饼干之类的。

小孩子喜欢车，那几天在长隆酒店时阮玫给他找了《赛车总动员》的动画，晚上在房间里一大一小两个人就坐在床上看着平板电脑，兴奋得大呼小叫。

陈思扬的脑袋一点一点的：“知道啦。爸爸，小阮阿姨不来吗？”

“阿姨今天有事情要忙，让我跟你说一声拜拜。”

“那你什么时候带小阮阿姨回家看我啊？”

陈山野想了想，如果没什么意外，八月底或者九月初可能就要回去出庭了：“应该很快，等叶子变黄的时候，爸爸就回来了。”

“好，爸爸记得一定要带小阮阿姨回来哦，我答应她，给她玩我的超速一号！”

超速一号是陈思扬的玩具车之一。

陈山野莫名有些吃味儿，“嗯”了一声。

高铁站门口人来人往，陈山野也和父母道别。

沈青拉着儿子走到一旁，又交代了几句：“自己多注意身体啊，别太节省了，谈恋爱嘛，该花钱的时候就得花……”

“知道了。”

沈青抬手，抚平儿子肩膀上衣服的皱褶，轻声说道：“小阮那姑娘人是真不错，不过，可能她的成长环境和咱们家不同，一看就是大城市的……”

“妈，别这么说。”陈山野阻止她继续往下说。

他知道沈青担心什么，之前他们家和吴璇丽家的家庭条件差不多，可依然发生了那种事情。

他们二老这一刻只求稳稳当当就好，家庭条件相差太多，他们心中难免会有些担忧。

“啊，我当然不是说小阮她会有那种想法！我呀，是怕你总觉得自己不如人家，心里头想东想西的，我就想跟你说……”

沈青狠狠地往陈山野的手臂拍了两下，是用了些力气的，笑着说：“咱家儿子也很棒，知道吗？！”

陈山野被打得愣了一下，过了一会儿才反应过来。

沈青看着儿子笑了，像少年时那样，干净、热烈、赤诚，带着一股真心。

陈山野目送着他们进站，陈思扬一步三回头，检票进站之后小孩子还跑到旁边的玻璃门，和爸爸隔着墨绿色的玻璃道别。

“爸爸！比心！”

陈思扬高高举起两只小手，豆芽儿似的小拇指和小食指相捏，做了个“比心”的手势，是小阮阿姨教他的。

陈山野弯下腰，阳光照得他背脊暖和。他眯起眼笑，也回了个手势。

直到两老一小的身影从视线里彻底消失，陈山野才转身往停车场走去。

他将身上所有的暖意收起，黑眸里蛰伏着伺机而动的野兽，躺卧在黑影里舔着闪着银光的尖爪，冷光一闪而过。

他要去赴一场迟了好几年的约。

吴璇丽推了推鼻梁上的墨镜，不知这是第几次探出脖子望向咖啡厅门口。

她坐在最角落的位子上，桌上已经微凉的咖啡一口未喝，咖啡厅里的音乐轻松慵懒，冷气并不强，可她的心跳失序，额头和后颈一直冒出冷汗。

而紧紧箍在她身上的塑身衣像蜕不去的蝉壳，快要把她的内脏揉碎挤烂了。硬调小了一排扣子的马甲让人喘不过气，她思来想去，想着要不趁陈山野还没到先去洗手间调整一下吧。结果刚站起身，就看见了推开玻璃门走进来的男人。

陈山野……之前是长这样的吗？

吴璇丽愕然，从记忆里搜索陈山野几年前的样貌，以前总觉得他就是一个黑黑壮壮的男人，浓眉大眼、老实憨厚，样貌不算难看却也没法和秦天笙好看精致的皮囊相比。

而这一刻，门外被树叶剪得细碎的阳光从他宽阔的肩膀上滑过，在地上投下一道黑长的影子，五官就算逆在光里也依然深邃立体，身上的衣服都是基本款，却被他的宽肩、窄腰、长腿硬生生穿出秀场模特的感觉。

两个人对上眼的瞬间，吴璇丽甚至不自觉地咽了口口水，心跳再一次加速。她等着陈山野开口，可没料到，男人很快移开了视线，叉着腰左右扫视着咖啡厅的其他位子，像在找人。

等等，这是……没有认出她吗？

吴璇丽嘴角扬至一半的笑容僵住，看陈山野已经掏出手机像是准备要拨打电话，连忙赶在他之前主动打了声招呼："山……陈山野，这里。"

陈山野走近了几步，看着眼前的女人眉头微皱，仿佛要确认什么一样，问了一声："吴璇丽？"

"嗯，是我……"吴璇丽把墨镜拿下，露出精致的妆容。

陈山野回忆着几年前的吴璇丽，甚至是高中时的吴璇丽，确实和眼前的女人判若两人，不只是身材和发型不同，五官也有种说不出的陌生。

算了，这些和他无关。

陈山野拉开吴璇丽对面的椅子先坐下，直截了当地进入主题："我们直接谈吧，找我什么事情？"

吴璇丽慢慢儿地坐下，腰腹上令人窒息的禁锢使她动作有些生硬，坐下了还得吊着一口气。她淡淡一笑："你看看喝点儿什么，我帮你叫。"

说着她扬手唤来服务员，服务员走了过来："您好，请问需要什么？"

陈山野答："麻烦给我杯白开水就行。"

吴璇丽插话："你不喝咖啡吗？这家的咖啡豆还……"

陈山野没等她说完便"呵"了一声："不喝那玩意儿，麻烦你，开水就好。"

服务员点了点头："好的，请稍等。"

等服务员转身离开，陈山野又重复了一次："谈吧。"

昨夜陈思扬和父母都睡下后，陈山野接到了吴璇丽的电话。

可能是他心里早有预感，觉得吴璇丽迟早会找他谈一件什么事情，所以接到电话的他仅停顿了几秒，就很快调整好了心情。

吴璇丽说能不能让她见见陈思扬，陈山野拒绝了，于是吴璇丽说能不能出来面对面谈一谈，这个他答应了。

吴璇丽捏着咖啡杯，指腹覆上余温。她低着头吞吐了几个字，最终先说了声："山野，对不起啊，之前的事情……都是我的错。"

她指节分明的手指在木桌上敲了敲，陈山野没出声，示意她继续说下去。

"那个，你现在过得怎么样？"吴璇丽抬眸看了他一眼，可陈山野眼中的冷意让她寒毛竖起，于是又低下头，只看着杯口纹丝不动的拉花。

"托你的福，过得还不错。"

陈山野这句倒不是讽刺或反话，往乐观方面想，如果不是因为之前经历过的种种事情，他后来也不可能碰上那个娇滴滴的家伙。

此刻已经十一点多了，也不知道那只懒虫起床了没有？

可这话听在吴璇丽耳朵里，却如细针扎着耳膜。

“抱歉，我那时候处理事情的方式，真的太不成熟了，本来我应该跟你好好谈一下……”

陈山野打断她：“但你没有。说到底，你是怕我会缠着你，怕我不同意离婚，是吗？包括后来不知道什么时候你父母联系上了你，你们宁愿拖延着也不愿处理这件事情，也是怕我们家会一直缠着你们家不放，对吗？”

藏在心脏角落里的一个个气球被戳破，流淌出肮脏酸臭的污水，在光天化日下被捅破心事的感觉并不好受，吴璇丽的十根指头在杯壁上压得泛白。

陈山野的手指在桌面叩了两下，叹了口气，继续说：“吴璇丽，你知道吗？我觉得自己从来没认识过你，你也没有认识过我。”

服务员这时走了过来，将一杯白开水放到桌上就退开了。陈山野拿起杯子喝了一口再放下，透亮的玻璃杯里水面微微晃出一两个圈，再回归到平静。

吴璇丽松开杯子，喉咙里仿佛长满了短刺，每说一句话都刺痛难忍：“嗯，所以从一开始就走错了，对吗？”

陈山野以为她说的是他们的开始，点头“嗯”了一声：“以前的事情既然已经发生了，说再多也没有用，就不提了吧。你不想出面离婚，再过些日子法院会直接下判决，以后我们之间就没关系了。”

“那扬扬呢？”吴璇丽提高音调。

话音刚落，吴璇丽发现陈山野的眼神变了。

是她从没见过的陈山野，乌黑不见底的眸子里好似藏着什么深渊巨兽，见不到影子，只能听见怪物呼哧呼哧的粗喘声，戒备着不让外人踏足他的地盘。

她突然明白了刚刚陈山野说的那句话是什么意思。

陈山野不认识她，她也从未好好认识过陈山野。

“我认为，在陈思扬的事上，我们之间没有什么可以商量的余地。”

陈山野的态度异常坚决，陈思扬是他这些年一天天、一夜夜坚持下来的理由，在那样看不到天空的城中村里，他在自己心里藏了一片阳光。

被人说他小气自私也无所谓，在陈思扬这个问题上他不可能退让。

“可是……可是……”

吴璇丽咬了咬唇，斟酌着字句：“我可以给扬扬提供更好的生活和学习环境啊。你看，我现在收入不错，有房、有车，存款也有一些，如果把扬扬接来羊城……”

“不可能。”陈山野的声音里宛若藏着隐忍的狂暴野兽。他的声音有点儿大，不远处的服务员和另外一桌的客人望了过来。

说了一半的话被强硬打断，吴璇丽倒抽一口气，剩在喉咙里的话语像壁虎被斩断的尾巴，还活生生地扭动着，挠得喉咙发痒恶心。

她一时控制不住情绪，深呼吸了几个来回，抽了张纸巾，在额头上印了印渗出的汗珠。

吴璇丽拿起咖啡杯喝了一口润润喉，将声音放缓：“那你就打算让扬扬像你一样，一辈子都困在小县城里？”

陈山野眯了眯眼：“以后只要扬扬想走出去，我都会尽全力让他走出去。”

“等长大才走出去，会不会太晚了？这边的小孩子很多从幼儿园开始上各种培训课，环境不同、起点不同，只有前面的路铺好了，后面才能有更多的选择，不是吗？”

“所以这就是你今天要跟我谈的事情对吗？就是希望我把陈思扬让给你？”

陈山野靠着椅背，长腿敞开着，手肘抵着椅子扶手，双手十指交叉轻搭在小腹上，看似轻松自在的坐姿，却从隐隐绷出青筋的小臂上可以看出他的真实情绪：“吴璇丽，我再说一次，也是最后一次。在陈思扬的问题上，我们没有可以商量的余地。”

接近正午的阳光强烈炽热，店外茂密的树冠里不知道住了多少只知了，蝉鸣声如海啸般涌进吴璇丽的耳朵。

她被吵得脑袋发疼，说出来的话也不再经过仔细打磨：“可我是扬扬的亲生母亲，我也有权……”

“你有没有权等法官去判吧。从你抛下他离开的那一天开始，早就失去了那个权利。”陈山野再一次轻描淡写地打断她。

吴璇丽闭上眼，深深地吸了一口气，肋骨被紧身马甲勒得发疼，内脏似乎全挤在了一块，连胸腔里最后一个黑色气球，也“砰”的一声被挤爆了。

腐臭的陈年脓液淌了满地。

她轻轻地笑了一声，嘴角勾起微妙的弧度，古怪且哀凉：“我没有权的话，难道你就有权吗……”

陈山野拇指的指甲猛地嵌入虎口软肉里，可他不觉得痛，低声问：“你这是什么意思？”

吴璇丽的神情有些迷茫，空洞的目光落在咖啡杯里，里头的拉花被搅得黏糊，看不出原来是什么模样。

她的声音沙哑：“如果说，扬扬不是你的孩子，你会怎么做呢？”

当年远离家乡的吴璇丽带着满腔热情进了大学，她终于走出了禁锢住自己的小县城，对未来充满美好向往，她就应该在这样的繁华都市里发光发热。

可吴璇丽没想到，自己的自信很快被一一击溃，就从第一晚寝室熄灯后，新认识的室友们在铁架床上的聊天儿开始。

另外三个小姑娘兴高采烈地叙述着高考后的这个暑假，家人带她们去了哪些国家玩，在马尔代夫浮潜，在香榭大道购物，在百老汇看《歌剧魅影》……吴璇丽闭上眼，装作已经睡着了。

吴璇丽很少参加新同学们组织的活动，因为她的生活费十分有限，赵冰清不理解为什么大学生住学校里要花那么多钱，她也不和家里解释太多。

她几乎每天都泡在图书馆里，她的学习成绩依然名列前茅，她申请奖学金，她没有很好的家庭，只能靠后天努力去改变。

直到那一天吴璇丽在图书馆里见到了秦天笙。

那一天，她像往常一样，穿着领口洗得发白的T恤，拿了本法文诗集，坐在靠窗的角落里小声阅读着。

“Sous le pont Mirabeau coule la Seine

Et nos amours

Faut-il qu'il m'en souvienne…”

（塞纳河在米拉波桥下流逝，我们的爱情，还要记起吗）

当吴璇丽快念到诗的最后时，一道沉稳磁性的声音加入了她，用平缓完美的发音，将她还不太标准的读音包裹在内。

“Vienne la nuit sonne l'heure

Les jours s'en vont je demeure”

（夜来临吧听钟声响起，时光流逝了而我还在这里）

吴璇丽抬起头，瞬间便陷进一双迷人幽深的眼眸中，岁月在他的眼角刻下了睿智的浅痕，窗外的树影在他一身笔挺的西装上摇曳出金斑。

男人浅浅一笑，对她说了一声，“Bon courage”（加油）。

他转身离开，守在旁边的校长和领导也跟在他身边离开。吴璇丽还没反应过来，已经有人过来兴奋地跟她讲了刚刚那个男人的名字。

秦天笙，这图书馆就是他们家捐的。

第二次见秦天笙是在秋末的学校校庆晚会上，她被师姐拉去凑数当礼仪小姐，负责领着颁奖嘉宾上台和退场。

她不习惯穿高跟鞋，站了一个晚上旗袍下的两条腿又冷又疼，而最后一个压轴奖项由秦天笙颁发，她忍着后脚跟磨破血肉的疼痛领他上台，却在楼梯处踉跄了一下，眼见着就要摔倒了，秦天笙扶住了她，在她耳边轻轻地说了声“小心”。

短短的一句粤语却包含着无数暧昧，吴璇丽站在舞台一角听着秦天笙用不太标准的普通话发言，炽烈的目光一寸寸描绘着他笼罩在聚光灯下的颀长背影。

少女总是爱做梦，吴璇丽也不例外，可她万万没想到，她可以梦想成真。

校庆结束没多久，她收到了一份礼物，是一双红色的平底鞋，尺寸刚刚好，小巧的蝴蝶结秀气精致，这鞋她有个室友也有一双，所以她知道这不算奢侈品，可对于她来说依然是非常昂贵的礼物。

鞋盒里附着一张小卡片，写着：希望你中意。

除了秦天笙，吴璇丽想不出还有谁会送她这份礼物。

她将红鞋子捧在胸前，一个劲地学着港片里的女主角说：我好中意。

之后和长腿叔叔的情节差不多，礼物都是秦天笙托人送来的，吴璇丽没能见到他人，她问过送礼物的人，能不能当面谢谢秦先生，对方说，等秦先生有空了会来见她。

她开始和室友有了话题，也尝试去参加同学们的聚会。

冬天她生日的那天晚上，她被秦天笙的人接到酒店的最高层的总统套房。

艳丽绝美的玫瑰花束，绑着白山茶花丝绸的黑色礼盒，餐桌上摇曳的烛火，酒杯里晃荡的酒红液体，还有窗外如银河一般的璀璨夜景，每一样都是在吴璇丽心中盘踞已久的魔鬼。

秦天笙抬起她的下巴准备吻她的时候，她还有一丝理智。

她双手抵着男人的胸膛，问他："可是你不是已经结婚了吗？"

男人松开她，将无名指上的婚戒取下，放在床头柜上，坐在床上，修长的双腿交叠，就这么静静地看着吴璇丽。

吴璇丽的手指把白色裙摆抓得极皱，看看那枚金色戒指，又看看秦天笙将人吸进深渊的眼眸，最终还是一步步朝着他走去。

飞蛾扑向了火。

"扬扬不是我的孩子？"陈山野轻笑了一声，"呵，那你倒是说说，是谁的？"

吴璇丽哽住，她当然不能说出那人的名字。

她和秦天笙的秘密关系维持到毕业那一年，那时候秦天笙宠她，还让她如愿以偿去法国当了半年交换生，可她想要的越来越多了，妄想着光明正大站在秦天笙身边。

于是她收到了秦家的第一次警告，人直接在校门口就被掳走，带到一个废弃工厂里被绑了一宿。

掳走她的那群人没碰她一根头发，可那疯狂露骨的眼神让她心惊胆战了一整夜。

她明白这里面的意思，只要他们想搞，随时都能搞她。

她玩不起这场游戏。

吴璇丽不知道这是秦太太的主意还是秦家谁的主意，总之她被吓怕了，和秦天笙说她不再陪他玩了，便躲回了老家，并在同学会上见到了以前上学时坐她后排的陈山野。

她记得陈山野高中时是喜欢自己的。

她主动跟陈山野提出交往，想寻求一点儿安全感，可几个月后的某一天夜里，秦天笙突然出现在她家楼下。

秦天笙的一句“好挂住你”，让她再一次为他赴汤蹈火。与小县城格格不入的全黑加长轿车隐在月色和树丛里微微摇晃，司机和保镖站在不远处喂着蚊子，飞蛾撞进了蜘蛛布下的细细密密的网。

肉体出轨的愧疚感让吴璇丽在过后几天也“补偿”了陈山野。

之后吴璇丽再也没见过秦天笙。秦天笙留下的所有联系方式都失效了，她只能在新闻上偶尔看到他和秦太太出席活动的照片，无名指上的戒指熠熠生辉。

她死心了，决定和陈山野继续走下去，也在这时，她发现自己怀孕了。

短时间内发生关系的只有两个男人，这孩子是谁的？

吴璇丽自己还没想明白，陈山野就已经求婚了，连婚房都去看了，还准备写她的名字。

一个男人为你做到这个地步，没有哪个女人不感动，吴璇丽也是。

陈思扬出生时全家人都说他长得像陈山野，黑黑黄黄跟猴子似的。吴璇丽躺在病床上，想从小孩儿身上看看能不能看出那个人的模样。看着看着，不禁泪流满面。

“Ni temps pass，Ni les amours reviennent”

（过去了的日子，和爱情都已不复回来 ）

“欢迎光临！”咖啡店店员对着走进店门的新顾客打招呼，声音很轻快。

而坐在边角位子的男女对峙着，两个人在这时候都没空去理会其他的事情，桌上的咖啡和开水慢慢儿地冷却，空气在他们周围凝结。

“我知道我现在说的这件事情很无耻……但，我想着要不要给陈思扬做个亲子鉴定，这样……这样……”

吴璇丽说不下去了，这样破罐破摔实在太难看了。可这是她能抓住的渺茫希望，像萤火虫一样，在黑暗里亮着一簇微弱的光。

如果陈山野同意做亲子鉴定，而陈思扬正好是秦天笙的，那她就可以顺利进入豪门……

“呵……呵呵……”

断断续续的笑声斩断了吴璇丽混乱的思绪，她抬起头，疑惑地看向陈山野。

咖啡店里播放的爵士乐和嘈杂的蝉鸣声交织出刺耳的讽刺声，陈山野手肘撑在膝盖上，背脊笑得颤抖。他的脸隐在交叉的手掌后，吴璇丽看不清楚他的表情，他是在笑，可笑声里不带一丝温度。

“我问你啊，吴璇丽，如果陈思扬真的是我的孩子，那你是不是会很失望？”陈山野抬眸，手掌挡住了下半张脸，声音在蝉鸣里一点儿一点儿地沉下去。

吴璇丽愣在原地，看着陈山野幽深的眼睛。里面仿佛爬出了只皮毛黑亮的野兽，尖锐的爪子带着阴冷的风往她面前挥来，好似下一秒就要将她撕裂。

陈山野没等吴璇丽的回答。他坐直身子摸出手机，按了几下，把手机丢到桌子上，手机往前滑，撞上装着咖啡的马克杯，发出一声脆响。

“那真的要让你失望了，陈思扬，确实姓陈。”

陈山野只是一个普通的男人，是个男人都不可能平静地接受跑了老婆这件事情。

而更加让人难以忍受的，是谣言开始四处乱窜，如在秋燥里燃起的山火一般。

人类的大脑对事件的联想力非常丰富，能单单凭一件事情就想象出十几二十部大片，自个儿脑补得津津有味。

有人传，吴璇丽在大学时有个很相爱的男朋友，这次是和那个男的私奔了。

有人传，陈山野这家伙虽然看着壮，其实在床上的本事是外强中干。

还有人传，陈家给人养便宜儿子喽。

瞎传大人的话陈山野无所谓，但说小孩子的，他是真受不了，跟拿针在他心脏上拨弄着，却偏偏不往里头扎一样。

随着陈思扬越来越大，小孩儿的外貌和刚出生时渐渐有了些变化，使这种谣言愈演愈烈。

陈山野一直坚定着自己的想法，甚至在听到有人说见过吴璇丽上了一辆小县城里从未见过的豪车时，他都坚定地相信，陈思扬是他的儿子。

不，他其实想过，就算陈思扬不是他亲生的，他也会负责到底。

就因为陈思扬喊他“爸爸”。

直到陈山野着手准备起诉离婚的资料，跟律师宁川讨论抚养权相关的问题，他才开始在意起这件事情。

如果陈思扬真的和他没有血缘关系，而这时候吴璇丽要来争陈思扬，那他该怎么办?

宁川自然知道陈山野的情况，虽然父母离婚，对于子女的抚养问题会从有利于子女身心健康、保证子女合法权益出发，就算万一真的没有血缘关系，就凭陈家抚养陈思扬这么多年，以及小孩儿和他们建立起来的关系，他也有信心法院会把陈思扬判给陈山野。

可他还是建议陈山野做一次亲子鉴定，不仅于公，更加于私，他希望陈山野自己能得到一个答案。

吴璇丽看着手机上的亲子鉴定止不住地颤抖。

她将照片放大又缩小，反复确认上面的结果，卷翘的睫毛轻颤着，捏着手机的指腹泛白潮湿。

“你……你已经做过鉴定了？为什么？”她难以置信地问道。

陈山野没有回答这个问题，而是反问她：“吴璇丽，你这些年做过最难的选择是什么？”

“啊？”

他的声音不轻不重，平缓而冷静地道：“我这么多年，做过最难的选择就是到底要不要做亲子鉴定，那几天我过得挺……”

陈山野顿住，想着这里要用什么词语表达。

“窝囊。”仿佛认同自己的说法，他又重复了一次，“很窝囊。”

只要一想起这件事情，他的胸腔里就会翻腾起惊涛骇浪，浪花翻搅出一团团浑浊白沫，堵得喉咙酸涩难耐。

他总觉得做亲子鉴定，是单方面背叛了陈思扬。

明明爸爸决定了要相信你，却还是做了这件事情。

见吴璇丽失了神，陈山野从她手中抽走手机：“老家那套房子因为写了你的名字属于夫妻共同财产，具体也得看法院怎么判，有结果了我会通知你爸妈，你和我之间就别再联系了吧，也没什么好谈的了。”

被抽走手机的手指抓了个空，是从一开始就不属于她的希望，是一碰就碎的水中月，是再也攥不住的指尖沙。

吴璇丽不安地喊了一声：“陈山野，我……”

——我有一段时间是真的想和你好好走下去的，只是，我再一次受到了魔鬼的诱惑，才再次投身进地狱深渊。

陈山野拿起水杯，仰头将杯里微凉的水一口喝完，玻璃杯和木桌撞出沉闷的声响。

“无论你怎么样，都和我没关系了。”

陈山野站起身，椅子在地上划出一道刺耳的摩擦声。他垂眸看着和记忆中的身影无法重叠上的吴璇丽，最终还是扯住了咆哮不止的野兽的尾巴。

他本来还想告诉她，刚刚他们的对话手机都录下来了，但他忍住了。

他最后只是低声说了句：“就这样吧，祝你以后一切顺利。”

蝉鸣依旧，可物是人非。

陈山野抬腿往门外走，走了几步，突然刹住了脚步。

吴璇丽低垂的眼角余光里见陈山野停了下来，以为他还有什么话想说，赶紧挺直了腰背坐得笔直。

可陈山野没有回头看她，而是跨了几步走到店铺另外一侧，弯腰在一张桌子上敲了敲。

她顺着方向看过去，看见到坐在桌子旁的一个客人，摊开着长又宽的厚重菜单本挡住了自己，从她的角度看不清那人，只能看见抓住菜单的手指纤细白皙。

陈山野之前还不带一丝温度的声音此时仿佛被拉到太阳下曝晒，冰块慢慢儿地融化成春水，眼里蛰伏的小兽乖巧地躲回黑洞里，只剩下一地柔软："你是什么时候来的？"

阮玫双手举着有一定重量的硬皮菜单，闪烁着一丝惊慌的星眸藏在鸭舌帽帽檐下，口罩罩住了大半张脸。

她双颊发烫，感觉自己是只被猫逮住的老鼠，含混不清地回答："嗯……我刚刚到的……"

刚才店员热情的"欢迎光临"喊得太大声，把她吓得一抖，赶紧低头随便找了个位子坐下，看陈山野那边没留意到她，她才松了口气。

"昨晚告诉你的时候，怎么不说你要来？"

陈山野伸手拉下阮玫的口罩，这大热天的又是帽子又是口罩，一张小脸被闷得通红，像钟芒奶奶给的小李子。

阮玫把菜单本放到一旁，呼吸了口新鲜空气，喃喃道："这是你的私事，我来了也没什么用呀……你能处理好就好了……"

"哦？那怎么现在又来了？"陈山野屈起食指，把她鼻梁上沁出的细汗抹去。

阮玫黑溜溜的眼珠子往旁边转了一下，陈山野挡在她身前，所以她看不到坐在那边位子上的女人。

"想想还是得来，万一你们等会儿……"她努了努嘴改成小声的哼唱，可音符都不在调上，"回忆……过去……痛苦的相思……"

"你再瞎说？"陈山野在她额前的帽檐上敲了一下，出声警告。

"哎哟！"阮玫扶了扶被他打沉了一些的帽檐，皱了皱鼻子，说，"我想着要是你受委屈了，我也能帮你撑撑腰……"

之前几次都是陈山野陪在她身边，这次她也想站在他身后。

陈山野握住她放在桌面的手，拉到嘴边吻了一下："哦？那你还喝咖啡吗？"

"不喝了。你谈完了？"阮玫的指甲在他的手背上轻轻地抠着。

“嗯，完事了。那走吧，中午要在外面吃吗？”

“不吧，你前几天的炸酱做太多了，我一个人吃不完，回家下碗米线吃就好。”阮玫从椅子上站起，跟站在一旁的店员示意不需要下单了。

陈山野拉着她的手腕往门口走：“行，那就回家。”

两个人自始至终没有回头看独自坐在角落里的女人一眼。

玻璃门被推开时涌进了一股热浪，潮湿的、火热的，两个人往前走了几步，正午的阳光穿过细碎的树叶，在他们的头顶和肩膀抖落了一层金色的沙子。

吴璇丽又觉眼睛发酸发胀，像披着华服霓裳的小丑木偶，被剪掉了连接四肢的鱼线，耷拉着僵硬的手脚无力地坐在原位，看那一高一矮的身影在视线里渐渐淡去。

他们靠得极近，仿佛什么都无法分开他们。

她不行，烈日不行，蝉鸣不行，

陈山野问她这些年做过最艰难的选择是什么，是什么呢？

是在总统套房选择走向秦天笙，还是在婴儿床边选择最后一次抱抱陈思扬？

马克杯里凉掉的咖啡又冷又苦，但她只能选择将它继续喝完。

白色小车在内环上飞快地行驶，黑色鸭舌帽被摘下来丢在后排座，不短不长的录音把阮玫气得牙痒痒，可她不想花时间指责吴璇丽的所作所为。

感觉讨论她的事情是在浪费时间。

阮玫把陈山野的手机熄屏后放到置物盒里，问：“这段录音要拿去给律师吗？”

陈山野看着前方的路况，回答道：“如果后续还有纠缠，我会提供给宁川，虽然可以证实她确实有婚内出轨，但这个私下录音我也不知道能不能当成证据。”

“哎，你说她到底在想什么呢？扬扬那时候才多大啊，怎么就那么狠心呢……”

阳光有些刺眼，阮玫把遮阳板翻下来。

“这谁知道呢？”

陈山野的声音淡淡的，他抬眸发现很远很远的天空变了颜色，淡蓝至发白的画布边缘被倾倒上灰黑色的油漆。

这个城市太大了，同一时间一边晴空万里，另一边可能就会被暴雨笼罩。

就像陈山野不理解为什么黄鸣彦能把高利贷留给阮玫自己跑路，阮玫也无法理解为什么吴璇丽能抛下那么小的婴儿去寻求自由。

陈山野手长，右手轻轻松松跨过中间探到阮玫身前，握住她的手。他的声音柔和：“但我觉得现在这样挺好的。”

阮玫捧着他的手，轻揉他手掌上微微硌人的薄茧，浅笑道：“嗯，我也觉得挺好。”

从露天停车场走回出租屋的半路上，雨滴落了下来。

陈山野想要回到车上拿雨伞，阮玫说还剩一小段路跑回去就好啦。

雨水酣畅淋漓地坠落，晶莹通透的玻璃珠子撞上发烫的地面接着高高蹦起，密密麻麻的雨滴在雨云里等候时许是被太阳烤过，是温烫的，温度和他们剧烈跳动的心脏相近，打在他们的睫毛上、肩膀上和发顶上。

有些街坊被这猝不及防的大雨逼退到临街店铺窄小的雨棚下躲避，阿伯扫着肩膀上的雨水，嘴里骂骂咧咧着“扑街啦”，阿婆急着打电话回家，让家人赶紧去阳台收衣服。

映在水洼里的倒影模糊而摇晃，被鞋底踩碎，成了黑的、白的细小金鱼在水里飞快地游走。

水流沿着小臂淌到两个人紧紧交握的手指中间，陈山野被阮玫拽着跑。他跟在她身后，看那火红的马尾甩出仿佛带着火焰的水珠，像是一颗颗红宝石四处掉落。

防盗门上的小广告贴了撕撕了贴，通渠的、去白蚁的、收废品的……阮玫像小狗一样甩着头，吐槽道：“奇怪了，这几个月我们都淋过多少场雨了？”

早上的楼梯照明灯没开，湿漉漉的脚印像潮湿的水草一样在灰色楼梯上蔓延生长，走到三楼时迎面走下来一个中年男人，陈山野挡在阮玫身前遮住她被雨浸透的曼妙身影。

“先去洗澡，别感冒了。”陈山野反手关门，在红色门垫上印了印鞋底，“你把鞋子先脱下来，我拿去窗台晾着。”

“哦，哥哥，一起吗？”阮玫眨着眼看他，嬉皮笑脸的。

陈山野脱掉半湿的袜子，顺便捡起两双鞋子，最后睨了她一眼：“你先进浴室。”

陈山野进卧室把鞋子放到窗外晾干，雨水打在树叶上漫起一股青涩草香，蝉鸣没了踪影。

浴室的地砖和墙砖都是淡绿色的马赛克瓷砖，像一个覆满青苔的巨大鱼缸，墙上的小气窗渗进些许暗淡的光线，反射着清冷却靡丽的绿光。

陈山野走了进去。

窗外雨声不停，他们接很久很久的吻，直到其中一方透不过气。

这场大雨绵延不休，就像南方漫长得似乎没有终点的夏天一样。

可大雨终会停，夏天也终会结束。

"Rose Slave" 最近开了一项新业务，和阮玫平时的生意无关。

“我要五包！”

“亲，我要十包，但我要分成两个地址寄。我私信转账和把地址发给你哈。”

“买过的姐妹介绍一下，真的很好吃吗？”

“真的，真的！我已经回购了，随随便便煮个面，然后浇上玫瑰家的炸酱，都超级无敌香！”

“是的，我也是回购的！我妈来我家时吃了一次，走的时候直接把剩下的三包给顺走了，真是气死我了！我上次是用来捞虾籽面，也很好吃。”

“那我也要五包，先试试看，好吃再继续买。”

阮玫没盯着群里，正忙着收其他客人的转账并登记地址，顾不上回复群里接踵而来的消息。

她没料到区区一张朋友圈照片会引起这样大的反响。

上个星期她发了一条朋友圈，附上的照片有两张。一张是冰箱里还存着的一大盒炸酱肉帽，一张是陈山野给她做的炸酱米线。白米粉、红肉酱、绿葱花，隔着屏幕都能闻到味道的那一种。

配文是："有这么好吃的炸酱，胖个五六七八斤我也是可以的！"

结果好几个客人私信咨询，求问好吃的炸酱肉帽在哪里买的，其中还包括于熊明这个吃货。

一开始阮玫解释说是男朋友在家里做的，没有售卖。于熊明问怎么不试着卖一下，说她的客户数量不少，可能是个新业务呢？

阮玫跟陈山野说了这件事情。陈山野之前没接触过电商行业，反问了她的意见。

阮玫想了想，觉得可以先试试水，手工制作果酱、妈妈制秋梨膏、爷爷家的香肠……这类手工制食品在她的朋友圈还挺多微商在卖，但卖陈山野这种炸酱肉帽的还真没见过。

一谈起赚钱阮玫就来劲儿，当天下午便咨询了食品行业的一切相关手续，一通忙活下来，很快向相关部门递交了申请。

阮玫忙完一应相关手续后，便寻了个时间跑去批发市场采购了些食物专用包装袋和家用封口机。

另一边，陈山野去菜市场买了肥瘦相间的肉末和其他辅料。他做肉帽用的酱是家乡特产，正好父母来羊城的时候给他带了不少。

第二天早晨，小小的出租屋里香气四溢。阮玫为了方便单身人士，还特意把肉帽分装成一百克为一小包，可供一至二人食用，无论是下面还是拌饭都快捷美味。

分装好，手续到位后，再一包包地邮寄出去。

而像于熊明这种熟客又住得近的，阮玫直接给他送到他家楼下。

时间打马而过，他们很快就收到了第一批客人的买家秀和好评。不少平时大半年才会出现一次的客人纷纷私信阮玫，而第一批客人也推荐亲戚朋友来购买。

订单在于熊明的一次直播后暴增，阳光美少年一边嗦粉一边眨着大眼睛说："买它！"

津津有味，让人唾液直流。

阮玫在电脑记事本里记录下一个客人的地址和要的数量，收完钱后就把工作了许久已经发烫的手机放到一边，靠在电脑椅背上伸懒腰。

短短一周，这个新业务的日均收入已经超过她的老本行，虽然单项利润比不上她原来的生意，但炸酱肉帽以量取胜，而且需求量特别大。

想到这，阮玫就暗暗地生气，都怪陈山野做的肉酱太好吃，才让她忙得巴不得把自己掰开两半来用。

陈山野白天回车队，但晚上的代驾暂停了，因为他每晚都要忙着备料做酱。

可陈山野一个人能做的数量有限，阮玫怕他太辛苦，限定每天最多只发一百份，其余的按照付款顺序发货，即便如此，订单也已经排到七天后了。

连陈山野自己都纳闷，一边炒着酱，一边嘟囔："这玩意儿真有这么好吃吗？有些客人一买买十包，不会太多了吗？"

厨房狭小闷热，为了散气抽油烟机轰隆作响，小窗也开着。

阮玫心疼陈山野在里头热得满身大汗，把客厅的风扇拉到厨房门口对着他吹。

"嗯，可能你的酱迎合了挺多南方人的口味吧？有些客人还在问有没有别的成品菜可以买……我都不敢发你平时给我做的饭菜了，昨晚还有人问我考不考虑做私房菜，我赶紧说不考虑。"

阮玫背着手倚在门框上，声音混在嗡嗡作响的风扇里面，像被打发的甜蛋白模糊不清。

煤气炉上同时架着两口大铁锅，里头浓郁鲜艳的肉酱鼓起小气泡，淡淡的白烟裹着咸香飘满小厨房。陈山野把火调成中火，盖上锅盖焖煮，问："私房菜？要怎么做？"

"有好几种模式，简单来说一种就是客人想吃什么你就给做什么，可以上他家做，也可以做好了送到他家；另一种就是菜单保密，你今天想做啥客人就吃啥。"

"这样啊。"陈山野扯起挂在脖子上的白毛巾，抹了把汗，"后面那种还可以，但前面那种不行。"

"嗯？为什么啊？"阮玫不解，抬头看走到自己面前的男人。厨房的小门框太低了，男人的头顶快要抵到门框上了。

陈山野把她罩在自己薄薄的黑影下，低头偷了个吻：“只有我媳妇儿想吃什么我才给做什么。”

蝉鸣好像在不知不觉中消失了，昨天还烦躁这蝉怎么还在叫啊，这天就听不到声响了，到了明天，大脑就会自动删除被蝉轰炸的记忆。

蝉的生命太长，可是见到阳光的时间又太短，它们只能在有限的夏天里高声歌唱，无比热烈，也无比悲凉。

顺丰小哥将最后几个保温泡沫箱抱到面包车上摆好，小小的面包车被一个个白色泡沫箱堆满。他从副驾驶座拿了个信封跑回店里，递给阮玫：“有一份儿你的文件，中午转到站点的，我就一并给你带过来了。”

阮玫接过薄薄的信封：“好哦，谢谢啦，明天见。”

她拆开信封，从里面滑出一个纸质长信封，白色的，什么都没写。

里面是张银行卡，和一张字条。

“对不起，先还给你十万，密码是你的生日，剩下的我会尽快筹好还给你。”

字条没有署名，但笔迹阮玫认得，是黄鸣彦。

陈山野来接她下班的时候阮玫告诉了他这件事情。

“他一下子哪来的那么多钱？”陈山野牵着她的手往公车站走，他们这晚和钟芒约好了一起吃晚饭。

“谁知道呢？说不定又是和高利贷借的，这钱我可不敢用。”

“那就先放着。”

火柴盒般的公交车摇晃过大半个城市，到站播报是普通话和粤语轮播。阮玫头靠在陈山野的肩膀上，眼里流逝而过的城市由肉桂色，一点儿一点儿地变成紫蓝色。

一人一只的耳机里有纯粹美好的歌声，叠加着干净的木吉他声：“学过遇到上帝亦不下跪，学过做个时代欣赏的女仔……”

阮玫拿出手机按亮屏幕，指给陈山野看：“这首歌是我的店名哦。”

下车后两个人往村子大牌坊走，陈山野问：“你以前来过这儿吗？”

“这边没有……”阮玫“啊”了一声，“哎，我没跟你说过是吧？我还没毕业之前，工作室是租在城中村里的，不过不是你这里，是一个目前已经被拆迁的村子。”

“没听你说起过呢。”

“嗯，租了有一两年吧，毕竟货物不能全堆在宿舍里，等到毕业后我才搬到市区，都是工作室模式，里头堆满货架和货。最后就是现在那儿了，这才算是真正有了一家店。”

说着话的时候两个人已经拐进海棠村。

窄长的道路望不到尽头，霓虹灯在夜色里闪烁，像极了夏天里绽放在遥远夜空中的烟火，飞快地升空燃烧，又飞快地凋零。

他们约在一家砂锅粥店里，两个人到的时候钟芒已经坐下了，入乡随俗地涮着碗，热水在他指尖滴落。

陈山野给两人介绍了对方，钟芒一口一个“嫂子”叫得欢快，阮玫也跟他聊了几句当时在奶奶家的事情。

说起陈山野最近的炸酱肉帽副业好得不得了，钟芒也开心，说现在抖音上的红人们很多都给这种自家产的商品带货，让陈山野可以认真考虑看看。

“现在就你嫂子一个人发货，我只有休息天才能帮她，要不你白天有空的话就过来帮忙？”陈山野提议。

钟芒差点儿被滚烫的茶水烫了喉咙，哈着气问：“我，我可以吗？”

阮玫笑笑：“可以啊，打包的事情很简单，我会出工资给你的。”

钟芒兴奋道：“好啊，没问题的！”

结账的时候陈山野争不过钟芒，走出饭店陈山野抛了根烟给他：“最近我没回来这边，你一切还好吗？”

“还可以吧，还是老样子。”钟芒咬住烟。

陈山野见阮玫衔了根自己的爆珠，转过身先给她点起，再给自己和钟芒点燃：“那就好，最近雨天多，你开车的时候小心一些。”

“好。”钟芒扯起嘴角笑了笑。

阮玫站在陈山野身后看了钟芒一眼，愣住。

从男人嘴角呼出了凝固成团的烟雾，饭馆红底黄字的霓虹灯牌把雾气染上了浑浊的颜色，钟芒年轻却有些苍白的脸漂浮在雾气后面。

朦胧模糊，明灭不清。

像幽灵一样。

第十一章 天亮了

此时此刻，黄鸣彦觉得搭在自己肩膀上的手仿佛有千斤重，快要把他压入无底深渊。

“你是个聪明人，注册公司的事情抓紧一点儿，知道吗？这件事情只要顺顺利利完成，你在我们这边欠下的赌债就一笔勾销，这个‘业务’好好搞，之后的好处少不了你的。”

重重的巴掌从黄鸣彦脊梁骨上落下，他被拍得发疼，却还是要挤出笑容，对刚刚跟他说话的男人答了一声：“叻哥，我知道了。”

黄鸣彦不知道自己为什么又会走到这样的境地。

七月份股市大好的时候他抓住时机赚了点儿钱，便先还了十万给阮玫，剩下的钱继续丢进一片红的大海里。

他想着，再来几个涨停，很快就能把剩下的欠款都还给她。

然后他才能重新追求她。

只不过当手上有了点儿闲钱，黄鸣彦的手又痒了起来，最近几个赌友都在地下赌场玩，他观望了一段时间，终于也下场玩了，想多赚一些本金投进股市里。

可这一玩又把自己玩进去了，钱没赚到，反倒欠下了一笔赌债，最惨的是股票也被套牢了。

赌场的话事人是叻哥，不知从哪里得知黄鸣彦之前是开财税公司的，专门帮人注册公司和代理税务，便架着他来见阿瞎。

阿瞎需要洗掉那些从各个渠道得来的脏钱，空壳公司就是其中一条管道。

偌大的办公室冷如冰窟，冷气从四面八方钻进黄鸣彦的衣服里，贴在他身上久久不退开，镜片下的视线像蜉蝣般飘忽游移，始终不敢望向红木大班桌后的男人。

即使那男个人是背对他坐着，黄鸣彦只能瞧见露在皮椅背上的半截儿后脑勺儿，和不时听见“double kill”之类的游戏音效，但他还是没敢看着那一处。

懒洋洋的声音夹在嘈杂的游戏音乐中传来：“你走吧，别打扰我玩游戏。”

“好……好的，谢谢阿瞎哥……”黄鸣彦鞠了个躬，抬起脚的时候才发现小腿像灌了铅。

叻哥的手还搭在黄鸣彦的背上，看似揽着他，实则攥着他的衣服往外推。这里是阿瞎手里其中一家高级会所，走廊里灯光昏暗迷离。黄鸣彦低着头，那个叻哥还在他身边唠叨着什么，他没听进去，耳朵灌了水似的。

这条走廊就像蟒蛇的肚子，每一步都像踩在虚无缥缈的云雾里，脑袋和心脏却越来越沉。

这时黄鸣彦听到另外一组凌乱的脚步声迎面走来，他微微抬起头。对面走过来三个男人，准确来说中间被钳着的男人是被推着走的，脚步比他的还要漂浮。

他收回视线，同是天涯沦落人罢了。

“叻哥。”对面的男人先打了声招呼。

“嗯。这人干吗了？”

“搬运工，说他不想做了，带过来跟剃刀哥说一声。”

叻哥嗤笑一声：“想来就来想走就走？哪有那么容易？剃刀在里面，阿瞎今天也在。”

黄鸣彦止不住后背的战栗，这句话也同样能用在他身上。

他这次怕是走不了了。

钟芒没有对面那男人想得多，脑子里一片空白，任由两个男人将他像破布娃娃一样架着走。

背脊上的衣服被阵阵冷汗浸湿，而脸上、身上被殴打的地方却热辣无比，两股感觉交织着在体内激烈冲撞，撞得快要窒息了。

为什么会变成这样？

钟芒努力调动大脑回想。

他昨天跟上线说自己不想再送冰了，上线说好，让他这天再跑一趟就结束。

这晚他取了冰，上线让他直接送到这家会所的停车场，才刚找到指定的客人车辆，就被两个男人围住了，二话没说就揍他。

钟芒脸上被扇了几下，耳朵钻进了苍蝇似的嗡嗡响，背上也被狠踹了几脚。他胡乱甩着手挡，却被揍得更厉害，他只好抱着脸蜷缩在地上。

像一只将死的蝉。

打人的男人率先推开沉重的木门，把钟芒往地上一推，对沙发上的人说："剃刀哥，人带来了。"

钟芒的膝盖突然着地，"咚"的一声是锥心刺骨的闷痛。他咬牙艰难地抬起头，只能瞧见红木桌子后的黑皮椅。

一直坐在旁边黑色沙发刷手机的胖子站了起来，缓缓踱步到跪在地上的男人旁边，睨着他："就是你要走是吧？"

"剃……剃刀哥……我……我不想再干了！求求你让我走吧！"

钟芒的膝盖在地上挪动着，像跪在锋利无比的刀片上，割破了皮肉，淌出了鲜红的血。

他顾不上疼和冷，只能去哀求，求蟒蛇们放过他。

这一个月来钟芒白天有空就去阮玫那里帮忙干活，陈山野推出了另外两种口味的肉帽，每天都有炒不完的酱，发不完的单子。

虽然钱不多，但赚得踏实多了，能看到阳光的感觉真好。

可每当夜幕降临，他又回到搬运工的身份穿梭在城市的各个角落，背后盯着他的眼睛仿佛越来越多了，密密麻麻的，要把他给看穿了。

“如果每个搬运工都像你一样，想来就来，说走就走，那还有规矩吗？”剃刀笑的时候双颊鼓起，慈眉善目的模样让钟芒一时想起了庙宇里头供着的弥勒佛。

但下一秒，那佛抬起脚，对着他的头一记猛踢。

耳里的苍蝇一瞬间全飞走了，代替的是刺穿大脑的尖鸣。钟芒被巨大的力量踢倒，脑袋猛地撞在地上，“咚”的一声，之后弹起，再回落。

周边的尘埃都被震到半空四处逃窜，钟芒缓慢地眨了眨眼，看到的画面像是照片被雨泡了许久许久，已经发白褪色，也像极了他房间里桌子玻璃下压着的全家福。

胖子踢了一脚不解气，骂骂咧咧地又补了几脚，只是脸上依然挂着笑，胸口的佛牌甩出金光。

仿佛他踩的不是一个人，只是一颗夏天里随处可见的西瓜，或者是一只走到生命尽头从树干上掉下躺在泥泞里的夏蝉。

“求……求求你……剃刀哥，我不会将这些事情，咯……咯……说出去的……”钟芒颤抖着用手护住头，背佝偻着，整个人缩成一团的模样像颗快烂掉的水果。

胖子吐了口浊气，正想破口大骂，这时办公室里响起了手机铃声，单调的旋律听在钟芒耳朵里像天使赞美世人的咏叹。

“哥，是沈助理打来的。”一直站在办公桌旁的黑衣男人把一部手机递给正在玩游戏的阿瞎。

“你帮我继续打。”

“好。”黑衣男人接过阿瞎的手机，熟练地代打起来。

咏叹调般的铃声止住，阿瞎的声音谄媚讨好：“沈助理！这么晚了还没下班啊？秦先生最近身体还好吗……网赌的问题我会尽快处理好……是，是，是！你说的是……‘水房’最近有点儿阻滞……不，没有问题！麻烦秦先生再给我一点儿时间……好，辛苦你了，沈助理……”

钟芒紧紧捂住自己的耳朵，这些事情他不能听，知道得越多，越逃不开。

终于等到对话结束，钟芒才松了些手劲儿，耳朵还是嗡嗡作响，咽下的口水裹挟着铁锈味道。

“阿瞎，这个小子怎么处理？”胖子一只手叉着腰，另一只手在半空中晃了晃，立刻有人给他递上一根烟。

钟芒颤抖着，脸颊贴着冰冷的地砖，眼皮颤巍巍地睁开一条线，模糊晃动的视线里有双黑鞋向他走来。

眼珠子跟随着脚步声缓缓滑到眼角，钟芒看着以前只听过名字，却从没见过样貌的男人。

乌黑的单眼眼罩遮住了男人的左眼，另一只眼里阴翳遍布。

阿瞎是真瞎了一只眼睛。

“你想走吗？”阿瞎在他面前蹲下，缓慢的问句像在坏掉的电吉他上弹拨着。

钟芒的反应慢了几拍，然后捣蒜一般地点头：“我想走！”

阿瞎扯起嘴角，手伸到身后掏着什么，慢条斯理地继续说：“别说你了，我也想走啊，但哪有那么容易？”

钟芒的上下牙齿像含了冰块一样不停打战，越是想睁开眼睛，眼皮就越重：“阿瞎……阿瞎哥……我真的会管好自己的嘴，绝对不会乱说话的……”

室内昏暗，空气浑浊，好似腐烂的瓜皮瓜肉发出了酸臭味。

钟芒看不清男人从背后拿出了什么，但很快他就知道了，冷如冰锥的金属抵在他的太阳穴上。

阿瞎的嘴角快吊到额角，笑容诡异疯狂。他舔着唇，手里的黑色手枪隐隐发着冰冷的暗光：“只有死人才不会乱说话，懂吗，小朋友？”

“砰！”

罗蕊慌慌张张摔上铁门，弯着腰，低着头，一寸寸搜寻着地面。

刚才她回到宿舍，发现钟芒之前送她的那条细金链子不见了，手腕上空空如也。

这栋握手楼的楼龄比钟芒他们那栋要高许多，头顶是白晃晃的灯管吸引着胡乱飞舞的小虫，走廊铺着泛黄的白砖，接缝处藏着陈年污垢。

走廊没有，楼梯没有，一人半宽的阴暗巷子也没有，罗蕊甚至连下水沟都弯下腰仔细查看了。黑臭污秽的水面上只覆着孑孓，突现的强光仿佛是它们第一次所见的月光。

罗蕊心里急得不行，其实她和钟芒之间并没有确定恋爱关系，她心里挺自卑的，不知道钟芒到底是一时迷恋，还是对她上了心，只不过前些天钟芒有问过她愿不愿意离开发廊别再干这一行，她有认真考虑过。

但她早被污泥脏了脚，谈情说爱的事情，她真的有资格吗？

罗蕊越走越快，身子越伏越低，豆大的眼泪在眼眶里打转，在一个拐弯处撞到了迎面而来的人。她和那人相比，瘦小许多，一下被撞了个踉跄摔倒在地，路面的尖石在她的手掌心划开血红的口子。

被撞的腰粗背厚的师奶认得她，嘴里咒骂得难听。以罗蕊平时的炮仗性格这会儿早就和师奶对骂了，可她没有，她抬起手看着空空如也的手腕，眼泪一颗两颗地掉了下来。

她弄丢了一份好珍贵的礼物。

砰！

陈山野推开龙北的办公室门时用力过猛，木门撞上墙壁，再回弹。

他顾不上房间里还有其他人，两三步便跨到龙北的办公桌前，双手撑在桌上如船桨捣入旋涡中，他的胸膛起伏如山峦，喘着气问："龙哥，这件事情怎么说？"

刚才陈山野正在家里准备第二天早晨要做酱的肉末，手机突然响了，是龙北打来的。他双手沾了些油腻，阮玫便帮他接通了，塞在他脖子旁让他夹着，只听了几句话，他的背脊瞬间绷紧，没夹住的手机滑落到了料理台上。

打车来酒吧的路上陈山野给钟芒打过电话，但是一直无法接通。

"你说钟芒运'冰'？"光是说出这句话，陈山野都觉得身体深处涌起了细密酸涩的泡沫，堵住了喉咙。

"他叫钟芒吗？"龙北半眯着眼，手里转着黑色钢笔。

龙北其实不知道那代驾的名字，不知谁开口说了一句，那人好像是陈山野的同乡，他才给陈山野打了电话。

陈山野手掌压在台面，竭力阻止自己的声音失控："嗯，这到底怎么回事？"

"怎么回事？野子，你同乡干这种勾当，你会不知道？"

声音是从身后传来的。

陈山野缓缓转过头，冷眼睨着说话的曹猛："你再说一次？"

曹猛性子直、脾气大，开口调侃道："你这小老弟可厉害了，还晓得用代驾身份做掩饰，该不会这件事情，你也有插一脚吧？"

"阿猛。"龙北开口警告，黑色钢笔在红木桌面敲了两下，抬头对陈山野说，"野子，你也收回去。"

陈山野咬了咬牙，闭上眼，压下了被焦急催生出来的怒火和戾气。他深呼了几口气，再睁开眼时恢复了些许清明："抱歉，是我着急了。"

陈山野又回头和曹猛道歉："猛哥，抱歉。"

曹猛虽然和陈山野没到熟稔的程度，但既然龙北开口做了担保，他也不会刻意和他过不去，"嗯"了一声走回沙发前坐下。

"这件事情要从几个月前说起，市内有一个团伙到处卖冰……"

龙北把多个酒吧都出现过吸毒人员聚集的事情简单地告诉给了陈山野，有些酒吧夜店捞偏的他们管不了，但也有一些酒吧只想干干净净地做生意。

阿瞎那群人干活低调警惕，客人筛选严格，后面还有一把"大伞"保护着他们，加上龙北没接触这行已经有一段时间，花了些时间才知道他们的操作模式。

"不光你的那个小老弟，还有其他人……听说有人将自己伪装成外卖员送货上门。"曹猛插了一嘴。

一只只蚂蚁，听从蜘蛛的指示，将"冰块"搬运到城市各处。

蚂蚁太渺小、太普通，隐在城市里不受人注目，却无处不在。

钟芒的暴露是因为隔壁酒吧有一个道友起了瘾，竟跑到酒吧厕所准备就地解决，被酒吧负责人逮住后问话问出来的，那道友认得送"冰"的男人之前帮他真代驾过，还塞了张名片给他，巧的是他钱包里还留着那张名片一直忘了丢。

"野子，我相信你不知道这件事情。"龙北站起身，平视着陈山野眼里的惊涛骇浪，“你找到他，让他去自首。”

陈山野的手指攥紧又松开，除了空气没有别的能抓住。

这不是他一句“我不知道钟芒在做这种勾当”就能过去的事情，是他把钟芒带到这座城市，他有责任得看好他，不让他行差踏错。

陈山野希望，还能有机会将钟芒再一次从水里捞起。

“我知道应该做些什么，我这就去找人。”陈山野躬了躬身，“谢谢你告诉我这件事情。”

语毕，陈山野转身往外走，龙北敲了敲桌子喊住他：“无论你那朋友之后有什么遭遇，都是他自己的选择，你不用替他承担，懂吗？”

陈山野没出声，没摇头也没点头，半晌后才抬起脚离开。

等门再次“砰”的一声关上，曹猛才啐了一句：“这小子就是个榆木脑袋，铁定要把自己绕进去了。”

酒吧舞台上有个姑娘抱着吉他在弹唱，幻境烟雾和沙哑歌声纠缠糅合在一起，唱着一首粤语歌，什么“不必跳楼割脉或暴瘦，错与对一念如魔成佛”。

歌声被隔音性极强的大门掩去，陈山野走到路边掏出手机。微信有阮玫发来的关心信息，他给她回了“没事，你先睡，我晚点儿再回来”。

手指肌肉竟无法控制地颤抖。

陈山野扶住路旁的路灯，金属皮被暑热烘得快要融化。他死咬住后槽牙让自己冷静下来，再给钟芒打了几个电话，可都是提示无法接通。

接近深夜的沿江马路并没有太多车辆，不时有霓虹幻影般的跑车尖声呼啸而过，切碎了陈山野脑海里本来已经有些混乱的画面。

这晚的天空憋得通红，像一只想要哭又哭不出来的眼睛。

陈山野狠狠地捶了几拳灯柱，沉闷的金属敲击声从地上传到高空。

来到这座城市这么些年，他第一次感到什么都做不了。

“砰！”

钟芒还没来得及回忆自己的一生，就被这一道声响吓得狠狠一抖，整个人像是坏掉生锈的弹簧弹开了，却收不回来。

身体上的某个开关也是，打开了便关不起来。

他等了好久都没有感到痛感，反而太阳穴上有液体潺潺流下，清冷的水滴滑过紧闭发颤的眼皮，和眼角的泪水汇聚在一起，划过鼻梁，滴湿了地板。

有谁笑出声，像针刺破了气球，接着是一阵哄堂大笑。

“哈哈！阿瞎你把人小孩儿给吓尿了！”胖子踢了踢下体失禁的男人，“水枪来的，都吓成这样，真是没用。”

阿瞎把枪口的水渍抹在钟芒得身上，然后站起身，也跟着胖子笑了几声。

他握住枪柄，倏地一个反手砸到胖子笑得肉抖的脸颊上，胖子不备，一下子被砸得痛叫了一声。

阿瞎丢掉玩具枪，暴吼：“笑什么笑？！这点儿破事都要跑过来问我，阿叻也是，你也是，我养你们有什么用？！一个个都影响我玩游戏！”

胖子弓腰捂着脸颊肉，嘴里已经有了血腥味，眼珠子挤在一堆肥肉中间艰难地滚动着，默默地把快跳出喉咙的不服咽了回去。

就年龄来说他比阿瞎还长了几岁，但阿瞎就是条疯狗，靠比谁都要狠戾残忍的手段一直爬到这个高位，而且后面还有大老板的扶持，他动不了阿瞎。

况且，他也不想惹阿瞎发疯，拿出藏在抽屉里的那把真家伙。

“我知道了，我手里的事情我自己处理。”胖子对身后两个马仔使了个眼神，两人意会，向前走一步想架起钟芒。

“等等，”阿瞎走到酒柜旁，随便抽了支红酒，“既然来都来了，那今天我就帮你做个主吧。”

“你想怎么做？”胖子张着嘴，左右摇晃下巴缓解腮帮子上的疼痛。

阿瞎在钟芒面前盘腿坐下，似乎男人下体传来的异味对他完全没有影响：“小朋友，今晚让你送的货在哪里？”

“在……在我背包的保温杯里……”钟芒的喉咙疼得似有锋利的尖刃划过，话语从破了洞的喉道漏出来。

“他的背包呢？”阿瞎问身后的马仔。

“放在外面隔离区了。”

为了避免被手机定位，会所有好几个地方装了信号屏蔽器，马仔带钟芒进来的时候已经对他搜过身，以防万一，还是将东西全放在外头。

“去拿进来。”

很快马仔把一个黑色背包拿了进来，抽出侧面的保温杯递给大佬。

“跟上面的人联系用的手机呢？”阿瞎从杯子里面倒出一小包货。

“被刚才打我的人拿走了……”钟芒嗫嚅道。

“我丢进背包里了。”其中一个马仔赶紧解释，从背包里摸出手机拿给阿瞎。

阿瞎双手开着红酒，对钟芒扬了扬下巴：“拿给他解锁。”

钟芒一直是侧躺着的，他接过手机，想用人脸识别解锁，但可能他被打得变形，扫脸扫了几次都打不开。

指纹也是，他的手指一直颤抖，最后只能输入密码解开了手机屏幕。

胖子弯腰从他手里夺走手机，检查了一下这部手机确实只有上线联系过，对阿瞎点点头：“是这部。”

“哦，砸了。”阿瞎的口吻轻描淡写，往保温杯里倒入红酒，酸腐的葡萄酒香气飘散开来。

他拆开刚刚那袋东西倒进红酒里，钟芒经历了一场肾上腺素飙升，这会儿看什么都有些迟缓，冰晶一样的东西从半空缓缓地洒落，有一颗两颗折射着光。

是被敲碎的月亮，窸窸窣窣掉进血一样的海里，海的尽头可能死了一头座头鲸，腐烂的鱼身被海鹰盘旋，引来了成群结队的鲨鱼。

阿瞎摇晃了一下杯子，把杯子放到钟芒的面前，诡异地笑着说：“一口气喝了它，我就让你走。”

这是一张错综复杂的蜘蛛网，你无论怎么走，都会走回到蜘蛛的捕食范围里。

“消失的光阴散在风里……来忘掉错对！嗝儿……哈哈哈……”钟芒骑着电动车在无人的马路上风驰电掣，胡乱唱着老掉牙的粤语歌曲，咬不准字且不着调的歌声很快在没有一丝风的闷热夏夜里飘散。

整个天空翻涌红色的波浪，迎面有一滴两滴滚烫的雨滴泼溅在他脸上。他没戴头盔也没穿反光马甲，背包旁插着的保温杯里还残留着极酸的液体。

突然，他急刹车，跳下电动车扶住路边的绿化树就是一顿呕吐，呕到仿佛要挤光所有的胃酸和空气。

眼泪挤满了眼眶拼命坠下，每一颗里头都饱含着后悔，他的心跳得飞快，心脏的搏动声震得大脑内炸开了绚丽七彩的烟花。他抬起头，看红色的天空里海市蜃楼一般绽放出一朵朵的烟花。

“咻——砰！咻——砰！”

真美啊，小蕊，她也有看到烟花吗？

他激动地从书包里摸出一直振动个不停的手机，想给小蕊打个电话，问她在城中村里能不能看到烟花。

手机在响着，他眯起眼，又揉了揉眼看了一眼，哇，怎么突然手里拿着那么多部手机，自己这是发达了吗？

山野哥？是谁？

他手指摸了几下接听了：“喂……”

“你小子终于接了啊？！”

陈山野一时也不知道去哪里找钟芒，便走到马路对面的江边一直给他打电话。他气得不轻，可更多的是找不到人的那种火烧火燎的着急。

“你谁啊？”钟芒嘟囔着，慢慢儿地歪了下脑袋，那烟花也跟随变了方向。

真奇怪。

陈山野对着珠江骂了句脏话：“陈山野！你山野哥！钟芒，你告诉我，你现在在哪里？”

“我？我在看烟花啊……好漂亮的……”

钟芒抬起手想去摸那花火，指尖似是被落下的火星烙得滚烫，他“嘶”了一声收回手指。

“烟花？哪里有烟花看？”

陈山野皱着眉，什么乱七八糟的？今天又不是什么节日，市内哪里有放烟花？

“啊，烟花没有了，有鲨鱼……有鲨鱼要咬我！啊！”

钟芒被幻觉吓到，抱着头猛地蹲下，大喊大叫着挥动手臂想要赶走那张着血盆大口的大白鲨。

听着他莫名其妙的话语，陈山野猜了个大概，一时气得脑壳疼，太阳穴一抽一抽跳动着："钟芒……你是不是吸毒了？"

"吸毒……"钟芒听到这个词有了些反应，赶紧否认，"没有！我没有！我没吸毒……"

陈山野长吁一口气，放软了语气道："好，钟芒，你听我说，你先冷静下来，你能用微信发个定位给我吗？哥来接你，然后带你去自首好不好？"

"自首？自首什么？"钟芒晃了晃灌满水的脑袋，世界陷入混沌。

"你是不是做错了些什么事？不用怕啊，咱们去自首，然后你把你知道的都跟警察说，好不好？"

陈山野低声劝道，也不知道自己的声音会不会被滚滚江水淹没。

"自首，我会坐牢的……我坐牢了，那奶奶的新房子怎么办啊？下雨……下雨会漏水的……"

憋了一晚的雨水开始落了下来，钟芒伸手去接，手心里很快积聚起一小摊血水，嘴里喃喃道："你看，下雨了……"

隔着电波信号，陈山野也听到了那边有雨砸在地上的声音。

可这个城市太大了，天的这边放晴，天的那边暴雨。

他和钟芒，离得好远，好远。

陈山野手掌紧贴着江边长廊上的石头护栏，掌心快要被粗糙的石粒扎破流出鲜血。他的膝盖也有些发软，一时竟想跪倒在地，最后硬生生用手肘撑住了自己无力的身体。

"漏水而已，哥过些天回去，给奶奶把屋顶重新补一下，然后……然后哥借钱给你，咱们给奶奶把房子先盖起来，好不好？钟芒，你听我说，快把定位发给我，哥现在就来找你。"

这雨下得极快，雨水很快淋湿了钟芒的头发和肩膀。他在雨中继续自言自语："坐牢，那小蕊怎么办啊……她太可怜了，哥，我好心疼她……"

"好，这事哥也帮你想办法。钟芒，别怕啊，我会一直陪着你。"

不知道为什么，陈山野觉得钟芒的声音离他越来越远，天空实在红得太可怕了，天上的一片血海也染红了眼前的江水。

他想起了小时候的夏天，也有像这样被雨水憋得通红的天。

那时候他和钟芒还有几个村里的小孩，游完泳后踩着单车回家，雨就在他们身后落下。他们越骑越快，想把吃人的暴雨甩在身后，但最终还是被雨赶上。

只是那时候，淋了一身他们也觉得开心无比。

钟芒浑身无力，像颗被捏坏的柿子坐在路旁，看路上偶尔有两颗流星飞逝而过。胸腔里的血液被心脏温得快要沸腾起来，钟芒抬手去搓揉左胸口，想拨开一根根在心脏上搅烂血肉的木刺。

"好痛……奶奶，我好痛啊……"

鼻子下有一股暖流涌出，钟芒抬手抹了一下，是和雨水一样的颜色。

绝望无助的声音夹杂着电流声，刺痛着陈山野的耳膜。他知道钟芒的状态不对劲，却无能为力。

他把额头抵在手肘上，指甲在握成拳的手掌中像木桩一样深深嵌入，一遍遍劝着钟芒清醒一点儿，把定位发给他。

钟芒的意识越来越模糊，说的话也越来越没有逻辑，手已经拿不动手机。他觉得手里拿着的是一块烧得滚烫的铁块，就把它丢了。

大雨里又有流星划过，钟芒眨了眨眼，想着这晚真是太幸运了，既看到了烟花，又看到了流星。

陈山野奔跑起来，他呼唤着钟芒的名字，跑到路边拦的士。不管钟芒在哪里，他让司机往有下雨的地方开，那就行了吧。

在半空中挥舞的手突然停下，陈山野听到电话那头传来"砰"的一声。

血红色的急诊灯牌倒映在地上的水洼里，感觉里头藏了另外一个世界，似乎那个镜面世界里就没有那么多的无可奈何和曲终人散。

阮玫跑得飞快，随意被扎起的马尾在半空中荡起火焰波浪，鞋底将水洼踩成彩色琉璃碎片。

她的男人就坐在阶梯上，浑身湿透，脚踩着下两阶的楼梯，长长的双臂抵在膝盖上，头低垂着，像深深埋在泥土里。

平时总笔挺得能抵御外来一切不安和难受、能把她背着在那小房子里团团转的宽厚脊背，这个时候却弯曲着。

她的大山就这么塌了，滚下了许多难过的碎石。

阮玫一瞬间就受不住了，眼眶酸涩，泪水涌起，鼻梁像被人重重打了一拳那么酸痛。

可她得忍着。

她蹲到陈山野身边，抬手轻轻地揉了一把他被雨打湿的黑发，声音小且轻："陈山野，你还好吗？"

陈山野没有抬头，闷在手臂之间的声音已经被针扎得千疮百孔："阮玫，我不太好。"

"乖啊，我在，我在的。"她慌忙地安抚着。

事情发生得过于突然，阮玫和陈山野一样，一时之间都接受不了。

白天还在店里帮忙的人，怎么到晚上就不在了呢？

阮玫在他弯下的背脊上一下一下地顺着，手掌从山峦上像夜风抚过，哽咽地问道："真的没办法抢救过来吗？"

"嗯，120到达现场的时候，生命体征几乎没有了……送过来后也救不过来，说是，吸毒过量……"

"吸毒？！"阮玫睁大眼，皱着眉并压低声音，"钟芒是什么时候染上的？"

"不知道……他有一段时间精神状态不太对劲，我有问过他，他说没有，喀……"陈山野嗓子发哑，咽了口口水想缓解干渴，但无济于事。

阮玫出门的时候带上了陈山野的保温杯，赶紧从包里拿出来打开了盖子递到他嘴边："来，你先喝口水。"

陈山野抬起头的一瞬间，阮玫的鼻子又酸胀起来，胸腔仿佛被红色的雨云挤满，拼命地想将身体里的湿气从眼眶挤出往外倾泻。

曾几何时见过眼睛红成这样的陈山野啊？眼角像这晚天空里掩盖住月亮星辰的绯红云海，眸子里也爬满了血丝。

温水润了润喉，陈山野咳了两声，继续说："今晚钟芒接过我一次电话，那时候他说的话已经很乱了，我问他，他也还是说没有。"

“所以他是因为自己陷进去了，才去运那玩意儿吗？”阮玫问。

晚上陈山野接到龙北电话的时候她也在小厨房里，话筒的声音有点儿大，所以她也听到了个大概。

“不知道……阮玫，我不知道……”

陈山野是想相信钟芒的，但现实又将他推进破碎的万丈深渊。

看着陈山野哑着声音再次垂头埋进手臂里，阮玫觉得自己仿佛也陪着他陷进被雨水泡得软烂的泥巴地里。

阮玫也不顾楼梯上有污水，膝盖直接跪到地面上，张开双臂，用尽自己全身的力气揽住弯了背的陈山野：“好……好……不知道也没关系的啊……”

岩石裂开了一道道黑缝，从石头里渗出凄凉凛冽的丝丝阴风，落下的碎石越来越多了，恍如快要山崩地裂。

阮玫从家里赶来，身上还带着房间里每晚都会点的香薰蜡烛淡淡的草木味，比起他自己浑身被雨浇过的冰冷，阮玫身上是暖的，像家里那一床被太阳晒得柔软蓬松的被子。

陈山野被熟悉的温度和气味包裹着，阮玫故作坚定，但藏着微颤的轻声呢喃钻进他的心里，一点儿一点儿地撬出他藏在骨髓深处那种不熟悉的情感。

雨云包裹着悬崖峭壁上摇摇欲坠的石头，终于，下雨了。

听到面前的人传出第一声抽泣，阮玫终于忍不住了，烫人的泪珠争先恐后地从眼眶挤出来，簌簌地往下掉。她哭得嘴唇轻颤，不知道该说什么安慰的词语，只能一声声呼唤着陈山野的名字。

——陈山野，陈山野，陈山野，你不能倒下。

“我知道得太迟了……我应该在之前感到不对劲的时候，就把他拉起来……是我，是我没有看好他……”

破锣一般的声音在喉咙里胡乱挠着，又痒又痛，他甚至觉得喉咙发炎肿胀起来，堵住了每个往外蹦的字，短短一句话都快要了他的命。

剧烈的悲痛快要将陈山野的心脏剖开，比他曾经受过的任何一次伤都要疼。

太疼了。

陈山野满脑子全是钟芒的影子，从小时候流着鼻涕就跟在他身后跑的小娃娃，到爬树上掏鸟蛋，结果趴在树枝上不敢动弹的尿包，到走了歪路被他痛打了一顿的失足少年……

同时在汽修厂工作的那段时间两人走得最近，有一年冬天的某个晚上，一群工友干完活在工厂后面放废弃车辆的小空地抽着烟闲聊。钟芒突然从引擎盖跳下来，跑到后门扒拉着不开放的铁栏杆门对外头摆摊的小贩说着什么，没过一会儿带着一袋烤红薯回来，从里头挑了个最大的给陈山野。

工友们嘲讽钟芒偏心，他掰开一个红薯，热气熏暖了他的笑脸。

“那必须的，陈山野可是我哥。”钟芒说。

“早知道这样我就不让他来羊城了，是我……是我……”

那个顶着半黑不黄鸟窝头、总让人恨铁不成钢的弟弟，以后都不会在余晖滑进屋子的时候走进他的屋子，问他一声“山野哥，今晚整哪样”。

陈山野遇到许多事情都能扛下来，但这次他是扛不住了。

裂痕越来越大，碎石越来越多，雨越下越大。

阮玫清楚陈山野的性格，能往自己身上揽的事情他就不会往外推卸，这是他发光发亮的优点，也是他致命的缺点。

无论钟芒是因为什么而死，陈山野都会归结于是他没看好钟芒，是他没及时发现钟芒的不对劲，是他没拉住钟芒。

她用尽全力，想拨开陈山野牢牢锢住自己脑袋、像粗长藤蔓一样的手臂。可陈山野肌肉绷得极紧不让她拉开，任由她的指甲在他鼓起的手臂上抓出一道道白痕。

“山野，陈山野！你……你松开，你看看我……”膝盖处的布料被污水浸湿，两颊的泪珠断了线一般地往下蹦。阮玫哀求着，继续掰着陈山野的手臂。

“你不要看我，我好丑，又没用……”

男人崩溃的时候也像个小娃娃。

两只满身伤痕的小兽又一次在这会吃人的城市里互舔着渗血发脓的伤口，最终陈山野卸了力，阮玫拨开他遮住脸的手臂，捧起他憋得通红的脸。

陈山野的太阳穴鼓起青筋，黑长的上下睫毛挂着水汽，鼻翼一张一翕，那对黑眸是被吞噬去光芒的黑色月亮，坠进了血海里。

他就是哭，也不见眼泪。

阮玫用拇指的指腹从他的眼角抚至脸颊，再到下巴，帮他抹去隐形的泪水，仰起头在他发颤的嘴唇上轻啄着。

她压着他的后脑勺儿，让彼此的额头相抵，轻声细语却认真坚定："你可以哭，你可以发泄，但陈山野，这不是你的错。"

她用力把湿漉漉的脑袋按到自己的肩上，就用这么别扭的姿势紧紧拥着陈山野，自己却哭得比他还凶，眼泪一颗颗掉进他乌黑的短发里。

急诊大门开了关关了开，身后不时有急促慌张的脚步声和担架床滚轮碾过的声音响起，在这个每日都有生命来来去去的地方，没人有空留意隐在昏暗里的他们有多么悲伤。

阮玫的膝盖跪得发疼，小腿也发麻，肩膀上的布料悄悄地湿了，但她依然挺直了腰杆，扛住陈山野往下坠的重量。

不知过了多久，雨水留在马路上的痕迹渐干。树叶不再滴落残存水滴，遥远的东边天空慢慢儿地亮了起来。路灯闪了一下后熄灭，安安静静地退下夜晚的舞台。

阮玫眨着哭得红肿的眼睛，看那灰蒙蒙的天，拍了拍已经冷静下来的陈山野，哑着嗓子开口。

"陈山野，天亮了。"

车来车往的马路是一条不会因为少了一颗石头就停下来的河流。

太阳落下月亮升起，城市这个钢铁城堡日以继夜地，呼哧呼哧地运转着庞大身体里头的每一个或大或小的齿轮。

在多个繁华综合体商场中间夹缝生存的居民小区里有着数不尽的咖啡店和楼上铺，临街的霓虹灯牌从下午就开始点亮，桃粉色的灯管勾勒出一只抛媚眼的长耳兔。

发型师看着镜里女人的火红卷发，手指捻起发尾像花瓣般在指尖搓揉，不满地嘟起厚厚的嘴唇："你确定好了？"

阮玫点点头："是啊，来吧，以后还有机会可以染回来的。"

"是谁让你甘心做回乖巧清纯的小白兔啊？"纵有不甘，他也只能打了个响指，让工作室助手准备一下黑色染膏。

"不是甘不甘心的问题，只是有一个场合，我顶着一头红头发去，不太合适。"

"那你可以戴假发，染黑了要重新养一段时间头发，才能再漂了。"

不是每个亚洲人都适合火焰一般的发色，他对阮玫的一头红发情有独钟，他做造型向来看的是每个人整体的感觉，不是一味地将时尚流行的元素全堆叠在别人身上，而阮玫就是那个天生很适合火红发色的人。

"天气多热啊，我发量又多，戴假发太丑了。"阮玫看发型师满脸不情愿，扯起嘴角笑了笑，"哎哟，等过一段时间，你想往我头上倒什么颜色就倒什么颜色，我当你的实验小白鼠，好吗？别不开心啊，宝贝。"

"好啦，知道啦。"

染黑又拉直，阮玫看着镜子里的自己，有点儿像刚进入大学时的那副青涩模样。

阮玫告别发型师，驱车前往高铁南站，钟芒的奶奶和陈山野的父亲还有一个多小时就到站。她在的地方和陈山野所在地分别在城市两端，她就没有专门兜远路过去接了，陈山野自己坐地铁过去。

火焰燃烧了太多年突然被熄灭，阮玫有些不习惯，等红灯的时候总拿是手机前置镜头当镜子照。

她在停车场停好车，接到陈山野的电话，说他已经在出站口等着了。

隔着老远阮玫就瞧见站在落日余晖里的陈山野，他看起来快要与橘黄橙红融为一体。她晃着一头黑发从看着手机的男人面前走过，见陈山野没反应，便折返再走过一次，还咳了一声。

居然还没反应，阮玫噘着嘴，大跨一步来到他面前，抬头盯着他。

陈山野眼皮微微抬起扫了一眼，一时没对上姑娘的脸，只看了黑又直的头发，想着怎么又是个搭讪的，不耐烦地"啧"了一声想往后退。

脚跟抬起，他才察觉到异样。

“你搞什么？怎么把头发……”陈山野睁大眼，难以置信得连话都没说完。

“嗯，红头发太久了嘛，换一下心情。”阮玫看男人露出惊讶的表情，心中对自己的新发型顿时没了信心，又摸出手机照着自己，皱眉问，“是不是很奇怪啊？现在看上去好像高中生，是不是太装嫩了？”

陈山野伸手绕了一束黑发在掌心，手指从她的脸颊边往下滑到发梢，柔顺的乌丝在空中根根飘散：“当然不会，好看的，和你身份证上的照片很像。”

他自然知道阮玫不可能仅仅因为想要换心情才去做头发。

明天是钟芒的告别式，之后他们要开车送钟芒骨灰回老家下葬，阮玫从昨天开始就一直是黑衣黑裤的打扮，他没想过她竟然连头发也去染黑了。

陈山野将发丝顺到她的耳后，说：“你怎么样都好看，但是啊，你不需要这样……”

他不希望自己改变了阮玫原有的生活状态。

阮玫摇头，反牵住他如夏风一样暖和的手掌：“我觉得需要。”

陈山野看她被夕阳倒入浓稠琥珀蜂蜜的星眸，伸手把她柔顺服帖的发顶揉乱。

许多的话最终融化成一声喟叹：“你啊……”

阮玫来的时候钟奶奶那趟车还有半小时才会到达，两人站在出站口看天空里刚出炉烘得极暖的金黄色吐司，被深海巨鲸张开嘴巴一口口地吞下。

陈山野摸出手机看时间的频率越来越高，阮玫站在他身边，能感受到他身上绷得越来越紧的弦。

那一天天亮之后，钟芒的遗体被运往殡仪馆，陈山野也在陈河川起床后给他打了电话。

父亲在电话那边沉默了许久，久得陈山野刚挺直起来的腰背又快要一寸寸弯下去时，陈河川才开了口：“我等会儿就开车去村里跟奶奶当面说这件事情，钟芒的后事，等我和奶奶商量一下再看怎么做。”

陈山野垂头对着电话哽咽：“爸，对不起。”

“山野，这不是你的错。”

陈河川也有点儿找不着自己的声音，再说了几句才挂了电话。

随后，很快沈青打电话来重复确认。

母亲哭个不停，说上个月在羊城时不还一起吃了饭吗，这人怎么说没就没了啊，这孩子怎么又想不开去碰这破玩意儿啊。

陈山野一夜未眠，淋了雨，出了汗浑身和流浪汉没差别，打了一晚上的手机早已电量告急，阮玫把脏兮兮的人儿拎回家给他洗头洗澡，把他塞到被子里，拿出自己的眼罩和耳塞给他套上，四肢像八爪鱼攀绕陈山野不让他动。

阮玫想让陈山野睡上几小时，接下来才能有精神和体力去处理钟芒的后事，陈山野本来睡不着，但视觉和听觉被剥夺，他只能乖乖地闭着眼假寐。

直到差不多中午的时候，陈河川的来电才让两人从时而踩在云端、时而掉进旋涡的半梦半醒中走了出来。

阮玫把卧室让给了陈山野，关上门，到冰柜里拿了些冰块装进两个塑料袋里，躺在沙发冰敷，以此来消除眼皮上的酸痛。

房间门板薄，男人每说一句对不起，眼皮上的冰块就在这夏末依然闷热无比的客厅里融化掉一分。

这么热的天气，怎么不能把陈山野心里的愧疚感也一起融化掉呢？

阮玫流着泪胡思乱想。

列车快靠站的时候，陈河川来了个电话告知，阮玫牢牢地牵住陈山野的手。他原本干燥清爽的手心被汗水沾得黏腻，笔挺的背脊下有掩盖不住的伤痛和酸楚。

大批乘客从出站口潮水般涌出，他们等了一会儿，陈山野才见着父亲搀着钟奶奶慢慢儿地走了出来。

阮玫感觉身旁的男人突然摇晃了一下。她咬着嘴唇，把他的手掌握得更紧了。

天色沉了下来，车站亮起了站外照明灯。白晃晃的灯光毫无温度，除了将人脚下如水鸟仓皇逃窜的虚晃影子照得无所遁形，别无他用。

阮玫拉了拉他的手，侧过头看到他喉结滚动，对他说："去帮你爸爸拿行李吧。"

半晌，陈山野才"嗯"了一声，拔腿向来人走去。

还差几步远，阮玫正想开口喊人，走在身旁的男人却停下了脚步，毫无预兆地，"咚"的一声，双膝跪地。

心脏仿佛真的停止了几秒。

那几秒里，阮玫听不到任何声音。她低头垂眸，男人跪在地上的样子像被锋利刻刀一笔一笔地雕刻在她的眼里。等过了那虚无的几秒后，心脏重新跳动起来，像一只疯兔子一样瞎蹦乱跳。

强忍眼眶里泛起的水雾，阮玫想弯腰扶起男人，可她没有。

他是有多内疚，才会在人来人往的车站里跪下啊？

陈河川眉头紧锁，还没来得及出声，手里搀扶着的小老太太已经松开了他的手，加快速度往前走。

这边的动静太大，周围已经有路人围观。阮玫看向迈着腿走近他们的老人，无助地唤了声："奶奶……这件事情真的不怪他啊……"

钟奶奶本已经一头白发，一夜失去孙子让她的背脊又弯了一些，满是沟壑的眼里闪着泪光。

但老人的声音干脆利落："野子，站起来。"

"奶奶，我……"

老人没给他再一次说"对不起"的机会，被风霜洗礼过的黑瘦手指一把捏住了陈山野的耳朵，狠狠一拧，就像好多年以前对付她那不听话的孙子一样，发怒的声音里头夹着颤抖："是不是连你都不听我这老太婆的话了啊？"

奶奶的力气对他而言自然是不痛不痒，但陈山野怕奶奶动怒，赶紧从地上站起身，弯腰让奶奶继续拧着他的耳朵："奶奶，您别气，别气坏自己……"

钟奶奶很快松开手，往这死脑筋的大块头手臂上掐了一把，声音哽咽："你们这群臭崽子，一个两个的……都不让我这老太婆省心……"

她拍了拍陈山野的肩膀，这个她从小看着长大的孩子，性子如何她又怎会不知？

“在电话里我说得很清楚了，这件事情不怪你，你也别怪你自己了，听奶奶的话，好吗？”

陈山野弯着背，点头应承了一声。

阮玫、父母、奶奶和龙北都说这件事情不怪他，他也知道自己揽着这些事不放很固执，很意气用事。

但他就是放不下啊，一闭上眼，脑海里就会浮现和钟芒最后那通电话的内容。

那些，可都是钟芒的遗愿啊。

钟芒死前被人殴打过，但是伤得不算重，死亡原因依然是吸毒过量。

是和其他道友起了争执？还是得罪了背后的团伙？

那一晚之后陈山野给龙北打过电话，想问龙北知不知道钟芒卖命的那个团伙叫什么，可龙北不肯告诉他。

“那不是你能去碰的事情和人，别犯傻。”龙北说。

陈山野快要把牙齿咬碎。

他当然知道自己比起那些人，自己是鸡蛋，那边是石头。

可钟芒因为这玩意儿丢了命，怎么也和那些人脱不了干系。

最后许是龙北可能怕他硬是要跳进泥淖，才告诉他，这样的团伙被盯上是迟早的事情，但这么庞大的组织要完全被攻破是需要一定时间的。至于钟芒的事情，他会问问有没有知情的人。

陈山野把自己知道的情况如实告诉了陈河川，父子俩商量过后，决定只告诉钟奶奶其中一部分，另一部分隐藏起来，把秘密缝进口袋里让它烂在里头。

钟芒是做错了、走歪了，但陈山野不愿意让老人家再多受一次伤害。

告别仪式很简单，来的人不多，几个与钟芒交好的老乡和代驾同行前来送他最后一程。

但罗蕊没有来。

钟芒被送到殡仪馆的那一晚，陈山野回了一趟城中村，在那粉红金鱼缸般的发廊门口把罗蕊叫了出来。

陈山野看着女孩儿直接红了眼眶，眼泪一颗颗地掉了出来，安静得不说话，就这么站在原地哭。她用右手揉搓着空无一物的左手手腕，直到搓出一圈儿淡淡的红痕。

他问罗蕊去不去和钟芒告别，罗蕊也没说话，失魂似的游回那粉色鱼缸里。

敲定好告别式时间，陈山野还是托人给罗蕊带了句话，把时间和地点交代给她。

可直到简短的告别式结束，陈山野还是没有见到罗蕊。

不过陈山野可以理解。

遗体火化后几天，陈河川带着钟奶奶坐高铁先回去，老人年事已高，坐高铁比坐长途车舒适太多。

至于骨灰，原先陈山野是打算自己开车送钟芒回家，但钟奶奶得知那车是阮玫的，说车子拉过骨灰盒不吉利，会影响两个小年轻的运势。尽管阮玫说自己没有这方面的忌讳，但奶奶还是坚持要花点儿钱委托专业殡葬公司运送骨灰，陈山野也只好顺她老人家的意。

晚上阮玫陪着陈山野去出租屋处理钟芒的遗物，钟芒的东西看着杂乱，但全部收拾下来，也就几个纸皮箱的事情。

搬东西走的时候，他们还在走廊上碰上斜对门的女主播，浓妆艳抹的女孩儿怯怯地问："这房间的大哥要搬家了呀？"

陈山野笑了笑，回答："嗯，他回家了。"

第二天起了个早，两人开车一路往上，后备厢放着钟芒的一箱箱物品，而委托的殡葬公司也是这一天将钟芒的骨灰送回家。

他们走的这段路不经陈山野的县城，而是绕了另外一条路到钟奶奶的村子，全程接近一千五百公里，不眠不休地开车也需要十七个小时。

清晨的高速公路蒙着薄薄雾气，天空是青灰色的，公路两侧的山林稻田被雾水晕开，模糊潮湿的画面让人心里凉飕飕的。

阮玫收回视线，转过头看陈山野这几天消瘦了一些的下巴，下了命令："陈山野，你不能再不吃东西了啊，你看看，整个人都瘦下来了。"

"我没不吃啊，就是饭量少了一点儿而已。"

陈山野回看她一眼，阮玫这些天吃得也少，那难得让他给养胖了一些的脸蛋儿这会儿又变尖了。

这几天他们每天忙着各种事情直到半夜，一回到住处，二人洗洗就上床睡了。陈山野第二日清晨醒来时捏了一下阮玫的小肚子，那像棉花一样的软软肚腩肉竟悄悄地不见了。

他低声说："你才瘦了啊……"

路途不短，尽管陈山野说他可以开完全程，但阮玫不同意他疲劳驾驶，所以他先开一程，她补觉，到了服务区再轮换。

天空从青灰色逐渐变成其他颜色，湛蓝、灰蓝、橘红、紫蓝……像一道没有尽头的彩带。

但到底两人还是太累了，中途在服务区的休息花了不少时间，天黑下来时，他们的路途只走了四分之三，而前面靠近村子的路段是弯弯绕绕的山路，很不适合夜间驾驶。

见陈山野眼白里都起了血丝，阮玫提议在下一个出口出高速，找一家旅馆住一晚第二天再继续上路，陈山野同意了。

随机选择的这个镇子太小了，他们挑了个门面干净一些、地点不那么偏僻的小旅店落脚。

前台大姐随意登记了两人的资料，把钥匙丢到台面上，打了个哈欠，道："三楼最后面那间，热水会有点儿慢，等一等就有了啊……你们要安全套吗？"

阮玫坐了一天车晕晕乎乎的，脑子一时转不过来，还认真地回答了大姐："不用了，尺寸应该不合适。"

"哎哟，厉害啊……"大姐吹了声口哨，挑起眼上下扫视着高大的男子。

陈山野被人看得耳根通红，一把抓了钥匙就拉着阮玫上楼，走到楼梯拐角的地方才捏了一下她的后颈："跟别人瞎说什么呢？"

阮玫像没了骨头似的倚着他："没瞎说啊，我说的不是实话吗？"

没脸没皮的赖皮样子，将这些日子压在他心头上的阴霾驱赶了一些。他忍不住勾起嘴角笑笑，语气终于轻松了一些："你啊……"

阮玫听到陈山野声音里的变化，悬了好几天的心总算落下。她也笑了笑，几天累积下来的疲惫散去了不少。

小标间简陋，空气里散发着一股霉味，墙上频闪的白炽灯管下垂着蛛网，窗户对着国道不时有沙石车经过，好在空调虽然有点儿吵，但还算凉快。

陈山野觉得房间的浴巾不干净，回车里从自己的行李里拿出两条毛巾。两人洗得很快，擦干头发后靠在床头板抽烟，有一句没一句地闲聊。

他们关了灯，脏污的窗帘不太遮光，挤进来窗外一团模模糊糊的昏黄，像从婴孩儿嘴里吐出来一坨无法消化的麦片糊糊，剩下的光线只有空调机身上的白色指示灯，和两人嘴边萤火虫般的火星忽闪忽灭。

这样的小旅馆隔音自然没多好，薄薄的墙壁挡不住声音，陈山野皱着眉，正想捶墙警告隔壁房间别吵得太过分，下一秒就看见阮玫跳下床。

她把香烟支在烟灰缸边，从自己洗漱包里拿出了眼罩和降噪耳塞，返回到床上给陈山野戴上眼罩。

“做什么？”陈山野视觉受阻，把指间的香烟晃了晃，说，“先帮我把烟灭了。”

阮玫拿过他的烟也架在烟灰缸旁，给他耳朵里塞进硅胶耳塞，嘴巴凑在他耳畔说：“隔壁太吵了，影响我哥哥的睡眠质量，我不乐意。”

降噪耳塞在耳洞里一点儿一点儿地膨胀，直至堵紧了洞口，像玻璃瓶被密密实实地盖上了金属盖子，水涌不进来，也挤不出去。

阮玫在他胸前找了个最舒服的位置，听着他有力的心跳，安心地打了个哈欠，眼皮开始往下掉：“陈山野，你要记得，别把什么事情都憋在心里，压力太大会像我以前那样……那样不好，你不要学我……”

“嗯，我知道了。”陈山野看阮玫有了睡意，哄小孩子睡觉似的在她背上轻轻地拍打着。

“山野啊……”

“嗯？”

阮玫梦呓般不停唤着陈山野的名字，陈山野也一一回应。

最后一句话被她含在嘴里咀嚼成牛奶糖一般黏糊不清，陈山野努力低头凑到她耳边也听不明白她说什么，只能听见两三个词语，什么“决定”，什么“跟我说”。

待阮玫呼吸平缓匀速，陈山野才轻轻地把她放到枕头上。他取下她面上的眼罩，在昏暗中凝视了她许久。

眼角的余光看见了床头柜上的烟灰缸。

那两根刚刚只抽了一半的香烟已经燃尽，灰烬是灰白的，烟蒂一个掉进烟灰缸里，另一个孤零零地躺在床头柜柜面。

那烟灰缸就像一道高耸入云的围墙，将两颗烟蒂阻隔在两端。

陈山野心中酸涩不已，皱眉伸长手臂，拾起柜面上的烟蒂，丢进烟灰缸里。

黄土小道上的细砂石子在山风中打转，来来回回转了许多个弯，最终落回原地。

夏末的风像放久了的苹果一样失去了水分，干燥且粗糙，苦涩的果肉在舌头和肌肤上刮出一道道看不见的血痕。

陈山野和阮玫同时听到了树海的声音。两人不约而同地回头看了一眼刚刚走过的黄土地，圈在额头上的白布带和白衬衫的衣摆在空中飘荡，像从苍穹中飞过的白鸽掉落的羽毛。

有一双无形的手指拨动了树叶声。

黄土小道尽头是一小片墓地，钟芒葬在自己的父母身边。

阮玫先回过头，拉拉陈山野的衣角：“走吧。”

陈山野在原地站了一会儿，黄泥土被太阳晒得褪色，窜天炮升空后化成雾霾遮住了蓝天，在半空中飞舞的沙尘硬生生地把眼睛刺得发疼，火药味像把银钩子在鼻腔里胡乱地钩扯。

他闭上眼睛，听着树叶翻涌起海浪，转过身牵住阮玫的手跟上送葬队伍。

奶奶捧着孙子的黑白照片走在队伍前方，白发人送黑发人，短短几天奶奶仿佛又老了一些，但老人家白发干练、腰杆挺直，全程没有号啕崩溃。

一副想要和老天爷杠上的感觉。

农村丧葬习俗多且烦冗，但钟奶奶的意思是一切从简。所以没有道士，没有招魂，没有绕棺，没有金锣铿锵和唢呐尖鸣，没有戏班子，没有宴请四方的流水席。

钟家本就人丁单薄，这一刻，只剩下她一人，没人在白事规矩上刻意刁难老人。不过陈河川为了不要落人口舌，请了厨子摆了几桌，宴请这天上山送葬的村民。

酒席里放开来吃喝的村民们开始嘻嘻哈哈、荤素不忌，阮玫不习惯这里的风俗民情。陈山野看出她的别扭，让她吃饱就进旁屋休息，不必留在饭桌上应酬。

“困了就睡一下。”陈山野在桌子下捏了捏阮玫的手。

“好，知道啦。”

撒娇般的呢喃是在阳光下融化了一些的砂糖。

陈山野将糖一点儿一点儿地收集起来，装进心里那个写了阮玫名字的玻璃罐子里。他封好盖子，不愿让在周围翻涌不停的酸涩钻进罐子里，沾染了那份甜。

钟奶奶年纪大了，几天下来早已到了体力极限，早早就进屋子里歇下了。村民们吃饱喝足散去，只留下一桌子残羹冷炙。

沈青这几天在家带着陈思扬，没法前来吊唁，流水席团队熟练地收拾着厨余垃圾。陈山野给厨子们递了烟，回头看见父亲站在院子里的一棵老树下，抬头望着茂密的树冠，风鼓起了他的白色衬衫，显得父亲的身形越发瘦削。

他走到陈河川身旁，开口问：“抽烟吗，爸？”

陈河川回过头，想了几秒，点点头：“来一根吧，也好久没抽了。”

前些年陈思扬出生，不用沈青念叨，陈河川已经自觉把几十年的烟瘾给戒了。

老烟枪太久没抽烟，第一口竟还呛了一下，咳了几声才好一些。他吐出烟雾，依然仰头看从树叶缝隙洒下来的细碎光线：“你还记得吗？你小时候我抱着你和钟芒，一只手一个把你们扛在肩上，让你们去瞧树上的知了。喏，就是这棵树。”

陈山野摇摇头：“不记得，那得是我很小的时候了吧？”

“是啊，那时候钟芒才刚学会走路没多久吧。你也瘦瘦小小，皮猴似的……”陈河川笑了笑，眼角的皱纹和树干上的纹路相似。

陈山野仰头，树叶筛落着碎金子落在他的眼里，弯弯绕绕的白雾中，闪过了许多破碎不完整的画面。

香烟烧至一半，陈河川换了个话题：“你和小阮商量过没有？”

焦苦的烟草在胸腔里静静地沉淀了下来，陈山野叹了口气，道：“还没有。”

“要不你还是留在羊城吧，给奶奶盖房子这件事情也花不了多少时间，我找一建筑队，让他们大包就好了。”

“爸，盖房子是一回事，现在奶奶就剩一个人在这儿，身边不能没有人。”

“那还有我和你妈呢。”

陈山野侧过头看他鬓边增多的白发，说：“你和妈的身子也不如从前了，还有思扬，再过一年也要念小学了。之前老师不是说过，最好跟在父母身边吗？”

陈河川眼前白雾弥漫，眉头皱起：“那小阮怎么办？你总不能让人跟你跑来这小地方受苦吧？”

陈山野没说话，只是嘴边的香烟燃烧得更快了，没几下就化成了灰烬，簌簌地落在地面，又被风吹走。

第十二章 我爱你

日历悄无声息地翻了页，2020年进度条不知不觉只剩下四分之一。

陈山野和房东结算好了租房押金，出租屋里的东西前两天已经收拾好了并搬走。他的东西很少，两个红白蓝编织袋里还有富余空间。

他站在走廊上，看了最后一眼对面紧闭的木门。

再见了。陈山野在心里说。

走廊的白炽灯依然惨白，邻居的鞋子被他踢回各自的房门前。楼梯间不见光，他弹了下舌头，感应灯依然没亮起。

陈山野缓缓地行走在斑斓的霓虹灯里，住了那么些年，离开的时候多少会有些感慨。他先去王虎的快餐店和一些相熟的店铺道别，最后来到发廊门口。

他推开玻璃门，看到瘫坐在沙发上的女孩儿，敲了敲门上的玻璃："罗蕊，你出来一下。"

说完他还是和往常一样往后退到门外。

罗蕊按灭手机屏幕，但没有站起身，屁股像黏在沙发上无法动弹。

身旁的吴向真用手肘撞了撞她："去啊，人家找你呢，你之前不是总盼着陈山野来找你吗？"

罗蕊苦笑了一声。

她这一刻想要见到的那个人，再也见不到了啊。

她最终还是起身走到门外，走到陈山野身旁，嗫嚅道："山野哥……"

陈山野不想拐弯抹角，把捏在手里的银行卡递给她。

小小的蓝色卡片在粉色霓虹灯下颜色变得迷幻。

罗蕊眨了眨眼，一脸不解："这是干吗？"

"钟芒的银行卡。"

"给我干吗？"罗蕊的声音开始发颤。

"他生前就放不下你的事情，这笔钱虽然不算多，几万块还是有的，密码是他的生日，他的生日你知道吗？"

"我……我知道的……"水雾迅速漫上她的眸子，发廊门口彩色转灯蓝的、红的光，映在她眼里交融成好看的颜色。

上上个月她过生日，钟芒给她买了好吃的草莓奶油蛋糕，慷慨地请了发廊的全部小姐妹下馆子吃饭替她长脸，还送了她礼物。

那时候罗蕊问了钟芒的生日是何时，想在他生日前攒点儿钱，到时候也给他买份礼物。

没承想，如今两人已是生死相隔。

陈山野见她站着不动，直接抬起她的手，把卡片塞到她的手心里："嗯，那你拿了这笔钱，去学点儿别的东西，别干这一行了。"

"我什么都不会，也没读过几年书……"罗蕊急着把银行卡还给陈山野。

陈山野挡了挡："那就学，你有什么特别喜欢的事情吗？"

"我……"罗蕊低着头，看自己已经好久没有补色的脚指甲。

之前钟芒总说她的脚涂红色指甲油好好看，所以她会在每次见他之前都特地补一补色。

银行卡边缘刮得她掌心疼痛，眼泪涌出，一滴滴地坠落到地上和掉色的脚指甲上："我喜欢做指甲……"

陈山野点点头："嗯，那就去报班学，可以学会的。"

罗蕊不停地抽泣。她用手背抹掉眼泪，泪水却源源不断地涌出，心里像破了个洞似的，怎么都补不起来："可是，为什么啊，为什么他要对我那么好啊？我只不过是……"

陈山野知道她要说什么，直接打断了她："但钟芒没当过你是。"

他将钟芒离开之前的那段话转述给罗蕊，接着说："银行卡你收下，如果还有什么困难，你再给我打电话。未来的路怎么走还是得看你自己，你这么年轻，不要随便放弃自己。"

她紧紧地握着银行卡，泪流满面，泣不成声："对不起，山野哥，我那天有去殡仪馆的，但我……我没有进去……"

那一天罗蕊站在殡仪馆门口，已经和工作人员问好了钟芒的告别式灵堂的所在位置，但最终还是没有走进去。

她怕看到钟芒长眠的样子，这会让她痛不欲生。

"嗯，我知道了，钟芒也会知道的。"陈山野勾起嘴角笑笑。

"你就这样把银行卡给她了啊？"

奶白色的米糊在热锅里被细长木勺一圈圈地搅拌至凝固黏稠，阮玫舀起一勺米浆，软糯白浆已成型，黏在木勺上犹如奶白的果冻一般晃晃悠悠。

陈山野站在她身后，下巴抵着她的肩膀，长手一伸关了火，握住她拿木勺的手，带着她在白色米浆里搅出旋涡："嗯，再拌一拌。"

"银行卡剩下多少钱啊？"厨房太热了，男人又像条大狗一样趴在她身上，她早已汗流浃背，耸了耸肩嘟囔了声"热"。

"他之前花钱没个节制，我那天去查了，剩了七八万吧，估计大部分是后来干那活得来的。"

陈山野不肯离开阮玫，搭在她腰间的左手手掌用力，将她压在身前让两人紧紧黏在一起："我最后问了罗蕊介不介意这钱的来历……"

他回想一个小时前罗蕊最后的答复。

她脸上泪痕遍布，说："哥，我自己什么样子你也清楚，怎么会介意呢？这笔钱我会好好珍惜的，谢谢你和钟芒。"

"那这也算是了结了钟芒其中一桩心事吧。"汗水从额头滑下，阮玫整个人被裹在一块热铁里，哪儿哪儿都被陈山野焐得发烫。她气得跺脚，"太热啦，陈山野！"

"进房间好不好？有空调。"陈山野提议。

阮玫扭着腰，坚决抵挡诱惑："不要！先把凉虾做完了！"

陈山野咬了她的脖子侧面一口，松开她，走到冰箱处拿出早已备好的冰水。

糨糊状的米浆倒进大漏勺中，另一根大汤勺挤压米浆。米浆钻过了圆圆小小的勺眼，跟白色的蝌蚪似的，一条条蹦进了冰水里。

成型的一颗颗米浆落到冰水底部，像是沉睡在晶透湖底的小白虾。

"要先冷藏一下，晚点儿再吃吧。"陈山野捧着大碗放进冰箱，回过头拉着正准备收拾厨房的阮玫走向房间。

阮玫被他拉着快步走，有些哭笑不得，调侃道："陈山野，你最近怎么回事啊？好热情似火哦。"

陈山野不回答，进了房间后把人儿抵在墙上接吻。

回到羊城的这段时间，他们像两头疯兽一样，不停在对方的领地留下自己的印记，肆意挥霍着所剩不多的夏天。

阮玫不留力地在他的肩膀处咬出一个齿痕，红的、烫的，脸颊流下的眼泪滴落到伤口上，成了火星上的一场雨。

阮玫是真的想要把他咬下来一块肉，想让他哪里都不能去，只能留在她身边。

许久后陈山野开了窗，夜风掀起窗帘的一角，祖母绿的玻璃皿里的烛火舞动。

他坐回床头摸了根烟点燃，阮玫无力地扬了扬手："我也要。"

"你少抽点儿。"

"你最近也抽不少，你不抽我就跟着你不抽。"阮玫眨了眨眼。

陈山野还是拿了根塞到她的指间。

阮玫向陈山野张开手臂："抱我起来嘛，我没力气了。"

陈山野的笑声低沉磁性："就你娇气。"

阮玫把烟含在嘴里，扬起下巴，软软地"嗯"了一声。

陈山野明白她的意思，低头让两根烟接吻，火花像某种化学反应在两人之间滋生，燃烧得火光璀璨。

两人都沉默了下来，似乎都在等着谁先拉开口袋的拉链诉说心事。

烛火响了一声，陈山野先开了口："我下周要回家，法院那边通知时间了。”

阮玫缓缓地吐出一口白烟：“哦。那什么时候回来？”

陈山野没回答，眼底是烟头的火星灼灼跳跃着，可火焰没有燃起一丝温度，一双黑眸是山坑里冰冷潮湿的湖水。

阮玫把烟拿开一些，牙齿咬住微颤的下嘴唇，压下胸腔里拼命涌起的酸涩，问：“那我要等多久？”

尼古丁好似成了锋利刀片，在陈山野的喉咙里和心脏上割出一道道血痕。他的声音沙哑：“你是什么时候知道的？”

阮玫的声音也是：“知道什么？”

“知道我暂时不回来羊城了。”

“那天在奶奶院子里，我听到你和你爸爸的对话了。”

她的鼻子痒痒酸酸的，抬手揉了揉：“我尊重你的决定，也知道你在纠结什么。既然这样，就换我做一次坏人吧……”

阮玫坐起身，还带着温度的烟灰落在陈山野身上。可他一动不动，只有慢慢儿发红的脸能看出他的情绪。

“陈山野，这次我不跟你走了。”

雾气弥漫上眸子，阮玫在逐渐迷蒙的视线里，看见陈山野嘴边的火星发疯似的燃烧，像火药旁的引火线，下一秒就要引爆炸弹。

阮玫脑子里这时回想起几个月前，陈山野的那一句“跟我走”。

她强忍着不眨眼睛，也忍着声音里的颤抖：“一时半会儿我没办法离开这里。你是知道的，我放不下那家店和客人们。”

陈山野的喉咙被浓烟堵死，想回答她他当然知道。

就是因为知道阮玫在这家店付出的心血，他才一直没办法像上次一样，让她收拾好东西跟他走。

“我会在这里乖乖地吃饭、好好地工作、努力地赚钱，我可以和你谈异地恋爱，我可以等你……”

阮玫感觉鼻子猛地一阵酸涩，眼泪最终还是逃脱不了坠落的命运，从下巴滴落到男人微颤的胸膛上。

“但我就问你一句，我等你，你还回来吗？”

你是怎么喜欢上一座城市的？

这个问题很容易回答——因为这里有你喜欢的工作和生活，有你喜欢的气候和温度，有你喜欢的食物和活力，有你喜欢的人？

那你是怎么对一座城市失去了希望？

因为这里让你受过伤。

可能是微不足道的伤，上下班高峰期气味浑浊的地铁、绵延不绝的梅雨天、谈了三年的男朋友劈腿、回到家的时候只有一室清冷没有一盏灯、一日三餐都在便利店和外卖软件里解决……

可能是无可奈何的伤，你渐渐地跟不上城市的速度了，被高速奔跑的生活抛下了，你在这里失去了一些人……

阮玫就是怕了，怕钟芒的离去，让陈山野对这座城市没了希望。

璀璨繁华的高楼大厦又如何，陈山野的心里一直装着家里的月亮和星辰，排队两三个小时才能吃上的异国料理，远远不及他父亲下的一碗米线。

陈山野还没来得及对这座城市产生归属感，那双努力飞翔的翅膀已经受了伤。

那一只只迁徙的候鸟，飞得再高再远，终有一天还是要归家，要回到其他家人身边。

钟芒安葬的那一天，中途离席后她在旁屋睡了一会儿，醒来发现院子里没了动静，村民们都散了。

她刚走到院子里，就瞧见陈山野和父亲两人并肩站在老树下，干燥的风把他们的衣角吹起，也将他们的对话送到她耳边。

她逃回房间里，背脊抵在斑驳掉色的木门上，垂着头急促地喘气。

光线从木门上细小的缝隙刀片一样捅进她的背，屋里的尘埃在亮光里上下漂浮。她其实之前就察觉到了陈山野的想法，没有过分地诧异，可当知道的时候依然心里会揪着疼。

浸满血的毛巾被狠狠地扭着拧着，淌了一地鲜血淋漓。

阮玫认真地想过，如果陈山野问她要不要跟他走，她要怎么回答。她做的虽是电商，但实体店铺也是她工作中很重要的一部分，每天和不同的客人见面，倾听他们的故事，为他们解决感情上的问题，是她乐在其中的事。就算她放弃了实体店跟着陈山野回到县城从头开始，也不是说走就能走。

阮玫觉得，其实陈山野是不愿意让她丢下一切跟他走的。

所以从云南回来后的这段时间，陈山野没有提起这件事情。只是经常在夜深人静二人相拥而睡的时候，他会悄悄地下床拿着烟盒走出卧室。她躺在床上没有动，直到房门掩上，她才睁开眼睛。

阮玫让陈山野教她做菜，两人沉溺在拥抱和亲吻中，决口不提起分离的事情。陈山野抽多少烟，她就陪着抽。烟雾将他们困在小小的天地里，他们尽情地享受这最后的时光。

陈山野已经承担了太多，阮玫不愿意连自己也变成他的负担。

无论这负担是甜还是苦。

“但我就问你一句，我等你，你还回来吗？”她哭着问。

堵着喉咙的浓烟仿如干冰一样从鼻腔喷出，刺得陈山野觉得快要被冻伤。

迷雾中他看那被泪水浸得半透的眼皮一眨一眨，像小贝壳一样吐出颗颗晶透润泽的珍珠，水做的珍珠滚落得到处是。他还来不及去收集，它们已经破碎成一摊湿腻的海洋。

这是他爱的姑娘。

鼻尖红彤彤，嘴唇仿佛是快咬破皮的樱桃，汗水沾湿了乌黑绸缎般的发梢，肩膀微颤，连带着胸前两团白肉都在跳动，像极了刚才锅里搅拌成型的软糯米糊。

明明哭得小脸皱巴巴的好丑，又漂亮得令他移不开眼睛。

陈山野收走阮玫手里燃烧的香烟，也不处理自己身上掉落的烟灰，把两支烟在烟灰缸里一起摁熄了。

带着烟草味道的手指去碰那易碎的水珍珠，想捞住水里的月亮，可一碰那月亮便烂得稀碎，伴着泪水从他指缝流走。

他轻叹了一声：“你哭成这样，我怎么能安心走？”

“你都不知道，我有多想自私一回，让你不要走……”阮玫把心里话全抖了出来，啜泣得更厉害了。

陈山野何尝不是？

他也想过自私一回，管她那什么玫瑰与奴隶，只要她跟他走，他这辈子都跪在她裙下又如何。

但这样的人，不是阮玫，也不是陈山野。

他把哭得脸颊通红的人儿拉近一些，吻过她眼角的月光："那你就乖乖的，等我回来。"

"如果我不乖呢？"阮玫回吻他发烫泛红的眼眶，鼻子一抽一抽的。

陈山野抵着她的额头，黑直的睫毛掩去他眼里聚集起的水光，鼻尖碰着鼻尖，洁白的牙齿依然是那树梢上挂着的月牙。

"那你的手心就等着遭殃。"

剩下的几天，陈山野把车队的工作辞了，把这段时间欠客人的几百份炸酱肉帽订单全完成了。阮玫的号暂停接单，并将买炸酱肉帽的客人引流到陈山野的微信号上，说等陈山野回县城过渡到稳定期时，会重启这一项业务。

最后一天陈山野收拾好行李，给冰箱填满食物，留了几份肉帽，凉虾也给她多做了一些冰着，想吃的时候淋上红糖水，撒点儿桂花就行。

还是人来人往的高铁候车大厅，阮玫为了进站送陈山野，专门买了张同一趟列车、但只到第一个车站的车票。

原本陈山野是不让她这么做的，这人最近特别爱哭，而每看一次她哭，他的心脏就仿佛要被攥爆。

阮玫一直保证自己会控制好感情，陈山野拗不过她，由着她买了一程车票。

候车的两人相邻而坐，耳机里他们一起听过的歌全唱了一遍。

《深夜港湾》的关淑怡唱"你快将消失，消失去，去了未会返"，阮玫自言自语说道："才不会，会回来的。"

《狐狸今天你愉快吗》的薛凯琪唱"狐狸，你要的是我吗"，阮玫点了点头。

《玫瑰奴隶》的林二汶唱"但爱是怪东西，连幸福跟伤痛都美丽"，阮玫没来得及说话，就被陈山野抬起下巴吻住了，也不顾他们对面还坐着其他候车的乘客。

陈山野用音调奇怪的粤语跟她告白，低哑浓醇的嗓音在她耳朵里游荡，像条灵活的海鳗，释放着身上的细微电量刺得她酥酥麻麻的。

陈山野带的东西就一个行李箱，带不走的东西一些放在阮玫住处，一些放在店铺储物间里。

他一只手拉着行李箱，一只手牵着他的姑娘，走向自己座位所在的二等车厢。

离开车还有十分钟，陈山野放好行李箱，走回月台，周围有三四个男人争取最后的自由抽着烟。

“你不抽？”陈山野问。

阮玫摇摇头，道：“今天不抽了。”

陈山野拉着她走到一旁，再三叮嘱：“如果姓黄的那小子还来骚扰你，就直接报警知道吗？”

“知道啦。”阮玫抬手抚了抚他胸口微皱的衣料，“法院宣判之后，你要第一时间告诉我。”

“好，一个人在家里要小心水电，烟少抽点儿。到饭点了怎么都得吃饭，别有一餐没一餐的。”

酸涩开始涌上脑门，阮玫的声音开始变了调：“嗯，那你也要注意身体啊……”

陈山野捧起她的脸吻了下去，心又开始揪起来：“宝，你别哭啊。”

“我决定了……”

“什么？”

“你那钱我不还你了，就欠着！”阮玫愤愤地把偷跑出来的眼泪抹在陈山野衣服上，“等到你回来，我才继续还！”

“好，都依你。”

陈山野巴不得阮玫永远不要还，这样他们之间就算再怎么改变，都还存在那张看似儿戏的欠条作为纽带连接着两人。

月台的风裹挟着热气和烟草味，搅动起他们身边带着离别忧伤的空气。风变得缓慢，周边的人影变得透明，广播通知列车即将开车请乘客尽快上车的声音变得缥缈。

陈山野一寸寸地吻着阮玫的唇，柔软温热的呼吸钻进唇缝，胸腔里的情意被小火烧得滚烫，喉咙里漫起绵密微酸的泡沫。

破裂的泡沫堵得鼻梁、眉心都泛酸，身边似乎传来了戏谑的口哨声，可专心接吻的两人并不打算理会。

直到月台工作人员拿着小喇叭重复催促抽烟的乘客赶紧上车，陈山野才松开她，眼神晦涩不明。

阮玫忍着泪，狠下心，咬得他的下唇渗出鲜血："陈山野，等归等，别让我等太久了。"

陈山野舔走铁锈般的血腥味，哑声应承："知道了。"

白色车门在嘀嘀的蜂鸣声中缓缓闭合，一人在里，一人在外。

椭圆透明玻璃框着月台上穿着短裤白衣的女人，黑直的长发在她背后被风拂起，宛如是在明媚夏天里跳舞的墨绿色杨柳。

陈山野低头掏出手机，想给她打电话。

阮玫见状，也拿起了手机等着。

车缓慢地启动了，电话响了，阮玫才发现自己右耳里还戴着耳机。她接通后对着车里的男人笑了笑："喂，你把我的耳机给带走了。"

陈山野也发现了，刚才不知道几时音乐停了，让他一直忽略了左耳里的那个耳机，便带上了车。

随着渐渐加速的列车，他侧过身，目光仍然紧紧地黏着在月台上的姑娘身上，可已经快看不清她脸上的表情。

"嗯，我带走了，下次见面再还你。"

阮玫也不问他下次是什么时候。

耳机里很快传来蓝牙断线的提示音，提示着他们之间的距离，超过距离了。

视线里的人影越来越小，很快便什么都看不到了。

一刹那，陈山野想起五月份那一次雨中追尾，他在后视镜里看不见那辆白色飞度时顿时漫涌至全身的失落。

这一次也是，他们在纵横交错的铁道路口，又一次分道扬镳。

陈山野挂了电话后站在车门口许久，才提起好似灌了铅的脚，走进洗手间洗了把脸。

他将手撑在迷你尺寸的洗手盆上，看着镜子里的自己。

黑色的碎刘海被水泼湿成一绺绺，睫毛、鼻尖都挂着水珠，嘴唇还带着阮玫的甜蜜，也染满了湿热的血腥味。

他回到自己的座位，邻座靠窗的男人瞅了他一眼。待他坐下后，男人好奇地问他："哥们儿，刚那是你的女朋友？"

这对男女的外形过分醒目，又在月台上忘情地热吻，很难不瞩目。

陈山野"嗯"了一声，把落单的蓝牙耳机取下，小心地放进背包里，抽出自己的耳机准备听歌蒙头大睡。

男人又问了句："她怎么进站了又不上车？你们分手啦？"

陈山野很想应他一句"关你屁事"，但忍住了，只反驳了一句："没分手。"

他塞紧了耳机，侧过身子闭上眼。

明明没分手，怎么比分手还心疼呢？

"山野，今天外头起大风了，有些冷，你等会儿带扬扬去上学时记得给他多穿一件棉外套。"

陈河川一边说一边脱下身上的外套，把买回来的油糕和稀豆粉拿到餐桌上。

"知道了。"陈山野应了一声，走进厨房拿了个大碗和瓷盘，将温热的稀豆粉倒进碗里，炸至金黄的油糕整齐地码好在盘中。

洗漱完的陈思扬原本一脸倦意，但一闻到油糕的香气就睁大了眼："油糕！"

"对，爷爷刚买回来的，赶紧趁热吃。"陈山野大掌一伸，薅了一把小男孩儿圆滚滚的脑袋。

虽然油糕没有刚出炉时那么热乎，可裹着的那层面皮还很脆，蘸着稀豆粉放进嘴里，轻轻一咬，里头全是松软香口的土豆泥。

见陈思扬吃得小嘴巴油油的，沈青拿了条毛巾给他擦，看向自己的儿子："你送完扬扬就去店里是吗？"

"对，今天要发的单子挺多的。"

"那妈和小姐妹们出去喝个茶，完了就来店里帮你。"

“没关系，你去玩，我一个人也搞得来。”陈山野咬了一口油糕，酥脆作响。

青黄不接的叶子长在清冷的秋风里，陈思扬牵着父亲的大手走下斜坡，一片黄叶子吹到他的脚边。小孩子拾起，高举在陈山野身前：“爸爸，叶子变黄啦。”

“嗯，因为是秋天啦。”

“叶子变黄啦，爸爸。”陈思扬重复了一次。

看陈思扬一脸期待，陈山野有些不解，蹲下身问：“然后呢？”

小朋友的两根小手指捏着树叶的根柄，旋转的树叶仿佛是颗快要飞上天的氢气球。小思扬眨巴着眼睛：“你上次说等到叶子变黄，小阮阿姨就会来咱们这儿。”

陈山野愣了一会儿，喉头一哽，话语也被秋风吹得萧瑟：“阿姨最近忙呢，再等过一段时间吧。”

小男孩儿噘起嘴，双眼难掩失落：“哦，好吧。”

送完陈思扬后，陈山野原路折返，回到巷口，将自家店门的卷帘门打开。

他刚回家的那晚就瞧见了胖婶的米线店门口贴的“旺铺转租”，第二天一问，胖婶老公近期身体状况不太好，她得回家照顾老伴，儿子因为工作关系没办法回来帮忙，这开了二十几年的老店也只能匆匆落幕了。

陈山野本就有租店铺的需求，进厨房看了下环境和设备，直接敲板定了下来。胖婶的店铺是她自己的房产，一看是陈山野想接手，连租金和转让费都主动降了一些。

店招牌是前两个星期换掉的，原来黄底红字的店招如今是白底黑字，写着“山食”二字。

字是阮玫托人找师傅给他写的，两个毛笔字磅礴大气，同时阮玫还找人设计成整套的产品包装封条和封口贴，让之前略显简陋的食品包装袋瞬间提升不少质感。

在如何经营微商方面阮玫提供了许多经验和话术，东西好吃是基本分，其他的方面例如产品包装、售前售后服务、朋友圈发小广告的时间、文案排版，等等，每一项细节都是加分项。

在电商方面只要阮玫教的陈山野都会认真照做，要学习的东西很多，每一样对他而言都是新的尝试。

他的店没有做堂食，因为仅仅是线上销售就已经要把他忙晕。他越发觉得他家媳妇儿真有本事，看着挺简单的活，其实背后做的工作耗时又烦琐。

陈山野进店后先开了电脑，把昨晚新增的订单资料添加进文档里，滑到文档最上方，选了两百份单子导进打单软件里，按了快递单连打之后就准备进厨房忙活。

这时手机响起，他一看，是村里的施工监理打来的，接起后对方说地基挖好了，让他可以的话隔天过去验收查看，再进行下一步。

陈山野滑动鼠标看了下电脑里的订单数量，应承了下来，决定这天加班再多发一部分单子，以免未发货订单积压过多。

玻璃门被推开，走进一个高瘦少年，是市场猪肉摊老板的大儿子，提着两个大红塑料袋："哟，野哥，今天的肉给你送来了。"

"排骨有帮我也带上不？"陈山野走向前要帮他拿，被少年拒绝了。

"袋子油，你别过手，外面还有一袋，我等会儿给你拿。"少年熟门熟路地往厨房走，二十公斤的猪肉轻而易举地拎在手里，"排骨我给你挑了一条瘦的，和一条肥肉稍微多一点儿的，你试试看哪一种肥瘦适合，之后每天我给你专门留着。"

"行。"

猪肉小老板离开后，陈山野开始做这天的炸酱肉帽。

厨房同时支起了五只大铁锅，每天至少得炒三趟才能勉强满足当日的量。陈山野依然想不明白怎么订单会越来越多，但也无所谓了，他又不是傻子，非要和钱过不去。

五只大锅涌起的热气和桑拿房似的，陈山野脱了外套就剩件短袖黑色短袖T恤。回来这段时间，他的皮肤好似又晒黑了一些，加上整日颠重锅、扛重物，手臂肌肉还壮了点儿，稍微一用力就撑得袖子鼓胀起来。

酱在铁锅里炒干的过程中，他熟练地一只手拿铁勺，一只手在手机上接单。

人不能离开锅旁太久，因为酱炒到后面的时候容易黏锅，必须经常在锅里头拌炒一下。

突然电脑旁的热敏打印机没了声响，陈山野走出去一看，原来是快递单用完了。他放下铁勺走到电脑旁，从抽屉里拿出一沓空白快递单，一千张，他这里每两三天就得用完一沓。

陈山野把包着快递单的塑料薄膜拆开，打开打印机盖子塞了张单子进去，盖上盖子按下按钮，正常情况下打印机会继续刚才未完成的任务，可这会儿打印机却安静地一动不动。

陈山野捣弄了一会儿，想着会不会是打单程序的问题，准备重启一下软件。

他想起厨房锅里的肉帽，怕烧太久煳锅了，他下意识地唤了声："阮玫，帮我进厨房炒一下肉酱。"

几秒后，他反应过来自己干了什么蠢事，视线虚晃了一下。

陈山野叹了口气，自己进了厨房。

沈青来的时候，陈山野已经在炒第二趟了，第一趟炒好的酱按味道分别装在不同的深盘里头，等放凉了下午再装袋，然后真空封口。

沈青熟练地接过儿子的铁勺，顺便和他八卦早上妇女茶话会听来的消息。

"听说，吴家把房子贱卖了，比市价便宜了好多呢，接着在省城那边买了套小高层。哎哟，那儿房价可不低，一万好几呢，吴家这几年真是富贵了……"

陈山野"嗯"了一声，就当是回应了，把两条排骨扔在水槽里洗净。

沈青瞄了儿子一眼："你怎么一点儿不在意啊？"

滴着水的小排搁上砧板，手起刀落斩成若干小块，陈山野的语气没多大变化："还要在意啥呢？不都没关系了吗？"

法院把孩子和房子都判给了他，房子属于夫妻共同财产，他原本已经做好了心理准备会判平均分割，但法院把房子判给了他，只需要给予女方适当补偿。

而吴家没有要陈山野的补偿，许是吴璇丽私下和父母说了什么，陈山野最后一次见赵冰清时，对方一直躲闪着他的视线。

他将肉排加调味料拌匀腌制，又挑了两个香菇洗净泡发，然后回到炉边帮忙炒酱："上个星期和爸去看的那房子如何？"

这下轮到沈青"嗯"了一声，没回答。

陈山野接着问："不喜欢？那就去看看隔壁小区。"

县城新区近年有几个新起的楼盘，陈山野的心愿一直没变过，希望给父母买套不用爬楼梯的房子。

"山野，我和你爸商量过了，卖房子那钱你自己留着，之后你得用钱的地方还很多。你看，羊城的房价也很贵……"

"妈，那是以后的事情了，给你和爸换套房子也是我想做的事情，趁着咱们这儿的房价还没涨，趁早买了。"

他口袋里的手机突然响起，是闹钟响了。

"妈，你帮我看下火，我出去打个电话。"陈山野掏出手机按灭声响。

"行，行，行！你赶紧去。"沈青笑着搅拌锅里的酱，儿子现在准时准点就得给人打电话。

县城早晚温差大，中午太阳高升时气温暖和，陈山野穿着短袖站在店门口，有秋风吹过也不觉得凉。

手机锁屏是夏天那一夜在"小蛮腰"前他和阮玫的合照，是陈河川帮他们拍的，经典的游客照，阮玫倚在他身旁，他揽着她的肩。

那时姑娘的头发还是夜里盛开的玫瑰。

他的嘴角不由得染上正午阳光的暖意，拨出了电话。

刚睡醒的呢喃宛如温暖海水涌进他的耳朵里，他的笑意渐浓，低声说："懒猪，起床啦。"

·

"该死的异地恋！！"

于熊明大骂了一声，仰头咕噜咕噜地猛灌了半瓶啤酒，来不及咽下的酒液顺着下巴滑下，沾湿少年的衣领。

"对！异地恋滚蛋吧！"

附和的是阮玫，一头黑发束成松软的团子，发绳坠着两颗玫红色的珠子在脑袋上晃悠。她高举着啤酒罐，铁罐上的水珠滚落至纤细的腕骨。

可罐口还没放到嘴边，就被于熊明拦住了：“哎，不行，不行！山野哥交代了不让你喝太多酒。”

阮玫睁大杏眸，难以置信地看着这个叛徒，声音都在颤抖：“于熊明，你什么意思？”

“没办法啊，姐，我现在的胃都让山野哥拿捏得死死的。”于熊明耸了耸肩，把阮玫手里的啤酒罐拿开一些。

徐子玲在一旁笑得身上的浅棕色羊绒披肩都给落了地，于熊明也懒得用叉子了，直接徒手捏起一只虎皮凤爪丢嘴里嚼了起来。

大鸡爪子皮酥肉嫩，鲜香微辣，连骨头都焖煮得酥软，嚼一嚼就能吞下肚。少年盘腿坐在地上啃鸡爪的模样是一点儿网红形象都不顾，阮玫恨不得拍下他的丑模样发网上给他的粉丝们看。

“绝了啊，姐，这鸡爪配啤酒真的绝了！什么时候正式开卖啊？”

“应该下个星期吧，做这个的工艺比较烦琐，老陈得重新安排一下时间，毕竟炸酱肉帽和香菇排骨都还是有很多人订。”阮玫下巴抵着膝盖，按开微信给陈山野发了条微信：“你干吗让小熊监督我喝酒！（生气）”

“等他这个菜上线，我给他录个吃播。”

“嗯，到时候给你和另外几个网红寄试吃。”

酒喝了一些，陈山野下午刚寄过来的几道菜已经吃光了，琉璃灯投下的彩色光斑加浓了几人脸上藏不住的心事。徐子玲摸了烟盒，问另外两个人：“出去抽一根？”

于熊明也拿了自己的烟盒，垂在额前的刘海少年气十足，长臂一撑站了起身，踮踮自己发麻的脚尖：“走！”

十一月的夜风终于吹起凉意，阮玫在院子里摆了几张高凳，于熊明给她递了烟，她摇摇头：“你们抽，我不要了。”

“你戒了？”徐子玲讶异地问道。

“也没有，只是没那么大的瘾了。”夜风吹得阮玫寒毛竖起，抱住双臂搓了搓。

“啧啧啧，谈了恋爱就是不一样。”徐子玲匀了半边羊绒披肩给她。

抽上烟的少年一声不吭，烟雾缓缓地往上飘。阮玫和徐子玲对视了一眼，她们都知道于熊明和他对象的感情像走到了悬崖边，岌岌可危。

异地已经够难受了，异国恋简直要人命。

于熊明抽了几口烟，问徐子玲："你呢？最近有什么烦恼？朋友圈见你总发竖中指的表情包……说给弟弟听听呗。"

"我吗？没什么烦恼啊，不就是公司里那些破事吗？"徐子玲淡淡一笑。

"真的吗？"

徐子玲捋了下被风吹乱的短发，声音随着烟雾上升："真没什么大事，就是每一年都想过的，要不要辞职不干罢了。"

徐子玲真是每一年都有一段时间每天吵着要辞职，以往他们听一听就甩到脑后了，但不知道为什么，这年他们觉得徐子玲有点儿认真了。

两根烟燃到尽头，轮到两人问阮玫："那你呢？"

"我？"

圆圆的卵石般的脚指头在拖鞋里蜷了蜷，阮玫把自己缩进大披肩里头，仰头看着这晚天边泛着罗兰紫的夜空："还能怎么样呢？想他了呗。"

"山野哥哥！"

听到门口传来明朗清脆的声音，陈山野吓得手一抖，差点儿把手机摔地上了。

他抬起头，看推开店门和冷风一起走进来的女孩儿。十六七岁的模样，裹着一身大红色羽绒服，肩上背着藏青色双肩书包，长发束成马尾，脸蛋儿被风刮得两颊通红。

"晓云，不是告诉过你不要这样喊山野哥吗？"正在忙着打包的蔡晓峰眉毛皱得快要打结，提醒自己亲妹妹的语气也不太好。

"我这不是跟着你叫吗？山野哥哥也没说不好啊，你管我那么多干吗？"蔡晓云直接反驳自己亲哥。

"你哥喊我'山野哥'，你就跟着他喊吧，'哥哥'听起来把我这老男人给喊嫩喽。"陈山野自嘲道，避开小女孩儿过分炽热的视线，专心地看元旦前的高铁票，计算着假期要怎么给某人一个惊喜。

正值青春期的年轻女孩儿哪能明白陈山野的拒绝，满心满眼都只能看得见成熟男人的好。

蔡晓峰见妹妹傻乎乎的模样就觉得闹心，开口赶人："不是我说你，放学了就快点儿回家，来这儿干吗呢？"

"我……我来帮你打包啊，不行吗？"

"得了吧，你别添乱！快走，快走！"蔡晓峰把快递单贴好，对着女孩儿扬了扬手。

偏偏蔡晓云就爱和蔡晓峰作对，书包一摘一甩，坐在塑料凳上就不挪地了。

陈山野订完车票，起身走到打包台旁边，帮蔡晓峰解决了最后几个包裹。

蔡晓峰是他上个月请来的，年轻人手脚麻利，头脑灵活，有了他的帮忙，他一天能多干许多事情。

但是如果当时知道蔡晓峰会带来这么个小麻烦，陈山野就得再考虑考虑请不请他了。

他剜了蔡晓峰一眼，意思是：把活干完了，赶紧领你妹回家去。

蔡晓峰心领神会：知道了知道了老板！

蔡晓峰后颈忍不住起了一阵战栗，不知是因为刚才钻进店里的那一阵寒风，还是因为陈山野的眼神，他不再多说话赶紧埋头专心工作。

"山食"的包裹都是有些体积的保温泡沫箱，每天下午快递小哥都得开着面包车来来回回地跑好几趟才能运完。

冬天天黑得飞快，快递小哥拉走最后一车的时候街道已经灯火通明，仿佛一颗颗宝石璀璨斑斓地洒落在黑绒布上，顺着人来人往的老街蜿蜒而下，透迤出小城曼妙的轮廓。

蔡晓峰从衣挂上拿下羽绒服，轻踢了一下妹妹坐着的凳子脚："走啦，回家啦。"

他套着衣服，对厨房喊了声："哥，我们走了。"

声音伴着哗啦啦的水声："嗯，回吧，我收拾完也走了。"

蔡晓云不情不愿地把课本丢进书包里，少女心里藏不住事情，跑到厨房门口把来这儿的目的问出口："山野哥，你明天晚上有什么节目吗？"

陈山野没抬头，手里洗着器皿："没什么节目，在这儿备料干活啊。"

"但明天是圣诞节呢，新区那边的大广场立了棵圣诞树，还说会有人工飘雪……"女孩子的话语里藏着期待。

每到这种洋节日，小县城也会不免俗地热闹一些，随着新区的商业街发展起来，花样也一年比一年多了点儿。

陈山野"嗬"了一声，把洗好的器皿一个个倒扣沥干："那是你们小年轻过的节日，我不过那玩意儿。"

蔡晓云还想争取一下，但书包带子被扯了一下，蔡晓峰哪会看不出她的心思，拉着她往门口走："你要看圣诞树，等明天哥哥下班了陪你去。"

"哎，蔡晓峰！你放手！"

兄妹俩在店门旁拉扯打闹着，这时一股凛冽的寒风涌入，两人同时看向被推开的店门。

走进来的女人穿着一身挺括有型的羊绒大衣，黑麂皮过膝长靴包裹住百合花枝般的长腿。

女人拉下遮住大半张小脸的浅棕色围巾，仿佛嵌在白贝里的黑玛瑙在鸦睫下隐隐闪着光，她粉唇微启："请问陈山野在吗？"

蔡晓峰年纪轻轻的还没怎么见过世面，看着样貌精致的姑娘，背脊、脖子都绷紧了，一句话说得结结巴巴："在……在的。老板！有人找……找你！"

小姑娘和她哥哥不同，一下子就嗅出了空气中的异样，着急时说话也没经过大脑："姐姐，你是山野哥哥的朋友吗？"

"晓云！"蔡晓峰狠狠拉了一下不顾场合说话的女孩子。

阮玫眉毛微微挑起，呵出了一口暖气，乐得眼睛成了月半弯："对啊，我是你山野哥哥的老朋友，来找他叙叙旧。"

陈山野看着跨越一千多公里出现在他面前的姑娘，眼睛里起了雾。他揉了揉，揉散雾气，迈开腿朝门口走去。

"什么老朋友？晓峰，这你嫂子。"陈山野的声音像温煦的风融化了雪。

蔡晓峰也猜到了几分，陈山野每天手机固定有好几个闹钟响，一响就会给人打电话，电话聊天儿时眼耳口鼻都是柔和的。

“嫂子好！我是蔡晓峰，上个月刚来的！”

阮玫点点头：“你好啊，山野之前就跟我介绍过你啦，他总夸你干活利索，辛苦啦。”

蔡晓峰的脸烫了烫，不好意思地抠了抠发痒的眼角。

陈山野越过兄妹俩，直接将人儿揽进怀里，毛呢大衣上还裹着室外清冷的寒气，透过陈山野身上薄薄的单衣钻进他的肌理里。

陈山野的手掌在阮玫背上一寸寸地摩挲，凑在她耳侧，鼻息里全是他日思夜想的香气，那种他这一刻仍然不知道如何形容的、却令他微醺迷醉的香气。

“怪不得你今天总不和我视频。”他低声埋怨，像受了多大委屈似的。

“给你一个惊喜嘛。”阮玫被他紧紧地锢在胸前，两颗心跳终于再一次贴得紧密，身上的寒气很快被驱散得干净。

陈山野鼻尖在她围脖旁蹭了蹭：“我刚刚才买了元旦前的车票，想偷偷地回去看看你，给你一个惊喜。”

结果比她晚了一步，惊喜落到他头上。

阮玫心口仿佛舔了蜜，躲在他身前咯咯笑了。

蔡晓峰再怎么傻也知道要赶紧走人，把地方留给老板和老板娘，于是他拎着心碎了一地的妹妹急忙往店门口走：“哥，你和嫂子慢慢儿聊。我们走了，明天见！”

陈山野抱着松软的人儿不肯放手，头都不抬地交代了声：“你出去后帮我把卷帘门放下来，然后明天放一天假。”

蔡晓峰脸红，阮玫更是听得脸颊发烫，狠狠地在陈山野的腰上捏了一把。

金属门落下，落了一半，陈山野已经取下阮玫脖子上的围巾，托住她的后脑勺儿，吻住了微甜的嘴唇，是涂了樱桃润唇膏的柔软花瓣。

阮玫一下子乱了呼吸，听到卷帘门重重落地的声音，她终于可以踮脚回吻。

过了一会儿，陈山野哑声问："怎么选今天过来？"

阮玫笑得像只小狐狸："山野哥哥，是圣诞礼物哦。"

晚饭时间的老街热闹不已，仅隔着一道卷帘门的街道上总有行人和车辆经过。

陈山野拿了自己的毛巾用热水打湿，给阮玫擦脸擦手。

阮玫舒服得不行，脸颊在陈山野的指骨上蹭了蹭，声音娇滴滴："陈山野，我好想你。"

男人的一颗心被她焐得快要融化，陈山野低声笑道："我也好想你。"

陈山野给家里打了电话，告诉沈青说他今晚不回家了。

沈青一听阮玫来了，兴奋地让儿子次日晚上一定要带她回家吃饭。

陈山野看了一眼正扣着大衣扣子、小嘴哼哼唧唧的阮玫，笑着答应了母亲。

他简单地收拾了一下店铺，把自己的羽绒服递给阮玫："穿上这个，外头冷。"

男人的羽绒服又大又宽，披在身上像气球做成的大斗篷，长度几乎和她的长外套一样，把她遮得严严实实的。

"那你呢？"她是暖和了，但陈山野身上只穿了件薄单衣。

"操心我呢？穿好了，把拉链拉起来。"陈山野蹲下身，把卷帘门拉起，提醒道，"拉到脖子。"

两人都还没吃晚饭，阮玫穿得太少了，陈山野也不敢让她在外头待太久，山里入了夜，寒风便刺得骨头深处都发疼。

"晚上吃串串好不好？我让人送来酒店房间。"陈山野一只手牵着她，一只手拿着手机找出一个联系人，从朋友圈里找了菜单递给阮玫。

陈山野的羽绒服太大，阮玫的手从袖筒里钻出来就像只探出洞的小白老鼠，陈山野轻轻摩挲着她的拇指指节，胸腔像被点燃了一盏灯，将心脏的每一个角落照亮烘暖。

每天都要走许多遍的街道似乎有了一些许不同，他也说不出哪里不同。

仿佛，那总觉得蒙了尘照不清前路的旧路灯，今晚被擦干净了灯罩上的灰，昏黄将两人连在一起的影子在凹凸不平的路面上映得清晰明朗。

阮玫订的房间还是上次那个房型，虽然楼层和位置不同，不过窗口还是能瞧见河对面的铁道，绿皮火车经过时会晃落一串星光在河面。

房间暖气足，阮玫洗完澡后随意套了件宽松T恤，陈山野更是脱了上衣光着膀子，两人在窗旁的藤椅上吃着烤串，似乎回到了几个月前整天腻歪在一起也不厌烦的日子。

“你前几天说奶奶的房子已经快盖好了？怎么那么快啊？”阮玫咬着最后一串肥瘦相间的牛肉串，话语带着孜然和肉香。

“运气好，正好赶上好天气了，这个秋天没什么雨水，资金到位了就建得快了。”

“哇，那下次我来的时候，就能去看奶奶的新家了呢。”

“嗯，奶奶说其中一个房间留给我们，什么时候去都有地儿住。”

阮玫把扦子丢进空饭盒里，喝了口王老吉：“我刚看见晓峰，真觉得有点儿像钟芒，眼睛小小的，身高差不多，紧张时说话还结巴。”

陈山野起身收拾垃圾：“是吧？我亲戚介绍他来应聘的时候，我也有些意外，听他说了家里的事情更觉得好巧。”

蔡晓峰这年十九岁，在县城里土生土长，父母早年逝世，剩爷爷拉扯兄妹俩长大，去年老人家也病逝了，家里就剩他和妹妹。他没读大学，高中毕业后就去了陈山野和钟芒都干过的那家汽修厂打散工。

汽修厂的位置比较偏，不在县城城区里，而蔡晓云第二年要高考了，蔡晓峰便想换一份离家近一些的工作，好照顾妹妹的生活饮食，汽修厂的亲戚便让他来陈山野这里试试看。

也是个不容易的孩子，陈山野希望这一次能来得及。

年底是电商最后的冲刺，再过一段时间快递要停了，阮玫只能待两个晚上，所以小情侣成为连体婴。吻虽然是旖旎缱绻的，但也像挂在山头上被云包住的月亮那样温柔。

阮玫在半夜醒来，她被陈山野揽在怀中，冬天里总会有些冷的脚丫也在男人的大脚掌中被焐得暖和。

“醒了？”暖气房太干燥，陈山野的嗓子有点儿哑，手掌在她背上轻扫了一下，“起来喝口水。”

“嗯……你喂我啊。”

陈山野自然依她，从床边拿起水杯喝了一口，抬起她的下巴，一点儿一点儿地渡进她的嘴里。

两人依偎着，原来的夜间情话如今讨论的却是“山食”接下来的规划。

“山食”发展的速度出乎意料地快，胖婶的店铺面积已经有点儿不够用，陈山野想着过完年后如果订单依然有增无减，就得连隔壁的空铺一起租下来，人手上也得增加一两个。

阮玫也觉得尤其在客服方面需要请人，另外提议陈山野可以结合农历新年推出一些限时的套餐礼盒，方便那些想送亲戚朋友的客人，这样还能给“山食”多做一趟宣传。

思路清晰了，礼盒的物品和定价也很快敲定下来，在这方面向来有很多想法的阮玫立刻联系了设计师，让人重新设计一套红红火火的标签，再做一套传统现代相结合的利是封和春联，作为礼盒的衍生文创赠品。

“明年不是牛年吗？你看看，‘山’和‘牛’这两个元素怎么搭配起来。”

“知道啦，姑奶奶……我明天再给你搞吧，求求今晚放过我，我已经通宵两晚没睡觉了……”电话那边的设计师扯着嗓子诉苦。

阮玫挂了电话后，陈山野跟阮玫要了设计师的微信。阮玫把名片推送给他，问：“你要加设计师干吗？”

“以后要经常合作，先加着。”陈山野回答。

第二天晚上陈山野带了阮玫回家吃饭，阮玫带了花生酥和其他手信给二老，自然少不了陈思扬的圣诞礼物。

吃完饭，陈思扬拉着小阮阿姨玩了好一会儿小汽车，洗完碗的陈山野要带阮玫出门时小男孩儿还不乐意了，抱着小阮阿姨的腰不让她走，最后被陈河川用花生酥哄了几句才松了手。

阮玫弯腰跟他拉钩约定，只要有时间就来看他。

陈山野驱车，两人沿着奔涌的河流很快到达了新区大广场。周边的商店应景地挂满圣诞装饰，映着店里柔软昏黄灯光的玻璃上贴着一片片白色冰晶雪花。

陈山野已经忘了自己昨天才说过，自己不过这洋玩意儿。

县城里的年轻人可能都来了，围聚在快两层楼高的圣诞树下，露天大广场搭了个小舞台，圣诞歌曲在音质粗糙的音响里循环播放，司仪一半普通话一半方言地介绍着这晚的平安夜活动，有奶茶店赞助的免费一年的珍珠奶茶抽奖活动，有老年人合唱团的圣诞诗朗诵，重头戏当然是大家都期待的人工飘雪。

阮玫确实低估了山里夜间的温度，带的大衣中看不中用，还是乖乖地穿上了陈山野的黑色羽绒服。

台上热热闹闹，台下成双成对，陈山野牵着阮玫微凉的手，把一只焐热了就去焐另一只。

人工飘雪像冷火山里喷涌出的泡沫，轻飘飘落到人们的发旋和羽绒服领口，司仪对着麦克风激情澎湃道："在这浪漫的平安夜，牵起你身边爱人的手，对对方说一声，我、爱、你！"

阮玫没有说，直接伸手搂住陈山野的脖子，踮起脚吻上他的唇。男人的嘴唇有些凉，但探进口腔的舌头是滚烫的，像他赤裸胸膛的温度。

周边一些胆大的路人见有情侣开了个好头，也跟风和身边的爱侣打得火热。

这时，人群中冒出一声惊呼："下雪了！真的下雪了！"

阮玫猛地抬头，人工飘雪时间并不长，在他们接吻的时候已经停下了，所以这时从黑夜里悄然落下的，是真的下雪了。

"陈山野，下雪了！"南方孩子对雪的痴迷，就像山里孩子对海的向往。

白雪似被鹅黄灯光染成金黄的纸片，洋洋洒洒而下，没有声音。

南方来的姑娘仰着头兴奋地数着，一片、两片、三片……在第八片的时候被陈山野吻住。

落雪没有声音，说爱你，也不需要有声音。

白色毛巾轻轻地扫去落在墓碑上的黄沙土，两个月前清明节刚涂好的油漆颜色还鲜艳，陈山野蹲下身，将石碑上钟芒的照片擦干净。

“村里新来的年轻村官组织了一个老年人广场舞团，奶奶也参加了，每天晚上就在村口大广场那跳舞，奶奶的身体是越来越好了，你放心吧。”

墓碑前放了一份炸酱米线和两罐王老吉，陈山野不顾地上的泥土，直接坐在墓前，把两罐凉茶都开了，一罐放在石碑前，一罐自己拿着，和地上那罐轻碰了一声脆响。

“对了，前几天罗蕊联系过我，说有一家美甲店挖她过去，说是底薪和提成都比原来那家高了不少，具体多少我没问，看她的样子是挺满意的。”

陈山野仰头喝了几口，继续说：“她说等新的工作稳定下来后，找个假期来看看你。”

陈山野打开装着炸酱米线的乐扣盒盖子，东西是他早上在家里煮好带过来的，米线都糊成一坨了，但他也无所谓，拿起筷子大口吃了起来。

他嘴里嚼着东西，话语含糊：“龙哥说最近羊城又有新的团伙卖起什么新型毒品，你说这东西到底有什么好呢？一个个跟疯了似的……阿瞎才死了那么些日子，又有人卷土重来了……”

回老家快大半年时，陈山野接到了龙北的电话，说钟芒丢了命的那个特大贩毒团伙被警方破获了，几个主要涉案人员都被抓住，只有为首的阿瞎跑了，这一段网上已经出了公告和新闻。

但没有公布出来的是，以为早就跑路了的阿瞎当晚死在自己的会所里，太阳穴中了一枪，手枪握在他自己手里，说是畏罪自杀。

钟芒去世那晚发生的事，龙北辗转问了好些人，毕竟对那些人来说钟芒太渺小了，最终在剃刀身边的马仔嘴里问出了话。

钟芒没吸毒，是被阿瞎强行喂下混了冰毒的酒。

浅琥珀般的凉茶从红色罐口倾泻而出，哗啦啦地浇淋在黄土上。

陈山野低声笑着说：“我明天就走了，等下次回来的时候再来看你啊。在下面缺什么就报梦给哥知道，回头哥给你烧。”

树影婆娑，似是有人在回答些什么，一片绿叶似羽毛般掉落在墓碑上。陈山野伸手想去掸，想想罢了，任由绿叶静静地躺在碑上。

陈山野把墓前的东西收拾完下山，缓缓地往奶奶家走，远远瞧见蔡晓峰拿着大扫帚在门口扫街。

曾经溅得他和阮玫一身泥的黄土路，如今已经浇灌上水泥了，道路平坦好走不扬灰，就算下雨天也不会如月球表面般坑坑洼洼。

“山野哥，你回来啦。”

“嗯，奶奶呢？”

“在院子里乘凉呢。”

陈山野走进院子，奶奶正卧在树下的藤编躺椅上闭眼小憩，微风拂起老人的齐耳银发，脚边的小收音机吟唱着邓丽君的歌。

陈山野拉了张矮凳坐到她身旁，钟奶奶眼睛睁开条线，手中的蒲扇摇了摇：“和钟芒那小子聊完啦？”

“嗯。”

“这两年你也帮我这老太婆够多的了，什么都够喽，下次要是没把小玫带上，你就别回来了啊。”奶奶再一次闭上眼，嘴角堆满微笑的皱褶。

陈山野抬起头，斑驳树影摇落的金粉掉在他眉间和眸子中。

他也笑了笑：“知道啦。”

吃过午饭，陈山野和蔡晓峰离开村子。刚拿到驾照不久的少年抓紧了方向盘不敢分心，陈山野不时指导他山路过弯的技巧，直到过了连环弯路才和他聊起别的。

“虽然你年纪不大，但跟了我最久，店里很多事情属你最清楚。硬气点儿，如果店里有人不服你，你也可以挺直腰杆反驳对方，知道了吗？”

蔡晓峰眼睛不敢离开前面的路，咽了口口水，答道：“知道，你放心去羊城吧，线上销售这一块我会帮你看好的。”

“山食”在这两年多的时间里并不是一帆风顺。

同行抹黑、客人投诉、新品推出后反响不佳、订单骤减、物流时间磨合上出了问题……但陈山野携着团队把一个个困难攻破解决，这一刻，规模已经扩大了好几倍。

他们重新租了一间空置厂房装修后迁移了过去，现在厨房、客服、打包、文案和美工都有专门的人员负责，蔡晓峰也被提升至主管。目前店里日均发出六七百票，有做活动的话，日均破千，每个节假日的定制礼盒能预售出好几千份，不时还会和一些年轻艺术家做联名合作。

目前“山食”没挂靠在任何购物平台，客户全在七个微信号里，阮玫打算找人写程序做个属于“山食”的购物平台。

蔡晓峰把陈山野送到小区门口：“那我明天早上来接你去高铁站。”

陈山野解开安全带拉开车门：“行，明天见。”

电梯上到十二楼，陈山野回到家时家里没人，父母不知去哪儿溜达了，得等陈思扬小学放学了才会一起回来。

陈山野进房间里收拾行李，东西依然不多，按他媳妇儿的话说：内裤都不用带，来了我给你买。

盖上行李箱，他检查钱包里的证件和银行卡是否带齐。

黑色钱包用了很长时间，显得更旧了，他检查完后拨开内层，抽出折叠成小块的白纸。

因为经常拿出来看，纸张上的折痕已经起了些许毛边。陈山野小心翼翼地打开，上面的字迹依然秀丽，指纹烙印依然鲜红。

他拿手机拍了下来，发给阮玫。

“要开始还钱了哦。”

陈山野把欠条折好装回原位，手机里进了条信息。

“哎呀，陈师傅，我没钱还，能不能用别的抵债啊？”

陈山野低头笑了笑，发成语音给她：“可以，但要一辈子。”

橘红的余晖从阳台淌进屋子里，没开灯的客厅里蒸腾起属于初夏的暑热，陈山野提前开了空调，怕陈思扬热得出痱子。

陈山野走进厨房准备做今晚的晚饭，门口传来钥匙开门的声音。

陈思扬小炮弹似的冲进家里，爬到饭桌上拿起水杯猛灌了几口凉白开，陈河川和沈青跟在他后头进了屋。

陈山野从厨房探出头：“洗脸洗手啊，陈思扬。”

小男孩儿吐了吐小舌头，学着电视里的香港明星说：“知啦，老豆。”

色香味俱全的四菜一汤很快上了餐桌，都是简单的家常菜，却总能勾出人心里最怀念的那个味道。

沈青给陈思扬盛了碗汤，叮嘱即将又要离家的游子：“扬扬有我和你爸看着，你就放一万个心吧，你和小阮好好过日子。房子如果小阮有看中的，但超了你预算，就跟家里说一声，等过些天咱们老房子拆迁款下来了，还能给你再添点儿。”

“妈，我和阮玫商量过买房预算了，不会去挑我们买不起的房子。”

“是，是，是！你们都是大老板，本事了啊。”沈青脸上欣慰，也给儿子装了碗汤，“等你的饭馆稳定了，入户了，再考虑之后扬扬读书的问题，别给自己和小阮太大压力了，你们过得好，比什么都来得强。”

陈山野喝了口骨头汤，笑着应了声“好”。

陈思扬已经可以一个人自己睡儿童房了，陈山野给他调高了一度空调，将他身上的薄被掖好，走到书桌旁帮他把课本装进书包里。

书包还是阮玫送的，适合小学生用的护脊书包，包盖上卡着个闪电麦昆的徽章，在阅读灯下闪闪发光。

关了灯，陈山野最后看了一眼熟睡的孩子，走出房间。

他走回自己的卧室，行李箱和黑背包都收拾好了，所有的东西似乎都没有改变，除了插在背包侧面口袋的保温杯，杯身上的漆掉得更多了。

啊，忘了一样东西。

他拉开床头柜，把早已没电的白色耳机拿出去。

异地这段时间每次和阮玫见面，陈山野总故意不把耳机还给她，气得阮玫直跺脚，说一只耳机听歌太别扭了，还说要去买个新型号的。

只是最后她也没买成，塞着单边耳机气得跟小河豚似的。

他把落单好久的耳机装进书包，走到电脑桌旁。

电脑旁显眼的位置上放着一本台历，类似这几年很红的单向历，一天撕下来一张的那种。

但台历上没有印日期，只印了个数字“1”，纸张下方是单色线条插画，绵延起伏的山峦上开满玫瑰花，但有一小块还空着，没有花。

陈山野伸手，提前撕下这一页。

阮玫伸手，撕下写着“1”的纸张。

房间没拉开窗帘，光线昏暗，她揉了揉惺忪睡眼，看着床头柜上只剩一页的台历，嘴角勾起好看的弧度。

那一次在小县城里过了个难忘的圣诞节，回家没多久，她就收到了这份礼物。

硫酸纸制成的台历是陈山野私下联系设计师私人设计定制的，她一本，陈山野一本。

翻开的第一页写着“900”，插图的山峦空白一片，只有可怜巴巴的几个小黑点，看着像是孤零零的小草，往后每过几页，就会多一朵玫瑰长在山野上。

阮玫很快理解了这份礼物的意义所在。

是陈山野给的时间，一共九百天。

这天终于到了“0”。

而盛开的玫瑰终于漫山遍野。

手机里已经有几条陈山野的信息，从他出门，到上高速，到车站，到开车。

阮玫看了看时间，已经开车两个小时了，她回了信息说自己醒了。

淋浴间推拉门滑轨依然没修，拉开时哐当响。过年时，陈山野回来时修理过一次，又坏了。阮玫没找人来修，说让陈山野这次回来再弄。

花洒喷出微凉的水柱，如雨一样浇淋在扑不灭的玫红发顶，十指搅起的细密柚子味泡沫从火红发梢流至牛乳凝脂般的雪白肩背。

阮玫洗身子的时候，手指划过左小臂内侧微凸起的那一道肌肤，想着：再过一年就拆了吧。

发丝里的水汽还没擦干，房间里的手机响起来，阮玫裸着身子跑去接电话。

“喂……宝……我刚睡着……”

因为信号不好，话筒那边的声音断断续续，男人刚睡醒的声音低沉慵懒，就像浓醇的美酒流淌进阮玫的耳朵里。

“陈师傅，你那边信号不好。”阮玫把手机夹在肩脖间，歪着头继续擦拭湿漉漉的头发。

“山洞……那……吃饭……晚点儿……”

两年多来来回回跑了若干次，近六个小时的高铁什么地方能看到山河湖泊，什么地方会进山洞要提前吃软糖，阮玫都能记住。

跨越一千多公里，穿过许多城市乡镇，她去找陈山野，或陈山野来找她，或两人分头出发前往另外一座城市，他们庆幸自己是经济独立且假期随自己安排的成年人，能让一张张蓝色车票和机票连接着彼此跳动的心脏。

不是没有过争执，但很少且基本是单方面的，陈山野那块木头疼她疼得要紧，第一年她有两次深夜喝醉了哭着要找老公，第二天陈山野就出现在宿醉的她面前。

看着男人略带疲意的眼角，阮玫红着眼嘟囔道：“你怎么突然就来了？”

陈山野笑着说：“怕你找不到老公哭成个水娃娃。”

他们在有限的时间中不停地接吻。

不管白天还是黑夜，不管晴天还是下雨，让熊熊火焰看到我们的炙热都会自叹不如，让璀璨星河羞于看见我们的缠绵而暗淡了光芒。

那条不知不觉在心头上弯弯绕绕的小河，早已成了汪洋大海，每一次浪潮在月夜里涨起，都是一句“我爱你”。

进了山洞的手机自动挂断了电话，阮玫也无所谓，发了条信息叮嘱陈山野不要中午只吃方便面，好歹在车上买个鸡腿加点儿肉。

阮玫快速吹干了头发，套上短裤、白T恤、鸭舌帽，从冰箱里拿了瓶酸奶，咬着一片抹了阿华田脆脆酱的吐司就出了门。

六月只过了一半，花城已经被澎湃汹涌的蝉鸣笼罩，阮玫踩着摇晃光斑的树影先去了趟“Rose Slave”。店铺已经开了门，这年“618大促”订单量比往年来得多，扎着双马尾的艾米和花臂少女瑞思正按着货单配货，地上打包好的纸箱摞得整齐。

艾米见到阮玫立刻哭丧着脸：“老板，我们快要累死啦……”

"辛苦，辛苦！中午想吃什么？给你们叫个寿司拼盘好不好？"

"哇，那我们不客气啦！"

阮玫看了一会儿就离开了店里。

她沿着内街走过老太太的房子，对着铁门内乱叫的博美皱了皱鼻子，比了个鬼脸，继续往前走，道路尽头左拐，来到一家正在装修的店门口。

穿着皮拖的徐子玲正站在路旁的老榕树下扇着风，黑色的墨镜挡住了她大半张脸。看到阮玫走来，她把墨镜推到发顶架起："来啦？"

"嗯，师傅们做到哪儿啦？"

"今天装灯了，你那斥'巨资'代购回来的黄铜灯。喏，正在装。"

穿过白墙上通透的圆形玻璃，阮玫瞧见装修工人们正调整着岛台上方吊灯的电线长度。

她往后退了几步，全白的店面在老房子之间格外显眼突出，店招罩着布，等装修工人撤场后就能拆下来。

徐子玲在离开公司后开始投资各种小店，有些收益颇丰，有些进账不多，但整体收入呈正数增长。她本来还想给阮玫投资开分店，一听说"山食"要开私房菜馆，怎么也要掺一脚。

"对了，小熊问今晚的欢迎会你能不能喝酒，可以他就带威士忌和清酒过去。"

阮玫眼睛一亮："喝啊，难得陈山野回来，就算我喝醉了也有人能扛我回去。"

"那我们三个人都喝？老陈分别送我们回家？"

"嘿嘿，可以，可以，陈师傅开车不喝酒、喝酒不开车。"

阮玫笑的时候，有炽热的阳光穿过树叶的缝隙在她眼角闪烁跳跃着光斑。

两人中午预约了一家私房菜探店，徐子玲说：知己知彼，百战百胜。

城中的私房菜多是燕翅鲍类的奢华精美菜肴，她们约的这家菜式比较家常一些，甚至有一两道菜和陈山野要推出的菜式相撞。

味道不差，但阮玫眼里出西施，陈山野做的就是最好的，就像许久之前的那次看见陈山野蹲地上生火，阮玫都觉得他好看得不行。

饭后她们又回到江南路商圈，阮玫约了中介看一套高层二手房。

阮玫和陈山野商量过，两人的店都在这边，房子如果买在这附近会省下不少通勤时间，而且这附近有好几间小学，可供陈思扬转校的选择不少。

小区不算大，房子也有些年份，但格局和朝向都不错，除了主卧和次卧还有个小书房，离地铁口步行五分钟，价格在她和陈山野的预算内，甚至以两人目前的积蓄还能多付一些首期，后期供楼的压力就不会太大。

阮玫拍了些房子的照片发给陈山野，跟中介说了声她回去和老公商量一下，就和徐子玲一起离开了。

徐子玲还要去别的店跟进装修进度，把阮玫放“Rose Slave”门口，红色奥迪扬长而去。

刚忙完打包的两个少女在门口水泥台阶处抽烟歇息，瑞思抛了根烟给老板，阮玫摸了打火机点燃烟，加入了她们。

有年纪大一些的街坊经过总会多看一眼这三个姑娘，头发的颜色大红大紫，伴着香烟吐出的荤话让老人家听到可能会骂她们“不知丑”，但只有她们知道自己是什么样子。

她们坦荡、炙热、真实，正如这无处不在的阳光。

快递小哥最后一趟运走大大小小的纸箱，阮玫提前给两个店员放了假，两人打趣，老板如果明天你下不了床就安心在家里躺着，她们会努力把单子全发完。

夏日的傍晚地面还是滚烫的，但有风，阮玫搬了张椅子在阳篷下等人。风也是滚烫的，吹得她眼皮温热，闭上眼的时候，温度氲得眸子舒服惬意。

她跟着单边耳机里的歌声轻轻哼唱，没戴耳机的另一边耳朵里灌进哗啦啦海的声音，是风推开了树叶，拂起了发丝，钻进了心里。

有谁家炒菜的香气飘了出来，妈妈领着放学的小孩儿往家里走，外卖小哥的电动车呼啦开过，遛狗的阿伯声音响亮，问着谁“食咗饭未啊”。

过了许久，天色又暗了一些，突然，有行李箱滚轮在地上拖动的声音传来，咕噜作响。

阮玫耳朵一抖，睁开了眼睛。

那人许是觉得在步道上拖行李箱太吵还慢，便直接把箱子提起来，一下子没了声响。

夕阳里的风将阮玫眼里的星芒吹开，如轻飘飘飞上天的蒲公英一般。她跳下椅子套上拖鞋往铁门跑，铁门的雕花纹路被晒得滚烫，手指还没碰上就感受到热度，连心尖都被烘得酥麻。

男人腿长，阮玫拉开铁门的时候，陈山野已经走到她面前了。

把手里的箱子放到地上，陈山野一口白牙依然如天空上的弯弯月牙，向她敞开了双臂。

阮玫高举起的双臂是海鸟翅膀，划开了温热的夏风和聒噪的蝉鸣，扑向人海中的那个孤岛上。

“哎，我身上有汗。”陈山野从地铁站走来，再一次感受到南方这熟悉又可怕的潮湿闷热。

阮玫伸长双臂搂着他带着汗的后颈和后脑勺儿，踮脚吻了他的唇，细声轻语：“你回来了。”

陈山野把她托抱起，黑直的睫毛在他下眼睑投下干净的阴影，声音融化在这玫瑰色的夕阳中：“嗯，我回来了。”

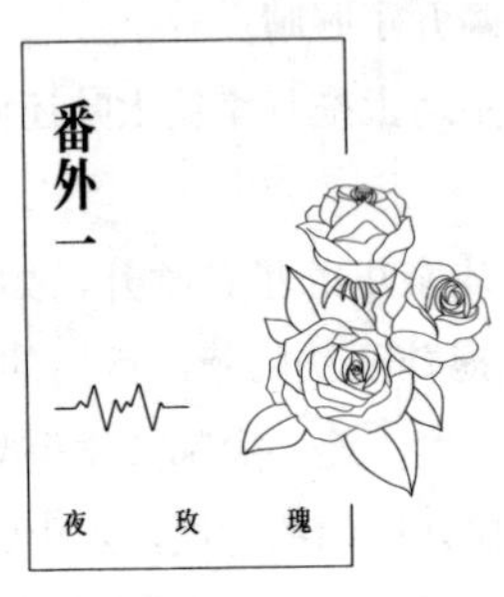

“今晚约了几……”

木门刚关上，陈山野一句话还没说完就被阮玫扯着领子一顿猛亲。

“慢点儿，慢点儿。”阮玫毫无章法的吻法让陈山野止不住开心，胸腔里盘旋着低哑的笑声。

但胡搅蛮缠的手法陈山野也很受用，他一把抱起缠着要糖吃的阮玫，发侧火红的发丝逆在琉璃灯光里，灼烧着他的眸子和心脏，此时把她抱在怀里，终于有了实实在在的安心感。

但阮玫的眼角闪烁着的水光让陈山野的心脏猛地揪起，皱了皱眉：“怎么了？”

阮玫双脚盘在他精壮的腰间，手肘搭在他的肩膀上，鼻头微皱，嘴巴一撇：“我等了你一天了。”

这话说出口连空气都变酸了，陈山野掂了掂怀里的姑娘，鼻尖抵上了她的：“我的错，以后每一天都陪着你，好不好？”

陈山野当然知道，阮玫等的不止这一天，而是等了他一千个日夜，在他一无所有的情况下等他。

那本倒数日历是陈山野给阮玫的承诺，也在每一日都鞭策着自己得更努力一点儿，再往上走一点儿。

“好吧，以后不许让我再等这么久了哦。”

阮玫的声音软糯得像块甜米糕，纷飞小蝶般的唇瓣轻轻落在男人那不仔细看便看不出发红的眼角：“迟到要扣钱给差评的，陈师傅……”

她与代驾师傅老陈拉拉扯扯的这事被于熊明和徐子玲知道后，就被他们时不时拿出来调侃，说好好一个老实人栽在了妖精的手里。

代驾梗是过不去了，阮玫干脆也“陈师傅”前“陈师傅”后地叫，也别有一番感觉。

陈山野托抱着阮玫往墨绿色沙发走，将心里许久未见的思念嚼碎，再喂到对方嘴里。

“嗞——”

垂在半空的彩色玻璃吊灯被高高抱起的红脑袋撞了一下，满室琉璃星斑摇晃得眯了眼。陈山野赶紧把阮玫放低了一点儿，只留一只手托着人，一只手揉着她被撞到的后脑勺儿：“撞痛了？”

阮玫“扑哧”笑出了声，在一室晃荡的绚烂星河里垂下头，细细吻他温暖的嘴唇。

脸颊两边轻摇的火焰发丝在逆光里闪烁着金色光芒，秒针从这一刻开始走动，快跳出胸腔的心跳和院子里的蝉鸣声交融。

夏天真的来了。

暮色渐浓，两人回了趟出租屋后，陈山野去冲凉，阮玫换了条一字领白蕾丝连衣裙。

他们今晚和朋友们约在一家大厦顶层的餐厅聚餐，是徐子玲投资的其中一家店，看着陈山野认真地换上了衬衣和西裤，她眨了眨眼“哇”了一声。

走到楼下，陈山野突然说自己忘了带手机，拿着家里的钥匙上了趟楼。许多日子没在羊城开车，怕有些路因修路或挖地铁封了没法走，陈山野还得开个导航。

阮玫的白色飞度当年为了省钱买的是有些年份的二手车，几年下来车子毛病不少。陈山野打了下火，没打着，第二次才启动了车子。

他把车子驶出停车场，打着方向盘问：“我记得你以前的车子是红色的是吧？”

阮玫低头发着信息给于熊明，嘴里回答：“嗯，怎么啦？”

“MINI Cooper？”

“对呀。”阮玫敲完字发出去，才反应过来，扭头看向驾驶座的男人，“哎？我有跟你说过这件事吗？”

“你第一次喝醉，那一晚蹲在停车场自言自语的，像个迷了路的小傻子一样。”

陈山野扬起嘴角，街旁的路灯和霓虹灯牌将属于城市夜晚的颜色随意泼洒在他刀刻般的下巴。

这事阮玫完全没了印象，想必能让陈山野说出“像小傻子”这种形容，估计那画面已经不怎么好看了。

陈山野在没有红绿灯的斑马线前停下，礼让行人：“等付完首期，看存款余下多少，给你换辆车吧？”

“啊？”阮玫又没反应过来了，“换什么车？”

“接回你的MINI啊。”陈山野回想着在停车场像个泄气气球的姑娘，憋住了笑。

“我不要，陈山野你别偷偷给我弄什么惊喜啊！MINI 那么小，你人高马大的坐着能舒服？要换也换辆 SUV 啊。”

陈山野点点头。确实是，之前干代驾的时候没少开过那车，和他现在开这辆一样，都像坐在小火柴盒里。

最后过马路的是一对老人家，老爷爷扶着老奶奶，头发斑白的老人颔首对礼让的汽车司机表示谢意。

陈山野想着未来他和阮玫的模样，到他两鬓发白的时候，他的小玫瑰，还能继续染着一头红发吧？

小白车再次启动。

“车子的事先缓缓，到时候有多余钱买辆代步的就行，下午我给你发的那房子照片你看了吗？”

“看了，你喜欢吗？”陈山野反问。

收音机里的主播们正激烈地讨论着什么，嘈杂吵闹的笑声像一团乱麻缠得人难受。陈山野的食指敲了敲中控，阮玫会意，从电台模式转至蓝牙模式。她低头挑歌：“房子各方面都可以，价格也不错，就是装修看着老气了点儿。”

“那就重新装修，家具也得全部换掉，尤其主卧那床得买张结实点儿的。”

阮玫一时不知陈山野的意思是正经的呢，还是往哪方面想的呢。

“那明天我再约一下那个中介，明晚一起去那房子看看，怎么样？”

好房子不等人，阮玫这半年看了不少房子，越发觉得下午这套和自己有眼缘。

她打开手机相册，把那房子的照片放大了看了看。

她喜欢从客厅阳台吹进来的风和投进来光线，在这样的夏日傍晚房子里头竟不觉得闷热，这点挺好。

不过还得晚上再看一遭，毕竟这是二手房，许多方面都得重新检查一下。

“行，你安排就好。”

导航里的女音提醒前面需要转弯，陈山野提前变道，在红灯前缓缓地停下。

“如果买这套，首付要三成还是五成啊？”阮玫在计算机里算着贷款金额，这是第一套房子，首付三成就够了。

虽然陈山野这两年生意红火存了不少钱，但因为开私房菜馆要投入一笔并留出一些流动资金，阮玫不想他存的钱全投进房子里。

这套房子只写阮玫的名字。

他们的情况特殊，陈山野是外地户口而且没有供社保，所以没有在限购区域里购房的资格；而阮玫毕业后将户口挂靠在人才市场，集体户口要求结婚后在一定时间内必须迁出户口，否则就要把户口迁回原籍。

所以他们选择了先买房后结婚，让阮玫真正落户后，两人再去领证。

“还是五成吧。”

陈山野自己其实想付七成，只是时间太短资金积累还不够。他算了下，首付五成，还能有一笔钱空出来弄装修、买家具。

于熊明又来了条信息，问他们到哪儿了。

阮玫纳闷，不是刚刚才告诉他自己出门了吗？这小子是不是饿啦？

她发了条语音给于熊明："你是不是饿了啊？饿了就先叫点儿什么东西吃吧！"

于熊明调试着在半空中逡巡的航拍机，听到阮玫的语音后忍不住笑出声。他问正在检查着求婚现场细节的徐子玲："你说玫姐是真不知道山野哥今天要求婚呢，还是装着不知道呢？"

徐子玲从餐厅玻璃门走出来，沿着地面人造草坪上一颗颗坠落的星光，走向站在星河尽头的少年，笑道："谁知道呢？老陈那么憨，哪知道会不会露了什么破绽？"

于熊明身后摆着一张铺了白纱的小圆桌，高低相间的LED烛火比真实火焰跳得还欢快，傍晚的风卷着夕阳残留的余温，拂过桌上庞大玫瑰花束中的每一片娇艳欲滴的花瓣。

他召回航拍机，回头看了一眼霓虹变幻的"小蛮腰"，脑子里飞快地想象着各种分镜，想着等会儿镜头要怎么推，才能拍到那枚流淌着琉璃灯光的戒指。

而此时，阮玫瞄了一眼陈山野黑色西裤大腿旁，裤袋里鼓起的一个小圆团，心中一片清明。

阮玫把视线移到窗外飞速后退的夜景中，抿了抿嘴唇上水润的唇膏，嘴角弯起一抹笑容。

她握拳遮住自己止不住的笑意，心想：继续装不知情吧。

番外二 夜玫瑰

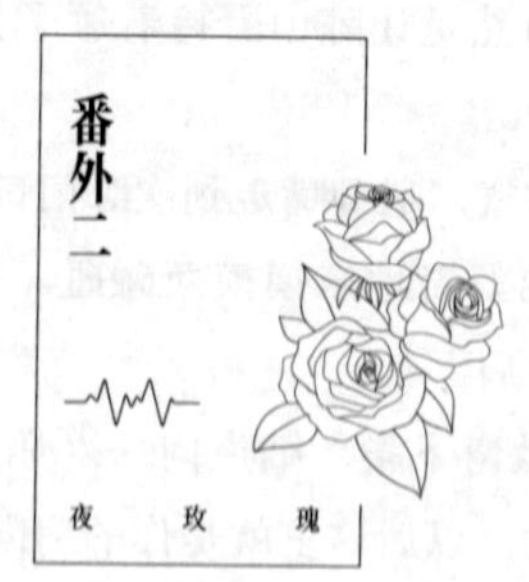

婚后半年，阮玫去取了皮埋装置。

从医院回来后，她站在新家的沙发上，双手叉腰挺起胸脯，还像那只骄傲的小孔雀，大声说："陈山野，我准备好了，我们从今天晚上就开始生孩子吧！"

陈山野笑得停不下来，眼角都挤出了浅浅的细纹，长臂一捞就把沙发上的人儿抱下来，把她扛在肩上往洗手间走，说从医院回来得好好洗手洗脸。

之后陈山野还是做足了安全措施，阮玫不解，陈山野说才刚搬进这屋子两个月，着急什么啊，他还想多享受一下二人世界。

他们还有好多好多的时间，可以慢慢儿来。

不过他们还是先把烟酒戒掉，有陈山野监督，阮玫的生活习惯也渐渐变得规律，早睡早起，一日三餐，每一餐有荤有素，很健康。

那一年的春节，陈家父母带着陈思扬来羊城过年，小两口把房子打扫得干净整洁，大门边上贴上了陈河川带来的手写红纸对联。

他们去敲了邻居的门，麻烦对方帮他们在新家门口拍张全家福。

一家五口脸上的笑容满得快要溢出屏幕，看着对联横批"家和万事兴"里的"家"字，阮玫和陈山野不约而同地望向对方。

他们相视一笑。

年夜饭由陈大厨操刀，陈河川和沈青在一旁打下手。

至于阮玫呢，自然是让陈山野拎着领子丢出厨房，说和陈思扬一起乖乖地等着吃就好。

阮玫闻着满屋香气，吧唧嘴走到次卧门口。

陈思扬在房间内好奇地东摸摸西碰碰，一见阮玫走进房间，立刻将小手乖巧地背在身后。

阮玫在他身前微弯下腰，细声问："你喜欢吗？桌子呀，床呀，书柜呀，都是新买的，以后这里就是你的房间哦。"

小男孩儿这几年长高了一些，但眼睛还是跟以前一样清澈，深处闪着细碎的光芒，压抑着兴奋问道："真的是我的房间吗？"

阮玫笑嘻嘻说道："对呀，你做好准备了吗？要搬来和爸爸一起住了哦。"

陈思扬没思索多久，很快点点头："我做好准备了，和爸爸还有……还有妈妈一起住。"

他的声音越来越小，像是突然害羞起来，垂着脑袋揉了揉鼻尖。

阮玫愣住了。

她和陈山野没有刻意要求陈思扬改变称呼，一直唤她"小阮阿姨"也没关系，所以她确实没料到，小男孩儿会突然喊她……

这个词语既熟悉又陌生，但没有阮玫预想中的那种排斥感，反而觉得像飘进来一根洁白的羽毛，在她的心脏上轻轻地挠了一下。

她想她明白，"爱屋及乌"是什么感觉了。

既然在羊城过年，便少不了大年三十行花街。

陈河川让一家卖花生酥的摊位吸引得走不动道，沈青没好气，让小两口带着陈思扬继续往前走，等会儿逛完一圈，几人在出口碰头就行。

陈山野让儿子坐到他的肩膀上，父亲高大，小孩子的视野宛如展翅海鸟，飞过人群，能看到好远的地方。

陈山野一只手扶着儿子，另一只手牢牢地牵住妻子的手，笑道："小娃娃要跟紧家长，不能乱跑。"

阮玫白了他一眼，在旁边的摊位买了个汽车造型的发光风车，给了陈思扬。

江风裹着轮船的鸣笛声拂面而来，身边人来人往，讲着他在电视剧里才会听见的方言。陈思扬感受着这座新城市与家乡截然不同的生活气息，一颗小小的心脏充满了闪闪发光的期待。

爷爷奶奶的家是他的家，爸爸妈妈的家也是他的家。

他好幸福呀。

大年初一，陈山野给钟奶奶拜年。

视频电话是打到蔡晓峰的手机上的，他昨夜在奶奶家陪她老人家过年。

说来也奇怪，钟奶奶和蔡晓峰一老一少格外投缘。

阮玫挤进镜头里也跟钟奶奶拜年，老人家精神好得不得了，穿着喜庆颜色的袄子，指着自己一头白发问阮玫："小阮啊，你说奶奶和你一样染红发怎么样？"

"哇，那奶奶你以后必须每一次都站广场舞的中心位置！"阮玫给她比了个大拇指。

突然，奶奶身后有个靓丽的年轻女人入了镜。阮玫定睛一看，兴奋地晃着丈夫的手臂："老公，是罗蕊！"

陈山野凑近屏幕，直接问："罗蕊也来了？"

钟奶奶笑道："对啊，这丫头也不提前打声招呼，昨晚突然就来到家门口，还好小峰昨晚年夜饭准备的饭菜多，我便留她下来住一夜。"

罗蕊走到奶奶身后，接过她递过来的手机，朝镜头里的两人挥挥手，笑容开朗："玫姐、野哥，新年快乐，恭喜发财呀！"

如今的罗蕊比起以前的模样仿佛换了个人，无须每天浓妆艳抹，无须刻意穿着暴露，素着一张小脸也显得容光焕发，眼里是带着光的。

陈山野笑着问："去看他了？"

他们那边有习俗，大年初一是可以上山扫墓的。

罗蕊点点头，笑得坦然。

她的左手戴着一条金手链，是她在第一家美甲店收到第一笔工资时去金铺挑的，款式和钟芒送她的那条手链有七八分相似。

这几年除了洗澡，其他时间她都戴着这条金手链。

她要牢牢记住，在她深陷低谷的时候，有个男人努力给过她一道光。

阮玫跟她聊了一些美甲方面的事，她提议罗蕊再磨炼个几年技术，同时存些钱，之后可以租个小公寓当工作室，自己出来单干，她常年帮衬的那位美甲师就是这样的。

罗蕊赞同，说她每一年都会报班去进修新的美甲技术，也想去报个美术班，好好学学手绘，希望自己的梦想能早日实现。

快瞧，像她这样的人，都有勇气去提起梦想这件事了。

“罗蕊。”陈山野突然唤她。

“怎么了？野哥，要给我发红包是吗？”罗蕊笑着问。

入乡随俗，羊城的习俗是结婚的人要给尚未结婚的人派利是发红包，金额二十元、五十元都行，只图个利利是是。

陈山野语气变得认真：“他一定希望你能找到属于你的幸福。”他担心罗蕊陷在钟芒这件事里太久，未来会耽误了自己的感情生活。

罗蕊的眼眶微微发烫。

人总是要向前走，就像早上去山上看钟芒，下山时奶奶一路提醒她：“丫头，往前走，不能回头。”

半晌后，她才哽咽道：“嗯，我知道的，哥，你们放心。”

本来阮玫一开始很积极备孕，上网做了好多功课，又请教了许多妈妈客人，给自己制订了一套“造人计划”。

她经期不太规律，每日晨起后都第一时间跑进洗手间用试纸测排卵情况，还在日历上认真地记录每天的情况。

陈山野一开始也由着她，反正只要阮玫一声令下，他就使命必达。

这样坚持了几个月，看着验孕棒上永远只会出现的单杠，阮玫开始焦虑，还想偷偷地去医院做个身体检查。

阮玫前脚刚悄悄地踏出大门，后脚就被陈山野逮回来了。

陈山野把洗手间镜柜里的那些长长短短的棒子都丢了，好声好气地劝老婆不要再折腾了，顺其自然就好。

没多久后的暑假，陈思扬正式搬过来羊城，阮玫和陈山野忙着帮他弄转学的事，渐渐便没再刻意追求这件事。

但小生命悄然无声地、不做任何通知地来了，就像在春天里悄悄绽放的花朵。

这事说起来也妙。

陈思扬身体长得快，一换季阮玫就会带他去买新衣服。那晚阮玫正在大童区挑选着新衣，回头想喊陈思扬来试试，发现小男孩儿去了小童区，正站在一堆小公仔面前左摸摸右碰碰。

阮玫走过去，发现那些都是给婴儿玩的安抚玩偶，小兔子、小象什么的。

她弯腰跟陈思扬说："你喜欢吗？这些是给小婴儿的哦，但你喜欢的话就选一个？"

陈思扬还真挑了一个，粉色的小兔子，耳朵上有朵小花。

他把小兔子公仔递给阮玫，眨着圆眼说："我想用自己的零花钱买，送给妹妹的。"

阮玫等到回到家才反应过来，心想，不会吧，同时已经拿出手机翻看 app 里记录的最后一次经期。

阮玫一瞬间小心脏"扑通扑通"地跳起来，赶紧给还在私房菜馆里忙着的陈山野发了信息，让他回家时顺路带一盒验孕棒。

私房菜馆自开张后生意一直红火，预约都已经排到几个月后了，信息来的时候陈山野正忙，等送走全部客人才得空拿起手机。

陈山野一看见老婆的信息，捂嘴发愣了好一会儿，接着把剩下的工作交给其他人，狂奔去街口的药店，让店员把店里所有牌子的验孕棒都拿出来。

拎着一袋子验孕棒气喘吁吁冲进家门的男人让阮玫笑到快趴地上了，虽然是晚上，但她还是先进洗手间验了一次。

陈山野在洗手间门口来回走了两次，没听见声响，按捺不住焦急，去敲了敲门："老婆，怎么样了？"

洗手间里没回应，陈山野心里更着急了，就怕阮玫又一次失望伤心。

他安慰了好一会儿门才缓缓地打开。阮玫双手背在身后，低垂着脑袋，看上去好沮丧。

陈山野赶紧揽住她，细声安慰：“没事啊，老婆，我下个月一定、一定更加努力。”

他絮絮叨叨了一会儿，才发现低着头的人儿肩膀一颤一颤的。他弯腰一看，这家伙竟然在笑。

阮玫把现出两条粉线的棒子递到陈山野面前，笑得眼角带泪：“陈山野，恭喜你又要当一次爸爸了哦。”

番外三 夜玫瑰

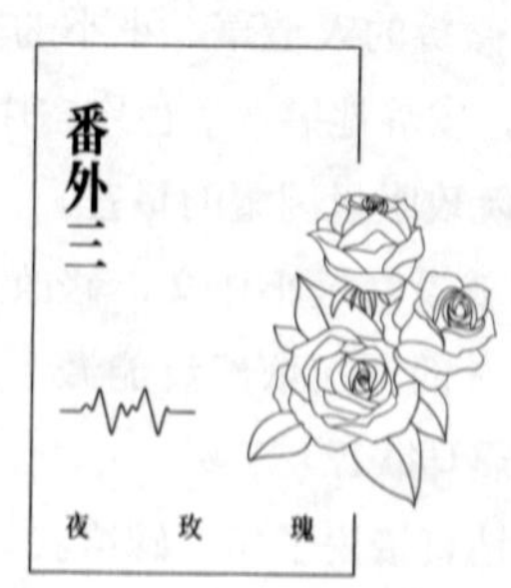

“爸爸，为什么王子要蹲在地上啊？还举着玫瑰花花。”

五岁的陈斯漫指着电视里的动画片问道。

娇小可爱的女孩子坐在沙发上，腰板挺直，任由笨手笨脚的爸爸给她梳小辫，反正等会儿妈妈会帮她重新扎一次。

陈山野带薄茧的手指撑开小黄人发绳，另一只手小心翼翼地揪着一小撮女孩儿左边脑袋上柔顺细软的头发。他看了一眼电视，答道：“王子要问公主愿不愿意嫁给他。”

“啊，如果公主答应了，他们就结婚了对不对？就跟你和妈妈一样。”陈斯漫想起之前妈妈和她一起看的性别绘本，上面有一页就是穿着白色裙子的阿姨和黑色衣服的叔叔站在一起。

“嗯。”陈山野用两根尾指按住了女儿意图乱晃的脑袋。

“那爸爸，你之前也是这样问妈妈的吗？蹲在地上，拿着花花。”

陈山野懒得纠正小女孩儿那个动作不叫蹲，而是单膝下跪。

他继续艰难地把发绳一圈圈地捆到陈斯漫的头发上，回想起八年前天台上的求婚。那时的画面依然在他脑海里闪烁着璀璨，把左胸口的口袋焐得暖和。

在身边打旋的温热夏风，边际亮着一线橘红色的天空，月亮微笑的嘴里含着糖果，对着地上绚烂发光的高塔说：看，有个男人想娶他心爱的姑娘。

左边膝盖亲吻上微烫的人造草，小小的一颗钻石被远处的霓虹染成夺目美丽的小行星，安静地躺在黑色宇宙中。

但这远远比不上阮玫眼里闪耀的星芒。

陈山野从高中后就没写过小作文，修改了好久才写了一篇求婚时要说的话，可背了许久的词句依然没能派上用场，航拍机在他们头顶嗡嗡地打圈，心跳声震耳欲聋。

他最后舌头打结地直接说了句：嫁给我。

不是问句，是陈述句。

“好啊。”

那时的阮玫笑得像只小狐狸，伸向在他面前的手指低垂着，皎洁月光温柔地洒下。

大门密码锁响起音乐声打断了陈山野飘远的思绪，看了一眼女儿脑袋旁歪歪扭扭的发绳。算了，等她妈妈回来再给她重新绑吧。

陈斯漫听到开门声，滑下沙发光着脚丫往门口跑，小麻雀扑腾着翅膀扑进走进家门的女人怀里：“妈妈！”

阮玫正想伸手往她发顶揉，发现女儿扎起了两个小揪揪，惊喜道：“哎呀，爸爸给你扎辫子啦？”

“嗯！”陈斯漫在妈妈身上蹭蹭小脑袋，接着松开手绕到她身后，仰头对着高她好多好多的哥哥笑道：“哥哥！”

陈思扬两手都拎着沉甸甸的超市购物袋，趁着阮玫背对着他，赶紧在嘴唇前竖起食指，做了个噤声的手势。

他蹲下身把手里的购物袋放到地板上，从其中一个袋子里摸出一颗小马宝莉的奇趣蛋，偷偷地塞到妹妹的小手里，浓眉挑了挑，黑眸往陈斯漫房间的方向瞟。

快去藏起来。

陈斯漫扑闪着长睫毛，圆眸笑成月牙儿，小声地说了一句：“谢谢哥哥。”

小麻雀像捡到了什么金光闪闪的宝藏，两只小手捂着哥哥的礼物，光脚往房间跑。

阮玫接过陈山野递来的凉白开，眼角瞄着那一大一小以为神不知鬼不觉的举动，抿着杯缘勾起嘴角笑了。

这傻孩子偷偷摸摸走到糖果区的模样像极了陈山野。

陈思扬换好拖鞋，将几大袋东西拿到厨房里。陈山野跟了进去，家里的厨房归他管，食物要放在哪里，只有他清楚。

陈山野整理着物品，看了一眼只比他矮了半个头的少年。

当年圆头圆脑的小男孩儿，这一刻脸部轮廓棱角分明，理着整齐干净的短寸，皮肤流淌着健康蜜色，精壮小臂上有练拳时留下的些许瘀伤。

“下个星期就进训练营了，天气太热要多注意身体，别和去年一样中暑了。”陈山野交代道。

陈思扬回想去年暑期的拳馆散打集训，和父亲相似的浓眉微皱：“我没中暑啊，中暑的是宫白羽。”

“都一样，记得多喝水。”像陈思扬还没及他腰高时那样，他揉了把少年毛毛刺刺的短发，“下个月底你要参加的那一场赛，我们会去给你加油。”

陈思扬搭了搭父亲依然厚实的肩膀：“好啊，老豆。”

陈山野慢条斯理地收拾好厨房，拿出冰箱里浸着盐水的荔枝，倒掉盐水，捧着玻璃碗放到客厅的茶几上，吆喝了声：“漫漫，吃荔枝喽。”

接着对着躺在沙发上刷手机的陈思扬说：“你帮妹妹剥下壳，休息一下，差不多下午四点我们再出门。”

少年一个鲤鱼打挺：“行嘞。”

陈山野弯腰捡起一双粉红色兔子耳朵的女童拖鞋，摆到从房间里扑腾飞出来的小娃娃面前：“漫漫又忘记穿拖鞋了。”

陈斯漫吐了吐舌头，套上拖鞋，搬了小木头板凳坐到哥哥身边，乖巧地等着哥哥投喂。

陈山野走向主卧。

房门关着，他轻轻一压门把手，很快闪进房间里反锁了房门。

阮玫背对着门口，站在落地窗旁打着电话：“哎哟，我的宫大老板，都说今晚菜单保密，你怎么那么紧张呢……”

房间没有开灯，落地窗前的白纱帘被冷气吹得泛起波浪，光线穿过小阳台上挂着的绿萝叶片缝隙，把影子投在成熟女人的肩膀，似灰鸟从空中飞过。

妻子脱下的衣物抛在梳妆台前的椅子上，许是没放稳，短裤滑落到地板上。陈山野走上前拾起放好，走到她的身后，环上她的腰，鼻尖埋进她软滑的颈窝处，嗅她耳后淡淡的香气。

阮玫有些发痒，耸了耸肩，继续和宫欣说话：“啊，这样啊？椒麻乌鸡是吧？……那我问问老陈，如果厨房有备料，就帮你加个菜……行，行，行！今晚见。”

电话一挂断，阮玫泥鳅似的在男人怀里转了个身，手臂藤蔓般攀上他的后颈：“你干吗呀？”

“抱抱你。”陈山野吻了吻她噙着笑的嘴角。

这天陈山野起了个大早去市场亲自挑选晚餐的食材，接着回新店做前期准备，中午才回家。吃完午饭，阮玫带陈思扬去超市，留他陪着女儿午睡，一整天了，他都还没有机会和老婆享受两人世界一下。

陈山野手指熟练地解开阮玫背上的排扣，声音微哑：“宫欣他们想吃椒麻乌鸡？”

阮玫主动往他身上贴近，眼皮半闭：“是她家的小孩们嘴馋想吃了，让包租婆打来问能不能加个菜。”

“可以，本来就有给他们准备。”一些交好的朋友和客人的口味陈山野都会记在脑子里。

这几天是他新店开张试业期，每天只招待一桌朋友试新菜，前天是于熊明、徐子玲和他们目前交往的对象，昨天是雷伍、许飞燕一家三口，今天是宫欣一家子，明天是龙北、曹猛几家子；最后一天约的是苏曈一家四口。苏曈说要给新店写免费软广，还让巫老师把相机带上好好拍几张照片可以放推广文里。

陈思扬和宫家两个孩子在同一个学校读书，在同一个拳馆锻炼，所以今晚陈家也是全家出动。

绿萝叶子投下的影子在阮玫的眼角、锁骨、颈窝里开出花，陈山野追着影子一寸寸地吻过，吻悄悄融化在阳光里。

“老公，小孩儿都在外头……”说是这么说，但阮玫挺了挺胸。

陈山野看看床头的电子钟，抱起阮玫往浴室走：“我速战速决。”

阮玫趴在他耳边嗤笑了声，骗小孩儿呢？

客厅里的电视继续播着动画，陈思扬认真地剥着红皮荔枝，将白滚滚的果肉放到小女孩儿的嘴里，陈斯漫嚼了两三下就把小小果核的吐了出来。

“你这小辫，是爸爸给你扎的？”

“嗯，怎么了？”

“太难看了，等会儿哥哥给你重新绑。”

“你会绑麻花辫吗？那我就可以和宁儿姐姐一样啦。”巫宁儿是巫家大女儿，跟她妈妈一样总绑着两根麻花辫。

陈思扬想了想：“你头发太短了还扎不起来，等你再留长一点儿，我再给你绑。”

“好呀，拉钩！”

一黑一白、一长一短的两根尾指钩了钩，这时放在沙发上的手机亮起。陈思扬看了一眼，是宫白羽发来的信息，问他下午几点去店里，他早点儿过去找他联机玩游戏。

看着走廊尽头紧闭的主卧房门，陈思扬按往常经验计算了下时间，又丢了颗荔枝给陈斯漫，才回复宫白羽：“我家估计四点……不，至少四点半之后才能出门吧。”

陈思扬拉开带锁的抽屉，在一堆杂物的最下方，压着一本画本。

他小心翼翼地打开，一页页的画纸翻过去。

画纸上是一个个漫画场景，线条干净利落，水彩颜色清新。

仔细一看，画的全是同一个少年。

在沙滩上咧开嘴朝海浪奔跑的少年；趿拉着拖鞋嘴咬雪条满头是汗的少年；把妹妹托举在肩膀上逛花市的少年；在散打台上眼神狠戾提膝起飞脚的少年；手举金牌笑得见牙不见眼的少年……

每一个都是他。

一页页翻到最后，少年年轻的心脏也“扑通扑通”跳得乱了规律。

陈思扬再翻到最前面，硬卡封面的背面写着本来这本画册的主人的名字，“朵”。

高考后这个夏天，他们一家四口去了一趟水山市。

和往年一样，他们还是和雷叔叔一家到附近海岛玩个几天，再回水山市待两天，最后带着满满一后备厢的海鲜和牛肉丸，还有黑了一度的肤色回羊城。

不过这年他还多带了一样东西，就是许朵朵的这本画册。

说“带”也不对，实际上是他偷偷顺回来的。

回羊城后他收到许朵朵的微信，问他住她家的时候有没有看到一本画册，他撒了谎，说自己什么都没看到。

他还反问许朵朵，那画册长什么样，里面画了什么，但许朵朵没正面回答他，换了另外一个话题聊。

房门突然被敲响，陈思扬被吓了一跳，慌慌张张地把画册盖起塞回抽屉里。

“扬扬，我能进来吗？”

“可以！门没锁！”陈思扬都不知道为什么自己要这么紧张。

阮玫推门而入，手里拿着一个化妆包：“这几瓶乳液和防晒你带上，开学后没多久就入秋了，北方干燥，你得多擦擦乳液，还有，防晒你可不许偷懒，太阳晒多了对皮肤不好。”

她蹲下身，把化妆包塞进行李箱里，这下行李箱内是一点儿多余的空位都没有了：“回头等你熟悉了学校环境，我再给你寄面膜和手霜那些东西哦。”

陈思扬哭笑不得：“体院都是钢铁直男，我用手霜会不会显得太不阳刚啦？”

“你可别说，现在的大学生可会拾掇自己了。”阮玫压低声音，神秘兮兮地说道，“重点是上大学了，你可是有机会谈恋爱的，个人形象得多注意哦，不能仗着自己长得帅就胡作非为。”

陈思扬又想起刚才那本画册，脸蓦地发烫。

他心道，好在他皮肤黑，不然得让妈妈看出他脸红了。

阮玫絮絮叨叨好像个老母亲，提醒他最后再检查一次行李和报到时要用的资料，之后才离开房间。

陈思扬检查完行李，把箱子关上，再检查背囊里文件袋的资料，北体的录取通知书、身份复印件、户口复印件，等等。

他想了想，还是走去拉开抽屉，又一次取出那本画册，把画册也装进背包里。

阮玫在校门外目送着少年的背影渐远，眼角又湿了，眨一眨，黑长睫毛上便沾上细碎的水光。

陈山野沉沉地笑了笑，抽了张纸巾叠成小块，用边角去轻轻擦拭她眼角的泪花："怎么这么多年了还这么爱哭？嗯？水娃娃是不是说的就是你？"

阮玫吸了吸鼻子，手在腰旁侧的半空中比画："想当年我第一次见他，他还没我腰高呢，时间怎么过得这么快啊？一下子……一下子就高我快一个头了……"

陈山野眼角笑得眼角拉出细细的纹路，耸了耸肩，一脸无奈道："没办法，谁让他爹长得高呢？"

"你现在还能笑嘻嘻，但等十年后漫漫上大学，我看你要哭得比我还惨。"阮玫咕哝道。

陈斯漫这年刚上小学，上个星期开学，把小女孩儿送进学校后陈山野还不愿走，跟一群阿婆、阿伯一起守在操场外的围栏边，看着小娃娃们参加开学典礼，直到小孩儿们回了教室，他才依依不舍地离开。

阮玫笑陈山野是"女儿奴"，要不是陈思扬得去外地上学，陈山野还真舍不得离开羊城，非天天接送女儿上学放学不可。

校道的树荫郁郁葱葱，少年挺拔如白杨的身影已经快看不到了，阮玫踮着脚，不放心地再看最后一眼。

"放心吧，现在的扬扬已经很独立了，后来他去外地参加赛事时都不需要我们跟着去了。"

陈山野揽住妻子的腰，在她额头上吻了一吻："这些年辛苦你了，老婆，谢谢你。"

谢谢你，把陈思扬教得这么好。

阮玫红着眼眶睨了他一眼，手已经习惯性地环住他的腰，回抱住他："你也辛苦了。"

她顺势掐了一把他结实的腰肉。

气死了，这中年男人怎么身材还没开始走样啊？

两人除了送孩子上大学，也趁这次机会逛一逛北京城。

环球十周年时他们来过一次，那年由于女儿还小，许多机动游戏都没办法玩。阮玫和陈山野陪着女儿在园区瞎逛，只有陈思扬这年轻小伙把全部项目都玩了一遍，这次只有他们，阮玫终于能放飞自我玩得尽兴。

在禁忌之旅排第二次队的时候，阮玫接到三表姨的电话，问她和陈山野下个月有没有空回宜市一趟，他的儿子要娶媳妇了，想请阮玫一家来这边喝喜酒。

“她们会去吗？”阮玫倒是直接。

这句话没头没尾的，但三表姨听明白了，答道：“她们家里官司缠身，估计有点儿悬。”

纸包不住火，方明君和女学生的不正当关系终于被捅穿，学生家长把他告上法庭，这事还上了挺长一段时间的热搜。方明君的资料被网民们扒了个底朝天，很快被学校解聘。

全世界可能只剩下林碧娜和阮岚还站在方明君那边，一边说方明君是被冤枉的，一边找律师帮他打官司。

陈山野知道这事时觉得不可理喻，这都板上钉钉的事了，怎么还能如此黑白不分。

阮玫倒是习以为常。

母亲和姐姐骄傲太久了，不可能在人前承认她们看错了人，更不可能让方明君成为她们的“污点”，尤其是母亲。她把当年的执念全转移在方明君身上，方明君就是她半个儿子，她怎么也会护着他。

想想也挺可悲的。

阮玫答应了三表姨的邀请，挂了电话，陈山野在身后给她举着便携小风扇，低声说：“如果你不想，我们可以不去。”

阮玫的语气轻松洒脱：“其实我无所谓她们去不去婚宴，以前吧，我一想到要见到她们，就好像成了只刺猬。她们戳我一下，我就要拔出针回扎两下，针是扎到对方身上了，但我自己也千疮百孔。”

她从陈山野手中拿过小风扇，转过去对着他出汗的额头吹：“现在再遇到她们，我应该能一笑置之了，因为我现在过得很幸福呀，有你、有扬扬、有漫漫……哦，我们还有钱！”

陈山野没忍住，耸着肩笑起来。

陈山野的视线一直没离开过她的脸。

十年过去了，虽然时间将她身上一根根扎人的尖刺拔掉磨平，但她并没有随波逐流，顺着社会希望的模样去改变自己，她还是那朵肆意生长的火红玫瑰，坚定温柔，眼里总有强大的力量。

陈山野好庆幸，在那样一个水泥森林里遇见了独一无二的一朵火玫瑰，让他不再在黑夜里漫无目的地往前走。

“你说我们等会儿给漫漫买什么礼物啊？小黄人还是功夫熊猫？”

阮玫低头刷着乐园手机程序，随着人潮中缓慢前行，突然被陈山野拉住手腕。

她抬起头，黑影已经笼罩住她，心跳才刚刚加速，吻也落了下来。

十年如一日，他们的每一次接吻，都像第一次接吻一样，胸腔里有小粉蝶不停地扑腾着翅膀。

他们的爱意，就像那漫山遍野盛放的玫瑰。

炙热温暖，无边无际，生生不息。

魅丽文化
告白

图书在版编目（CIP）数据

夜玫瑰 / 周板娘著 . -- 南京 : 江苏凤凰文艺出版社, 2022.5
ISBN 978-7-5594-6462-0

Ⅰ . ①夜… Ⅱ . ①周… Ⅲ . ①长篇小说 – 中国 – 当代
Ⅳ . ① I247.5

中国版本图书馆 CIP 数据核字 (2022) 第 004200 号

夜玫瑰

周板娘 著

出版统筹 曾英姿
责任编辑 张 倩
特约编辑 吴小波 唐 慧
装帧设计 白茫茫
封面绘制 Yasuko
出版发行 江苏凤凰文艺出版社
南京市中央路 165 号，邮编：210009
网 址 http://www.jswenyi.com
印 刷 湖南天闻新华印务有限公司
开 本 880mm × 1230mm 1/32
印 张 10.5
字 数 302 千字
版 次 2022 年 5 月第 1 版
印 次 2022 年 5 月第 1 次印刷
书 号 ISBN 978-7-5594-6462-0
定 价 46.80 元

---

paint the town red

目录

CONTENTS

paint the town red

目录

CONTENTS

霓虹高塔安静地矗立在黑夜里，是一道夜里才能瞧见的彩虹。

阮玫盯着它出神，被徐子玲连唤了几声才转回头。她将被夜风拂乱的红发撩至耳后，露出耳畔坠着的金色细线。

细软的金链一端悬着颗白色珍珠，另一端倒垂着一朵未盛开的黑玫瑰，一黑一白在温热的夏风中摇曳。

她笑着重新参与到聊天儿中来："抱歉，我太久没看到'小蛮腰'了，看愣了。"

"我也有好些日子没在晚上出来喝酒了，加班加到头晕脑涨。好不容易上个月有一晚不用加班，想着找家酒吧玩玩。去到门口，也不知道怎么了，兴趣瞬间降到冰点，转身就走了。"徐子玲笑着从腿上的纸盒里挑出一个造型别致的小玩意儿在手中把玩。

"我觉得玲姐你就是累了，但心里那团火啊，还烧着呢。"于熊明笑着从徐子玲怀里要来那个礼盒，在一堆质地柔软的硅胶小玩意儿里挑选着。

不一会儿，少年好看的眉毛挑起："玫姐，这么多款，要不你直接给我推荐一个？我要能异地使用的。"

"好呀，我给你选这个……"阮玫认真地给于熊明介绍道。

阮玫和店里的客人关系一向维持得很好，许多客人都变成了朋友。像这样的“新品介绍会”她每个月得约好几场，参加的基本都是像徐子玲和于熊明这样与她交好的老客人。不过说是介绍商品，其实更多的是聊聊彼此近期的琐碎日常。

之前介绍会暂停了一段时间，直到这个月，阮玫才把几位客人约出来联络一下感情。

几个人说话的音量不小，惹得来送酒的侍应小姑娘红了脸，托盘上的酒杯无处安放。

阮玫跟于熊明拿回纸盒，把桌上颜色各异的小玩意儿全收进盒子里，对小姑娘笑了笑：“麻烦你了，放桌上就行。”

三杯鸡尾酒颜色如身旁高塔一般色彩斑斓，落日余晖，海面冰山，雪地蔷薇。

徐子玲干脆脱了红底高跟鞋，一双匀称的长腿窝进沙发，歪着脑袋拉伸肌肉紧绷的肩颈：“唉，脖子酸死了。”

“你最近工作那么忙吗？”阮玫放下酒杯，接过于熊明递来的烟，莫吉托爆珠，纸烟拿在手里飘着丝丝青柠味。

“忙啊，忙到想喘口气都没时间。”徐子玲将干练的短发别到耳后，从身旁的黑色铂金包里掏出自己的烟盒，拿了根衔进嘴里，压低了些许音量笑道，“没办法，经济大环境不好啊，家家公司都在谈裁员，我不拼上老命的话，怕是要提前退休了，薪水少点儿就少点儿吧，只要还能保得住这个位置就行。”

于熊明递过来打火机，火苗在指尖跳跃。徐子玲倾身凑过去点燃烟，抽了一口后淡淡一笑：“年轻时觉得只要爬得够高就可以拥有一切，可现在吧，觉得位置越高越像在高空走钢丝，脚底下黑乎乎的，看不清下面有什么，只知道有好多人等着你失足往下掉。”

“还是你们自己当老板的好啊。我如果真的被裁了，干脆也去搞点儿什么生意做做？投资家宠物店什么的……”徐子玲红唇微启，缥缈烟雾和自言自语很快消散在夜风里。

“别说你们大公司，我的生意不也是完全停摆了？”

说起自己的代购生意，于熊明向来清朗的少年气里也难得地覆上了一层阴霾。他一边聊天儿一边给在国外的女朋友发语音，叽里咕噜的，阮玫没听明白。

阮玫手中的香烟燃了半截儿，喉咙带着一丝丝薄荷凉意。她捏爆爆珠，“扑哧”一声，青柠味在口中散开。等于熊明发完语音，她才问：“你这段时间没法见女朋友，你们的感情怎么维系啊？她没有发脾气？”

“还能怎么办？只能靠语音和视频聊天儿呀，再这么下去她早晚都要让人撬走喽。”他噘着嘴愤愤道。

“我们小熊性格好又专一，那姐姐要真耐不住寂寞把你给甩了，我就给你介绍新的女朋友！”徐子玲笑嘻嘻的，就差在嘴角点颗媒婆的黑痣了。

许久未见面的三人聊起天儿来一点儿不敛着音量，还好每张桌子之间的间隔足够大，不然阮玫生怕他们的聊天儿会影响到其他客人。

阮玫见他们的酒杯渐空，扬手叫来服务员，给打开话匣子的两人又点了杯酒。

这时，夜风穿过围绕着清吧的树丛，把树叶吹得发出一阵接一阵的沙沙声响。有一瞬，阮玫还以为自己听到了海的声音。

光影摇曳中阮玫再次侧过脸去看那座高塔。

这一年发生了那么多事，似乎只有那高塔和那圆月没有变化。

酒过三巡，阮玫捧着装商品的纸盒去结账。

收钱的是刚刚送酒的小姑娘，阮玫见她一直偷偷地看着自己手里的纸盒，心中明了。她从手包里取出一张名片放到女孩儿面前，轻声说道：“有兴趣可以加我微信哦。”

名片是黑色的，正面中央压了一朵烫金的玫瑰花，下面印着店名——“Rose Slave”。

小姑娘睁圆了眼，转头见没同事看向这边，赶紧将黑色名片塞进了围裙里。阮玫将食指伸到唇前做了个噤声的手势，而后对她眨了眨眼，转身往大门口走去。

徐子玲站在自己的车前，打开手机软件准备叫代驾：“小熊，你坐阮玫的车回去，是吧？”

“对啊，我跟她顺路。”

"行，那我回公司了。"

阮玫把纸盒放进自己车的后备厢，也点开代驾软件："你怎么还去公司啊？我以为你是下班过来的。"

"反正家里也没人等我，回公司每隔一小时还有巡楼保安跟我打声招呼，反而热闹一些。"徐子玲笑笑。

于熊明嬉皮笑脸道："看来这位小保安长得可以哦，还能让我们徐总惦记上。"

"没有我们小熊可以。"徐子玲瞪了他一眼，代驾师傅的电话这时打了过来，她接起和对方确认地点。

阮玫定好位后就按下"呼叫代驾"，附近有不少等单的司机，系统很快就派好了单。

有司机的信息跳出，阮玫还没来得及看清司机的资料，屏幕已经弹进来一个陌生来电。

一闪而过的"陈师傅"映入眼帘。

"山野哥，你买菜回来了呀？"

陈山野闻声抬起头。

血橙的夕阳在道路尽头下沉，落日的余晖将狭长弯曲、布满广告的街道染得金碧辉煌，连头顶错综复杂的黑色电线也添上了一分艺术感，脏、乱、差的城中村在此时似乎被赋予了新的生命。

喊他的是罗蕊，上了淡妆的姣好脸庞上有从发廊彩色转灯上投下的彩斑，红色的、蓝色的。

陈山野假装瞧不见女子眼里绽放的光彩，只笑了笑，道："对，阿芒在家等着我。"

他拔腿要走，罗蕊赶紧走出几步跟在他身旁："上次阿芒来店里理发，一直说你做的菜好吃，听得我都流口水了。"

陈山野腿长，迈出一步罗蕊就得小跑两步。她举起手挡在额前遮住刺眼的残阳，试探着问："阿芒还说下次邀去你们家吃羊肉米线……"

"哦，米线他还算会煮，不至于难吃，就是炖羊肉他可能做不来。"

陈山野往路中央走过去一些，想和罗蕊身上的浓烈香水味隔出一段距离，身后有单车铃声狂响，伴随一声声的“看路看路”。

在海棠村租房子的多是广漂一族，城中村里流动人口近三十万。在这里能听到粤语，更多的是普通话和百花齐放的各地方言。

罗蕊急着想解释自己不是要吃钟芒做的米线，是想吃陈山野做的，可陈山野没给她机会，长腿一转便准备拐进逼仄的小巷。他两只手拎着沉甸甸的塑料袋，只留一个后脑勺儿和一句“赶时间，先走了”给罗蕊。

陈山野不一会儿就消失在第一个拐角，罗蕊站在巷口气得直跺脚，身后传来一声阴阳怪气的嘲讽：“看吧？我都说没戏，你偏不信，硬要往这块石头上撞。”

罗蕊回头一看，是店里的吴向真。对方双手抱在胸前，尖尖的下巴扬起，一副看好戏的模样。

“这条街上多少女的看上了陈山野，你看他和谁相好过？”吴向真走到矮她小半个头的姑娘身旁，“苦口婆心”地劝，“别浪费时间在他身上，我瞧钟芒那小子对你倒是有点儿意思，你不如考虑一下他？”

罗蕊狠狠地瞪了她一眼：“不关你的事！”

她憋着一股子不爽穿过马路走向斜对面的奶茶店，想喝点儿冰的降降燥热。

陈山野这人，名字野，样子野，那双眼睛似狼似虎，身材也是一顶一的好。可陈山野的性子又不像名字那么野，不嫖不赌，连麻将都不搓，和姑娘说句话都会自动留出安全距离，绅士得不行。别的臭男人来发廊洗头、理发多数会动手动脚，也就陈山野安安分分的，眼睛不乱瞟，有时她把胸压得低一点儿，他都会避开。

罗蕊觉得总有一天自己能拿下陈山野，虽然她的身材没吴向真她们的那么丰满，但也算玲珑有致，最重要的是她年轻好看。

在这一拐进巷子里就只能望见一线天空，白天还得开着路灯的地方，她也想努力伸手抓住些什么，让这混沌不堪的生活好有些盼头。

陈山野侧身避开小巷里忽然蹿出的电动车，又躲开随意挂在屋檐下的内衣裤，左拐右拐地到了家门口。

他把右手里的袋子全交给左手，掏出钥匙开防盗门。楼梯间不见光，房东刚换不久的感应灯似乎又坏了。他弹了下响舌也不见灯亮，便摸着黑上了三楼。

笔直的走廊一眼能望到底，头顶的走廊灯洒下惨白的灯光。陈山野边往自己屋子走，边把邻居们胡乱摆在走廊上的鞋子踢回他们自个儿的门口。

上个星期新搬来的邻居房门口摆着个粉红色的塑料鞋架，跟这昏暗的环境实在有些格格不入。从单薄的木门里传出姑娘的声音，什么谢谢哪位哥哥送的火箭，什么接下来给大家跳支舞。

陈山野也看过直播，是钟芒硬塞给他看的，说里面内容很丰富。

他只看了一下，就把手机还给了钟芒。

钟芒问他感觉怎么样，他摇摇头说不怎么样。

他见过更好看的。

钟芒嫌陈山野老古板，不愿意接受新事物，什么小视频短剧，什么自媒体人，什么网红直播，他都没兴趣。

有一次钟芒说："嫂子离开以后，你的生活好像就没再往前走出一步了。"像是车子没了油，就这么停住了。

陈山野进门后没把门关上，看了看挂钟，钟芒也差不多这时候醒了。果然，他刚把肉和菜放进冰箱里，钟芒就打着哈欠从对面的屋子走了出来，挠着睡得乱糟糟的鸟窝头问："山野哥，今晚整哪样？"

陈山野睨了他一眼。

前些天他们下馆子，钟芒想吃清蒸鳜鱼又嫌太贵，这天陈山野便买了一条回来，可刚被罗蕊这一耽搁，他这一刻不想做鱼了。

他从冰箱里拿出剩余的大半碗炸酱，语气淡淡的："吃炸酱米线。"

钟芒倒是无所谓，山野哥做的炸酱可绝了，让他天天吃都可以。

陈山野从冷冻库拿出一包干米线，往锅里注了水放火上烧。

他想了想还是不痛快，对坐在小沙发上刷手机的清瘦青年埋怨："你干吗约发廊那姑娘来家里吃饭？"

钟芒的视线从手机屏幕上移开，一对小眼睛眨巴眨巴："小蕊跟你说了？那你答应没有？"

"没有，我答应干吗？你自己约的人，就自己去招呼。"

陈山野叉着腰，尽管出租屋的门开着，但屋内还是闷着一股暑热，有汗水从额头滑至他高挺的鼻梁，他撩高T恤下摆抹了把脸，走去角落里把风扇打开。扇叶缓慢地旋转起来，“嘎吱嘎吱”地响。

“我这不是想给你制造机会吗？你看这么久了，你的身边也没个人。”钟芒从沙发上弹起，跟着陈山野走进厨房，狭小的空间一下子被两人占满。

“我不需要。”

陈山野把米线倒入锅中，沸腾的热水瞬间安静，细小的气泡从用了有一些时日的锅底冒起。

煤气炉另一边也起了火，炒锅里倒入炸酱加热，咸香微辣的酱香味裹在水汽里灌满面积不大的厨房，陈山野把抽油烟机打开。

“哥，你别老惦记着嫂子啊……她都跟人跑了那么久了……”钟芒咽了口口水，倒不是害怕陈山野听到他提起“男人之痛”而发怒，单纯地只是因为加热中的炸酱实在太香了。

陈山野把洗手盆边的小窗也推开，好让香气散出去。窗外就是隔壁握手楼的红色条形墙砖，残阳倒映在镜面砖块上刺得他眼睛发疼。

锅里的水再次沸腾起来，米线在锅里乱舞，炸酱红油鼓起小泡。

直到关火的时候陈山野才淡淡地说了声：“也没总惦记着了。”

可油烟机的轰隆声盖住了他的声音，钟芒“哈”了一声，陈山野没再理他。

一包干米线能做三人份，两人飞快地吃完。陈山野进厕所草草地冲了个冷水澡，出来后穿上白T恤和黑牛仔裤，套上反光背心，戴上银色头盔，检查了背囊里的装备。两部手机都充满了电，便提着电动车出门了。

陈山野走到对门敲了敲，钟芒慌里慌张地跑来开门，手里还拎着卷纸：“你先开工吧。我突然想上厕所，不用等我了！”

“行，那你自己注意安全。”

“知道啦！”

二十多公斤的电动车被陈山野单手拎着，另一只手在代驾平台上操作开始听单。

他走到巷子外才骑上车，霓虹灯牌在夜幕下斑斓迷幻，灯光在一张张或疲倦或无神或兴奋的脸上渗透进他们的皮肤，顺着血液流淌，麻痹着他们的心脏。

入夜后，街边的店铺开始把货摊往马路上推，直接把不宽的街道占了三分之一。每走几步就有一家店在门口摆着外扩音箱，放着激情飞扬的广告语和电子舞曲来吸引顾客的注意力。

陈山野在熙攘的人群里穿梭，刚出了村子大牌坊，平台就推进来一单。他开始了晚上的工作。

其实陈山野挺喜欢晚上七点至九点的客人，一般这段时间的客人都是在餐厅、饭馆多饮了两杯，人不会醉得失态，格外好相处。

而九点往后的代驾高峰期，客人多是从酒吧、夜店、桑拿足浴、会所等声色场所出来的，这个时间段遇上什么客人、什么车、什么事，都得听天由命。

最近出来吃饭的人多了不少，订单自然也多了起来。陈山野刚把第一个客人平安送到家，手机里又接了一单。

听单、接单、打电话和客人确定地点、见到客人时出示工牌、绕车检查一圈、折电动车、在驾驶座上铺垫布、和客人核对路线、发动车辆、驾驶、结束行程、重新听单……

陈山野每晚都重复着枯燥无味的流程，驾驶着价格悬殊的车，在扑朔迷离的夜色里奔跑，穿梭于霓虹钢铁森林中，也听着、看着客人的人生百态。

陈山野把一辆大 G 送到保利公馆，不见醉意的车主说接下来自己开进车库就好，便在小区外结束了代驾行程。

接着陈山野看了看地图，很多师傅在这附近等单，他不太爱扎堆，想着往人少的地方走。

陈山野骑过一个路口，来到大剧院附近。这边也有几家清吧、酒廊，系统暂时没给他派单，他正好能停在路边歇一会儿。

陈山野刚刚干了三单活，车内冷气凉快，车外夏风滚烫，在车里干掉的汗一到车外又冒出来。他闻了闻领口，虽然没什么异味，但还是决定把衣服换了。

陈山野去年夏天收到过一个女客人的差评，说司机身上有汗味把她的宝马弄臭了。他吃了那一次亏后，只要出来跑单，都会在背包里放一两件轻便的速干 T 恤和湿纸巾。

陈山野就坐在小电动上把口罩、衣服和头盔都脱了，擦了汗，还十分讲究地拿薄荷止汗喷雾往头上、身上猛喷了几下。

钟芒在代驾兄弟群里狂发语音。陈山野随便点开一条，听钟芒聊这晚遇到的客人："刚刚八点多我在一个酒店门口接了位客人，醉得不行喽，在副驾驶座哭得鼻涕直流，说他刚去喝了喜酒，新娘是他的前女友，哎呀，这哥们儿真惨……"

耳机里传来小兄弟活灵活现的描述，陈山野咧开嘴笑，一口白牙在黑夜里格外显眼。他们会在代驾司机群里分享一些干活时遇到的突发状况和特殊客人，也算是在这漫漫黑夜里找点儿乐趣。

身后突然起了一阵微凉的风，路旁有树叶沙沙作响。

陈山野有一瞬以为，听到了老家后山那片树海的声音。

思乡的情绪总在不经意间翻涌而起，一轮月亮，一片树叶，一碗米线，都能惹得牛高马大的男人瞬间眼眶温热。

陈山野一边套着反光背心，一边给父亲的手机拨了个视频电话。

快十点了，陈思扬这个时候应该正准备上床睡觉，他刚好可以跟儿子说声"晚安"。

接视频的正是陈思扬，五岁的小男孩脸蛋儿晒得黑红黑红的。

房间里光线不太明亮，父亲的手机前置镜头像素也不高，但陈山野还是能清楚地看见他一颗一颗的小白牙。

"爸爸，我要睡了！你怎么现在才打来呀？！"圆头圆脑的陈思扬虽然语气里有些不高兴，可依然笑得一双大眼睛眯了起来。

"我今晚一直接活呢，忙到这会儿才有空。爸爸现在来到'小蛮腰'附近了，拍给你看看。"

陈山野把手机调成后置镜头，对着不远处的霓虹高塔拍摄，将这道彩虹送到一千三百公里之外的小男孩眼里。

"好美啊，爸爸！"陈思扬一张小脸上写满了期盼，"什么时候我才能去羊城找你啊？到时候你带我去和'小蛮腰'拍照好不好？"

陈山野勾勾嘴角："行啊，等过段时间就让爷爷奶奶带你来，行吗？

到时候爸爸带你们去看高塔，去吃好吃的。”

“好，拉钩上吊一百年不许变！”小孩儿伸出尾指凑到镜头前。

陈山野也递出尾指，在镜头前钩了钩，应了声“好”。

他专门拿来接单的那部手机这时弹出了一个新的单子，离他不到两百米。

那是辆飞度。

“扬扬，爸爸得去工作了，你和爷爷奶奶去睡觉吧。”陈山野一边在平台上按下拨打车主电话的按钮，一边跟儿子道别。

“行，你开车小心啊。晚安，爸爸。”

“嗯，晚安。”

视频刚挂断，车主的电话就接通了，一声“喂”钻进陈山野的耳朵里。

是位女客人。

陈山野在夜风里开口：“您好，我是代驾师傅，我姓陈。”

“嘎吱——”

陈山野在离客人十米外的地方猛地急刹住电动车，真空车胎在地上摩擦出刺耳的声音。

白色飞度，火红卷发，腿上如血滴一样的花瓣……

是她。

太阳穴仿佛被开了一枪，“砰”的一声，陈山野顿时大脑一片空白。

羊城可不像他出生、成长的那个小县城，一出门就能遇见一两个熟人。这省会城市这么大，怎么会……那么容易又遇上了？

陈山野的胸口起伏不定，努力压制着瞬间飙升的心率。

他对自己说，已经过去差不多一年，说不定她已经忘了他了。

但……如果她还记得呢？

在陈山野思绪乱成麻的时候，和于熊明聊天儿的阮玫余光瞧见了显眼的反光背心，赶紧向不远处的男人挥了挥手：“师傅，这里，这里！我叫的代驾。”

陈山野咬了咬牙，把脸上的黑色口罩拉高一些，脚一蹬，向客人的方向开去。

“请问是手机尾号 2799 的车主吗？”陈山野在客人面前下了车。两个人只对上一眼，他已经心慌得匆忙垂首移开视线。

陈山野拿出手机点开电子工牌递到阮玫面前，眼神有些躲闪：“这是我的工牌，请您看一下。”

“好的。陈师傅，对吧？我们上车吧。”阮玫对完工号后对他点了点头，把手里的车钥匙递给他，从他身边经过，往副驾驶座那一侧走去。

陈山野推着电动车走到后备厢处，打开厢门时他的心跳已经平缓了一些。

可当心跳缓下来时，又感觉到心脏处隐隐约约有被铁丝扎过的疼。被扎到的那地方还破了个微不可察的小孔，往外漏着气。

陈山野抡起拳头往自己的左胸口轻捶了几下，吐出一口长气，热气闷在口罩里形成潮湿的水雾。

看来她没认出他，这是好事，对吧？

后备厢不大的空间里散落着几个大小不一的纸箱，有一两个牛皮纸箱上还贴着快递单。陈山野得给自己的电动车腾出位置。他正想知会车主一声，就听见已经坐在副驾驶座的女子开口说：“后面的东西有点儿乱，要是师傅你的车子放不下，随便将东西挪一下位置就好。”

陈山野闻声抬头。

那人被座椅遮挡着。街边的灯光洒在她的发顶，火红和暖黄勾兑出另一种迷幻的颜色。

坐在后排的于熊明转过头，说：“能放得下吗？师傅，不行你就把箱子递给我，我这边还能放些东西。”

陈山野低头，按从大到小的顺序把牛皮纸箱整齐地摞在后备厢的边角，回答道：“没问题，可以放。”

这已经是他这晚第四次折起电动车，却没了前面几次的轻松从容。他把车放进后备厢时一时没放稳，眼见车子往前倾倒，赶紧伸手去扶。

车是扶住了，但碰开了旁边一个礼盒的盖子。

陈山野拿起盖子想把它放回原位，在看见盒子里的东西时，动作就停在了半空中。

这里面装的一个个小玩意儿，他虽然不熟悉，但懂它们的用途。

城中村里有许多家计生用品店，开在主干道上的还稍微隐晦一点儿，开在巷子里的则直接把一些广告海报光明正大地贴在店门口。每到夜幕降临，店里就点起一盏艳俗的粉红壁灯，使那褪色缺角的海报更显廉价。

盒子里的那些玩意儿造型倒没有海报上的那般直白，线条更加流畅，颜色也高级许多。

后排的人再次询问陈山野能不能放，他猛地将盖子盖上，应了声“放好了”。

绕车一周检查，车的右前车灯下有一处掉漆。陈山野屈起指节敲了敲副驾驶座半降的车窗说：“您好，车子前面有一处剐碰。”

阮玫挑眼看他：“嗯，对的。我知道。”

陈山野不着痕迹地移开对上的视线，不再多话，绕过车头拉开驾驶座车门，把防脏座椅垫铺好后上了车。

陈山野扣好安全带，启动车子，和客人核对路线：“您的目的地是江南路，对吧？”

“是的，但麻烦你绕一下路，先到美术学院那边停一下。我朋友要先下车，然后再回江南路。”阮玫拨了一下出风口扇叶，让冷气对着自己吹。

“好的，我们走内环可以吗？”陈山野稳了稳心跳，踩下油门。

“可以的，师傅你安排就好。”阮玫低头在手机里挑着歌单。

车子很快驶上金灿灿的大道，化成银河里的另一颗星星。

歌曲也从音响传了出来，是粤语歌，女生唱的，缥缈迷离的歌词里有霓虹，有港湾，有北风声。

陈山野来了羊城四年了，对粤语会听不会讲，也没想着去学着说，能听懂五六成就好。

总归是外乡人，总归有一天是要回家的，学了也无用。

“玫姐，你什么时候听起这种老歌了？你以前的歌单不都是说唱和电音吗？”后排座对于一米八几的男生来说过于狭窄了。于熊明直接敞开腿，坐姿相当豪迈。

“这是我一个客人的歌单，小姑娘才十八岁，但听的全是粤语老歌。前段时间她分享在朋友圈，我听着觉得挺舒服的，就一直听着。”

“这首歌叫什么啊？”于熊明比阮玫年轻了几岁，听的歌几乎都是外国流行音乐，突然听粤语老歌竟有种耳目一新的感觉。

陈山野无意识地竖起耳朵，可他没等来答案。身旁的姑娘直接把歌曲分享给了后面的男生。

他松了点儿手劲儿，之后再收紧。

他感觉心里好像有些遗憾，但遗憾什么，一时半会儿，他也说不清。

车子等着红灯准备上内环时，一声“陈师傅”唤得陈山野差点儿松开脚刹。

声音从身旁传来：“陈师傅，如果觉得太热，你可以把口罩摘下来的。”

陈山野眼角余光看向阮玫。

她的指尖有金光一闪一闪的，随着手指在她的唇边轻点，那星芒像调皮的小飞虫，在陈山野眼眼中撞来撞去。

陈山野握紧方向盘，有些刻意地把声音压低了一些：“不了，我们公司规定最近上工时必须一直戴着口罩。”

阮玫微微侧过脸。

男人的浓眉大眼浸在暖黄的灯光里，个子很高，头顶都快抵到车顶了，黑色口罩遮掩不住他那令人称羡的高挺鼻梁，再往下，能看见他的喉结。

陈山野也能感受到阮玫上下打量的视线。

他干代驾以来，第一次觉得等红灯如此煎熬。那红色数字一秒一秒地倒数着，就像他躁动不安的心。

好在身后的男生此时插话了，问他：“师傅，这段时间你们代驾行业不容易吧？”

陈山野回答：“是的，有好多兄弟过年前回了老家，到现在还没回来。前段时间吃饭喝酒的人少，还有过晚高峰时完全接不到单的情况。”

于熊明将屁股挪来挪去，一双长腿总觉得不舒坦，干脆侧身把脚缩到了椅座上：“哎，那师傅你去年有回家过年吗？”

红灯转绿，陈山野踩下油门："没有，我去年没回去。"

车子上了内环便开始加速，陈山野开得并不慢，同时还认真地回答后排男生的问题。

"我说，小熊你这是打算去做代驾啊？"阮玫插了一嘴。

"我想着晚上没事的时候也去兼职一下，给我的短视频里头添点儿新题材。"

于熊明在知名自媒体视频网站上有很多粉丝，之前多是发他在国外代购和旅游时的趣事，后来和年上女友的异国恋日常系列也很受粉丝欢迎，而后他还又开了个新系列，主题是去尝试不同的兼职，反响也不错。

"你这玩票性质的就别去瞎闹了，代驾师傅都是很辛苦的。"阮玫念了一句。

"哎，我就问问嘛。"

两个人你一句我一句地聊着，很快车子已经下了内环，快到美院了。阮玫给陈山野指着路。车子往前过了两三个路口，在一个小区门口停下。

"姐，那我走了，明天等你拿给我啊。"于熊明手抵着副驾驶座上方的车顶，看了一眼代驾师傅，细声交代道，"你到家了告诉我一声"。

毕竟是男司机，于熊明多少有些担心。

"行，但我可能要明天下午才能给你送来。"

"不急，明天联系，拜拜。"

"拜。"

"现在是往您定位的那个地址去，对吧？"陈山野问。

"是的。"阮玫答。

这里距离目的地不过五分钟的车程。晚上十点半的马路有些空旷，陈山野本可以开得很快，但他悄悄地放慢了车速。

陈山野想，这次代驾行程结束，他们应该再也没有机会见面了吧。

思及此，他就没太舍得踩油门了。

可五分钟的车程总没办法开成二十分钟。陈山野还是在导航预估的时间内将车驶进了阮玫指示的一个露天停车场内。

这次和上次送她的地址不同，这一片都是有些年份的老房子，马路外就是地铁站，附近有好几个综合体商场，内街这里入夜了倒是安静。

而上次是送到另一个区的高档公寓……

陈山野清了清嗓子，把开始往外冒的回忆一点儿一点儿地塞回内心深处，稳稳地把车子停进车位里。

“请问您是线上支付还是现金支付？”陈山野解开安全带，循例问道。可阮玫不答反问：“陈师傅，你一般晚上几点下班啊？”

陈山野转头去看她。

红发女子手肘支着车窗，那小脸也不知道有没有他的巴掌大，一双星眸闪着幽幽的光，火红的“波浪”在肩膀前静静地搭着。

她脸上泛起淡淡的粉色，一副不大醉的模样，微挑的眼线像把小钩子，又把陈山野心里深处那木头箱子里的回忆一点儿一点儿地勾了出来。

陈山野浓眉微皱，搞不懂阮玫问这一句话是什么意思，但还是照实回答她：“我一般跑到半夜两三点下线。”

“那你今晚能提前下班吗？”阮玫眼睛带着笑，“我们叙叙旧？”

是他。

阮玫一说完“我叫的代驾”便认出陈山野了，还在半空挥动的手一时顿住。

即便男人被黑色口罩挡住了半张脸，也无法遮住那道浓眉和幽深的黑眸。

阮玫不知道他的名字，但这一年的好些夜里，她睁眼闭眼，想的竟都是这人能迸出细碎火星的一双黑眸。

吸引力这种事情真的很妙，就像一颗一直按部就班运行的行星，忽然间脱了轨，并且再也回不到原来的轨道上了。

阮玫这一年没刻意去找过陈山野，也没想过，城市这么大，居然能这样遇上。

所以这是应了那一句“念念不忘，必有回响”？

她认出陈山野了，那他呢，会记得她吗？

阮玫抿了抿唇，站在原地，等男人骑着小电动向她驶来。

等陈山野出示完工牌，阮玫把车钥匙交给他。

车钥匙搁在陈山野的掌心显得好小一把，她思绪乱飞地往副驾驶座那边走去。

上了车，阮玫从后视镜里看男人弯腰整理后备厢，结实宽厚的肩膀快占满小小的门，占满窄长的后视镜，占满她的眼。

接着他绕车检查，突然敲敲她旁边的玻璃，对她说右车灯下有一处剐碰。

阮玫应他，在空气中对上的视线很快被他避开。

哦？为什么要躲闪？

所以他也记得她的，对吗？

阮玫不禁咬住下唇，玫红的嘴角止不住又一次往上扬起。

或许是因为夏夜闷热，或许是因为陈师傅自身带着股温热，或许是阮玫的心跳得太快，车子启动后她拨了一下出风口，想给自己降降温。

她用手掌给自己扇了扇风，低头从手机里挑选着合适的歌单，随机播出来的是《霓虹港湾》，关淑怡版本。

之前阮玫听这首歌时觉得如寒冰过境，先是有水汽在耳边集结，随着温度慢慢儿地下降，最后结成薄薄的冰覆在耳畔。其他的杂音在那一刻都听不见了。

可这晚阮玫听出了另一种味道，令人迷醉的气音高低起伏，梦呓般，冷艳、魅惑、缠绵、缱绻，一层推着一层，如迷烟幻梦，将人推上了云端，又让人荡漾于无边的大海。

阮玫和小熊有一搭没一搭地闲聊，心脏“扑通扑通”狂跳，大脑也飞快地运转，不停想着要如何自然又含蓄地同他开口聊天儿。

等红灯时她问他要不要把口罩摘下来，可他不但不乐意，还伸手把自己的口罩拉高了一点儿。

——遮什么呀？你长得这么有辨识度，有没有点儿自知之明哦？

阮玫睨着陈山野在方向盘上抓成葱白颜色的指节，撇了撇嘴，收回自己过于直白的注视。

高耸的路灯照亮着前方或笔直或蜿蜒的道路，车厢里时明时暗，小熊和陈师傅聊着代驾的事，阮玫插了几句。

从驾驶座那边传来淡淡的薄荷香，有些像不久前小熊给她的那根青柠爆珠，仿佛手指轻轻一捏一拧，就会有薄荷柠檬苏打水的气泡在她喉咙间爆开。

不停冒出的冲动像极了啤酒涌起的密密麻麻的气泡，在胸腔里“噼里啪啦”地破开。

阮玫深吸一口气平缓情绪，她打开代驾软件，路程时间只剩余下十分钟。

这次的驾行程后，他们应该也没什么机会再见面了吧？

阮玫这么想着，仰头去看如影随形了一路的圆月，也看一盏盏街灯在她眼里似拖着尾巴的陨石飞快地闪过，它们灿烂、安静，却无比孤单。

其实于熊明下车的时候阮玫还没做好决定，简简单单的一句话在喉咙里浮浮沉沉，像飘了根孔雀羽毛在里头挠得她发痒。

五分钟——车子驶进江南路，车不多，但陈师傅开得并不快。

四分钟——在十字路口等红灯，夜渐浓，可斑马线上依然人来人往。

三分钟——绿灯了，左拐，熟悉的霓虹街景映进阮玫的眸子里。

两分钟——车子掉了个头，拐进内街，阮玫指着斜前方：“前面第二个路口右转，有一个露天停车场，我的车子停在那儿。”

一分钟——阮玫决定先开口，她不想这样难得的夜晚在这里终结。

音响里的歌声正好收尾，车子在停车位里平稳地停好，陈师傅问她要用什么方式支付费用。

阮玫努力让自己看起来轻松自在，问他：“我们叙叙旧？”

“老板，这是我的名片！可以加我微信，我随传随到！”

钟芒双手捏着自己印的小名片递给刚刚结束行程的客人，布丁颜色的鸟窝头一下一下地往前点着。

满脸酡红的客人接过小纸片后扬了扬手，往电梯走去。钟芒刚把折叠电动车安装好，抬头便见脑满肥肠的男人把他的名片丢到了电梯旁的垃圾桶里，摇晃着啤酒肚进了电梯。

隔着一扇玻璃门，电梯间的灯光华丽温暖，停车场的白炽灯阴暗又冰凉。

是泾渭分明的两个世界。

钟芒咬了咬牙，骑上小电动往出口开去，出了车库手机才收到信号，停在路边点行程结束。

虽然有些许不快，但这晚他的战绩还可以，不到十二点就已经接了四单，加上刚才的老板还没支付的订单，流水接近四百块钱。等待到两三点，估计还能再进来个一两单。

这成绩比起前几个月简直好太多。如果之后真能如山野哥说的那样消费反弹，那再过个两三年，他真的能让奶奶住进新房子了，不用再待在那间一下雨屋顶就漏水、家里要摆满水桶接水的破房子里了。

他忍不住哼起了家乡的小曲儿，顺便给陈山野拨了个语音电话。

电话接起后钟芒兴奋道："哥，你在哪儿呢？晚点儿要不要吃消夜？我请你啊，我今晚……"

陈山野打断他："你约小魏他们去吃，我不去了。"

"哦，你现在接客人呢？现在去哪儿啊？"

钟芒等了几秒没等到答复，喊了声"哥"，才听陈山野说："我现在在忙，晚点儿再说，先挂了。"

钟芒看着挂断的电话，撇嘴，一看平台又有单子进来，赶紧接单开工。

而陈山野半小时之前已经在代驾后台下了线，此时正推着电动车站在位于内街的一个小院子前。

他的手机里有一个还未存进通讯录的电话号码，这个号码五分钟前给他发了条短信："外面铁门没锁，进来后你帮我锁一下。"

回来这里之前陈山野又跑了一单。

在停车场时陈山野没来得及在后台下线，系统便火急火燎地推进来一单，从离这里不远的消夜一条街送到某个高档小区，单程就需要三十分钟。

系统派单不接，多少会影响之后的派单几率。陈山野抬头看向站在车棚旁的姑娘，没多想就推着电动车走到她面前："平台给我推单了，你要跟我说的事情着急吗？着急我就不接这单了。"

阮玫一愣，觉得自己提出"叙旧"的意思还挺明显的呀，怎么……

这位陈师傅以为要找他谈正经事情？

但她不想耽误陈师傅赚钱。客人和订单对于他们来说有多重要，她十分清楚。

她摇头说："也没什么急事，你快接单吧。"

陈山野皱了皱眉，看了阮玫几秒才按下接单，再打电话给客人说很快就过去。

陈山野挂断电话后把口罩拉到下巴处，既然已经认出了也没必要再遮掩。他把手机递给面前的姑娘："你给我一下你的电话号码吧，等我完成这单，下班了，我再过来好吗？"

阮玫刚刚那股冲劲儿被陈山野这么认真的表情整没了，可是话都说出口了也没法收回，想了想，最后还是接过手机按下了自己的电话号码："行，你工作要紧。"

她直接按了拨打，很快自己的手机响了一声。

"我叫阮玫，玫瑰的'玫'，你呢？"

"陈山野，漫山遍野。"他接过手机，"那我送完客人后联系你。"

"行呀。"

阮玫，玫瑰的"玫"。

陈山野迎着晚风往客人的方向骑，将阮玫的名字在嘴里反复咀嚼。

当知道阮玫也记得他时，他倒是平静了下来，不像一开始偶遇时那样不知所措，而那个一直漏着气的小洞被她一句话就轻松地堵上了，胸口不再隐约发疼。

也是巧了，陈山野这次接的是辆跑车。这车子前置行李厢不大，装不下他的电动车，一般遇上这种车型他会把车子寄存在饭馆，等送完客人再回来取车。而开这车的车主都挺上道，会给代驾师傅额外发红包，当作回来取车的路费。

车子上了内环高速，身旁的年轻小伙玩着手机游戏并没有聊天儿的意思。陈山野不用应酬客人，便想着那姑娘是想和他说什么呢？

说实话，陈山野以前真没想过这种事情会发生在自己身上，也没想过，这人这事在之后许多个深夜里会一直缠着他……

每次梦醒来，陈山野睁开眼，入目的是出租屋灰暗的天花板，薄薄的窗帘不遮光，一线光从布帘中间溢出，照在床上，恰恰好照在有明显凸起的薄被上。

光明那么少，剩下的全是混沌昏暗……

这跑车小伙果然很上道地给了陈山野五十块钱做打车费和小费，但他没打车，而是走到旁边的地铁站去搭地铁。

中途换乘时他给阮玫打了个电话，说他还有十来分钟到，不一会儿，手机就收到了一条写了地址的短信。

陈山野回到越夜越热闹的消夜街拿回电动车，迎着风往回骑，来到短信所说的地址，掏出手机才瞧见让他锁门的短信。

陈山野透过雕花铁门往里看，由一楼民居改成的小店面门口亮着盏铸铁壁灯，黑木门上的玻璃和旁边的玻璃窗都紧拉着白色的帘子，黑底的店铺招牌没亮灯，只能隐约认出是两个白色的英文单词组成的。

陈山野的心跳又快了起来，一下一下地在胸腔里捶着鼓。他推开门后落了锁。小院子一角种着棵小树，树干上绕着几圈一闪一闪的灯带。他把电动车停在往上盘旋的萤火虫下方。

陈山野迈过几步石径，跨上台阶，站进那圈暖黄之中。拉下口罩后把憋在胸口的那股闷气吐出，敲了敲门上的玻璃。

一个多小时前，回到店门口的阮玫，那股勇气算是全泄光了。

她居然胆敢去搭讪一个仅有过“两面之缘”的男人？

是因为她空窗太久了吗？！

店里禁烟，阮玫便像往常一样坐在台阶上点了根烟，猛吸一口，火星在纸烟上烧。她在烟雾里看着那个还没加入通讯录的电话号码，叹了口气，给它输了名字保存起来。

陈山野，漫山遍野，倒是挺好记的。

阮玫一根烟抽完，进屋洗了个澡，头发还没干，手机也没响。她便坐在沙发上呆呆地盯着顶上的琉璃吊灯看。

思绪也回到了过去。

一年前陈山野出现的那一天，正好是阮玫情绪最差、压力最大的时候，每一分钟、每一秒钟，她的心脏都像被刀片剐一般，不停地流血。

愤懑和哀怨就像重重的石头绑着她的脚踝，不停地拉着她沉入冰冷的湖水里。

像丢垃圾这种平常到不能再平常的事情，在那时刚刚好成了一片小小的创可贴，细心温柔地把她渗血的伤口捂住。

阮玫很清楚，有些关系是有时间限定的，譬如，它只能存在于某一个时间点、某一个场合，过了那个时间，离开了那个地方，两人就要回到自己的生活中。

她没有后悔刚才主动与陈山野搭话，她就是有一股冲动，不想让两个人结束在这个时间点。

这座城市太大了，再一次走散的话，应该就没机会再相遇了。

阮玫希望能多了解他一点儿，而不是只知道他叫“陈师傅”。

听到敲门声时阮玫打了个战栗。她一边将手腕上的香水膏揉匀抹到耳后，一边走到全身镜前检查镜中的自己。在门被敲响第二次时，她小跑着出了卧室，门上垂挂的黑珠帘在剧烈地摇晃中缠绕在一起。

白纱帘后有黑影晃过，陈山野的心跳快了一拍，嘴唇倏地抿成直线。

帘子被掀起一角，陈山野还没来得及看清里面的人，门锁便响了一声，木门从里拉开一条缝，有冰凉的冷气裹挟着微甜的香气扑面而来。

他推门走了进去，木门还没关上，陈山野已经被直晃晃撞进眼里的景象钉在了原地。

店内面积不大，顶上垂着一盏琉璃吊灯，灯光穿过赤红、草绿和明黄拼接的彩片玻璃，给屋子蒙上了一层霓虹颜色。而在灯下的阮玫身上也流溢着迷幻色彩。

一瞬间，陈山野的脑内有烟花炸开，酝酿了一路的道歉还没来得及说出口，就被炸成了碎屑，拼都拼凑不起来。

金色、银色的火花络绎不绝地往四面八方喷溅，滚烫的火星蹦到他的身体各处，密密麻麻，最后汇成一股烈焰直冲脑门儿，烧得他眼角发烫。

明明屋内光线昏暗，陈山野却能看清阮玫的每一处。

红发如火般炽烈，要把他的理智烧成灰。

陈山野反手锁门，弯腰把手中的背包和头盔放到地上，头盔没放平，骨碌滚过一格墨绿色的花砖。

再抬头看向阮玫时，他的眼里已经带上了别样的光。

他往灯下的光圈走近一步，将她的红唇和黑眸通通收进眼里，低声问："你说的叙旧，是叙这个旧？"

一瞬间，陈山野的眼神变得格外犀利。

这一刻阮玫才意识到，自己或许是惹到火了。

她感觉自己全身的血液都在沸腾，心脏"怦怦"地跳得飞快，脖子后侧沁出了细细密密的汗珠，背在身后的手指更是掐得发白。

可她还是挺直了背，眨了眨眼睛，回答："嗯，就是这个叙旧。"

第二章 龙舟水

夜 玫 瑰

陈山野微微垂眸，面前的女人十个圆润洁白的脚指头微蜷着，像河边浸在清透月光下的光滑小卵石。

只需一步，他已经跨到阮玫面前，把她笼进自己的影子中。

如山的阴影笼下来，阮玫觉得自己好像快要无法呼吸，本能地想后退，但在她后退的那一刻，陈山野伸出右手绕到她背后，将那藏在背后的纤细手腕扣住，把她带到了自己身前。

他由上至下地看阮玫。

她的一双眼珠黑得像刚洗过的玻璃珠，里面藏着许许多多彩色的碎片，还有他。

陈山野始终对阮玫的举动有些不满，蹙起浓眉道："你的胆可真肥，什么人都敢往家里带？如果我是坏人怎么办？"

"你别误会，我这也是第一次……"阮玫转了下手腕，却被钳得更紧了，嘀咕道，"而且要是你存了坏心思，一年前早把我家里的东西搬空了。"

那个时候虽然阮玫把所有值钱的东西都卖了，租的那公寓几乎可以用"家徒四壁"来形容，但搬家的行李中还剩有一两个留做门面用的名牌包和首饰，以及工作用的单反和笔记本电脑，而陈山野除了那袋垃圾，其他的一样没碰。

甚至连那一天的代驾费阮玫都没付给他。

“你说，你是坏人吗？”阮玫索性不再乱动，定定地看着陈山野，反问道。

陈山野松了些手劲儿，指腹在她的腕骨处轻揉，语气真挚且诚恳：“我不是，但我也没多好。后来我一直在想，是我占了你的便宜，抱歉。”

阮玫“呵呵”笑了一声：“谁占谁便宜还说不准呢。”

她的眼里散落着细碎斑斓的星芒。陈山野想起深夜里的那些幻梦，目光又暗了一些。

他觉得一年前的阮玫是朵长在山顶的玫瑰，浸在深夜的圆月里。一年过去了，她好像变了，又好像什么都没变。

浓稠得推不开的荷尔蒙一点儿一点儿如瓦斯灌满整个屋子，只需零星火花就会轰然爆炸。

陈山野用力把她揉进自己的影子里，嘟囔：“还是我占你的便宜。”

他垂首，吻住她的唇。

男人高大，尽管陈山野已经弯下背，阮玫还是得仰着头，把脖子绷成一道弯弯的月牙。

这时，花砖上像是长出了一片湿漉漉的杂草。草叶子带着小小的锯齿，扎得她的脚掌心阵阵发痒，惹得她踮起脚跟后退。

琉璃吊灯映出的影子摇摇晃晃，被烧化后，又融在一起。

夜已深，却还很长……

长火柴擦过火柴盒侧面。

许是空气里的水分太浓了，第一次时没燃起，等到第二次划过才燃起火苗，烛火在祖母绿玻璃皿里熠熠生辉，温柔的尤加利裹着迷迭香融进空气中，温柔似乎无处不在。

阮玫灭了火柴，不好意思地回过头。高大的男人站在浴室门口，正用浴巾擦着头发。

她的卧室很小，只放了一张靠墙的一米五的双人床、两个小衣柜、一张充当化妆台的五斗柜，没了。

一个人时阮玫觉得这样刚刚好，小小的空间还挺有安全感。可当陈山野人高马大如雕塑一般地站在那儿，这房间就像袖珍玩具屋似的。

陈山野真的好高，加建的浴室本就垫高了地台，站在淋浴间里头顶都快能触到浴室吊顶了，而花洒是她平日习惯用的高度，对他来说也太低了，热水淋不到他的头顶。

陈山野的头发很短，擦了几下已经半干。

洗过澡的阮玫还是穿回了刚才的那条睡裙，不过又在外头套了件极宽松的T恤，只露出那画着图案的一双腿。

去年陈山野还找懂行的朋友聊过几句，才知道搞那种图案很疼。他皮糙肉厚的，大腿肉内侧试着用针扎一下都觉得疼，这么一大圈的图案，也不知道阮玫是怎么扛下来的。

“啪——”蜡烛突然炸了一声，声音小小的，像果树上的果子掉落在地上。

见阮玫拿出新的床品，陈山野直接接了过来，说：“我帮你。”

阮玫声音很轻，也很客气：“谢谢。”

阮玫的反应显然跟先前不同。陈山野看在眼里，他的心难免有些往下沉，但似乎是意料之中的事。

他一下就提起床垫，一米五的床笠在他手里仿佛只有桌布大小，轻扬两下再落下，很快将四个角扣好，最后伸长手臂抻直床笠边缘。

阮玫就在旁边安静地看着。

只是这么看着，她的脸又有些发烫，细声问：“你今晚……不在这里睡吗？”

“不了，我明早还要开工。”陈山野看了她一眼，声音有些哑，“还是你想我留下来？”

阮玫选择忽略陈山野后面的问题，反问他：“你早上还有别的工作？不是只有代驾的工作吗？”

“嗯，我一个兄弟去年在我们城中村里盘了家快餐店，原本是和老婆两个人一起干，但他老婆家里出了点儿事，还没回来羊城。我兄弟自己回来了，又忙不过来，所以白天我就在他的店里帮他一下。”

“你都不用睡觉吗？一天能睡几个小时啊？”阮玫睁大眼睛，她每天都得睡到中午肚子饿了才起床。

“还行，我习惯了。”陈山野边说边往卧室外走。

陈山野一眼便看见自己原本丢在地上的东西不知何时已经被阮玫收了起来，一样一样地码在沙发上，连鞋子都整齐地摆放在一旁。

这有些出乎他的意料。

他从背包里拿出新的T恤换上，没再穿上反光马甲，把马甲和换下来的衣服叠好装进背包里。

“垃圾。”陈山野坐到沙发上支起腿准备穿袜子。

“啊？”陈山野没头没脑的一句，阮玫一时没反应过来。

“把你房间里的垃圾拿出来，我出去时帮你丢了。”

阮玫弯腰将垃圾桶里的袋子系好拎起来，站起身时从斗柜上的化妆镜里瞧见了自己上扬的嘴角。

——嘿，争气点儿，他只是顺手丢个垃圾而已，你在开心什么？

阮玫用手背揉了揉自己的嘴角，拎着垃圾袋走向已经站在木门旁的陈山野。

“我走了，你得出来锁一下门。”陈山野接过垃圾袋，转动黄铜门把手。

“好。”阮玫跑回收银台在桌子下套了双人字拖鞋，小跑了几步追上他。

树干上成串的萤火虫依然在夜色里闪烁，夏夜有凉风，室外机嗡嗡作响，可挡不住树叶沙沙的低语。

陈山野脚踩地面稳住车子。头盔后侧的安全灯打开了，在黑夜里闪着有规律的红光。

他一只手握着车把，一只手提着垃圾袋：“你锁好门就进去。”

阮玫边点头边打了个哈欠，落了锁后转身走出几步，无意识地回头，发现男人戳在铁门外还没走。

阮玫转过身，衣摆和发丝在夜风里飘起。她把头发顺到耳后，话音里带着困意：“你不走吗？”

“等你进去了我再走。”陈山野没动，路灯把他脚边的影子拉得黑且长。

“你先走。”

“你先进去。”

“你先。”阮玫背着手，拖鞋在石头地上轻轻地蹭了蹭。

怎么他们的对话好像热恋期的小情侣？

陈山野不说话了，就这么隔着几根雕花铁柱静静地看着她。

空气安静了几秒，是阮玫先开了口：“那我进去了，你赶紧回去吧。”

“嗯，你进去。”陈山野扬扬下巴。

阮玫进屋后撩起门上的白纱帘子，看那盏小红灯在黑暗里慢慢儿地变小、变暗，最后消失在视线里。

陈山野在垃圾点把手里的垃圾丢了，出了大马路往前再骑了两百来米，在路边的公车车站停下。

那儿有三四个男人和他一样在等末班车，一个穿着其他代驾平台的制服，另外几个和陈山野是同一个平台。

里头一个戴眼镜的小个子认得陈山野，跟他打了声招呼：“今天这么早就收工了？回海棠啊？”

陈山野边收车边回答：“对。”

“今晚应该还不错吧？我们几个都跑了挺多趟。”小个子给陈山野递了根烟。

陈山野接过衔进嘴里，低头凑到打火机前点燃了烟，火星在嘴边时明时暗。

他想了想这晚自己接的单子，笑着点头：“对，今晚很不错。”

几个人有一句没一句地瞎聊着，香烟燃尽时公交车也来了。

这一趟末班车会经过海棠村，陈山野之前好几次送过客人来过到附近的小区，不想再接单了就在这儿搭车回家。

原来曾经离她那么近。

陈山野垂头笑了笑，把烟头在垃圾桶上摁灭，跟在队伍后面上了车。

“嘿，野哥！来这坐，这有位子。”

“哟，山野，你今天这么早啊！”

车上不多的乘客大部分是代驾，有的头盔也没摘就这么低着头打瞌睡，有的塞着耳机刷视频，有的正啃着便利店买来的肉包子当夜宵。

和他打招呼的两个人都住在海棠村，陈山野跟他们一一打招呼寒暄，拎着车子坐到后车门的空位上。

一开始几个人还有说有笑，荤段子也没少说。公车走走停停，说话的声音减弱，最后一群大老爷儿们几乎全睡着了。

车程得大半个小时，陈山野平时也会打个盹，但这晚他没舍得睡，看着暖黄的灯光飞快地在前面那位大哥的头盔上划过。

陈山野突然想起自己还没把阮玫的号码保存起来，忙摸出手机，将那个尾号为“2799”的手机号码存进了通讯录。

他打开微信，通讯录那里有个小红点，点开一看，是好友申请。

微信头像是朵玫瑰花，如同黑夜里熊熊燃烧的烈焰，名字是两个英文单词——Rose Slave。就是阮玫的店铺招牌上的那一串英文，前面的单词他知道，后面那个单词他就不知道了。

陈山野通过了好友申请，把微信备注改成了她的名字，并发了条信息过去：“睡觉了没有？”

可陈山野到下车都没有收到回复。

城中村是不夜天，凌晨依然热闹非凡，街道两旁的店铺关了门，但大排档、烤串摊、士多店都人满为患，矮桌和小塑料椅子摆满窄小的街道。

沾满油的刷子在烤肉上匆匆地抹过，在简陋灯泡的照射下孜然粉似金箔洒落，有香油滴进炉里，燃烧的黑炭迸出细碎的猩红火星，肉串在铁网和火舌上翻滚，滋生的浓郁肉香让人垂涎三尺。

陈山野从划拳声和玻璃碰撞声中穿梭而过，经过发廊时见里头亮起一片艳俗的红粉色。

陈山野加速经过，拐进无论日与夜都需要开着灯的暗巷。走廊上的鞋子又被踢得到处是，他依然边走边把鞋子拨回住户的房门口。

钟芒的屋子的门缝没有透出光。陈山野回自己屋子后给他发了条信息，让他别喝太多酒。

顺便看了一眼新加的那个微信号，阮玫还没有回复他，估计是睡了。

陈山野把脏衣丢进洗衣机，他还得等钟芒一起洗。钟芒租的那屋子是个单间，没配置洗衣机。

他光着膀子躺在凉席上，直愣愣地望着昏暗的天花板。

风扇带出不太凉的风，这里楼与楼之间的间隔窄，谁家在打麻将谁家在吵架都听得一清二楚。平日陈山野不怎么在意这些噪音，可这晚他听着哪儿哪儿都不舒服，无比烦躁。

几分钟后门被敲响。

陈山野翻身起来，一开门，果然是满头大汗的钟芒。

钟芒嘴里咬着烤串扦子，把手里沾着油的白色泡沫饭盒塞到陈山野的手里，尖锐的扦子从饭盒一端露了出来："你先吃着！我赶紧去洗澡，然后把衣服拿过来。"

到底是饿了，陈山野从冰箱里拿了两瓶王老吉，也不等钟芒，自己开了一瓶接连吃了好几串。

洗完澡的钟芒又进了陈山野的屋子，把衣服丢进洗衣机后舀了勺洗衣粉洒进去，按了个三十分钟的洗衣流程。

钟芒一回头，小眼睛倏地一亮。

他坐到陈山野对面，挤眉弄眼地道："哥，怪不得你说没再惦记嫂子，原来是有新对象了！"

陈山野皱眉："你说什么呢？"

钟芒抬了抬下巴，示意他看看自己的后背。

陈山野扭头，明白是怎么一回事了。

钟芒还在兴奋："好你个陈山野，偷偷交了女朋友也不说哦！"

陈山野不客气地踢了他的小腿一脚："瞎说什么呢？哪来的女朋友？去、去、去！吃你的串。"

钟芒龇牙咧嘴地揉小腿，见陈山野拉长了脸，以为他是害羞了就不再追问，眼神揶揄地拎起烤肉串。

两个人在洗衣机的晃动声中把两盒烤串解决了。钟芒打着嗝儿问："你今晚流水多少呢？"

"两百多，不到三百吧，没仔细看。"陈山野收拾着桌面。

"那么少？我想着你怎么也得破四百了。"钟芒取了根牙签剔牙。

"这还算少？你小子现在口气越来越大了啊。"陈山野瞪了他一眼，把垃圾袋打结放到门口，“你等会儿拿下楼丢了。”

“行嘞。”钟芒站起身，摸着鼓鼓的肚子叹了口气，“哎，你都快存够一套新房的钱了，我可没你这么好的本事，白天、晚上都能有工作，现在一天能多赚一百多块钱我就满足了。”

“你别再乱给什么甜心主播打赏、送礼物了，一个月也能省下不少。我们那房价又不高，你认认真真存个一两年，到时候县里盖好了新楼盘你正好能买上，至少能付个首付。”

陈山野实在搞不懂，钟芒为什么能把辛苦赚来的钱拿去送给网上素未谋面的人。

“知道了，知道了，我走了！”钟芒拎起垃圾袋准备脚底抹油溜之大吉，又被陈山野叫住。

“钟芒，我打算下个月回一趟家，你有什么东西要我带给奶奶的就先准备一下，我到时候带上。”

钟芒眨了眨眼：“好。但怎么那么突然？你回去干吗？”

陈山野瞟了眼一直没来新信息的手机，说：“去年没办法回去，该做的事情也没做，这次回去办好了再回来。”

“有什么事得专门回去一趟？扬扬读书的事？”

“不是，等办好了我再告诉你。”他对钟芒挥了挥手，“回去吧，别太晚睡了，看你的黑眼圈，都快成熊猫了。”

熄灯后陈山野躺在床上再次按亮手机，点开阮玫的朋友圈刷了一下，大部分是她店里的广告。

果然，和他平日常看到的小广告不同。她产品的宣传图片设计感极强，文案也文艺简要，稍微粗鄙一点儿的词语都见不着。

阮玫分享私人生活的内容倒是不多，偶尔会发一两张照片，喝鸡尾酒、吃日本料理，在店门口晒太阳时喝咖啡，还有这晚他看见的在斗柜上散着香味的蜡烛。

陈山野的手指顿了顿，把香氛蜡烛的照片放大，在玻璃皿上找到蜡烛的品牌，在淘宝里搜了一下。

看到价格时，他眨了眨眼。

这玩意儿……是镶了金吗？这么一小罐，竟然比他一个月的房租还贵。

陈山野刷了一会儿，放下手机，躺平看向天花板。

他其实一早就明白，阮玫和他是不同世界的人。

阮玫隔天中午才醒过来，昨晚给陈山野发了好友申请之后，连耳塞和眼罩都没来得及戴，就陷进枕头里睡着了，而且这一觉睡得极沉，早晨临街的嘈杂声一点儿都没把她吵醒。

阮玫抓起枕头边充着电的手机，未读信息密密麻麻，多是客人咨询价格的信息，她一条条地回复。

还有小女生把她当树洞和情感导师，说和男朋友的矛盾越来越大，整天有摩擦，但她实在舍不得这三四年付出的感情。

阮玫也认真地写了一段话回答对方。虽然她说起理论来天下无敌，实操分却不及格。

她回复完了大部分客人的信息，才在下方看见陈山野的对话框显示着一条未读信息：“睡觉了没有？”

电动牙刷在薄荷泡沫里高频地振动，阮玫刷着陈山野的朋友圈，牙还没刷完，他的朋友圈已经刷到底了。

他设置了内容半年可见，这半年里仅转发了几条交通新规，个人简介也是简单粗暴，放了他的手机号码和一句“随传随到”。

倒是头像……

昨晚她困了没仔细看，这一刻看着那个圆头圆脑的小孩儿照片，一时有些出神。

她的客人里面有不少妈妈，十有八九都是用自己家孩子的照片做头像，所以……这男人有孩子？！

牙刷振动到自动停止程序，满嘴泡沫差点儿往喉咙里跑，阮玫赶紧灌了一口清水吐泡沫。

密密麻麻的烦躁像潮湿咸腥的海藻攀覆上心头，阮玫想直接打电话给陈山野问个清楚，却不知道用什么身份。

她着实没想到，陈山野这人表面上看着憨厚老实，其实满肚子居然是花花肠子！是，她是想找个伴，可即便两个人契合度再高，她也不想破坏别人的家庭！

阮玫脑补了一大场狗血剧，憋着股莫名其妙的闷气，把还没说上话的陈山野拉黑了。

她走到门外抽烟，一边抖落灰烬，一边在外卖软件上给自己挑选这天的午餐。

累了一晚又气了一顿，中午必须要吃点儿好的补补。

阮玫突然发现，自己做了光疗的指甲上竟崩开了微不可察的小口子，拇指有，食指有，中指也有。

五月，龙舟水来势汹汹。

离端午还有一段时间，可这年的汛期已经提前来临，说变脸就变脸的天比三岁孩童还儿戏。

乌云压城，雷声滚滚，藏在云层后的闪电忽明忽灭，不知是谁藏在心里的犹豫不定。

不一会儿，雨滴便开始密密麻麻地摔落到车前玻璃上，骤然模糊了视线，暴雨击打在车顶上的声音大得如有碎石坠落。

连绵的雨滴将玻璃变成万花筒，赤红闪烁的尾灯反射出夺目迷幻的光彩，手机上的地图里，拥堵路况是一整条快变黑的“姨妈红”。

阮玫懒得按开雨刮器，反正深陷在看不到头的车龙里动弹不得，前方每一辆车子都像被烂泥咬住了轮胎一动不动。

她无奈地给徐子玲发了条信息说自己堵在路上了，让对方如果人齐了就先点餐，不用等她。

交通广播电台正播报着市内各处堵车黑点，阮玫听到了自己这一刻身处的这条路，有司机爆料前方堵车的原因是有四辆车连环追尾。

电台主持人穿插着令人难以扯起嘴角的笑话。她换了几个台，最终还是连了手机蓝牙开始听歌。

堵车也不能闲着，阮玫趁着空当回客人信息，两根拇指在屏幕上不断地飞舞。

半个月前阮玫已经找美甲师帮她修了指甲。美甲师还问她是不是掰了什么硬物，怎么刚做好不久的指甲这么快就崩裂了。

砂条把金箔上的小裂口磨平，重新上封层，这刻甲面再次光滑透亮闪着光。

仿佛什么事情都没发生过。

最近店里上了不少新货，就这么一会儿工夫，阮玫已经做成一单生意。收到客人的转账和地址时，歌单里已经播了几首歌。

“夜已在变幻，像钻石灿烂，但也这么冷，看千串霓虹，泛起千串梦，映着这港湾……”

当烟雾般的歌声传出时，阮玫的思绪又飘回了和陈山野重逢的那一晚。

那一晚，她的车上也是播放着这一首歌。

天空像破了洞一样，雨水哗啦啦地下个不停。阮玫把《深夜港湾》按了单曲循环，歌声冷得快要在玻璃上结起冰霜。

一场大雨给城市降了温，连空调出风都冷了一些。她摩挲着手臂上竖起的寒毛，伸手把温度调高了些。

她自言自语地骂自己：“阮玫啊阮玫，你能不能清醒一点儿？”

明明下定了决心要忘记他，可那人正如他的名字，像块臭石头，稳稳地在她的记忆里，无论她怎么推怎么扯，石头就是一动不动。

“今晚最冷是我心间”这句歌词循环了好几次，右边车道终于动了，阮玫赶紧坐直身体开启了雨刮器。

右边的车道走得快，不一会儿已经前进了十几辆车，排在阮玫前方的一辆辆车子开始骚动，一看见缝隙就插了道。

阮玫没打算乱变线，脚踩油门紧跟着前面的车，跑一辆她就前进一点儿，速度和下雨之后在花坛边爬着的蜗牛差不多。

车子重复着一进一停，单薄的雨刮器对暴雨来说效果甚微，再一次停滞时，她前倾身子，下巴抵在方向盘上看着时而模糊时而清晰的前景。

倾盆大雨的天气，被禁锢在这个小小的火柴盒里，阮玫觉得自己像漂溺在望不到尽头的大海中央。

排前面的一辆宝马在喇叭声中挤进了旁边的车道，阮玫闷闷地踩了一脚油门。

突然，头顶打了个震耳欲聋的响雷，她心里想着事情，被突如其来的轰隆声吓了一跳，“啊”了一声忘记踩刹车，等到前车雷达拼命拉起警报，她才赶紧踩下刹车。

但来不及了，车头还是和前车车尾碰了一下。

坏了！坏了！追尾了！

阮玫愣了几秒，赶紧按下双闪并解开安全带，抓起副驾驶座的雨伞下了车。

她顾不上车后此起彼伏的喇叭声，赶紧弯腰看两车相接的地方。

撞到的是辆黑色的帕萨特，目测后保险杠没凹陷，就是碰掉了一小块儿漆。

她回头看了一下自己的……算了，算了，无非是再多添一道伤罢了。

帕萨特司机下了车，阮玫直起背看向来人。

阮玫一句“抱歉”还没说出口，就被滂沱的雨水淹没在喉咙里。

雨滴拍打着伞面，从伞缘一滴滴地淌下，是断了线的玲珑水珠。

阮玫握紧伞柄，透过淅淅沥沥的水帘看着站在几步远的陈山野。他穿着白衬衫和黑西裤，戴着黑口罩，没有撑伞，肩膀处已被淋湿了一大半。

这次的穿着和之前两次截然不同，像在大集团里上班的高薪白领。

“这是你的车？”雨声和喇叭声太嘈杂，阮玫的声音放大了一些。

陈山野把口罩拉到下巴的位置，看了她一眼，摇头走到她身旁：“不是，是我一个朋友的专车。今天他儿子突然肚子痛急着去医院，我帮他代班。”

陈山野蹲下身摸了摸后保险杠。

阮玫低头看着那把衬衣绷得没有一丝皱褶的结实背部，雨滴击打在上方，濡湿的布料透出底下的小麦色肌肤。

“我……刚刚被雷吓到了，一时忘了踩……”她往陈山野的身边凑近了一些，把雨伞往他身上遮。

陈山野没抬头，但打断了她的话：“你人有没有事？”

阮玫连眨了几下眼睛：“没事。”

陈山野站起身，摸出手机拍了几张车尾剐蹭的照片，说：“那没事了，你回车上吧。”

“啊？不用谈赔偿？我追尾是全责。”阮玫睁大眼睛问，“你需要叫保险吗？”

伞下的两个人贴得很近，像极了那晚在彩色玻璃片吊灯下的两人。

路面积着浅浅的水洼，如镜面倒映着他的黑皮鞋和她的红裙摆。帕萨特的双闪灯似火烛跳动，而止不住的水滴毫不留情地滑碎了镜子。

“不用了，掉了一小块儿漆而已，别挡着别人的道，我和朋友说一声就行。”陈山野走出了雨伞遮挡的范围，水滴从他的额角滑到下巴，“雨太大，你开车小心一点儿。”

陈山野站在雨中，透过伞边滴落的水珠看她姣好的脸蛋儿和明艳的卷发。

他说了声“走了”，转身就想离开，手肘却猛地被拉住，他倏然回头。

阮玫高举着紫黑色雨伞，细眉蹙起：“陈山野，你是想自己负全责吗？”那雨伞举过他的头顶，水往低处流，滴滴答答地落在阮玫的身上。

陈山野反手握住阮玫的手，把雨伞推回她身前：“你淋湿了。”

一句话的时间，她的发顶和肩膀都沾上了水。

“你回答我，你是不是想自己负责？”阮玫想把雨伞推过去，手却被男人带着湿意的手掌牢牢地攥住，动弹不得。

她气恼地跺脚，脏水溅上她的小腿和陈山野的裤脚。

“嗯，我负责，只是掉漆而已，也没几个钱。”陈山野松开阮玫，再一次走进雨中。

雨水砸在雨伞上的声音很吵，失去耐心的司机拼命按下的喇叭声很吵，在胸腔里扑通乱跳的心跳声很吵，可陈山野的声音依然清晰地传到了阮玫的耳朵里。

“这样，你就不需要再和我有联系。”

半个月前，陈山野是在王虎的快餐店里忙完午餐高峰期时，知道自己被阮玫拉黑的。

不到十五平方米的店面被快餐台占去一大半，剩下的地方摆了两张折叠方桌。墙壁上的绿叶风扇呼啦呼啦地拼命转动，却没办法吹散店内的潮湿和闷热。

他没顾得上擦从额头沁出的汗珠，让其迅速下滑落到眼角，刺痛了他的眼。

陈山野没顾得上揉眼睛，瞪着自己发出的“起床了吗？”和那刺眼的红点发愣。

他垂着头，汗水顺着黑色发梢滴到手机屏幕上。世界安静了下来，像沉入了海底，耳朵被海水堵住。

不知过了多长时间，可能有两分钟，也可能只有二十秒。

王虎从厨房探出脑袋，喊了陈山野一声：“山野，有客人呢！”

从旋涡里挣扎着浮出海面，陈山野猛吸一口气，应了王虎一声，把手机塞回后裤袋，问客人要打包还是在店里吃。

他用铁勺把餐盆里剩余不多的香菇焖排骨舀起，在腐竹肥肠的餐盘也扒拉了一大勺，盖上煎蛋和青菜，小山一样的菜肴饭盒盖子都快压不住了。

“老王，你继续让山野在这儿帮忙吧，有他在我才能吃上肉啊。”熟客扫码付款，拎着沉甸甸的饭盒笑眯了眼。

“去、去、去！把我说得跟铁公鸡似的！”王虎挥着手，嘴里嫌弃但脸上笑开了花。

陈山野做菜好吃这件事在这附近算是传开了。王虎和他媳妇的口味偏重，炒菜容易多盐多油，有的菜式也辣过了头，在外卖平台的评价好坏参半。

过年后陈山野一来，把菜式和口味都调整了一下。

普通的家常菜也能被他做成招牌菜，加上他这个人实诚，给人舀肉从不抖勺。一开始王虎还有点儿意见，觉得这样利润不够高，可后来店里的外卖订单和到店客人数量都有很明显的大幅度地增长，快餐店经济实惠还好吃的口碑算是做起来了，他也就满意了。

“哎，山野你真的不考虑来我店里一起干？”王虎送走客人，回头问他。

陈山野低头装了两份饭：“不了，嫂子下个星期就回来了，你也